赤漣の町

唐津街道の殺人1

大山　悠

海鳥社

赤漣の町

唐津街道の殺人1

1

「差出人のない手紙」を受け取ったのは無論初めてのことだった。

その手紙の宛名は、私の名前檜ノ原士郎のノが落ちて、檜原となっていた。ノがないと読み方が変わる。しかし、手紙は私の家に配達されてくる。こんなことは珍しくも何ともない。

玄関脇の郵便受けから持ってくるのは、いつもゆう子だ。ゆう子は誰かから手紙が来るのを待っているかのように、決まって朝食の直前と夕食の直前に「あァ」と小声で短く言って郵便受けに行く。

今朝も同じことだったが、違っていたのは差出人のない手紙が一通含まれていたことだけだった。

私は食事にかかろうとして、朝刊を畳んですぐ横の居間のソファに捨てるように投げた。食卓はゆう子と二人だけだが、わざわざゆう子が席に着くのを待っていることはない。私が食べ始めるのを待っている時のゆう子は、その間に郵便を取ってくる。今朝は十時はとっくに過ぎている。

「これ、変な手紙が来てますよ。……間違いかな？」

食事をしている私の前にポンと置いた。私は箸を動かし続けていたが、「なんだ？　手紙か。どうした？」と一瞥しただけで食べるのは止めなかった。

「差出人の名前がありませんね」とゆう子は流台に立った。

黙っている私にゆう子は、暖めた味噌汁を出して、「見なくていいんですか？　わたしが見てみましょうか？」と言った。

「どうぞ。どうせどこかの慌て者だろうよ。このごろ二、三通知らない人から来ていたが、それと同じじゃないか？　何とかユニセフとか書いて寄付を募る、もっともらしい文書をつけて……」

ゆう子はレターオープナーで封書を開けると、二、三枚の便箋を広げて読み始めた。読み終わったものを私の前に差し出し、自分は次のページを読んでいる。食べ終わった私はその一枚を手にして、実に丁寧に書かれている印象を受けながら読み始めた。一行を空けて書く方法は私も知らない訳ではないが、まさか差出人は私がそのことを知っているから一行空けた訳ではなかろう。

「この人は、わざと名前を書かなかったのよ。そうよ。……大変なことを書いてるもの。見なさいよこれ！」

私は書かれた内容を気にしながら、まだ一枚目を読み続けていた。もちろん最初は平凡な挨拶で、一枚目の最後のところから、本題に入っているようだ。それは、こんな風だった。

〔……さる十月二十五日の午後でしたが、西の井海岸で変死体が発見されました。その時、わたくしは近くにいましたが、ただしその場所は言えません。とにかく最初から見ていましたので、パトカーが来て変死体がストレッチャーに乗せられ、ストレッチャーは四人の警官が海岸の雁木を上ってパトカーまで運びました。次に来た救急車まで変死体が運ばれて行くのを見ていました。近くの人たちがその様子を見るために集まって来ていましたが、その時間は三十分位のものです。わたしは最初から、と言いますのは変死体でない、その人がストレッチャーに乗せられる前、つまりまだ生きていた時から見ていましたので、その記事が新聞に出ているのを見てびっくりしました。警察はあの変死体について近くの人たちに事情聴取をしたのでしょうか。

それにもう一つ疑問点は、遺留品が何もなかったと書いてありましたが、変死体の近くに三メートル位のロープが一本ありました。これに警察が気付かないはずはありません。ロープは後に残されていませんでしたので、多分警察で持ち帰ったと思います。このロープは大きなもので、この近くの波止場では漁船の係留に使うものです。波止場近くに行けば、いくらでも放置されているロープです。

新聞記事の中には変死体とありましたから、多分、ロープによる索状痕はなかったと判断されたのではないでしょうか。ロープは警察が持ち去ったかどうか確認していませんが、ロープは確かに残っていませんでした。

檜ノ原さんが近所の人たちと一緒に、海岸に来られていたことは知っておりました。

実は、この手紙を出すのに迷いもありました。いきなり名前も書かずに出すのは失礼になることは十分承知しているつもりです。ですが、どうしても檜ノ原さんにお伝えしなければ、気持ちが落ち着きません。あの変死体は死んでいなかったのです。わたしはそれ以前から見ていたのです。

死体が見つかって騒ぎになったのは、午後三時すぎでしたが、それ以前に、あの雁木の途中には三人の人がいました。三人とも同じような服装をしていましたが、そのうちの二人は連れ立って海岸を西の方に並んで歩いて行きました。その二人の姿は、わたしが目を離しているうちに見えなくなりました。多分、途中の防風林の松林の中にでも入ったのでしょう。

檜ノ原さんが四月から探偵社を開設されたことを知りました。檜ノ原さんに話せばきっと変死体のことを究明して頂けると思い、思い切って手紙を書くことにしました。

大変失礼ですが、わたしの名前は伏せさせて下さい……」

手紙の前後の挨拶は平凡なもので、読み終わってみると、人の死に関する内容なのに、あまり印象に残らない。「死んでいなかったのです」、ただそれだけで、ほかに訴えて来るものがないせいだろうか。淡々としているからだろうか。いきなりこんなものを送りつけられても、どうしようもない。

ゆう子は読み終わった手紙を元の封筒に戻すと、食卓を挟んで椅子に掛けた。

「何だかよく分かりませんね。あの日のことを知っている人ですから、近所の人でなければ、釣りに来た人でしょうかね。偶然、あの近くで釣りをしていた。ただそれだけのことですよね。それとも、檜ノ原探偵さんをおちょくっているのかな」

ゆう子はもともと誇大妄想をするタイプではない。どちらかと言えば慎重な行動をする方で、無駄なことだと思えば一切取り合わない。こんな手紙を見せられても、ゆう子に訴えるものは何もないということだ。つまり慎重に行動はするが、内容分析はやらない方だ。世の女によくある直情型だと私は思っている。

「俺のことを知ってる人だよね。四月から探偵を始めたということを知っている。ということは、こんなことで、家に訪ねてきた人があるかな」と私は考える振りをした。

私は今年の三月で長年勤めたＪＡを退職した。そして先代から続く小さな酒店を継ぐとともに、訳あって探偵の仕事を始めていた。酒店なので人の出入りはよくある訳だが、酒を求めるのではなく、家の場所を尋ねに入って来る人は始終ある。私がレジスターの番をしている時は、丁寧に表通りまで出て行って教えてやる。

最近目立って多いのは宅配便の運転手だ。この職の人が苦労するのは、家を知らないだけでなく、道が狭いということだ。道が狭いのか、車が大きいのかは分からないが、配達先を見つけ出すのにひと苦労のようだ。だから私は表通りまで一緒に行って、「次の道を右折すればすぐそこだが、この車は通れない。車が大きすぎる。向こうの広い道までいったん出てからだと車は横付けできる……」などと詳しく言うことにしている。どこの会社でも皆、丁寧に礼を言って急いで車に乗る。よく教育が行き届いていると思うのだが、給料もいいのだろう。

もしこの手紙の差出人が、我が家に来たことがあるとすれば、我が家の商品を求めに来たことのある者か、さもなければ表の道を通る釣り人、宅配便の運転手か、そんなところだ。その他に来るのは顔見知りの人間ばかりだ。

やっぱりゆう子が言う、からかい半分の手紙か。

「ねえ、この手紙、消印は博多になっていますよ。あの博多駅前の郵便局じゃないですか」と言った。

私は変死体が発見された十月当時のことを思い出していたが、それより気になっていることがあった。

今日は、ゆう子の母方の親戚に当たる、大原一男なる老人が訪ねて来ることになっていたからだ。唐津に住む大原一男はすでに隠居の身で、釣りを楽しむのが何よりの生きがいのようだ。

私は彼に一度しか会ったことはない。それもずいぶん前のことで、道で会っても恐らく叔父とは気付かないだろう。

私は事務所に移動し、机の書類を整理していた。

事務所とは名ばかりで、古い納屋を改造したものである。一応事務机が二個と椅子、その横にはソファとテーブル、三人くらいの人が入って来ても困らないようにしている。私の背後のスチール戸棚には大小のファイルした書類が、無造作に詰め込まれている。しかし、私が書類を並べて整理することはない。事務所内のことはゆう子の方が、何がどこにあるかをよく知っている。私はものを整理することができない。

「叔父さんはどっちに通すの？　座敷？　ここ？」と、突然事務所に入ってきたゆう子は、掃除機を使い始めた。

「ここにしようか、俺は座りたくない」

「二人ですよ。大丈夫ですか？　こんな狭いところで……」

「もう一人は誰が来るんだ。俺の知っている人か？」と尋ねると、

「わたしも知りません。……とにかく会わせてくれって言うばかりですから、仕方がありませんよ」と、ゆう子は眉間に皺を作っていた。

「ゆう子のせいじゃないよ。あの叔父さんのやり方だ。あれで生きて来た人だから、今更変えることもできないだろう。あの人も釣り好きだというから、短気だろうよ」と私は苦笑いして言った。

叔父大原一男が檜ノ原酒店に来るのは二度目だ。若い時は異常なほど釣りに凝った人だと聞いていたが、他に聞くことがないところを見ると、唯一の趣味ということになる。私はこういうタイプの人間は苦手だ。無趣

味の人間よりはいいかもしれないが、自慢話をする傾向がある。自慢話というのは概ね嘘だ。そんな話を長々と聞かされると、息苦しくなる。

　叔父が現れたのは十二時を過ぎてからだった。髪はすっかりなくなっていて、さっぱりしている。いつも笑顔を絶やさない人だったが、少し身体が小さくなったと感じるのは年のせいだろう。

　叔父は店のドアから入ってくると、いきなり私の名を大声で呼んだ。元気なところを見せたいというところだろう。私は返事をしながら、事務所を出てレジの方へ移動した。

「おっ！　士郎さんか、商売繁盛のようだね。なによりだ。士郎さんはいつもいるらしいから、時間は言わないままに来た。やっぱりおったな」と言いながら、自分から先に事務所へ入ってしまった。

　もう一人は若い女性だった。彼女が運転をして車で来たのだろう。女性は上下揃いのジーンズ姿だった。化粧気のない涼しい顔をして、大きな目は無表情だった。笑顔はなかった。緊張している様子でもなかった。

　河丸悦子というのが女性の名前だった。叔父が悦子を紹介することになったのは、悦子の父親と親交があったからだ。

　二人の客は事務所に落ち着き、私が予想していた通り叔父の自慢話を聞かされた。私は頷き軽く笑顔を作っていたが、ほとんど耳には入らなかった。どんなに珍しい魚が釣れようが、いかに大物が釣れようが、私にはその価値は分からない。

　ゆう子は茶を持って事務所に現れたが、叔父の話は適当にあしらって聞いているようだった。

　私とゆう子が揃ったところで、叔父は悦子を紹介し、悦子がこの店で手伝いをしたいので、ぜひと叔父は笑顔で言った。

　私とゆう子は目配せをして、こんな田舎の酒店で人に手伝ってもらうほどの仕事がある訳ではないこと、給料もたいして払えないことを納得してもらった上で悦子を受け入れることにした。要するに条件は何もないに等しかった。

悦子は表情は変えないで、「ありがとうございます」と深く頭を下げた。

2

叔父と悦子が帰った後、数人の来客の応対をした。居間に落ち着いた私たちは、河丸悦子と紹介された女性が、なぜ田舎の酒店で働こうとするのか、どんなに説明をされても理解できなかった。普通は博多方面に電車か車で通勤することが多い。

叔父は悦子のことを流暢な話しぶりで紹介し、家族は母親と兄の三人で、その兄は遠洋漁業に出て年に二、三度しか帰って来ない漁師だと言った。悦子の父親は叔父の知人で、釣り仲間だったという。そして悦子を、明日からでも働かせてもらいたいと言った。急ぐ理由は何もないが、ただ、何も仕事をしていないし、いつからでも出ることができるからだというのが理由だった。

私は叔父が早口で喋る話の内容を聞きながら頷いてはいたが、話の内容に納得していた訳ではなかった。ゆう子も時々、悦子と叔父を見比べながら聞いていた。私は別に条件について質問し、確認しなければならないところだが、話し振りから叔父はどんな条件でも飲むに違いないと思った。私は店の実情を話し、極めて少ない給料しか払えないだろうと言った。

「士郎さん、そんなことは心配せんでもいいから……」と悦子にも納得させるようなしぐさをした。私は話しているうちに、受け入れなければならないと諦めてしまった。

ゆう子と居間のテーブルに向かい合ったが、私は何ともやりきれない複雑な気持ちになっていた。

「内容が分かれば長くはいないでしょう」とゆう子はすでに諦め顔だった。

「そりゃそうかもしれないが、一旦引き受ければ責任はこっちに来る。そのことは承知の上で叔父さんは、無理に押し込んでいるんだよ。……それより、博多の方で働くより、ここの方がいいというのは解せないな。何か特別の事情があるとしか思えないね……」

「分かりませんね、わたしにも……」とゆう子は冷たく言って立ち上がり、ガラス戸の側に立って庭を眺めていた。

ゆう子の後ろ姿を見て、私は全く関係のない別のことを考えていた。これは私によくある癖で、その場を逃避する一つの方法である。この方法で窮地を脱したと思っている経験がある。

JAで働いていた頃のことだが、地域の若者後継者が、こぞって反対する大型施設の設置場所に関することで、私は将来性を考えて……と主張したが、地域の若者たちはストをやってでも私の考えを阻止すると騒ぎ出した。しかし、私は譲らなかった。妥協しなかった。

とうとうJAの理事長まで呼ぶことになったが、結論は出なかった。いよいよ現在の施設を解体する時が近まってきた。反対運動はいよいよエスカレートしたが、私は相変わらず妥協しなかった。そのひと月かふた月の間、私は悩み苦しみ、不眠になり、胃痛はひどくなるばかりだった。現在、その大型施設は完成し、若者たちは順調に事業を継続できているが、私の主張が間違いでなかったのは事実だ。

その時のことを思い出したのだが、窮地に陥る時、私は全く別のことを考えるのが癖のようだ。よく言えば窮地を脱するため、頭の中で休憩場所を求めている。いわゆる逃避だ。

今、夏になるとこのガラス戸に蛾、ウンカ、それにコガネムシなどが飛んでくる。明かりに引き寄せられて来るのだが、その虫を狙って突然ヤモリが現れる。いつ、どこから姿を見せるのか分からないが、当のヤモリは隅に隠れていて、近くに来た虫を巧みに捕らえる。

不思議なのは、ヤモリはツルツルしたガラス戸を、自由自在に歩くことができることだ。天井だって歩く。

これは人間にはできない技だ。こんな風に何事もできれば、たかが施設の位置を移動することくらい、大したことじゃない。文句があったら天井を歩いてみろ。それができれば俺も施設の移動は諦めるよ。

河丸悦子が檜ノ原酒店で働きたいと言い、それを断ることができないのはヤモリになれないからだ。私は妙な屁理屈を考え、諦める以外にないと、自分を納得させようとした。

悦子が実際に店の手伝いをするため通勤することになったのは、一月末日からだった。

着衣は叔父と来た時と全く同じもので、今日も化粧はしていないようだ。もっとも、化粧をしなくても、若いし色白だからその必要はないように私には見える。悦子の机を私の前に置くことにして、電話は子器を用意した。頻繁に電話がかかってくるはずはないし、これで十分だ。ただし携帯電話を与えることにする。

私は悦子にやってもらいたい、いくつかのことを伝えた。勤務時間は厳格にはしない。常識程度のことをやってくれればそれでいい。だからといって誤解してもらっては困る。フレックスタイムで、何事も拘束はしないが、厳守すべきは勤務する時間ではなく、互いの連絡を怠らないこと、これに尽きる。このようなことを伝えたのだが、悦子は時々瞬きをしながら聞いていた。

ゆう子がポットと急須を持って事務所に現れた。

「あのね、悦子さん、我が家はお茶は特製でね。これしか飲まないことにしているのよ。飲んでみて、もし気に入らないなら、普通のものにしてもいいけども、わざわざ買うのももったいないから、お葬式で頂いたものとか、冷凍庫にありますから、それを使ってもいいですよ」と言って薬草茶を悦子に出した。濃褐色でグロテスクな感じだ。茶碗の底には薬草の粉が沈殿している。

私は煎じ薬を飲んでいると思って飲むことにしている。慣れてしまえば抵抗はない。沈殿物のある方が効果があるかもしれないなどと考えている。

ゆう子も、それ以上の細かなことは言わなかった。ただ、「我が家は毎月一日は赤飯を炊くことになっているからね」と言い、それで一日は朝食は食べないで来てくれと言った。ゆう子が言ったのは明日のことだった。悦子は小さい声で「はい」と返事をした。

ゆう子が悦子にわざわざ赤飯の話をするのは、悦子を家族の一員として迎えようと考えているからだろうか。

「赤飯の習慣は物日の縁起物としてあったのだろうが、我が家はいつの間にか、それを一日にすることにしたのだろう。今の時代にはそぐわないものだよ」と私はさりげなく言った。

「実際、小さい商売とはいえ、縁起を担ぐことを怠らなかったというのは、人間の弱さ、精神力の脆弱さを象徴しているようなものだよ。……悦子さんは家族ではないから、何も従う必要はないよ。そんなことは自由、悦子さんの考えでいいから……」と言うと、今度はゆう子が横から、

「もちろんそうですよ。でもね、せっかくだから、それに悦子さんが手伝いに来てくれることに決まったのですから、形だけでもお祝いしないと……ねえ、悦子さん、そうでしょ?」とゆう子は悦子に向かって念を押すように言った。

「ありがとうございます。赤飯は滅多に頂きません。珍しいです。わたしもぜひご一緒させて下さい」と薄い笑顔で言った。

「それと悦子さん、あなたはいい日を選んで来てくれたわね。今日は旧正月よ、お雑煮を作ってあるので食べてちょうだい」とゆう子の言い方は半分強制的になった。

「昼食と一緒でいいでしょうか?　弁当を持って来てますけども……」

「弁当は置いときなさい。寒いから大丈夫よ。何なら、冷蔵庫に入れておけば……」

珍しく午後は雪になった。暖冬というのが常識のようにマスコミは言っているが、冬はやっぱり寒い。この西の井が最も寒くなるのは、二月上旬が多いようだ。冬の間、次第に地温が下がって、二月が最も地温の低い時期という訳だ。積雪はせいぜい二、三センチだが、一日で解けてしまう。こんな日はひと冬のうち幾日もな

い。

「悦子さん、あなたは家では何と呼ばれていたの？　名前」

悦子は驚いたように、大きな目を丸くしてゆう子を見たが、すぐ、「エッちゃん……ですが」と言った。

叔父から悦子をお手伝いに使ってもらえまいかと相談を受けた時から、ゆう子は賛成していなかったが、強く拒否することはなかった。こうして悦子を目の前に、我が家で生活するとなると、ゆう子は悦子を一員として受け入れることに積極的になった。腹の底からそう思っているのかどうかは分からないが、少なくとも表面では受け入れようと努力していることは、私にはよく分かった。

正午になったが、雑煮のこともあり、三人が揃うようにしたいと、ゆう子の提案で昼食の時間をずらすことにした。十二時前後に駆け込んでくる人があるからだが、それを避ければ夕方まで客はない。

結局、私と悦子は事務所で確定申告の準備をすることにした。悦子は税金に関する知識はほとんどなかった。悦子が手伝いとして我が家に来てくれて役立ったのは、悦子がパソコン操作ができることだった。内容を説明し、使用する目的を説明すれば、書類を素早く作ることができた。

午後一時を過ぎて三人で食卓に着いたが、私は至極ご機嫌だった。

「ここの雑煮はお魚が入るのですね」と悦子は珍しそうに言った。

「あなたのところは？　そう、お魚は入れないのね。ここの雑煮は入れるの。ただ、我が家は白身魚に限るの。……美味しいでしょう？　スルメ、昆布は縁起物。野菜も大根、人参、椎茸、カツオ菜、それに蒲鉾、これが博多雑煮っていうのよ」

「……いろいろ入るんですね」と悦子は雑煮の椀を眺め、「あのー、どんな風にお呼びしたらいいのでしょうか？　母は『社長さんがいい』と言いましたが……」と私を呼ぶ時のことを話した。

「社長？……社長はやめてくれ」と私は悦子に言ったが、悦子の言うことももっともだと思い、「何か別のものにしてくれ。社長以外に……」と私は変更するように強く言った。

私の語気に少し驚いたようだったが、結局、悦子は「帰ってから考え直しますから……」と言った。

悦子はこんな話をしながら、若者らしく雑煮はよく食べた。その食べっぷりを見ていた私とゆう子は、顔を見合わせ微笑んだ。

3

悦子が来るようになって数日が経った頃、私の左前の机でパソコンを打っている悦子が、突然それを止めて私の顔を見ながら、「ねえチーフ、事務所の入り口にある小さな看板、あれは何ですか?」と尋ねてきた。

私は一瞬何のことかと思って悦子の顔を見たが、「ああ、あれか。あれは看板どおりだよ。探偵事務所だ」と答えた。

「ここがですか? じゃ、探偵は誰ですか? 別に机もありませんが……」

「私が探偵だ」

「えっ、チーフが? チーフが探偵ですか?」と言って短く苦笑した。

「さしずめエッちゃんはその助手ということになるな」

「わたしが探偵助手ですか? 何をするんですか、探偵助手って……」と、すっかりパソコンのことは忘れた顔で私を見ていた。

「そのうちおいおい教えるから、慌てないで……。俺も素人、素人探偵だからな、少しずつやるよ。まあ、知人の先輩から無理に押しつけられて、やむを得ない状態になってね……。まあ、あまり深く考えないで、気楽にやるよ」と私は適当なことを言ったが、本音は何をしていいのか、見当も付かない状態だったのだ。

高校の先輩だった安川伝次郎氏は、私の停年を待っていたかのように誘ってきた。彼との因縁はいくつかあるのだが、私が一年の時、彼は三年生だった。学生時代の一年と三年とでは月とスッポンのような開きがあるが、私たちの場合も同様で、彼の誘いにはいつも応じざるを得なかったのだ。

当時、私はクラブ活動には参加しなかった。放課後はブラブラしていたが、鞄を持ったままバックネット裏から、野球部の練習をボンヤリ見ていた。たまたま私の足元に転がって来た球をバックネット裏で拾ったのが運のつきだった。

「おい！　お前ちょっと手伝え。ここへ来い！　キャッチャーをやってくれ、人手が足りんから……」と言って側に落ちていたぼろぼろのキャッチャーミットとマスクを渡された。

「下駄ははくな！　裸足でやれ！」

これが安川氏との最初の出会いだった。彼は背丈も大きくガッチリした体型で、浅黒く精悍な顔をしていた。頭も切れるらしく、先生とも友人のように親しく話しているのを見て、ますます差を感じた。

軟式野球だったため大けがをする心配はなかったが、その日以来、バックネット裏に行くのを止めていた。ところが私を覚えていた安川氏は、その後度々私を呼び出すようになった。私は従わざるを得なくなった。

秋になって地区大会が平和台球場で開催されることになり、それに向けて合宿練習が組まれ、野球部員は毎日遅くまで練習していたが、私は部員ではないため気楽に過ごしていた。ある日、私が家にいない時、安川氏と数人の三年生が私の家に来て、

「地区大会に勝たなければならない。そのためには檜ノ原君の参加がどうしても必要になった。忙しいのは分かっていますが、一週間の合宿に参加させてもらいたい」と母を説得した。

これには私も開いた口がふさがらないという気持ちだったが、母も、「士郎ちゃんは野球ができるのか？　そんなことは知らなかった」と不思議そうな顔をして、「仕方ないから行きなさい。とりあえずは、お米を持ってくるようにと言ってるから……」と言った。

私はここでも呆れたが、今回の安川氏の勧誘も、当時のこととよく似ている。彼は自信をもって行動に当たる。それに比べ、私は何事もやむを得ないと思って始める。ここには雲泥の差があると思う。

母校の野球部は、最近こそ九州大会、一度は全国大会まで行くようになっていたが、当時の野球部は名ばかりで、部員数さえままならないありさまだった。最近、九州大会出場は常連になっているようだが、寄付を言ってこないところを見ると、私は部員名簿にはないのだろう。

当時、校内では一つだけ文集が発刊されていた。三年生の編集委員が数名いて、彼らが掲載する作文を選ぶのだった。その一つに私のものが入っていた。私はわざわざ投稿したのではなかった。国語の教師が、何かの感想文を書かせた時、たまたま私のものが目に留まったらしく、編集委員の手元に届いたということだ。

同級生の編集委員が廊下で私を呼び止め、「檜ノ原喜べ、お前のものが候補になっているぞ」と声をかけた。最初何を言ったのか分からなかったが、数日後、今度は教室の中で私の側に来て、「先生は褒めているが、編集委員の中では人気がないぞ」と囁くように言った。私は特別に書いたものでもないし、同級生の言ってることにも関心はなかった。

ある日の放課後、例のように私はバックネット裏で野球を見ていたが、三年生らしい二人が近付いてきて、「檜ノ原か？　檜ノ原士郎だな……ちょっと来い！」と押し殺したような声で、私の腕を摑んだ。仕方なく私は二人に挟まれて、校舎の裏へ連れて行かれた。

「歯をくいしばれ！」と言った瞬間、頰に一人の拳が飛んできた。「鞄を置け！　生意気な！」と二発目がもう一方の頰に来た。私は鞄は放さなかったが、そこに尻餅をついて倒れた。足蹴りまではしなかったが、私は理由が分からないまま胸ぐらを摑まれて数発殴られた。

二人はワセリンか何かを塗った学生帽を阿弥陀にかぶり、二、三度私を振り返って、そのまま裏門の方に去って行った。痛い目に遭わされていながら、その顔を思い出そうとしても、どうしても浮かんでこないのが不思議な気がする。

また、私は一時柔道部にも所属したことがある。この部は強くなろうと思って入部してくる者ばかりらしく、私のように興味本位の者はいなかったようだ。ある日、練習していると、日頃はおとなしくしている同級生が、柔道着に着替えると見違えるほど逞しく見え、対戦してみると見事に背負い投げをくって、気絶しそうになった。寝技で首を締められ失神しそうになったこともあった。こんな馬鹿なことはできないと、一カ月位で柔道部は辞めた。

しかし、この経験は無駄ではなかった。上級生の二人から校舎の裏で理由も分からないまま殴られたが、もしあの時一対一だったら私は抵抗したかもしれない。

私の作文は結局文集には掲載されなかった。殴られた理由も掲載されなかった理由も、誰も言わなかったし、私も尋ねなかった。

安川氏を取り巻く、私の印象は良いものばかりではないが、あの頃のことを思い出すと、安川氏のことを抜きにして今の私はない。深い鮮明なものが残っている。

安川氏の指示に従って、探偵事務所の小さな広告を出したことがある。興味を持っている人は気付いているかもしれない。しかし、まだ調査の依頼や相談は一件もない。八カ月を過ぎたというのに……。

何の気配もないかといえば、そうではない。暮に来た差出人のない手紙だ。これを我が檜ノ原探偵事務所が、第一号の調査事項として取り上げるかどうかだ。それは私の考え方次第になることは分かっている。そして安川氏に連絡すれば、あの精悍な顔をまるで別人のようにほころばせて大声をあげるだろう。何事も大袈裟な人だが、苦労人でもある訳だ。

「エッちゃん」

私は少し馴れてきた悦子をエッちゃんと呼ぶことにしていた。ゆう子も同じ呼び方をした。

「エッちゃんに見てもらいたいものがある」と言って、私は例の差出人のない手紙を悦子の前に差し出した。

「ヘッ」と言うように、大きな目をさらに大きくして受け取ったが、「わたしが読むんですか？」と早速封書の裏を見て、「名前がありませんね、出した人の名前。出した人、誰か分かってるんですか？」と言った。

「分からないんだ。……ま、それはともかく読んでみて、エッちゃんの感想を聞かせてくれ」

「怖いですね、何だか……」

「たいした内容じゃないんだ……」と安心させるように言った。

「それじゃ、あとで読ませて頂きます。お借りしていいんですか？　家でよく読みたいと思いますが……」

私はこれには賛成しなかった。

「いや、これは、この事務所の書類だ。持ち出し禁止だ。これに限らず、仕事は公私をはっきり区別して、家には持ち込まないこと。それじゃ、あとで読ませてくれ」

「分かりました。それじゃ、あとで読ませて頂きます」

私が悦子にこう言った理由は、今後この手紙のことに限らず、理解に苦しむことがたくさん出てくることが予想されるからだ。調査事項を進めていくだけで解決し、結論を見出せればよいが、そう上手くいくことばかりではない。意味のよく分からないことさえあるだろう。理解に苦しむ変死体の手紙しかりだ。

そんな時、檜ノ原探偵事務所はどんな行動をすればよいのか、考えただけで憂鬱になってくる。だが、お引き受けしますと安川伝次郎氏に言った以上は、後には引けない。この差出人のない手紙しかり。恐ろしい現実を突き付けられたのではないかと思う。

「エッちゃん、それと注意してもらいたいことは、この事務所は曲がりなりにも看板を出し仕事を進める訳だから、秘密事項は絶対に外で口にしてはいけない。いいね。信用に関わるからね。それで、二人の間の連絡はもっぱら携帯電話でする。私用には使わない。事務所に尋ねてきた人でも、外で名前は口にしてはいけない。

……頼むよ」

私はそう言って短い笑顔を作った。

悦子はパソコンを打ちながら、「はい。分かりました」と言った。パソコンに集中しているらしく、画面から目を離さないままだった。

いずれ、私は悦子のことを早めに安川氏に報告し、了解を取っておくべきだと思っていた。安川氏が反対するはずはないが、条件は付けるだろう。そのためには、悦子にそのことを納得させておく必要があった。

「エッちゃん、エッちゃんは写真は持ってないか？　全身と上半身の奴、証明写真ぐらいのサイズだな」と言うと、私の方を見て二、三度瞬きした。何のためですかと尋ねる目だった。

「今言った安川氏に送ろうと思う。エッちゃんを紹介しておく。これからアドバイスも必要になってくるから」

「その安川という方は何をしている人ですか？　警察ですか？　同じ探偵さんですか？」と悦子が尋ねた。

彼女が少なからず、探偵という仕事に興味を抱いていることが分かってきたのは、この時からだった。

写真はゆう子が自分のカメラを使って、裏庭で撮ることになった。

「五月になるとね、ツツジで美しい庭をバックにして、エッちゃんも一段と美しく撮れるんだけど、今は椿しかないなあ……」と言ってガラス戸から庭を見渡していた。

「背景はどうでもいいから……それよりちゃんとエッちゃんと分かるようにはっきり撮らないと……」と私がゆう子の背中に言うと、

「この頃のカメラははっきり写るようになってましてね、間違いはないんです。せっかく撮るのにバックが寂しくてはね」とゆう子は皮肉を込め、さも残念そうな声で言った。

もともとメカに弱いゆう子は撮影場所のことばかり言っているが、「モニターをしっかり見ろよ」と私が言うと、「分かってます」とすましていた。

私は悦子が我が家の仕事に慣れてくるのを待って、探偵事務所の仕事も手伝わせようと思い始めていた。不安がない訳ではない。

悦子が叔父とやってきた後、ゆう子は不安そうに話していた。口ではそんなことは心配せんでも……などと言っている私自信が、なぜ博多の勤めを辞めることになったのか、本当の理由を知りたかった。叔父はスッキリしない話をしたし、悦子も電車通勤は無理だったと言うだけで、それ以上の話はしなかった。根掘り葉掘り聞くのも憚られて、そのままになっているのだが、そのうち話の合間に聞いてみたいと考えていた。ところが、私の性分でズルズルと今日まで来てしまっている。

ゆう子のほかに、私の日常の生活に関わる人間は安川氏と悦子の二人だけと言っていい。気楽と言えばその通りだが、この一見穏やかな生活をしている私たち夫婦に異変が起こったのは、やっぱり差出人のない手紙が来てからだ。

安川氏の話では、主に簡単な調査を頼むということだったので引き受けたのだが、手紙のようなことがいきなり舞い込んでくると、穏やかに構えているばかりにはいかない。ましてや、殺人を臭わせるような手紙ということになると、放置する訳にもいかない。

る。

4

二月十日金曜日。昨日の雨はあがって、裏庭に時々弱い陽射しがあった。椿にメジロが数羽見え隠れしている。

メジロは集団で行動する習性があるらしく、束になってザッと羽音を立てて飛んで来ることがある。一瞬、何事か！と目を見張るほどの数が椿に隠れたかと思うと、次の瞬間、同じ羽音を立て一斉に飛び去ってしまう。上空へ飛び立った瞬間、束になったまま方向変換する。実に統制のとれた見事な集団行動である。いつだったか私は、羽音を風の音と聞き違え、落ち葉が舞い降りてきたかと錯覚したことがある。

今日のメジロは羽数は多くないが、赤と白の二本の椿の間を、短い鳴き声を出しながら渡っている。少し離れた所に、昨年植えた赤の寒梅が咲き始めている。メジロは梅にも来るが、すぐ椿に戻る。椿の花弁がパラパラと落ちるのが分かる。多分メジロが蜜を吸うため、無理に嘴《くちばし》でつつき回るのだろう。

私は庭を見るのをやめ、ゆう子の部屋へ様子を見に行った。

「どうだ、気分は……」とドアから声を掛けると、寝ぼけた声で、

「うん、よくない、治らない。……そこに薬があるから取ってよ。お湯も……」

ゆう子は今朝は起きてこなかった。八時近くになっているのに姿を見せないので、ゆう子の部屋をノックすると、中から、「風をひいちゃった。喉が痛いの」とかすれ声で元気がない。私は部屋に入り、ベッドで顔半分布団に潜っているゆう子の額にそっと掌を当ててみた。

「熱はないようだがな。……具合が悪いか」

「喉、喉ですよ」と消え入るような声を出した。

「少し疲れたかな……。いろいろあったからな」と言いながら、私は小型のテーブルにあった薬瓶を取って、三粒の錠剤を含ませた。

「ねえ、冷蔵庫の一番上に金柑があるから持って来て……」

「金柑？　効くのか本当に……」と私が言うと、ゆう子は小さな目を私に向けて、

「エッちゃんが持って来たのよ。ほかに原因はないもの。そうとしか考えられないのよ」と言ったが、多分夜の間、風邪を引き込んだ原因を考えたのだろう。行きついたところが悦子だ。悦子以外にないと思い、不信感の一部を風邪に置き換えたと思われる。風邪は悦子が持ち込んだことになった。

「こんな時は、あなたが一番助かりますね、エッちゃんがいますから……」と皮肉混じりに言った。実際、こんなことになると、悦子がいることは正直助かる。

私は蜂蜜に漬け込んだ金柑の瓶とフォークをゆう子の部屋に持って行った。

「ありがとう。そこに置いといて……あなたも用心しなさいよ、エッちゃんには……」とゆう子は情けない声で言った。

店の方から物音がしてきた。掃除機の音のようであった。私は別棟になっている店の勝手口から入ると、悦子が掃除をしている。

「おはよう！」と離れた位置から声を掛けると、悦子は笑顔を向けて、「おはようございます。……奥様大丈夫でしょうか？」と言った。

「うん、風邪だそうだ。今日は休ませた方がよかろうと思うから、エッちゃん、湯を沸かしてくれ」

「はい！　お味噌汁は？　わたしが作りましょうか？」

そう言った後、悦子は、「チーフから言われていましたことは、だいたい終わりました。後は償却費に新期のものがあるかどうか、ありましたらそれを加えて計算して、チーフに見て頂きますので……」と言った。

事務の仕事ぶりを見る限り、相当慣れていると思われる。年齢は二十八歳と言っているが、生年月日は聞いていないし、まさか鯖読みしていることはなかろう。化粧っ気のない、色白でクッキリした顔、同じ色のいつものジーパン、髪も短いウェーブで、首筋がよく見えるようにしている。悦子を見ていると、どういう訳か、お洒落をしている印象はどこにも感じられない。つまり、ありのままの姿だ。

彼女の生活には、取り立てて言うほどのことはなさそうだ。個性的でないのが個性ということか。だからと言って、私は悦子の私生活について、知っていることはほとんどない。皆無に等しい。

「手紙は読んでくれたかね」

私は差出人のない手紙のことを尋ねた。持ち出しを禁じていたので、事務所で読む以外にないはずだが、

「はい、読ませて頂きました。何のことか、わたしには分かりません。できましたら、わたしを現場に連れて行って頂いて、詳しく教えてもらえませんか？　そしたら感想は言えるかもしれませんが……。それに、警察も現場に来ている訳でしょう？　チーフに言わないで警察に言えばいいのに、そう思われません？　すでに警察の手に渡っていることでしょうから、チーフには関係ないのじゃないでしょうか」

「エッちゃんもこの手紙を読んで感じたと思うが、手紙の人物は変死体の見える所に偶然居合わせたと言ってるよね。そして、手紙の差出人側からは見えて、変死体の方からは見えない位置にいた。それから、手紙の人物、この際仮の名をエックスとしようか、このエックスが見た時は死んでいなかったと言っている。つまり、この手紙にはいくつかの謎がある。

さらに言えば、エックスが警察ではなく私に言ったのはなぜか、ということだね。新聞が言っていることは誤りである、檜ノ原酒店の中に探偵社（手紙は探偵社と書いているが、看板は探偵事務所になっている）に、

この際無名で知らせよう、という訳だ。

私は確かに変死体を見たが、本当に死んでいたかどうかは、私には分かりようがない。距離もあったし、しばらくして警察が死体を囲んだ。そして階段を登ってストレッチャーで救急車まで運んだ。公園近くに駐車していた救急車に乗せて、サイレンを鳴らして発車するまで見ていた。そこに来ていた大抵の者もそうしたと思う。いち早くその場を去った者とか、変死体のあった雁木までわざわざ見に行った者はいなかったと思う。

救急車が走り去った後、周りの人の「行き倒れやろうかねえ、可哀想なもんやねえ、釣りにでも来とった者やろうか……」などという声を耳にした記憶は残っているが、それを見ていた誰が言ったのかは分からない。その場にいた者が誰と誰だったかは、全員は思い出せない。ただ、知っている顔ばかりだったと思う。つまりいつもよく見る顔で、知らない顔があったかどうかは記憶していない。この程度のことで役に立つことがあるとは思えん」と悦子を見ながら話した。

「この差出人のない手紙が、私たち探偵事務所として取り上げるに値するかどうかだ。私たちというのは、エッちゃんも含むということだが、まず、そのことをはっきりさせて取り組むことにしようか。その上で安川氏の承認を得る。承認が得られれば、経費は安川氏が持ってくれることになっている。問題は、時間と経費を使うに値する事件かどうかだ。この手紙のことを取り上げれば、今後、調査依頼が来るようになるかもしれないが……」

「わたしにはよく分かりませんが、警察はまだ捜査をしているのですか？　もう終わった事件じゃないんですか？」

「その通りだ。警察としては変死体として処理している。後は、いずれ行方不明者が浮かんでくるかどうか……。俺はこの死体は恐らく司法解剖していないのじゃないかと思う。司法解剖していれば死因は記録が残っているはずだから、行方不明者の中に浮かんでくる可能性がある。その日に現場に来ていた近所の人たちにも事情聴取をしているはずだし、事跡はあるだろう。近くの駐在にそれとなく聞いてみる方法もあるな」

「チーフは警察の捜査は終わっていないと考えている訳ですね」

「多分ね。しかし我々は警察じゃないから、捜査ではなく調査だな。事件を捜査するのは警察の仕事、我々はあくまで調査だよ」

悦子が分からないと言うのは当然だ。私が悦子にくどく言ったのは、彼女の頭にたたき込んでおきたい気持ちもあったからだ。悦子は私が話している間、小さく頷きながら聞いていたが、彼女なりの判断で飲み込んでいるだろうと思った。

こうして悦子に話していくと、話せば話すほど、ゆう子が言ったこと、「なぜ彼女は、博多まで通勤することを嫌って、普通の女性のように勤めなかったか、その理由が分からない」ということが頭に浮かんでくる。ゆう子は、悦子を普通の女の子とは思えないらしい。

差出人のない手紙について、悦子なりの考えを聞いた後、私は悦子を安川氏に紹介し、正式に私の助手として採用することの承諾を取ることに決めた。

ゆう子に言えば、まだ早すぎるのでは……と懸念を言うかもしれないが、いずれは仕事を頼むような時がやってくるだろう。ゆう子の言うように、しばらく様子を見てから、というのも頷けない訳ではないが、同じ屋根の下で生活するのに、曖昧は一番よくないと思った。私がこんな風に考えたことは、今までなかったような気がする。それに、悦子の立場を曖昧にしたくなかった。

私は柄にもなく意気込んでいた。そして、思い出し笑いをした。安川氏の高笑いする顔を思い出したのだ。

ゆう子が写した写真と簡単な履歴を添え、さらに差出人のない手紙が届いたこと、変死体の件については、すでに警察の捜査の対象になっていて、事件として捜査処理されていること、……にもかかわらず私宛てに手紙が届いたこと、新聞にも変死体として小さな記事が載ったこと、その後警察の動きは当事務所には何事もないこと等々、安川氏宛てに封書を送った。

その数日後、安川氏から郵便小包が届いた。

ゆう子はその小包を私の前に置くと、「安川さんから電話があったの?」と尋ねながら、「開けていいですか? 開けますよ」と言いながらレターオープナーを使っている。病気というほどでもないが、ゆう子は気になることは放っておけない。この傾向は年を取っても治らないようだ。

「何だ、安川さんからか? それなら分かっている」

私はそう言ってゆう子に任せた。

「名刺ですよ。エッちゃんの名刺。ああ、作ってくれたんですね。エッちゃんのこと認めてくれた訳ですね。これで我が探偵事務所の社員っていう訳ですね。これで落ち着いて仕事を頑張ってくれるでしょうよ」と言って喜んでいるようだが、今まで言っていたことと矛盾している。ただ、顔を見るとまんざらでもなさそうである。

悦子は大袈裟にはしゃぐ声で喜んだが、私は悦子の名刺の使い方に注意しなければならなかった。ゆう子が言うように、悦子が檜ノ原酒店で働くことにした理由には、私も釈然としないところがあった。悦子は勤めの経験は成功していないようだが、一応経験はしているので、頼んだことは正確に迅速にやっていこうとする気持ちは私にも伝わってくる。

ゆう子は居間にいたり、自分の仕事部屋にいたりと居場所を変えるが、専ら、手作りの人形作りに励んでいる。

二月の上旬というのは寒い日が続く頃だが、今年は気温の変動が激しい。今日は十九日日曜日、朝から快晴で気持ちのよい日だった。庭にはメジロはもちろんだが、ヒヨドリが来るようになった。うるさく鳴き耳触りで、しかもゆう子が大事にしている金柑の実を狙ってくる。ゆう子とヒヨドリの金柑争奪戦は毎年しばらく続く。二月下旬になるとゆう子が一斉に収穫してしまうので、それからは静かな庭になる。しかし、それまでの二週間くらいは、側にいる私にもいろんなかたちで被害がある。うるさく鳴くヒヨドリの声、それをののしるゆう子の声が聞こえてくる。

夕方、悦子が帰る準備をしているところへ、珍しく長男から電話がかかってきた。悦子はゆう子の部屋へ行き、「息子さんから電話です、子機を取って下さい」と急かす言い方をした。

電話の内容は、「明日の夕方からスペイン行きに添乗だ。もしものために少し貸しておいてくれ。明日の午前中のうちに振り込みを……」というものだったが、今まで借りたものを返したためしはない。

「スペイン？　スペインと言ったのか？」

5

悦子も檜ノ原酒店の仕事や雰囲気に慣れてきたようだ。「ようだ」というのは、彼女が言ったのではなく、私がそう思っただけのことだからだ。

その後、変死体のことに関して警察が事情聴取に来ることもないし、手紙のことも忘れかけていた。気温も上がってきて、かねてから計画していた家族旅行を、一泊二日ですることになった。私たち夫婦、長男夫婦と嫁の両親、さらに次男夫婦と嫁の母。初めてのことだし、計画どおりに実施することになった。私の還暦を祝うのも旅行の理由の一つだが、金が掛かることだし、最小限にということで、大分の杖立温泉に一泊。こんなメンバーでは、馬鹿騒ぎすることもできない。

悦子には留守居役を頼むことになるのだが、「大丈夫か？　一人で」と悦子の目を見ながら尋ねると、「大丈夫です。任せて下さい」と澄ました顔で言った。酒店の仕事の内容はすでに分かっているし心配はないが、不意の客があること、見知らぬ客、というのは釣り人のことだが、数人がドヤドヤと店に押しかけて来ることがある。十分注意するよう念を押したが、

「大丈夫です。前もって駐在に電話しておきます。巡回してもらうように……」と言って自慢気な笑顔を作った。

私は、電話はすべて録音すること、お客さんが来た時は身体のどこかよく声の入るところにレコーダーを忍ばせて録音しておくこと、などをゆっくり言った。そして、「手落ちのないよう録音を取っておくこと」と命

令口調で言った。

悦子は目を逸らしたりして聞いていたが、「よく分かりました。はい！　では楽しいご旅行になりますように……」などと応えた。

悦子が我が家の一室に泊まることも経験させることにした。母親に電話をすると、少し低い声で丁寧に、「よろしくお願いします」とだけ言った。恐縮しているのか、言葉が少ない。悦子の母親の声を聞くのは初めてだったが、落ち着いた印象の声だった。悦子から受けるイメージとはかけ離れていた。

私はそのまま切ってしまうのも失礼のような気がして話を続けた。この際、疑問に思っていることを聞いておくべきではないかということが頭に浮かんで、

「エッちゃん（親しみを込めて呼んだ方が相手も話しやすくなるはずと考えてこう言った）は頑張ってくれています。お陰様で助かっていますよ。よく仕事のできる人が、こんな田舎の酒屋の手伝いなんてもったいないですね。もっと高い給与で働けるはずですが、もったいないですよ」と「もったいない」を繰り返し言って、「何でしたら、私の知っている人がいますから、そこに紹介してあげてもいいですが……」と言った。

まんざら嘘ではなかった。いや、悦子がいない方がよいというのではなく、正直もっとよい給与で働けるはずだと思うからだった。しかし、意外な返事が返ってきた。

「悦子はあんな風に元気にしていますが、性格でしょうか、何事も飽きやすいところがありまして、今までも何度も仕事を替えております。迷惑を掛けたこともあります」

話し振りに変化がないところを見ると事実を話していると思われるが、勤め先の責任者に話すことではない。

「檜ノ原さんにそう言って頂き、大変ありがたく思います。大原一男さんにも無理を言いましたが、お宅様で働かせて頂けて、大変助かっております」

言うまでもないが、三十前の女性が頻繁に働き場所を替えるというのは、その職場がどうであれ、印象はよ

くないと私は経験上思う。仕事のよくできる女性でもトラブルを起こす。職場内だけでなく取引相手にも遠慮のない言い方をする時があり、自分から職場を去る原因を作る人がいる。

私は自分から言い出しておきながら、悦子のことを聞かなければよかったと思った。悪いイメージだけが残ってしまう。母親の声、話し振りは最後まで変わらなかった。終始一貫して話しぶりを変えない。つまり感情を声に表さない女のようだ。こんな女に接したのは初めてだ。人間誰でも感情は声に現れる。目の前にいれば、目を見ることで大抵のことは察しが付くが、電話ではそうはいかない。

三月二十五日、家族旅行はあいにくの雨になった。早起きをして準備をした。ゆう子も久し振りに家を空けるのに、いくらか興奮気味なのか、廊下を行ったり来たりして落ち着かない。

長男の博志が準備してくれたマイクロバスで各家を回り、揃ったところで杖立温泉へ向かった。予想していた通りの静かな旅行で、途中でトイレ休憩を利用して悦子に電話した。

悦子は元気な声で話した。いくらか興奮している気配は感じたが、それでも正確に話した。

「電話がありました。相手は酔っていまして、内容がよく分からないところがありました。録音していますので、チーフが帰ってから聞いて下さい。とにかく酔ってまして、喚くような感じでした」

「名前は言わなかったのか?」

「自分の名前は名乗りませんでした。一方的に、酒屋を潰すとか、素人探偵に何ができるかとか、そんなことを大声で喚きました。警察に電話するからと言いましたら、一方的に切りました」

悦子の方も興奮している様子だったが、怖がっている感じではなかった。いたずら電話なのか、とにかく私がいない時を狙って電話したのは間違いないようだ。

私が留守をしていて、悦子が一人であることを知っている人間。誰だろう? 携帯電話を切る時、私は「無理をするなよ、いいな、また電話する」と念を押して切った。

もし私がその場にいれば、当然悦子と電話を替わる。いきなり私が電話に出ることもあり得る。しかし、朝のうちから酔って、しかも悦子の話では泥酔しての電話のようだ。こういう輩は、よほど気の小さい人間の場合が多い。

悦子の話を聞いた後、マイクロバスに戻る途中でひょっこり思い出したことがあった。このタイプの人間に会った経験で思い出すのは、私の現役時代、若い交通事故担当者の対応がまずいという理由で、被害者が事務所に押しかけて来た時のことだ。当時、担当の直接上司であったのが私で、被害者は私に面会を求めていると、若い担当者は蒼白になって震えながら言った。

二人連れで、受付を振り切ってどかどかと踏み込んで来た。古びた作業着に泥のついたゴム長姿だった。二人が歩いた後には泥がこぼれ落ちていた。

私は二人を窓際にある応接台に案内し、ソファの席に着くよう促した。いきなり一方の年増の方が喚いた。

「あの若造では話にならん。あんたが課長か？　理事長を出せ！　理事長を！」

男はこの種の脅迫まがいのことに慣れているらしい。私は、理事長はあいにく出かけているので私が代わりに伺いますと言った。

男の話は、追突事故で車が使えなくなった、その補償を要求するというものだった。そして、車は新車に換えること、自分を含めた従業員の休業補償をすること、これができなければ覚悟せよ、と言うのであった。

私はヤクザまがいの目の前の二人をじっと見ていた。相手が落ち着いてくるのを待った。過去にこのような経験があった訳ではないが、私にできるとすれば、この興奮している二人に対して普通に話す以外にないということだった。二人は自分たちを特別の被害者と考えて話しているため、やたらに興奮し、気持ちを伝えようとしている。

「お話はよく分かりました。損害の程度については担当から聞きますが、大事なことは被害者であるあなた方です。そのことはよく分かっているつもりです。契約書に詳しくありますこと、これは小さな字で書いて読みにくいのですが、まあ一応約束事ですから、これを検討します。……ご足労ですが、もう一度会って頂けませんか」と私が言うと、並んでいる二人の一方、年増の方の表情が緩んだ。

その後、加害者にも会う必要があった。若い担当に聞くと、運転していたのは主婦で、相手が急停車したため追突したというのである。山深い谷間に住む農家で、被害者の二人が毎夜やって来て危険を感じているということだった。私は当の主婦にも会ったが、主婦の言っていることに嘘はないだろうと思った。「警察はどうでしたか？」と聞くと、警察も主婦が一方的に悪いと言ったようだった。私の一縷の望みは、被害者の中年の男が、私に笑顔を見せたことだ。

私はその時の罵声を張り上げる年増の男の顔を思い浮かべながら、マイクロバスに戻った。席に落ち着くと、谷間を走る車窓から少し風を入れて、新緑には早すぎる雨空を見ていた。

勤めを終えた私には、車の事故処理は苦い経験の一つである。当時若かった担当者は、数年後、自宅の納屋で自殺した。本当の理由は知らないが、あの頃を思い浮かべると、彼は自動車事故処理で度々問題を起こしていた。彼は一度、私と私の上司に辞職を申し入れたことがあった。しかし、私と上司は彼を何とか思い留まらせた。彼はこの仕事に不向きな性格だったかもしれない。また、今思うと、彼は心の病を患っていた可能性もある。私の前ではひたすら病気のことを隠していたのだろうか。私は彼の本当の悩みを聞き出すことができなかった。

翌日はよく晴れて、気分はよくなるところだが、私の胃袋は深酒で喘いでいた。阿蘇で休憩し、熊本市内を通る時は午後五時になっていた。我が家に戻った頃には午後九時を過ぎていた。

悦子は店も母屋の方も明かりを小さくして私たちを待っていた。そして居間に入った私とゆう子を大袈裟に迎えた。

しばらくしてソファに落ち着いた私に、二日間の出来事を報告した。その中で私が最も興味のあったのは、昨日の酔っ払いからの電話のことだ。

悦子は「聞きますか？」と録音のことを言った。私が、「今日は調子がよくない。明日にしよう」と言うと、横にいたゆう子は、「飲み過ぎよ。明日にした方がいいですよ。エッちゃんも疲れたでしょう？」と言った。

悦子を今から帰す訳にはいかない。ゆう子の仕事部屋を寝室にして、悦子を泊めることにした。二日間家に帰らないことになるが、母親への電話は悦子本人に任せることにして、私は母親と話さなかった。

翌日、私は悦子より遅れて事務所に入った。すでに悦子は事務を始めていたが、私がドアを開ける音を聞いて、驚いた顔で私を見た。私は当たり前の朝の挨拶を交わし、早速昨日の電話を聞くことにした。短い雑音の後、声が入っていた。

「お前が手伝いの女か、この馬鹿が……とぼけるな！　檜ノ原の馬鹿に言うとけ！　のぼせ上がるな！　酒屋をぶっ潰すぞ！　分かったか！　馬鹿がのぼせるなと言うとけ！　ふん、分かったか！　この馬鹿女のやろう！……こっちに出てこい！」と同じ言葉を繰り返し、話は支離滅裂だった。

レコーダーを止めて悦子の顔を見た。悦子も私を見返し、「分かりますか？　誰か……」と言った。

私は黙ってゆっくり首を振り、腕組みをした。

「名前は聞かなかったのか？……しかし、この声、話し方には特徴があるな。しきりに馬鹿と言っている。口癖だろうな。いくら酔っていても、癖は出るものだ。これだと、誰か別の人に聞いてもらえば分かるかもしれない。……しかし、これだけでは、目的が分からない。何のために朝から酔っ払って電話してきたのか。店を潰す？　何のためだ。

この男は自分によほど都合の悪いことが起こったか、それとも起こる可能性があるのか。だから俺の存在が邪魔になる、あるいは探偵事務所が邪魔になるということか。初めて聞く声だし、多分探偵事務所を言っているのだろうな」と私は曖昧に言ったが、西の井町では私の探偵事務所についてある程度の人が知っていることを証明しているとも言える。一方で、私はこれをきっかけにして、電話の主を探っていこうと考えていた。

「探偵事務所というのは、いつも問題を抱えている存在だろうな。今まで、一年近く何事もなかったが、差出人のない手紙が舞い込んでから、俺は自分が理解できないものに取り囲まれてきたような気がしてきた」

6

店の前の往来を、国道の方に向かって走って行く数人の姿が私の目に入った。

店のシャッターを上げた直後だったので、何があったのか気にも留めなかったが、居間に戻るとゆう子が慌てて入って来た。「あなた！」と短く叫んだ。ゴミ出しに行ったばかりのゆう子が、慌てて私の側に立った。

「ほら！　あの西の井橋の下に水死体があったそうですよ！……あなた、行かなくていいの？」

私は新聞を広げていたところだった。活字を拾っている目をゆう子に移し、「何だと？　水死体？」と聞き返したが、即座には信じられなかった。

西の井川は脊振山系の浮岳と十坊山から流れる川だ。西の井町のほぼ中央を流れ、川幅五〇メートルそこそこの急峻な川で、三キロほどで唐津湾に注ぐ。川下が漁港で、主として唐津湾一帯が漁場である。漁業の後継者は限られていて、高齢化もあって次第に少なくなっているようだ。漁港の二キロ西側が岩山で、山頂に小さな神仏合祀の祠がある。これが浜一帯の守り神とされ、夏秋に小さな祭りが続けられている。秋の神幸祭の御輿の行列も寂しくなってきた。

ゆう子が言った橋とは、国道からＪＲの線路を越え、さらに上方に向かう場所に架かった、長さ一〇〇メートルもないコンクリート橋である。山間の家に行くには、この橋を渡る以外にない。

海岸に沿った古い町並みの間を国道二〇二号線が東西に走り、さらに山麓を国道二〇二号バイパスが走っている。東は博多、西は唐津、この間の唐津に近い人口千人ほどの小さな町が西の井町である。最近こそ農地を宅地化し、新興住宅が立ち並んでいる一角があるが、静かな県境の町である。この町を通る人たちはこぞって「風光明媚な町」と言う。

人が死んでいる。この言葉は、私に異様な、震えるような感情を引き起こさせ、神経をいらだたせる。悦子は出勤途中に違いない。店に着いたらすぐ西の井橋に来るようゆう子に言いおくと、慌てたような顔をしていたゆう子は玄関まで私の後ろについてきた。

「分かった、すぐ行くように言いますから……」と私を急き立てた。私はゆう子に促されて、早速車を走らせることにした。悦子がまだ顔を見せていないが、とりあえず現場に向かった。

私の先を点々と小走りで急ぐ姿がある。一人の横を過ぎようとすると、「よっ！」と手を挙げて呼び止める男がいた。「乗れ！」と車を停めた私は、男が乗り込んで来ると、「誰なんだその人は？」と聞いた。「分からん。女らしいが……」と彼は言った。「女？……」私はそのまま急いだ。

町道から国道を過ぎ、次の町道に入る角にはすでに人が集まっていたが、立入り禁止のテープでその先は塞がれていた。車を近くのコンビニの駐車場に置いて橋に向かうと、キープアウト・テープの端に身体の大きな警官が長い棒を持って銅像のように立っていた。

少し躊躇したが、警官に近付き、「こういう者だが……」と小声で言って名刺入れから一枚出して柔らかく差し出した。警官は手に取りじっと見たが、「どうぞ……」と言ってテープを引っ張り上げた。私はそのままの姿勢で通り抜け橋に向かった。

警官がなぜすんなり通してくれたのか分からないが、とにかく橋に近付くことができ、私は欄干に並んでいる数人の間に立った。

川面を見た。橋の一角に葦が伸びているが、その中に赤い衣類で身を包んだ女が横たわっていた。葦が邪魔しているが、ほぼ全身を確認できる。上を向いた女の死体。衣類は裸体が透けて見える赤いシュミーズである。目は開いている。背面の半分程度が水に浸かっているが、顔、手、足、胴全体を丸々見ることができる。シュミーズ以外に身に着けている物はないようだ。

私は、「誰だろう？……」と小声で独り言を言った。

横にいた一人が、「まだ分からないそうです」と同じような小声で、しかし横の私には聞こえる大きさで言った。ポケットのデジカメで写真を撮ろうとすると、

「おい、待て！　誰だ？　聞屋か？　許可はしとらんぞ！」と言って、男が大股で私に近付いてきた。

男がカメラに手を伸ばしてきたので、私は、「あっ、失礼！　こういう者です」と名刺を渡した。

彼は目を近付け、「何だ、これは……」と怪訝な目付きで私を睨んだ。頬骨の目立つ、肉付きの悪い神経質そうな顔だった。もともと細く迫力のない目だったが、「探偵？　探偵って何だ？　どこの探偵だ？　聞いたことないぞ！」と低い声で言った。

「初めてです。よろしく……」

「誰の許可でここに入った。立入り禁止だぞ」

彼はそこで警察手帳を私の方に突き出し、すぐポケットにしまった。

「ああ、刑事さんですね。……今後世話になります。よろしくお願いします」と言うと、

「ここは探偵さんの来るとこじゃない。さあ、早く」と刑事は私を右手で追い払うしぐさをした。

その時、慌てた息遣いで悦子が私の側に来た。

「遅くなりまして、すみません」と悦子は言った。すると刑事は、

「誰だ、お前は！」と悦子に向き直って威嚇する声で言った。

悦子は素早く「はい！」と名刺を出しながら、「こういう者です。檜ノ原探偵事務所の助手です。よろしく

お願いします」と言った。

「助手？　一体何なんだお前たちは！」と一歩悦子に近付いた。

川では四、五人の鑑識らしい男たちが死体の側に集まっていたが、その中の一人が、「真壁刑事！　引き揚げますよ！　いいですか？」と大声で叫んだ。

私の側に立っていた刑事は、手を上げて、「おお、待て！　ちょっと待て！」と言って声の方に向かって行った。

悦子に「どうやって入って来たんだ？」と尋ねると、

「名刺を見せましたら、何も言わないで通してくれましたよ。チーフが先に来たからじゃありませんか？」とケロリとしていた。多分そうかもしれないが、図々しい面もあるんだなと思った。

私と悦子は側にいる数人と言葉を交わしたが、死体のことについては誰も知らなかった。その一人が「自殺でしょうかね。この様子じゃ……」と言ったが、誰も何も言わなかった。

「どなたが最初に発見されたんですか？　しかし、川の中なのによく分かりましたね……」

「わたしは家にいましたが、パトカーが来た時はびっくりしました。慌ててここに来ましたよ。……あそこに立っている老夫婦が最初の発見者のようです。男の方が駅向こうの駐在所に連絡したようです」と言うと、もう一人が、「この頃は空き巣狙いが多いそうですが、警察もピリピリしてますよ」と言った。

すると最初の男は、「空き巣狙いはまだ捕まらんのですかね。早くやってもらいたいもんですな……」と言った。

しばらくして川面の死体が六人の警官や消防団員たちによって、ゆっくり川土手を登り道路へ運ばれた。指図をしているのは、先ほどの真壁と呼ばれた刑事だ。遠くて真壁刑事が何を言っているのか分からないが、相棒らしいもう一人の若い刑事は、最初の発見者を離れた位置に移し、事情を聞いているようだった。

私は悦子を促し、第一発見者らしい老夫婦の方へ移動した。真壁刑事の側を通ったが、ジロリと見ただけで彼は何も言わなかった。多分死体の方に気持ちが行っていたのだろう。私は老夫婦の近くで、手帳にメモをとっている刑事の様子を見ていたが、何を言っているのかは分からなかった。

老婦人の方は少し震えていた。寒いのか恐怖からか、小刻みに足が震えているのが分かった。悦子も気付いたらしく、自分のコートを老婦人の肩に掛けた。悦子の行動は適切だった。老婦人は青い顔を悦子に向けて笑顔を見せた。実際、今朝は晴れているが、昨夜は一晩中雨だったせいか、少し寒く感じた。

「何時頃でしたか？ 奥さんがここを通られましたのは」

悦子が老婦人に尋ねた。私は黙って聞いていたが、悦子はその後もいくつかのことを尋ねた。亭主に尋ねながらメモをとっていた若い刑事は、時々悦子に目をやっていたが、自分の仕事に追われて、こちらには何も言わなかった。

「ここはウォーキングのコースでして、いつも六時半か七時頃にここを通ります。驚きましたよ、本当に……。近くの人でしょうかね、あんな格好をして……」

老婦人が言う「あんな格好」とは、シュミーズのことを指しているのだろう。

死体はやがてストレッチャーで救急車に運ばれ、サイレンを響かせ前原方面へ走り去った。

若い刑事は亭主に対する聞き取りを終えたのか、「それじゃあ、後で尋ねなきゃならんことが出てくると思いますので、電話番号を……」と言って、その後、「ありがとうございました。今日は一応これまでにしときます」と形だけペコリと頭を下げて、パトカーに向かった。

悦子は老婦人へのいくつかの質問で満足したのか、「チーフ、帰りましょうか。朝ご飯前でしょう？」と言って私を促した。私と悦子は老夫婦に礼を言って、離れて行った若い刑事の様子を確認した。

私と悦子はこれを機会に、駐在巡査、そして二人の刑事と顔見知りになった。若い刑事は坂本、西の井の駐在は小笠原という名らしい。私は彼らによい印象は持たなかったが、ズカズカ現場に踏み込んできた私と悦子に対して、彼らも同様に不快感を抱いたかもしれない。

7

四日後の四月一日土曜日の午後、昼食を終わったところだった。坂本刑事から電話があった。

先日、西の井川の女性死体発見現場で彼にも名刺を渡していたので、電話番号を知っているのは当然だが、こんなに早く電話してくるとは思わなかった。最初電話をとったのは悦子で、「河丸悦子です。先日は大変お世話になりました。ご苦労様でした。……チーフとお替わりします」と言って受話器を掌で塞ぐと、声を細めて「坂本、坂本刑事さんです」と言って受話器を差し出した。

西の井川で会った時とは別人のような、いくらか興奮して格式張っている声で、「ああ、坂本です。檜ノ原探偵さんですね。お願いしたいことがありまして電話したのですが、真壁刑事からのお願いです。いいですか?」と言った。

何がいいのか分からないが、真壁刑事の代理であり、聞き入れるように……という意味に受け取って、私は、「何でしょう?　……どうぞ」とあえて落ち着き払って坂本刑事の声を待った。初めての刑事からの電話だったが、割合冷静に聞いていた。

「先日の西の井川の死体の件で協力してほしいのです。早速ですが、死亡した女性の家の家宅捜索をすることになりました。詳しいことは今度会う時に話すことになりますが、檜ノ原探偵さんが見られたとおり、死体は下着一枚で横たわっていた。つまり遺留品が全くない。鑑識も周辺捜査を続けたが、何一つ手掛かりは発見されていない。

死体の氏名は西山地区の植村良子、四十歳の主婦。で、この植村良子の自宅を家宅捜索することになりました。立会人は主婦の夫、植村裕治四十五歳と、西の井代表組長、卜部槙人の二名。明後日、四月三日月曜日午前九時に現場に来て下さい。二人とも遅れないようにお願いします」と、坂本刑事はメモでも読んでいるかのように、スラスラと一気に言った。

「話は分かりましたが、一つ質問していいですか?」と聞き返すと、二、三秒の間があって、「何でしょう、どうぞ」と言った。目の前に真壁刑事がいるのだろう。

「私たちはどういう立場で協力することになるのでしょうか? 協力しないとは言いませんが……。それと、二人ということは河丸と二人のことでしょうか?」

「あなた方は、先に署長に挨拶に来るべきだったのです。署長にはいろいろと所用があって遅れていると言っておきました。で、署長はいい機会だから、手伝ってもらってはどうかという意見です。檜ノ原探偵さんにチャンスを与えようという、ありがたいお言葉です。ご都合があることは分かりますが、今後のこともありますから、協力して下さい。損はないと思いますよ」と坂本刑事は、協力しておくべきだと暗に言っている。損得で協力するつもりは毛頭ないが、拒否することまではないだろう。

「坂本刑事、わざわざ気を回して頂いてありがとうございました。こんな田舎の出来事に人手が使えないということも分かりました。河丸と二人で行けばいい訳ですね」と皮肉を込め、柔らかく言った。

「そうです。協力ありがとうございます」

「あっ、それと私たちも仕事の一環ですから、記録を残しておくために、カメラの使用を認めてもらいたいのですが。許可はとらなくていいでしょうね。その時になって駄目だと言われても困りますので……。これは報告資料になるものです。それ以外には使用しませんが……」と言うと、この時も二、三秒の間をおいて、

「撮影するものは持出しできないものに限ります。その都度許可をとって撮影して下さい」

「分かりました。そうさせてもらいます」

目の前にいた悦子は、話をしている私の顔を見ていたが、「チーフ、大変なことになりましたね。警察に協力せよということですね。わたしでいいんですかね」と言って瞬きをした。

「まあ、何だね、探偵事務所はこのくらいのことは覚悟しなけりゃいかんのだろうな。……しかし、事件に首を突っ込むことになるな。とりあえず、言われたことだけすれば文句も言われんだろうよ」

私はそうは言ったが、内心は穏やかでなかった。

「死体は近くの主婦か。坂本刑事は死因は言わなかった。遺留品がないと言ったが、他殺と見ているのかな」と私は悦子に向かって言った。

「新聞は、死体発見は報道したが、小さい記事で死因は書かなかった。近くの主婦の死亡事故と言えば、こんな田舎だ、死因は分かりそうなもんだがな」

「自分で川に飛び込んだにしては、衣類が乱れていませんでしたね。こんな風に上から死体を置いたような、真上を見て真っ直ぐな姿勢でしたよ。誰かが死体を置いたのでしょうかね？　こう、こんな風に……」と手振りを交えて悦子は言った。

私はお茶を飲みたくなって、自分の机の上の湯飲みを持って立ち上がった。悦子が手を伸ばして、私の手から湯飲みを奪うように取ると、「チーフはどう思われます？　自殺ですか、他殺ですか？」と急須からお茶を入れた。

「こんなことは初めてのことだから分からん。警察はまだ発表していないことがあると思う。それにしても死因は何なのか。警察はわれわれ素人には言わんのだろう。そうだな、あの最初に発見した人、あの人にもう少し、その時の様子を詳しく聞いてみようか。何か参考になることがあるかもしれんな。エッちゃんは名前と家を尋ねていたな？」

「はい、それは聞いています。荒川さんです。この店のことはご存じでしたよ。いつか夕方の散歩の帰りに店でビールを買ったことがあるとおっしゃってました。缶ビールでも土産に持って行きますか」

私は事件を通して顔見知りになることは無意味ではなかろうと考え、三五〇ccの缶ビール一パックを土産にすることにした。受け取ってくれることを期待して……。

老夫婦に聞きたいと思うのは、その時刻に他の人の姿は見なかったかということ。さらに、植村良子という主婦のことを、何か聞いたり見たりしたことはないか。それに、死体を発見した時の様子や、警察に連絡するまでの経過を知りたいと思った。

あの時、坂本刑事も、同じようなことを聞いたかもしれない。しかし、警察と私たちに全く同じことを言うかどうかは分からない。ひょっとすると、別のことを思い出すかもしれない。それに、警察の聴取には不慣れなはずだ。その場の心境を素直に話すには、いきなり警察というのは相応しい相手ではない。なにしろ、目と鼻の先の主婦が殺害されたという、ただならぬ出来事だ。誰だって尋常な気持ちではないだろう。

悦子は突然思い出したのか、「チーフ、荒川さんの家に行かれるのでしたら、畑中さんに会われたらどうでしょうか。畑中スギさんはお婆ちゃんですが、この間配達に行ったら、いろいろと面白い話を聞かせてくれました。町のことも詳しいようですよ。会ってみられてはどうでしょう?」と笑顔で勧めた。

しばしば配達を頼まれるのだが、悦子が我が家に来るようになってからは、もっぱら悦子の仕事になってしまった。狭い町のことだから、簡単な略図を示して持たせると、すぐ「分かりました」と言って嬉しそうに出て行く。この二カ月程度の間に、西の井の住人のことは概ね頭に入ったのだろう。

畑中スギという老婦を、私は全く知らない。ゆう子は知っているかもしれない。ゆう子の知識は保母をしていた時のものだからずいぶん古く、その頃の子供はすでに成人しているし、ゆう子の記憶も曖昧になっているかもしれない。

しかし、今度のことに限らず、酒店を営むについてゆう子の情報が役立ったことはいくつもある。最も有益なことは、「あの人は現金を払わない癖がありますからね。絶対に掛けでやってはいけませんよ。忘れていたとか何とか言って、あわよくば払わないままで済まそうとしますからね」といった情報だ。話のついでにこのようなことをゆう子から聞かされたことが何度かある。

支払いの悪い人は、必ずしも悪意でやっている訳ではない。その人の癖だ。催促されなければ払わないという人は、私も何人か知っているが、本音は払わずに済まそうとしている。催促されて、「あっ、忙しかったもので、ついつい忘れていた」なんて、こんな言い訳で世の中を平気で生きている。

小さな酒店で困るのは、この種の人間と接する時だ。西の井の中の情報はすでに私の手中にもかなりある。その最たるものが親戚や婚姻関係などの血族である。配達は悦子に任せてはいる。配達先の確認はしっかりやっているのか、今のところ間違えたことはないようだ。畑中スギなる老婦のことは、私のリストの中にはないということは、畑中スギなる婦人の血族には、これまで目立った問題が起こったことはないということだ。これから深く立ち入った場合、果たして問題はないか。

予備知識があれば好都合だが、間違った情報を知ることは、相手を誤解し、先々困ることにもなる。人の話を信じたばかりに失敗したこともある。間違った情報を知ることは、遠回りするだけでなく、精神的にショックを受け、商売に損失をもたらし続ける。

檜ノ原酒店のような小さな商いに決定的なダメージを与えるものが西の井にはある。それが血族の問題だ。この町では特に繋がりが強く、その血族にとって不利になるようなことは、いつの間にか揉み消されてしまうこともある。人間の愚かさを露呈することなのだが、過去の長い歴史の中に自然に生まれてきたもので、悪は悪、善は善という単純なことが歪められてしまうのだ。これほど、人間の陰険さや醜悪を象徴するものはない。

第一発見者の荒川某氏が新しい住宅地に住んでいることは、最初会った時に悦子が確かめていた。

私はまず畑中スギなる婦人に会うことにした。すでに檜ノ原酒店を利用した実績があるし、悦子の話では、とても屈託のない老婦人らしい。元気な声で話好きの印象が強く、丸い顔に丸い大きな目が、いっそう親しみを抱かせるという。

坂本刑事からの電話の後、早速悦子と出掛けて行った。悦子は運転しながら落ち着かないようだったが、心弾む思いがあったのだろう。

国道を渡り町道を直進して、さらに橋を渡って最初の角を右に折れて狭い道に入る。舗装されていない農道のような道で、私の軽トラックでも離合できないくらいの幅だ。この道に入って三〇〇メートルほど行った所から畑地が点在し、低い生け垣に囲まれた古い二階家が点々と連なっていて、ここが西山集落の東端になる。集落は広く、家並みは散在している。注意して見れば、助手席からでもフロントガラスの向こうに西の井川の川面が時々見える。

「次の農家風の家です。広い庭ですから、屋敷の中に駐車します。スギさんはいつも一人で家におられるようですから、今日もいらっしゃると思います」と言いながら、悦子は砂利を敷き詰めた庭へと車をゆっくり進めた。砂利を踏むタイヤの音が侵入する車の速度を知らせていて、不気味な気がする。

私は助手席から降りる時、「いつも一人でいるのか？　子供はいないのかな……」とスギの家族のことを聞いた。

「子供さんはお勤めらしいです。何でも市役所とかにお勤めと聞いていますが……」

「お孫さんは？」

「見たことありませんが、学校でしょうかね」

「なるほど……」

玄関はガラスの引き戸で、かなり古いもののようだ。私が先に立って、柱に取り付けられたブザーの小さなボタンを押した。押した回数しか鳴らない古いものだ。二回、三回押した。そこで五、六秒待つと、奥の方から「ハイ、ハイ、ハイ……」と甲高い女の声がして、廊下を玄関に向かって小走りする足音が聞こえてきた。慌てた足音だ。

私は引き戸を開けた。軽い音を立てて開いた。背が低く白髪混じりで化粧気のない、目の大きな皺の顔が現れた。私の顔を見上げて、「どちら様で？……」と戸に手を掛けたまま顔だけを出した。

「檜ノ原酒店でございます」と、私は名刺を渡しながら丁寧に頭を下げた。スギは怪訝な目をして、老眼らしい目に名刺を近付け、それから私の顔を見た。

「酒屋さん……探偵事務所ですか？　今日は何も注文はしていないはずですが……」と言った。すぐ後ろに立っている悦子に目を移して、わずかに頭を下げ、「ああっ」と言うとすぐ笑顔に変わった。

「今日は別のことでお邪魔しました。よろしいでしょうか？」と私は親しみを込めて言った。これが畑中スギとの最初の出会いであった。

「あっ、そう。それならちょうどよかった。……ここでは何ですから、中に入りませんか？　狭い所ですが……今、親愛なる大林君代が来ています。ご紹介しましょう。あなたも初めてですよね。ふん、ふん……」と尋ねながら自分で答えている。調子のいい女だ。

私は短い笑顔を作ったが、私が過去に会ってきた多くもない人たちの限られた知識から言えば、彼女の特徴のある話し方からは、面倒なことは嫌いな人だという印象を受ける。はっきりした性格で何事にも淡泊。

「じゃあ、お邪魔します」と私も通されるまま、上がり框のすぐ横のドアから、小さな応接室に入った。

そこに、ソファに掛けて私を見ているもう一人の女がいた。それが大林君代だった。君代の目もスギに負けない大きな目で、スギより澄み切って美しかった。君代は満面の笑顔を作って私を迎えた。化粧をしている顔が印象に残った。

「お楽しみのところお邪魔します。いつも利用して頂きまして、ありがとうございます。手ぶらでお邪魔していますが、少々教えて欲しいと思うことがありまして、お伺いしたところです」と言いながら君代にも名刺を渡した。

私が言い終わらないうちに、二人の婦人は真顔になった。大きな四つの瞳が私を注視していた。

「先日、西の井川で死体が発見されたそうですが、可哀想なことです。西山地区にお住まいだったと聞いていますが、どうなんでしょうか?」と私も少し顔を近付けて畑中スギを見た。スギはすぐ答えた。

「そうなんですよ。びっくりしました。わたしはまだ布団の中でしたが、わたしが行った頃には警察がいて、近付くことはできませんでしたよ。それよりね、檜ノ原探偵さん、自殺ですか? それとも他殺? それも分からないんでしょう。実はですね、檜ノ原探偵さん、植村良子さんの家は、このすぐ隣ですよ。隣の奥さんですよ、びっくりですよ。隣と言っても離れていますがね……」

畑中スギと大林君代は驚いたということばかりを話した。

私は二人に対する相槌の瞬きの後、「ご家族は何人ですか? 植村良子さんという女性は、どこかに勤めに出ていたのですか?」と尋ねた。

「警察にも聞かれましたが、知ってる限りのことはお話ししましたよ」

畑中スギが言う、知っている限りのことを、私も知る必要がある。

8

落ち着いて楽しそうにしていた二人は、私の話が植村良子の私生活に及ぶと、時々考え込みながら答えた。スギの話は次のようなものだった。

畑中スギの隣屋敷に住む植村良子。彼女は二度目の結婚であり、博多方面に働きに出ているようで、しかも土日が休みの仕事ではないらしい。仕事が休みで家にいるのは月に二、三日。洗濯物を干している姿を見ることはあるが、それ以外に隣人との接点はほとんどない。夫の植村裕治も博多方面に勤めている。子供は二人の小学生で、裕治の先妻の子である。祖母がいるが、アルツハイマー病で最近はほとんど姿を見ない。

植村裕治はもともと西の井の住人ではなく、子供の病気、「川崎病」とか聞いているが、これを治すために田舎のこの地を選んだらしい。植村家族が住む屋敷はもともと農地だった。裕治は宅地にする時にスギの家に顔を見せたが、その時以来、顔を見たことはないという。

「博多方面というだけで、具体的な場所や会社名は分からない訳ですか?」と私がスギの目を見て尋ねると、

「それが分からないのよ。全くそんな話はしませんもの、噂も聞きませんよ」と顔の前で手首を振りながら答えた。

スギと並んで掛けている君代は、スギと私の間をキョロキョロしながら、興味深そうに見比べていたが、

「あなたねえ……」と私に目を向けて話し出した。

「どこかで見た人だと、さっきから考えていたんだけども、檜ノ原さん、檜ノ原探偵さんは西の井の出身で

すか？……違うでしょう？　ねえ、そうですよね。わたし、あなたを知ってる。若い時のあなたを知ってますよ」

君代は突然関係のないことを言い出した。私はあっけにとられたが、君代は続けて、「わたしを知りません？　ねえ、檜ノ原さん、この顔、美しい顔……」と笑顔で言いながら目をいっそう大きくした。

私は「いや」と首を傾げながら言った。実際、私は何度も首を傾げて君代の目を見返したが、私にはこの大きな目を見た記憶がなかった。

「ところで、聞きにくいことですが、あなた方お二人は、どういう関係なんですか？　羨ましいくらい仲のよい友達のようですが……」

すると君代は、「……ようですが、じゃないの。本当の友達」と言って無遠慮に大口を開けた。

彼女たちから聞いた植村良子の話については、ほぼ同じ内容が警察にも伝わっていると思わなければならない。ただ、君代は西の井駐在の小笠原巡査について、いくつかの話をした。恐らく小耳に挟んだ噂話だろうが、次のようなものだ。

小笠原巡査はここに来て二年目で、西の井にも慣れてきたようだが、空き巣狙いをいまだに逮捕できないでいる。あれだけ頻繁に泥棒の噂があるのに、逮捕できないのは変ではないか。情報を連絡すると、でかい身体でミニパトカーに乗ってやって来る。メモはしていくが、その後は何の音沙汰もない。この間、郵便局で小笠原巡査と顔を合わせたので、近くの電気店の空き巣のことを話したが、私の名前や電話番号を聞いておきながら、その結果は何も言わない。今度会ったら怒鳴りつけてやろうと思っている……。

空き巣が逮捕されないのは事実だ。あの巡査は本当に使えない、などと言った。

「確かに逮捕されていませんね、なぜだか分かっているんですか？　理由が……」と尋ねている私も、変なことを聞いたと思ったが、

「檜ノ原さんもそう思うでしょう？　これはあくまで噂よ」と私に顔を近付けて、少し声を細くした。「小笠原巡査は誰かさんの飼い殺しじゃないかって噂ですよ。前の駐在もそうだったそうよ。だから捕まらないのよ」と言った。

「警察にはもちろん話せませんよね、こんな話」と私が言うと、

「もちろんよ。私は檜ノ原さんが初めての人じゃないような気がするから、情報を教えてあげましたのよ」

「やっ、それはありがとうございます」と目を薄く閉じて言った後、私は第一発見者のことをおもむろに尋ねてみた。

「あのご夫婦はとても仲がいいですよね。散歩される時に川べりで何度か会ったことがありますが、とても優しい人です。向こうの新しい住宅地の人らしくて、よそから見えた人ですよ。ご夫婦だけの家らしくて……」

老人だけの生活環境であることは分かったが、それ以外のことはスギも君代も知らないようだった。つまり、第一発見者は近くの家に駆け込むほどの知人は見当たらなかったために、駐在所へ連絡した。これが以前から西の井に住んでいる者であれば、たちまち大騒ぎになり、西山地区は蜂の巣をつついたようになったであろう。幸か不幸か、巡査に第一報が届いたため、手際よく処理されたとも言える。

駐在の小笠原巡査も満足しているだろう。彼は黄色テープの側に直立して、進入者をチェックしていたが、私を名刺一枚で通過させ、しかも悦子まで許したということは、チェック内容を誤解してしまうほど気分をよくしていたのかもしれない。あるいは緊張していたのかもしれない。

「飼い殺し」については、スギも君代も具体的な話はしなかった。私も鎌を掛けることはしなかった。私はもう潮時だろうと思い、横に掛けていた悦子に、「何か聞きたいことはないか？」と囁くように声を掛けた。悦子は別にないという目付きをした。

だが、スギが、「良子さんが亡くなった日、その次の日からいなくなった人がいるらしいのよ。話ではね、何でも良子さんと大の仲良しだったらしい。女の人で、檜ノ原探偵さんもご存じと思いますが、以前代表組長をされていた盛岡逸史さんの息子の嫁、そう、盛岡妙子という人です。しかも、それが彼女だけじゃなくて、旦那さんとお子さんの親子三人いなくなったっていう話ですよ」と言った。

私は大袈裟に、「おおっ、そうですか！　そりゃ大変ですね」と言ったが、仲良しだけの関係では何とも言えない。しかし、私は悦子に、とりあえずメモをしておくように言った。スギに対する礼儀でもあった。

「この話は警察にはされましたか？」と尋ねると、スギは、

「いいえ、警察が見えた時は、まだ知りませんでしたからね。話しておりませんよ、何にも」

「そうですか。このことを警察にも話される予定でしょうか？」と尋ねてみた。

スギは君代の顔を見た後、「話した方がよいでしょうかね？」と目を細め、眉を下げて私を見た。

「警察に話す時は、あなたが間違いないと思うことだけを話すようにした方がいいですよ。警察は根掘り葉掘り聞いてきますからね。悪くすると、容疑者扱いされないとも限りませんから、自信のないことは言わない方がいいですよ」と私は念を押す言い方をした。

私は、以前に悦子がスギから聞いたという、この盛岡逸史なる人物の気になる行動について尋ねてみることにした。彼女は意外にも澱みなく話し始めた。ということは、盛岡逸史について以前から一抹の疑問を抱いていて、誰かに話したいとヤキモキしていたのかもしれない。ここにも話好きらしいスギの性格がよく見える。悦子に話したというのは、彼女の鬱積した気持ちの捌け口として、最も適した相手だったということか。

「先日、悦子に話して頂いたそうですが、私も少しばかり興味がありますので、聞かせて頂けませんか？どうでしょう？」と、私は畑中スギの方に身を乗り出すようにした。

スギはわずかに大林君代の方を見たが、すぐ私に目線を戻して、「ああ、あのことね。悦子さんから聞かれ

たんですか？」と言って悦子の方を見た。

「そうです。わたしからチーフにお話ししました。とっても興味のあることですし、畑中さんのお話は誰でも知っているようなことではありません。ですから、畑中スギさんに会われたらどうですかって私から勧めたんです」

悦子は話を誇張した。この時、スギの顔をじっと見ていたが、表情は変えなかった。同時に私は、悦子を悪くは思わなかった。

私はいきなり核心に入った。できるだけ詳しく話を聞きたいという気持ちが働いていた。

「畑中さんはよく注意して見ておられるようですが、二人の関係ですね、盛岡逸史さんと白木健三さんは、以前は代表組長と代表会計長という関係だった訳ですが、毎日のように白木健三さんの家を訪ねるという盛岡逸史さんの目的は、畑中さんから見るとどのように思われますか？　現在も続いているんでしょうか？」

「今も続いているかは知りません。それに、わたしは毎日行かれる理由を聞いた訳じゃありませんよ。でもね、毎日というのは異常ですよね。いくら同じ時期に役員をしていたと言っても、毎日というのは妙じゃないかと思ったのよ。それでね、これは別の話だけども、盛岡逸史さんは一昨年の夏か秋か、電車に大事な書類の入った鞄を忘れたという噂があるのよ。あの人のことですから、相当調べて探しているはずですよ。それがまだ出てこないのじゃないかとわたしは思うのよ。それが二人が役員をしていた時期と重なりますからね。つまり、何か困ったことが起こっていて、いつも白木健三さんを尋ねて行って、町の中の様子や噂を気にしてるんじゃないですか……」

畑中スギの話をそのまま受け取ることは危険だが、嘘を言っている訳でもあるまい。

「その電車に置き忘れた大事なものというのは何だったか、その話はない訳ですか？……それはともかく、駐在所も目の前にあることですし、電車から降りてすぐ気付いた訳でしょうから、届け出ることだってできたはずでしょうに……。なぜ、そうしなかったんでしょうかね」と、私はスギと君代に顔を近付け、声を細めてゆっくり言った。

二人は大きな目を揃っていっそう大きくしたが、目尻の皺を深くして、「そう思うでしょ。誰でもそう思いますよ。檜ノ原さんもそう思いますよね」

スギの話を聞いていると、自分の話を人に押しつける癖があるようだ。さらにこう言った。

「酒ですよ、酒。酔っ払っていたそうです。噂ですよ」

なるほど。忘れた理由は酒にあったことは分かるが、忘れたものが何だったたか。それが白木健三を毎日訪ねる理由になるというのは……。

スギの話は所々飛躍しているように聞こえるが、一体こんなことをどうして彼女が知り得たのか、まず、それが不思議だ。

私たちは二時間近く畑中スギの家にいた。期待したほどの成果はなかったが、何よりも悦子が訪問している家から情報を得ることができたことはよかった。この件に関しては、警察と同じ程度か、あるいはそれ以上の内容を知ることができたはずだ。また、盛岡妙子一家がいなくなったのが事実であれば、放置できない。

玄関まで出て来たスギと君代に、それぞれ礼を言った。もう一度君代の大きな目を見たが、彼女が言った若い時の私については、どうしても思い出せなかった。

私と悦子は二手に分かれて、第一発見者荒川の家を探した。二、三軒を聞いて回った。多くもない軒数だから探すのは容易だった。

家の様子はそれぞれで、形も違えば色合いも異なる。多くは生け垣で目隠しをしているが、樹種もそれぞれだ。いわゆる建売りではないが、屋敷面積は統一されて売り出されたものに違いない。この宅地が開発された当時、一九九〇年前後のことだが、盛んに宅地開発が行われた。借金の多い農家は、開発公社を設立した行政の指導で農地を手放した。私が今立っているこの荒川の宅地も、その一つである。

表札の「荒川冨士彦」を確認し、悦子を促して玄関のチャイムを押した。さらに私はインターホンに近付いて、「すみません、檜ノ原でございますが……お邪魔します」と、ゆっくりとはっきりした声で言った。

十秒ほどして、玄関口にスリッパの足音が近付くのが分かった。すぐ中からドアが押し開けられた。見覚えのある顔だった。老人は少し眉間に皺を寄せたが、後ろに立っている悦子の方に目を移して「ああ……」と言葉にならない声を出し、「はーはー、あの時の……」と言いながら頷いた。

私は荒川に向かって、改めて軽く頭を下げた。荒川は知らない人間でないと安心したのか、「どうぞ」と小さな声で言った。私と悦子は低い上がり框の前に立って荒川と向き合った。荒川が見下ろすかたちになったが、姿勢を変えなかった。

「突然すみません。先日は大変でしたね。びっくりされたでしょう。しかし、よく警察に届けてくれましたね。適切な行動で私も感心しましたよ。あんな時は、なかなか冷静な行動はできないですよ」

「わたしは散歩の途中で、あなたの店のビールを買ったことがあります。お嬢さんが店番をされていました。……そうでしたよね」と言いながら悦子の方を見た。

「檜ノ原さん、実はあれからいろんな人が見えまして、わたしも正直閉口していますよ。運が悪いですよ。家内にも叱られてばかりです」

「それはそうでしょうけども、あの時の荒川さんの冷静な行動で、皆さん助かってますよ」と私は荒川を慰める言い方をした。

「あれは、殺人ですか?」と荒川は真剣なまなざしに変わった。

「警察もまだ発表しませんね。下着一枚というのがどうもね。どっちなのか、私にもよく分かりませんが……」

「死体には何も残っていないのですか？　赤いシュミーズでしたが、首を締めたとか刺し傷とか、そんな形跡はない訳ですか？」

「私も死体を間近で見ておりませんので何とも言えませんが、話では遺留品がなかったらしいですから、犯行を隠すためという線が強いかもしれませんね。……ところで荒川さんは」と言いながら私は荒川の目を見ていた。

「あの時、近くを人が通った記憶はありませんか？　それか、荒川さんが毎朝散歩している時にいつも顔を合わせている人が、あれ以来見えなくなったとか、そんなことは気付かれませんか？　それと、遺留品がないということは、盗まれた可能性もある訳です。例えば、その日は大金か貴金属かを所持していた。それを狙った物取りということも考えられますよね。被害者の植村良子という女性の顔見知りによる犯行ということもあり得ると思われます。なにしろ裸同然の下着一枚ですからね」と言いながら、私は荒川の無表情な顔の動きを注視していた。

「わたしも西の井に移ってきてまだ二年ほどですから、組合の会合に出るくらいで、特別にお付き合いをしている方はいません。博多から移ってきて、田舎でゆっくり暮らそうと考えていたのですが、突然あんなことに遭いまして驚きましたよ」と目を伏せ、一瞬だが苦い表情を見せた。

「年金暮らしで呑気な余生を考えていたのですが、あんな出来事に遭ってしまって残念です。これで西の井のイメージは完全に変わりました」と私と悦子を改めてまじまじと見ている。

「お気の毒だとは思いますが、もう一つ聞かせて頂きたいことがあるのです。……この組合の中に、最近姿を見なくなった人があるという話は聞きませんか？」

「はあ、そのことが、もう檜ノ原さんの耳に入っているのですか。さすが探偵さんですね。わたしは詳しくは知りませんが……」と言って視線を避けた。

「いや、知っていることだけで結構です。荒川さんから聞いたことは絶対に口外しません」と言うと、

「家はその角ですが、盛岡理史という人で、アルコール中毒らしいです。まだ若いのにアル中とは……。その家で回覧板が滞っているので組長さんが駐在を呼んで調べたところ、家の中はもぬけの殻だったらしいですね。

奥さんは活発で働き者のようでしたが、夜も働いていたと聞いています。夜遅く帰ってくるのを見たこともあります。夜逃げじゃないかっていう噂も聞きましたが、その後は何も聞きませんね。もともとお付き合いをする人ではありませんでした。そういえば、変わった車、ジープに乗っていましたね」

「ジープですか？　自衛隊とかが使うあのジープですか？　どういうことでしょうね、ジープっていうのは」

「分かりません。盛岡理史という人は若いのにほとんど頭髪がありませんでしたから、遠目にも分かりましたよ。組合の会合なんかでも、何か突然訳の分からないことを言い出しまして、変わった人だと思っていました。アル中が原因でしょうけどもね……」

この時、私は盛岡逸史の息子、理史の人柄を知ったのだが、話を聞いていると、何か父親と共通するものがあるように思えてくる。酒好きであること、さらに一見人目を避けているようで、実はよく目に付くような行動をすること。つまり、どこかに自己顕示欲というか、目立ちたいという欲望が見える。

9

車のエンジンを切るように悦子に言った私は、「電車が来ない時は、やけに静なところだね」とフロントガラスに向かってつぶやいた。

「そうですね、やっぱり田舎ですね。さっきの荒川冨士彦さん、この静かなところを選ばれた訳でしょうね」と悦子も前方を見ていた。

私の中には、違った情景が浮かんでいた。JR福吉駅を降り、階段を登って十数メートル南へ歩いて、そこから階段を降り、この出口へ着く。歩いてせいぜい四、五分だろう。

電車の最後部から降りて、ホームを一番後ろから歩く。最後の乗客が階段を登る時は、すでに西唐津行き電車は発車している。最後の乗客が南口を出て駐車場の中を歩く時は、駐車場の街灯がいくつかついているだけだ。終電車の発車した後の駅舎、それにホームも暗闇になっている。次の朝が来るまで明かりはない。駐車場はやっと車が見える程度の明るさ。周辺は宅地造成はできているが、雑草が覆い茂っている。懐中電灯でも持っていないと、人が辺りを歩いているかどうかを知ることはできない。

南口から良子の家まで、直線で五〇〇メートルそこそこだ。犯行はその間にしかあり得ないことになる。

明日の家宅捜索で、いくつかの問題点が浮かんでくるはずだ。真壁刑事や坂本刑事に会えば、死因、死亡時刻ぐらいは教えるだろう。あるいは駐在に聞けば、情報は持っているかもしれない。

「エッちゃんはここの駐在は知ってるよね。この前水死体を見に行った時、立ち入り禁止のテープの所に立っていたでっかい警官……」

「はい、知ってます。小笠原巡査と言ってました。あの巡査がどうかしましたか？」

「帰り道だから、駐在所に寄ってみようか。少し聞いてみたいことがある。時間はとらないから」と私は言って、悦子に駐在所に向かうように言った。

車の中で、悦子の横顔に、「あの時は小笠原巡査が通してくれたので、死体の状況を見ることもできたし……」と私は言った。

「はい、私はチーフの家族旅行の時も電話しました。親切そうな人ですが、少し頼りないところもあるような印象ですね。身体が大きいばっかりで……」と悦子は軽く笑いながら言った。

「それはエッちゃんが女性だから、特別親切だったんじゃないか」と言うと、拒否するように笑顔をなくした。

再び県道へ戻り、踏切を過ぎてすぐ右へ折れ、国道をさらに東へ三〇〇メートル程戻った所に駐在所がある。さっきの南口のほぼ反対側である。しかし、ここからは南口の様子は隠れてしまって全く見えない。悦子は駐在所の正面に停めた。小さな三間くらいの平屋の官舎で、ちょうどミニパトカーが車庫に収まっていることが分かった。

「いるようですね、小笠原巡査」と悦子が言った。

正面の引き戸は開いていて、対応に備えているが、入口で奥に向って声を掛けても応答がない。さらに「ごめんください！」と声を大きくしたが、同じことだった。

私が悦子が立っているところまで戻ろうとした時、「すみません！　お待たせしまして……」と小笠原巡査の妻らしき女性が中から現れた。私はひととおりの自己紹介をし、後ろにいた悦子も紹介した。

小笠原巡査の妻は恐縮した態度で、「何かご用でしょうか？　今、そこまで出かけておりますが……。お急ぎでしたら連絡しますが……」と言った。

「どこへお出掛けでしょうか、何でしたら私の方からそこまで行っても構いませんが……」と言うと、意外だったらしく、「いえ、すぐ帰ってくるはずですから、電話してみます」と言った。小笠原巡査は小学校へ柔道の指導に行っているという。

「なるほど、警察の方もいろいろと忙しいですな」と私は皮肉をこめて言ったが、妻は真に受けたのか、「先生たちから頼まれましてね」と言った。

私は出直した方がよいと諦めていると、妻は、「すぐ帰ってくると言ってますから……どうぞ」と言って一つだけの机を指した。

ガランとした寂しい事務所の中で、机の上に灰皿が一つあるだけだった。隅にスチールの書棚が一個、壁には帽子が掛けられていた。小笠原巡査は今、完全に職務を離れた状態になっている。

悦子と私は言われたままに、パイプ椅子に掛けていた。右手の壁の中央に一つの額が掛けられている。筆字だが、コピーと分かる字で、
一、鋭敏な感覚
一、適格な判断
一、迅速な行動
とあった。この駐在所の中には、どこを見ても、どれをとっても、この三つのスローガンに相応しい雰囲気は感じられない。

長い待ち時間に感じたが、小笠原巡査が慌てて駆け込んで来た時に腕時計を見ると、十分程度しか経っていなかった。

「お待たせしました。学校の方がいろいろありましてね」と言いながら、柔道着のまま机に着いた。

小笠原巡査は「さあ、用件は何でしょう」という具合に首の汗を拭きながら、私に向かって身構えた。眼鏡の大きな丸い顔が私を直視した。

「忙しいのにすみません。早速ですが……」と言って私は、まず先日の死体現場でのことに礼を言った。

「あの時は助かりました。しかし、実に迅速な対応でしたね。驚きましたよ。あれで周辺の皆さんは、慌てずにすんだと思います。あの立ち入り規制がなかったら、大騒ぎになっていたと思いますよ。あの額にあるように『迅速な行動』そのままでしたね。感心しました」

小笠原巡査もまんざらではない顔で、表情を緩めた。

「わたしも最初見た時はびっくりしました。わたしが駆け付けた時は、あの第一発見者のご夫婦だけでしたからね」と言いながら、小笠原巡査は引き出しからノートを取り出した。メモをとろうと準備したらしいが、

「そう、荒川さん、荒川冨士彦さんでしたね。あのお爺さんがここに駆け付けた時も冷静な話し振りで、パトカーに同乗してもらって行きましたよ。初めてあんな死体を見たとおっしゃっていましたが、わたしはそうは思いませんでした。慣れているな、初めてじゃないな、とピンと来ましたよ。普通の人はああはいきません。どうしても慌てますよ。仕事は何をされていたのか聞きましたが、普通のサラリーマン、会社勤めでしたと言いましたけども、わたしはそうは思いませんでしたね」

荒川冨士彦の印象については、私も小笠原巡査と似ているところがあった。しかし私は、荒川についてそれ以上の話はしなかった。

「あの死体の件ですが、死因ははっきりしたのですか?」と話を向けると、

「ここは駐在所ですから、これから先は前原南署、本署です。ここは指示によって動きます」と表情を硬くした。

「いや、私が伺いたいと思いましたのは、その後、司法解剖の結果も出ているのじゃないかと思いましてね、

死亡時刻は何時になっているか知りたかったもんですから……」と言うと、

「ですから、その後のことは何も知らんのですよ。捜査は本署の刑事が担当ですから……。ああ、そうだ。明日は植村良子の家宅捜索でしたが、檜ノ原さんたちも協力して下さるそうですね」

「ええ、協力するように言われています。で、今日は一つだけ小笠原巡査に教えてほしいことがあって来た訳です」と言うと、

「死因でしょう？　それがですね……」と声を小さくして、「水死ではない様子です。もちろんはっきりしたことは聞いてませんよ」

「分かっています。小笠原巡査から聞いたことは、誰にも絶対に言いませんから……」と言うと、安心したのか、

「ですから、死体で川に投げ込まれたことは間違いないと思います。それと、遺留品が何も見当たらないことから、犯人が被害者の所持品を持ち去ったと見るかどうか、目的は何か、そこらへんを明らかにするため家宅捜索をしようということになったようです」

「つまり、良子の所持品に犯人と関係するものがある、と見ている訳ですね」と私は一歩踏み込んで聞いた。

「そこは明日の捜索で分かることですが、いずれにしても遺留品がないということは、犯人は特別の目的を持って良子を殺害したのではないか。まあ、そんな見方になっているようです」

最後は頼りない話になったが、小笠原巡査の話から、警察の捜索はかなり進んでいるのではないかと思った。ただ、遺留品がないため犯人に結び付く手掛かりがない。それを探せ！　というのが署長の命令だろう。

私は、小笠原巡査に聞いてみたくなった。その一つは、盛岡妙子一家が姿を見せなくなったことを知っているか。もう一つは、良子殺害と妙子失踪に関係はないのか。近所の者にさえ挨拶なしで、新築したばかりの家を突然空けてしまうというのは、ただごとではない。

「小笠原巡査、一つ尋ねたいのですが、被害者は博多の方へ働きに出て、毎夜終電車で帰っていて、近所にも顔見知りが少ないようですが、駅舎の方の捜査はされていますか？」

「もちろん、あの夜から、唐津行の終電車から降りて来る人、駐車場を利用している人などを毎夜調べていますよ。これで福吉駅の終電車の客は概ね摑めます。あとは、あの日良子と乗り合わせていた者がいたか。いればその夜の良子の行動の一部が見えてきます。わたしが署長から命令を受けているのは、それだけです。福吉駅で起こったことについてだけです。……あとは最近多発している空き巣狙いの方に心血を注いでいる訳です。……残念ながら逮捕に至っていないのですが……。どうも西の井の人たちは、肝心のところは言わないで隠しているようですが……まあ、辛抱強くやるだけです」

話を聞いていると、小笠原巡査は果たして犯人逮捕にどこまで真剣なのか、熱心なのか理解できない。まるで他人事のように話している。心血を注いでいるなどと言っているが、彼の態度からは、そんな雰囲気は伝ってこない。まるで事務的だ。

「それで、南口を利用する人の中に、あの日の良子を知っている人はいそうですか？」

「いや、まだそこまでは進んでいません。南口を利用する者の中には七山方面から来る人もいますからね。慎重にやらないと逃げられます。それに、死体が放置されていた橋は、北口を利用する者が通過することも十分考えられますからね。……いずれにしても、被害者の所持品にヒントがあると思っていますよ」

「つまり所持品を奪うため？」

「あの事件は、殺害することだけが目的でない。……だってそうじゃありませんか、死体には外傷もなく、薬物の痕跡もない。変だと思いませんか？」

「なるほど……」と、私は小笠原巡査の話が一定の筋道を通っていることを認めた上で、彼に会ったことが無意味でなかったことを確認した。彼が言うように、この殺人には殺害の目的がいくつか隠されているようにも思える。

私はそんなことを考えながら悦子に、「じゃ、ここらで失礼しようか」とメモを取る白い手を見て言った。

小笠原巡査に礼を言い、明日はよろしくお願いしますなどと、素直な印象を与えるため、普段にない柔らかな言い方をした。

西の井駐在所を出てから、私は車の中で、殺人だけに留まらない、もっと別の理由が隠されているのではないかと考え始めていた。つまり私にとって、今の段階では殺人事件と言えるものではなかった。というのは、もし、というのは仮定のことになるが、もし良子が所持していたものを犯人が奪ったとすると、その所持品が別の方法で犯人の手に渡ることになれば、殺人は起こらなかったことになる。では、犯人が手に入れたかったものとは、人を殺めてまで手に入れなければならなかったものとは、一体何なのか。

金のために人を殺めるのはよくあることだが、その場合は目的を果たすために惨殺することが多い。良子の場合は血を見ない、しかも縊死《いし》のような索条痕もない。溺死でもない。薬殺でもない。つまりどこにも痕跡を残さない殺害。私は、目の前で不可解な出来事が起こったことに迷った。つまり、殺害以前の問題だ。

五時近くになって私は悦子と店に戻った。

ゆう子は、すぐ戻ると言って出掛けた私に対し、不機嫌な声で、「脇坂さんが見えましたよ。頼みたいことがあるとおっしゃっていましたが、内容は聞いてません。どうせ言っても分からないと思われたんじゃないですか。わたしもその方が助かりますけどね」と言いながら、悦子にも一瞬だが射すような横目を投げた。

「脇坂？　脇坂、脇坂……」

「西の井の代表会計長だとおっしゃいました。わたしは奥さんは知ってますよ。鯛網漁の季節になったら、いつも贈物の清酒を頼んでくれますよ。あの人ですよ」

私は聞いていているうちに、脇坂のことを思い出していた。しかし、はっきりしたものではない。確かあの男だろう。そう言えば毎年四月に数軒の漁師の家に、二本括りの清酒に祝い熨斗《のし》をつけて配達を頼む人がいる。他にも顔見知りで、もっぱら我が檜ノ原酒店を贔屓にしてくれる数人がいる。注文は電話で依頼する訳だが、声で誰であるかは分かる。支払いは必ずしも私が受け取っている訳ではない。今まではゆう子が受け取っていた場合が多い。いわゆる掛け売りだから、信用がないと取引はしない。

悦子はそこがまだ分かっていない。悦子には掛け売りは禁じているが、店の中には曖昧なところがまだいくつかある。

今日の脇坂の頼みとはいったい何か。即座には見当がつかない。心当たりがない。

「電話してくれればよかったがな……」と私は言ったが、実はこれも曖昧な点がある。ほとんど私の都合で、良かったり悪かったりする。

「脇坂さんが見えたのは何時頃だった?」

ゆう子は居間に引き返そうとした足を止めて、「そうねえ、三時過ぎくらいかな」と向こうを見たまま言った。

それにしても、必ず会うべきと思えば、事前に電話で私の都合を確かめて来るべきではないか。それをしないということは、必ずしも今日でなくてもよかったか、あるいはどこかへ行く途中に、ついでに寄ってみた。まあ、そんなところだろう。私の呑気さが覗くわけだが、最近は西の井の中に不可解なことが起こっているので、私の頭の中も、ついその方に引きずられそうになる。

「電話してみるかな?」

「脇坂さんに? 脇坂さんは出掛ける途中だったようよ。いないかもしれない」とゆう子は居間に向かった。

人間の堕落は簡単に伝染し、蔓延する。ゆう子は、最近になって感染した傾向が見られる。もともとは神経がピリピリしていて、神経症の傾向があるが、私の呑気さが伝染したのか、以前ほどではない。

私と悦子は同時に事務所に落ち着いた。私は間を置かず、鯛網漁の時期になってきたこと、今一つは花見の季節を迎えて、配達の仕事が多くなることを話した。

「そうですか、いよいよ忙しくなりますね」と覚悟を決めたような大袈裟な溜め息をした。

「エッちゃん、いいかね。電話で配達の注文があったら、正確にメモをするのはもちろんだけど、録音しておいてくれ。それと配達に出る時は、行き先を私やゆう子に言ってからにしてくれ。場所が分からないなら、場合によっては俺も案内役で同行するからな……」と私は優しく言った。

悦子が檜ノ原酒店で働くことになってから、まだ二カ月ほどにしかならない。仕事を飲み込むには、まだ時間がかかる。それより、ゆう子が言ったことが気になる。辞めてしまうような結果にはならないように、大事なことと思えば躊躇せずに悦子に言って聞かせた。

実際のところ、最近は悦子がいてくれて助かる場面がいくつかある。お小遣い程度の給料で、よく毎日通って来てくれる。

「エッちゃんはどう思う?」

私は、畑中スギや大林君代に聞いたこと、荒川冨士彦という第一発見者の話、でっかい小笠原巡査が言ったことについて、悦子の思うところを聞いてみたかった。

「わたしはこれからも畑中スギさんや大林君代さんに会うことがあると思います。あの人たちの話を聞いていて思いますのは、噂は噂ですが、この町のことをよく知っている人たちだということです。わたしもとても参考になります。これから、あの二人と友達になろうと思っています。いいでしょうか、チーフ」

「そうだね。でも、慎重に頼むよ」

私が悦子に慎重にと言ったのは、畑中スギや大林君代が良子に対してよい印象を持っていないような気がしたからだ。その意味でも、明日良子の家の家宅捜索に参加することは、もっけの幸いというべきか。

畑中スギや大林君代が言ったことが事実だとすれば、西山地区から良子についての情報を得ることは難しい。それより、良子が働いていたという博多の職場、もしくは良子の実家辺りだ。警察もそのことには気付いていているだろうし、調べられるだけは調べているはずだ。その結果、家の中を調べる必要があると結論付けた。こう見てくると、明日の家宅捜索によって犯人と被害者の接点が見えてくるかもしれない。

良子の家の中に重要なヒントがあるのか、あるいは決定的な物証、例えば、死体現場から持ち去られた、良子の所持品の一部が見つかる可能性もある。

「エッちゃん、明日のことだけどね、どうするかなあ……。警察も我々の所持品までは検査はしないだろう。だとすれば、ポケットレコーダーを持って行こうか。何かの役に立つかもしれない。無駄になるかもしれないが……」

「分かりました。わたしが持って行くことにします」

10

晴れていて、割り合い気持ちのよい朝だった。今日のことが気になっていなかったと言えば嘘になるが、眠れることは眠れた。

洗顔もいつもの通りだ。私は、剃刀を当てて終わりにしないと目が覚めない。どんなに忙しくても、ひととおり剃刀を当てると、朝が来た感じがしてさっぱりした気分になる。その上、座敷の縁に朝日が射していれば、これに越したことはない。ただ、今の季節はよいが、夏になると朝日は気分を悪くする。思い出すだけで嫌になるが、これは何ともならない。雨戸を閉めて陽射しを入れないようにするが、午後、雨戸を開け放つことを忘れていると、蒸し風呂に入ったようになる。私は夏に弱い体質かもしれない。

居間に行くと、いるはずのゆう子の姿がない。人形作りの仕事場にもいない。仕方なく玄関に新聞を取りに出る。

しばらくして、勝手口からゆう子の声がした。

「まだ、早過ぎたみたい。これだけ。初物なので仏壇に供えますから。我慢してくださいね」と言って流し台に立った。ゆう子が洗っている手元を見ると、ひと握りの小さな野びるが転がっている。外は意外に寒い。

「いくら何でもまだ早いぞ」と私はゆう子の背中に言った。

植村家の家宅捜索は九時からになっている。私は刑事たちを待つことにして、少し早めに悦子と車で出掛けた。

町道を過ぎ国道を渡って、西の井橋に来た。私は意識しないまま、悦子に停めるように言った。私の目はゆっくり動く川面を見ていた。あの夜は小雨が降っていたはずだ。人通りがなくなるのを確かめて、この橋の欄干から、良子を仰向けに両手で支えて葦の上に落とす。欄干はスチール製で、せいぜい一メートルくらいの高さ。この欄干を越えて、しかも上を向けてサッと手を離せば、そのままの姿勢で川面に落とすことは無理ではない。ただ、仰向けに、シュミーズが乱れないように落とすのは、容易なことではないだろう。第一力がいる。一人の仕事ではないかもしれない。

町道をそのまま進むと、しばらくして林道になるのだが、その前で右に折れる。畑に挟まれた新しいアスファルト道路ができている。この道が、新しく造成された宅地に連なる。荒川富士彦の家も、距離はあるがこの道に連なっているはずだ。

良子の家は近かった。畑の一角を過ぎて、低い槇の木の生け垣に囲まれていた。直径二〇センチくらいの丸太の門柱である。悦子に手前で停まるように言って、車の中で時間が来るのを待った。家の様子はここからは見えない。人の気配もない。九時にはなっていないが、警察ももう来てもよさそうなものを、と思いながら、じっとしていた。

「どれくらい時間がかかるのでしょうね」と嫌味を含んだ声で悦子が尋ねた。

「それは言わなかったな。要は探そうとしているものが見つかるかどうかだろう。見つかるまで探すのか、諦めてやめるのか。こんなことを考えて動きに注意すれば、真壁刑事たちがどの程度真剣にこの事件に取り組んでいるか、おおよその見当がつく。しかし、それは我々には関係ないことだ。ところでエッちゃん、今思ったんだが……」

私は少し間をおいて、

「今日は良子の所持品を調べるのもいいが、部屋の雰囲気なんかもよく見ておこう。全体を見れば、良子の性格が見えてくるかもしれない。写真もできるだけ撮っておこう。良子殺害の目的が何だったのか、家の中にヒントがあるかもしれない」と言ってから、軽く目を伏せ、静かに呼吸しながら刑事たちを待った。

私は別に緊張していた訳ではない。間を置かずにミニパトカーが到着し、真壁刑事、坂本刑事の二人が両ドアから降りた。続いて小笠原巡査が運転席から、大袋がゴロリと転げ落ちるように現れた。小笠原巡査を先頭に真壁刑事、坂本刑事が、ゆっくりとした歩調で、私たちの横を見向きもしないで、一列になって通り過ぎた。協力を頼んでおきながら、無礼だと思ったが、そのまま三人の後に続いた。

悦子は私にだけ聞こえる声で、「失礼ですね、声もかけないで……」と囁いた。悦子も私と同じ気持ちだったようだ。

木の門柱を過ぎてすぐ、ツツジや低木の庭木が並んでいた。車庫は別にあるらしい。数メートルで玄関に届いた。平屋で造りが新しくないところを見ると、どこからか移設してきたものかもしれない。右手には縁側があり、縁側の中央には沓脱ぎ石もある。縁側のある間が座敷だろう。

玄関を背にして、真壁刑事が四人に向き直った。拳を口に当てて軽く咳払いをした。

「えー、今日は植村良子殺害に関連して、害者の家宅捜索を実施する。理由は、良子の遺留品が全くないこと、犯人は遺留品を残さなければ犯人に辿り着けないと思ったのだろう。警察を甘く見るな！　いいか、徹底的に証拠品を探す！　それをつけて指示にしたがってくれ」と真壁刑事が言い終わらないうちに、私と悦子に坂本刑事が腕章と白手袋を渡した。

すると悦子が、「真壁刑事さん、わたしたちには帽子はないんですか?」と腕章をつけながら言った。

真壁刑事は冷静に、「今日は臨時なので帽子は省略させてもらう。悪しからず」と言い終わったと思ったら、すぐ、

「捜索中に私語はしませんが、質問はいいですね?」と悦子が尋ねた。

「今回河丸さんに参加願ったのは、被害者が女性だし、所持品も女性特有のものがあると思うためだ。お互い短い時間だ。分からない時は尋ね合って進めてもらいたい。それから署に運ぶもの、差し押さえ品、持ち出すもの、それぞれ品名を記録すること」と満足そうに笑みを浮かべたが、なぜ笑ったのか、私には分からなかった。

真壁刑事は右手でブザーを押した。すぐ人の顔が現れた。私はこの男性が良子の夫だろうと思った。もう一人がその後ろに立って、二人は玄関前に並んだ。

真壁刑事が横で、「紹介しておこう。この方が植村裕治さん、被害者のご主人。隣が西の井町の代表組長卜部槙人さん。二人には立ち会いをお願いする。それから……立会人との私語は厳に慎むように……」と言って、二人の方にチラッと目をやった。

私と悦子は小笠原巡査に続いて玄関を入った。まず天井の低さに驚いた。真壁刑事の指示で、私は坂本刑事、悦子は小笠原巡査と行動することになった。

真壁刑事は一人で最初の襖を開けた。そこは六畳の間で、真ん中にテーブルがあるところを見ると居間だろう。家全体は昔風で、襖、障子で仕切られた畳の間だ。特に変わった様子は見られない普通の家。これでは特別の印象は受けない。普通の人間が普通に暮らしていたとしか思えない。

「あの整理箪笥の中を見てもいいですかね」と私は隅にある小型の箪笥を指差した。

「物が少ない。持ち出したのかな……」と坂本刑事は私の指差した箪笥に近付いた。私もその後に続いた。私は引き出しを下から順次開けた。衣類が詰まっている。子供のものらしい。

「ここは子供のものばかりのようですね。子供の着替えですよ」と私が引き出しを元に戻そうとすると、坂本刑事は、

「ちょっと待ってください。一応全部出してみますから……」と、何を思ったか、下着らしい衣類を一つ残

らず足元に広げてしまった。

「よし！」と言った坂本刑事は、そのまま次の動作に移った。襖を引き開けた。布団が数段積まれていて、また同じことを繰り返した。概ね、居間の半分の広さに衣類や布団が広げられた。

「どうするんですか？　これは……」と私は少しだけ邪険に言った。

「この中に紛れ込んでいる可能性があるのですよ。隠しているかもしれんのです」と坂本刑事は広げた衣類や布団を睨んでいる。

「何を隠すんですか？」と私も衣類や布団を見下ろしたが、坂本刑事が探しているものが何か分からなかった。

「分かりませんか、檜ノ原さんには……。被害者の衣類ですよ。そこに薬物の痕跡があるかもしれんのです」

「薬物？……どういうことですか？」

「薬物などによる自殺説も捨てていないんですよ、我々は……。だからこうして特別に署長の許可をもらってやってるんです」

坂本刑事は、広げてしまった衣類や布団などを一つひとつ確認しながら横へ移動させた。

「なるほど……そうですか。それならそうと初めに言ってくれれば……」と言いながら坂本刑事と同じことをした。

これでなぜ同じ署員の協力を得られないのかが分かった。だから、坂本刑事は真壁刑事に言われて、私たちに協力を求めてきたのだ。これじゃあ誰も賛成しないだろう。私は坂本刑事に尋ねた。

「で、自殺説を言い出したのは誰です？　署長ですか？　課長ですか？　それとも……」

「そう、その、それともですよ」

坂本刑事が言っているのが真壁刑事であることは、口振りで分かる。恐らく坂本刑事は賛成していないのだろうが、相棒だから逃げられない。しかし、これでは坂本刑事が可哀想だ。これは私の言うことではないが、それよりも真壁刑事の意見を聞いてみたいとも思う。

真っ向から意見が異なれば、捜査も進まないだろう。刑事課で自殺、他殺を論じていては……。そんなことを想像しただけでも、悲哀の方が先になる。

「真壁刑事に賛成する人はいないのですか？　あなただけですか？」と坂本刑事にだけ聞こえる声で囁くと、少しの間をおき、私の方に顔を向けて、

「わたしも他殺説ですよ」と、とんでもないと言うように目を丸くして言った。

「じゃあ一人だけですか、自殺説は……」と尋ねると、

「そうです。仕方ありません。……あれでなかなか頑固でしてね。だから出世しないんですよ。……もうとっくに警部補になってもいいんですがね」

坂本刑事はやり切れない複雑な表情になっていたが、それでも布団を広げ、隅々まで上から叩き、布団の中に異物が混ざっていないかを確かめていた。

北側の隣の部屋が夫婦の間のようだった。私は真壁刑事の目を盗んで、悦子の側に近付いた。

「良子のものは、ここに置いてあるようです。箪笥には和服もたくさんあります。驚きました」と囁いて私の方をチラッと見た。

「写真が数枚ありました。一枚だけ内緒でお借りしてますから……」と言ったので、私は「えっ？」と思わず声を出しそうになったが、飲み込んで、「大丈夫か？」とだけ言った。

「真壁刑事は和服のことはあまり知らないようです。わたしもよく分かりませんが、この女性は水商売の経験がありそうです。そういう感じです。衣類も色の濃いものが多いと感じます。派手好みじゃないでしょうか。……そう言えば、水に浮かんでいた時も、口紅がとても濃かったような印象でした」

「そうか。すると家に帰る途中だな。家から出たのではなく、駅から家に帰る途中だ。……そして橋を渡る……」

私は咄嗟にそんな推理をしていた。だが、この段階で推理すべきものかどうかは自分でもよく分からない。安川氏から話があった時、飛び付く気持ちにならないで、むしろ躊躇していたのは、この仕事が面倒を抱え込み、家族も迷惑するだろうと考えたからだ。結果、私の曖昧さから引き受けることになったのだが、その時一つだけ頭の隅にあったのは、事件そのものよりも、その事件は何に起因するのかということに興味があったということだ。つまり、事件以前のことを知りたいと思ったのだ。ゆう子を納得させられたのも、熱心に事件以前を説いたからだ。

私が現役の時、二重帳簿によって大金を横領し、失踪した男がいた。男が結婚してまもなく発覚したのだが、男はその数日前、出張と称して事務所に現れていなかった。後から考えれば、どこへ何のために出張したのか、直属の上司さえ知らなかった。全く話にならないことだが、これは直属の上司の責任が重いと、当時私は思っていた。しかし、その後何事も起こらなかった。刑事一人の姿も見なかったし、職場の担当も、ただの一人も替わらなかった。

私の記憶からこの横領事件が消えないのは、なぜ横領などという大胆な行動に出てしまったのか、その原因を知りたいと思い続けているからだ。実際は事件にはならなかった訳だが……。

植村良子の事件についても、同様の気持ちだ。事件を裁くのは法律屋の仕事だ。人を裁くために法律がいくつも用意されている。法律は法律家のために作られたようなものだ。

私にとっては、あの道をあの時刻に何のために通ったのか、ということの方が大事になる。

「この箪笥と鏡台が良子のもののようです。化粧類は司法解剖当時のものと同一かどうか調べてもらった方がいいでしょうね。……わたしは化粧は使いませんから良く分かりませんが、一般の人に比べたら多いような感じを受けます」

と悦子が言った。

「持ち出すのか?」

「そうしましょう」と言いながら、メモ帳に書き込んだ。

真壁刑事が後ろに近付いてきて、「あの壁にあるものは何だ」と私に尋ねた。指差した先の壁に、七、八〇センチ四方の地図が貼り付けてあった。

「これは西の井の地図ですね。……色分けされています。何で分けているんですかね。植村さんに尋ねてみたらどうですか」と悦子は地図に近付いた。

「待て! 触るな。このまま持ち出そう。ボードに貼られたままがいい。こういうものは得てして秘密がある。隠されている。地図の裏に何か記されていないか、そこを調べる。案外こんなところからヒントが浮かぶものだ」と真壁刑事は真顔になって言った。

真壁刑事をそこに残して、私たちは台所へ移動した。そこには十分使い込まれたシステムキッチンがあった。坂本刑事が大声で植村裕治を呼んだ。ここを差し押さえられると食事もままならない。

「食事の用意は誰がされているのですか?」

「母です。あれから母にしてもらっています。洗い物の後片付けくらいは自分でできますが……。わたしが出る時は、ガスの元栓を切るようにしています。母は少しアルツハイマーの傾向がありますので……」

「そりゃ大変ですね。いつ頃からですか?」と坂本刑事は裕治に近付いて尋ねた。

「良子が来てからです。母は家の中が整理されていないと気になるようでして、いつも掃除をしています」

と下を向いて小声で言った。

どうりで家の中がよく片付いている。何一つ放置されているものが見当たらない。これは老婆の病気のせいだ。私はそう思った。

良子の死は、こんなところに根っこがあるのかもしれない……と、私は漠然と考えていた。老婆の姿は見えなかった。恐らく裕治が今日のために母を隠しているのかもしれない。

真壁刑事が、「よし！　今日はここまでにしよう」と言って玄関先に立ったのは、三時間後のことだった。一応満足したのだろう、真壁刑事の顔は始める時とは違って緩んでいた。

私たちは外に出た。すると、横に並んで歩いている悦子が私に囁くように、

「チーフ、変に思いません？　あの卜部槙人という代表組長、わたしから目を逸らしましたよ。一言も話さないでしょう？　もしかして、あの電話の人じゃないですか？　ほらっ、チーフが家族旅行された時の電話、朝から酔っていて、店を潰すぞ！　と叫んだ人ですよ。目を合わせようとしないですよ、あの人。声を出したら自分のことがわたしに分かると思ったんじゃないですか。そんな気がします……」

11

西の井橋を過ぎて、そのまま上り続けると、国道二〇二号バイパスの高架橋を通る。一瞬のことで、そこからは林道である。両側から雑木が覆いかぶさって、深山に来たような気分だ。

悦子を案内するため林道を上るのだが、今日は四月八日土曜日、空模様もまあまあで、この天気であればゆっくり花見ができる。暑からず寒からずだが、桜は満開とはいえない。こんな日を地区の花見に選んだのには、理由があるに違いない。

一時間ほど前、電話で酒とビールを注文してきたのは、女の声だった。初めて聞く悦子の声に戸惑ったようだが、私が代わって受話器を当てると、「酒屋さんよね。陸《おか》の会計です……」と言った。

私は花見だとすぐ分かった。場所も毎年同じ所だ。悦子に準備を頼み、私は領収書を作った。

林道は舗装されていない石ころだらけの狭い道で、下って来る車に会えば、どちらか一方が要所要所に設けられた、車一台が入る広さの避難場所に入って、やり過ごさなければならない。ここは大抵の場合、登って来る方が避けることになる。

幸い今日は桜のある広場まで対向車に会うことはなかった。私たちは、花見の場所に早めに着くことができた。

林道のすぐ側から北側に平地が造られていて、周囲に五本ほどの桜の古木がある。古木は、大人が両手で抱えきれないほどの太さで、枯れ落ちている枝もいくつかある。

ここは浮岳の山麓で、桜は北に面しているが、斜面は緩やかになっていて、今時分でも十分陽射しがある。申し分ない日和である。突然注文してきたところを見ると、役員の一人が今朝の日和を見て、急に決めたのだろう。

運転する悦子に広場の隅に停車することを教え、さらに陸地区は毎年花見の酒を注文する固定客であることを言った。

広場でブルーシートを広げて席を準備している一人に、「酒を持って来ました。どこら辺に置いたらいいでしょうか?」と声を掛けた。

一瞬驚いた顔をしたが、私だと分かると、「あの隅にお願いします」と桜の根元を指差した。

準備をしている一人の女が私に近付き、「いくらでしょうか?」と言ってポケットの財布を取り出した。

私は領収書と引き換えに現金を受け取り、「私のところで手伝ってもらっています。悦子といいます。よろしくお願いします」と悦子を紹介すると、悦子も笑顔を作って丁寧な挨拶をした。悦子は挨拶の仕方も心得ていて、接客に慣れていることが分かる。

車へ戻る時、悦子に、この場所から一望できる玄界灘を指差しながら、「奥は霞んでいるが、唐津湾の大半はここから望める。霞がかかってなければ、烏帽子の灯台も見ることができる」と教えた。この広場を作った頃は、左手の樹木も小さかっただろうし、当時は高島や唐津方面も望むことができたはずだと言った。

悦子は唇を硬くして目を見張り、何度も軽く頷いていた。

私たちは準備している他の数人にも礼を言って車に戻った。大きな石が車の底を打つ、助手席の私は窓に摑まらなければ頭を打ちそうだった。

「急がなくてもいいぞ!」

私はやっとそれだけを言って、跳ね上がる尻をバウンドに合わせた。

最初のカーブを曲がった後、藪の中から一台の軽トラックが飛び出して来た。その道は軽トラックがやっと通れる広さの農道で、近くのミカン園の作業をする人が主に利用している。軽トラックは危うく衝突しそうになったが、大きな掠れるような金属音を残して、横をすり抜けた。

「きゃっ!」と悦子が大声で叫んで急ブレーキを踏んだ。だが、軽トラックの方はそのまま林道を転げるようにして登って行った。

「何だ! 今のは!」

驚いた私も走り去る軽トラックを振り返った。軽トラックは停車するどころか、さらにスピードを上げたようだった。グリーンのシートで覆われていた軽トラックの荷台には、荷物が積まれていた。私は停車したまま悦子に、「顔は分かったか、今の軽トラック?」

「見たと思いますが、多分、知らない人です」と悦子は言った。声は正常だったし、落ち着いていた。

「危ないところだった。どこにも怪我はないか?」と尋ねると、

「大丈夫です。……チーフは?」と言って、「乱暴な人ですね。荷物を積んでいたからよかったのですよ、空だったらどうなったか分かりませんよ」と私の顔を覗いた。

悦子は再びエンジンをかけ、ゆっくりと発車し、石ころを避けながら林道を下った。再びバイパスの高架橋まで戻って来て、やっと全身が正常になった。

先ほどの桜は八分咲きというところだが、明日は日曜日だ。この天気であれば、他にも花見をする地区があるだろう。毎年の二、三の地区が花見をしている。電話があるかもしれない。私は悦子に、そのことを頭に入れておくよう言った。

ただ、後は林道沿いではない。『ホテル・ニュー・ビーチ』を会場にする連中もいる。桜の枝を床の間に立てて、座敷で花見をする連中もいる。この場合は個人で持ち寄ることになるので、酒を二本括りにして熨斗を

かける。個人の家の時もあれば、『ホテル・ニュー・ビーチ』まで届けてくれ、という電話もある。この時は掛け売りになることがあるので注意すること。

私は悦子にそんなことを言いながら、売掛を作らないよう注意を促した。厳しいようだが、厳守することを求めた。売上を延ばすためには、少しは売掛ができることもやむを得ないという考え方もあるが、いったん掛け売りを認めると、歯止めが掛からなくなる。田舎の酒店は特にそうだ。二代三代酒屋を続けてきた老舗でも、最近は店を締めるところが出てきた。掛け売りができなくなれば利用者も減る。ではなぜ酒蔵、醸造元が減らないか。残るのはディスカウントショップだ。薄利多売。田舎の店ではもともと需要が少ない。薄利では成り立たない。

私はそんなことを、運転する悦子に話していた。どこまで悦子の耳に届いたか分からないが……。

「エッちゃんも酒屋を手伝ってくれている訳だから、酒税法があるということだけは知っておいてくれ」と私は柔らかく言った。

車が舗装道路にかかってすぐ、パトカーが目に入った。赤色灯を点滅させて停車している。

「何だ、あれは?」と私はフロントガラスを見たまま、悦子に声を掛けた。悦子もパトカーに気付いていた。

「何でしょうね、何かあったんですかね?」

悦子は速度を落としてそのまま直進した。橋を渡って、住宅地から来るアスファルトの町道との角の小さい広場にパトカーは停車していた。パトカーに片手を掛け、寄り掛かるようにして小笠原巡査が立っていた。彼は私の車に気付くと、道の中央に進み出た。そして白手袋をした手を上げ、大袈裟に何度も笛を吹いた。悦子は小笠原巡査に触れるぐらい近くで停めた。

小笠原巡査は運転席の悦子の方に回り、窓を右手拳で軽く叩いた。

「今、下ってくる途中で軽トラックに会いませんでしたか?」

「ええ、少し上の林道で軽トラックに会いました。危なく衝突するところでしたよ。ずいぶん慌てていたようです。荷台にはグリーン・シートを被せていたので、荷物を積んでいたと思います」

「それだ！」と小笠原巡査は急に慌て出した。顔を突っ込んできて、「佐賀ナンバーでしたか？　そいつは……」と聞いた。

「それは見ませんでした。なにしろ、ぶつかりそうになって、こっちも避けるのがやっとでしたからね」

「そいつだ、間違いない！　後を追います！」

小笠原巡査は助手席に回ってきて、私に顔を近付け、「そいつが甘夏柑泥棒です。間違いありません。林道を上った訳ですね、よし！」と言ってミニ・パトカーに戻ろうとした。

私はさらに、「どっちに行くんですか？」と尋ねたが、彼はそのままミニ・パトカーに乗ろうとした。

小笠原巡査は戻って来て、「七山に逃げているはずです。……このところの空き巣狙いの犯人です。間違いありません」と言った。顔色が蒼ざめて見えた。

私は冷静を装い、「林道は急げないと思います。飛ばせませんよ。……七山に逃げるのが分かっているのなら、早道を行った方がいいですよ」と言うと、二、三秒戸惑った目を向けたが、

「それじゃあ、檜ノ原さん案内してください。先に行ってください」

私は行きがかり上、拒否することもできず、そのまま小笠原巡査の乗ったミニ・パトカーを先導することになった。私たちがミニ・パトカーの先を進むという構図は、ミニ・パトカーに追われているようにしか見えない。しかし、私たちは迷わず県道に出て、藤川線を走り白木峠を目指した。

私たちの車はいきなり制限速度を超えて、一車線のアスファルト道路を進んだ。県道に出てすぐ、ミニ・パトカーはサイレンを響かせた。静かな山麓の町は、サイレンの音で満たされてしまった。

運転している悦子は至極平然としていて、サイレンの狂ったような音にも動じない顔をしていたし、速度にも慣れているのか、運転には一つの狂いもなかった。ただ、「パトカーに追われているみたいですね」とだけ言って苦笑していた。

白木峠を越えて佐賀県に入っても、その先に見えるのは狭いアスファルトの曲がりくねった道ばかり、先に軽トラックの姿は現れなかった。もちろん目指す車の姿は知っているので、前方に車を見れば、すぐそれと分かるはずである。しかし、一向に現れない。それどころか、いよいよ七山の中心部の家並みをやり過ごして、とうとう滝川の交差点まで来てしまった。しかし、軽トラックの姿は見えない。

橋の手前で駐車し、サイレンを止めて降りてきた小笠原巡査は、初めての峠越しに神経を使ったのか、重そうな身体を左右にフラフラ揺らしながら近付いてきた。

「いませんでしたね」と声を掛けると、疲れた目をして、「どこへ消えたかな、あの野郎」と重い声で言った。

白木峠を越えるように勧めたのは私だと思い、「軽トラックが眞名子《まなご》林道を登ったのは間違いありませんから、荒谷峠を越えてここにきているはずです。途中に住宅はありませんからね」と言うと、少し安心したのか、

「それじゃあ、近くの人に尋ねてみましょうか……」と言った。

すると、後方から自転車を押して、制服姿の警官が歩いて来た。いかにも退屈そうな足取りだが、小笠原巡査に近付くと、軽く敬礼して、「どこからですか？　サイレンが聞こえたんで来てみました。……何ですか？　あなたたちは……」と小笠原巡査の身体を一瞥した。

小笠原巡査も形だけの敬礼を返して、「実は、泥棒を追って来ました。林道を上ったのは間違いありませんので、ここに来るはずです。間違いありません」と繰り返した。

警官は不審気な表情を変えなかったが、「ここは佐賀県ですよ。あなた方はどこからですか？……糸島の方ですか？」と尋ねた。

「そうです。西の井の駐在です。小笠原です」

二人の警官の間では、二、三のやりとりがあったようだが、お互いに理解したのか、小笠原巡査が私の側に戻って来て、「どうやら、この部落の上の山に隠れている可能性があるということです。山狩りします。どうしても逮捕します。間違いありません」と小笠原巡査はここでも「間違いない」を繰り返した。

再び、さらに裏手の山林へ登ることになった。ここまで来るとその上の山は、せいぜい三〇メートル程度の楢林で、人の姿を見つけるのは難しくはなさそうだった。

警官は持っていたホイッスルを悦子に渡して、「姿を見たら、これを力いっぱい吹いてください。飛んできますから、いいですね」と言った。悦子は戸惑った顔をしたが、数回深く頷いた。

小笠原巡査と七山の警官は早速山の中を登り始めた。私と悦子は山裾を通る農道を進んだ。農道には深い轍があったが、新しいものか古いものかは分からない。常時軽トラックが通っていることは間違いない。

それから二十分も歩いたろうか、前方に軽トラックが確認できた。私は悦子の腕を掴んだ。「待て！」と言ってその場に立ち止まった。シートが被せられていたが、緑色であるかどうかよく分からない。

「間違いないか？　あの車に……」と悦子に尋ねた。

軽トラックは一本だけある農道に張り出した、大きなねむの木の下で陽射しを避けていた。シートの色がはっきりしないのはそのためだった。私たちは再びゆっくりと軽トラックに近付いた。

「このトラックに間違いありません。……でも、人が見えませんね」と言いながら、足音を忍ばせて悦子はさらに近付いた。もう運転席の横まで来た。悦子は助手席の方に回った私に、大きく頷いた。私も同時に頷いた。

人の気配を感じたのか、運転席でハンドルにもたれていた男は顔を上げた。

何か呟いている。男は寝ぼけていたのかもしれない。

その時、悦子はホイッスルを吹いた。ホイッスルの音は小鳥の囀りに似ていたが、辺りの風に乗って響き渡り、二人の警官は転げるようにして山を下ってきた。わずかな時間だったが、警官は荒い息をしていた。

ゴム長に作業衣の男は元気のない目をしていて、逃亡する気力もないようだった。二人の大きな警官に両方から腕を掴まれ、引きずられるようにして農道を下った。私と悦子は軽トラックに乗って方向転換し、警官たちの後をノロノロと運転した。凹凸ばかりの轍で、舌を噛みそうだったが、泥棒扱いされている男は、こんな農道をいつも運転しているのだろうか。

警官と男の三人はミニ・パトカーに乗り込んだ。事情聴取されているに違いないが、私はミニ・パトカーの後部座席の窓をノックした。降りてきた小笠原巡査は、至極満足そうな笑顔を見せた。

「私たちはもう帰りますよ！」と不機嫌に言うと、「すみませんでした、また、後で連絡します」とだけ言って、軽く挙手の礼をした。小笠原巡査は、もう私たちのことは頭にないようだ。

＊

私たちは西の井の我が家に戻り、急いで事務所に入った。

レジの前にいたゆう子が、「あら、お帰りなさい。ずいぶんごゆっくりでしたね。花見で一緒になって賑やかにやってるのかと思いましたよ。……どうやら、そうでもなさそうね。疲れた顔して……」と皮肉混じりの声で私の顔を追ってきた。

「それどころじゃないんだ。大変なことになってね、例の空き巣狙いが逮捕されたんだよ。それも……俺たちの目の前でだよ」

「そうですか、そりゃ大変でしたね。……それで、犯人さんはどこのどういう人でした？」

「それが七山なんだよ。七山まで追いかけて、捕まえたんだよ」

「七山？　あの山の向こうの、佐賀県の七山？　どうしてまた……」

私が説明してもゆう子は信じないだろうと思うほど、いや、自分でも信じられないような一幕だった。

それにしても、あの男は一体何者だろう。考えて分かることではないが、何とも情けない、奇妙な話だ。私は机についた悦子に、「疲れたなあ……予定が狂ってしまっただろ。小笠原巡査は犯人逮捕でご機嫌になっていたが、これが本物なら表彰ものだろうけど、あんな男が……」と、私は机の上の書類を見ている悦子の横顔を見て言った。

秋になると、福吉駅に降りて、浮岳や十坊山で登山を楽しむ人たちがいる。十坊山は高さも大したことがないし、博多からの一日のピクニックとしては適当なのかもしれない。十坊山に登る途中には甘夏柑園がいくつもある。この甘夏柑を登山の帰りに失敬して行く者がいる。一個二個ならよいが、数人で来て、リュックサックで本格的に盗む者が出てくる。

何年か前、古い話になるが、あろうことか、その甘夏柑を重そうに背負って帰る人を見て、同情して車で駅まで送った人がいた。ところがその甘夏柑は盗まれたもので、おまけに車で駅まで送った人は園主だったという、笑うに笑えない実話がある。

大事に育て、待ちに待って、明日から収穫の喜びをと思っていたのが、忽然と消えてしまう。この類の話は全国いたるところにある。人間だけじゃない。鳥獣による被害も同様だ。

今日は張本人の一人と目を合わせた。この男が犯人か、と思いたくなるような特徴のない顔立ちだ。こういう人間には二つの顔があって、巧みな変貌を心得ている。言わば、はっきりした二重人格を持っていると見るべきものだろう。

「小笠原巡査にとっては大捕物だったかもしれないが、逮捕した場所が管轄外だから、これで一揉めするだろうな。俺たちも今日だけですまないかもしれない。小笠原巡査がミニ・パトカーでやって来るかもしれないぞ」

「これで空き巣狙いがなくなれば、みんな安心でしょうけども……。あんな人がトラックで盗みをするとは、あの人の家庭は、家族はどうしているんでしょうね」と悦子は私とは違った見方をしている。

「私たちの事務所は犯人逮捕が仕事ではない。小笠原巡査に任せておけばいい訳だが、ただ、嘘をつくという行為は、人にはあるものだとは言っても、嘘は犯罪を生むし、今日のような盗みが高じて、人を殺めることにならないとも限らない。普通の人間は盗むという行為で嘘をつくのだろうが、これが高じて殺人を犯してしまうとなると、精神的に異常を来していると思わなければならない。こんなことを考えると、植村良子の死も、彼女自身に問題がなかったかどうか考えてみる必要があると思う」

「そう言えば、あの日、五枚の写真のうち一枚を持ち帰ってました。同じような写真が別にもありましたから、問題はないと思います」と言って悦子は机の引き出しから取った一葉の写真を私の前に差し出した。

六人の女性と一人の男性が二列に並んでいて、男は後列右端に立っている。特徴のないスーツ姿だが、男一人というのはどういう立場なのか少し気になる。真ん中に植村良子と思われる女性が立っている。留袖で、赤と黒の鮮やかな色合いの大胆な花柄だ。私はそれをじっと見た。他の女性に比べると、彼女だけが派手な姿に見える。

私の想像だが、この写真は植村良子の何かを証明するものだ。私はそう思う。例えば、良子が再婚する時、最も親しい仲間を披露宴に呼んだ。その時の記念写真と見れば、相応しい写真じゃないか。そうだ、多分そうに違いない。私は独り合点してじっと見ていた。

「エッちゃん、これ、この写真は何かの記念写真じゃないか？」

私は尋ねる言い方で悦子の顔を見た。

「同じ時のものと思われる写真が他に数枚ありましたから、そうかもしれませんね。何かの役に立つでしょうか？」

「役立つかどうかは、これから分かるだろう。多分真壁刑事も知ってるだろうから……。そうだな、まず、この写っている人たちのことを知らないといけない。場合によっては、何かの役に立つかもしれない。その時は目っけ物だ。大事にとっといてくれ。……ああ、そうだ。このことを真壁刑事が知っているとすると、取り返しに来るかもしれない。ゆう子にプリントしてもらっといてくれ。予備だ」

「はい、分かりました」

　植村家の家宅捜索ではいくつか気になるものがあったが、写真一葉以外はすべて真壁刑事の命令で、坂本刑事がパトカーで持ち帰ってしまった。特に気になったものといえば、壁に掛けてあった地図だ。色分けされた西の井の地図。色分けの意味は何か。そこが気になる。

「どうだろうエッちゃん、植村良子の家の壁に貼られていた地図だが、エッちゃんはあの意味が分かったかね？」

「いえ、わたしには分かりません。よく見もしませんでしたし……」

「そうだな、大した意味はないかもしれないが……。一応坂本刑事に連絡してみるか……」

12

脇坂が店に現れたのは、翌日の午前十時を回った頃だった。

今朝は夜半からの雨が続いている。この雨で桜も終わりだろう。脇坂、彼は西の井の代表会計長という役職に就いている。会計長が、西の井の財産管理を任されている人物だということは誰にでも分かるが、代表とは何だ。事務に携わるものが別にもいるということか。そんな大袈裟な町か。そんなに財産を所有する団体か。それは今の私には分からない。何しろ、町内会のことはすべてゆう子に任せっきりだったから……。

「檜ノ原さんはご在宅でしょうか？　脇坂と申しますが……」と応対に出た悦子に話しかけているのが、事務所の机に座る私の耳にも聞こえた。

悦子が事務所のドアを開け、「脇坂さんという方が……」と言って名刺を示した。

脇坂のことは、私もゆう子に言われたままだったので、どこかに引っ掛かっていたのだが、そのままにしていた。別に放置していた訳ではない。

悦子の後ろにくっつくように立っていた脇坂は、「あっ、今日はご在宅で……。よかった。いや、先日も伺いましたが、お留守でして、忙しい方だと思っておりましたが、わたしの方も遅くなるとよくないと思いまして、連絡なしにやって参りました。突然で申し訳ありません。少しお時間を頂きたいのですが……」と、いかにも待ちわびていた口振りだった。

「いやいや、私の方こそ失礼しまして……。忙しいという訳ではないのですが、いろいろやぼ用がありまして……」と言って脇坂の顔を見た。実際、ここ数日はやぼ用に等しいものだった。

脇坂は中背の日焼けした男で、普段着らしい薄地の皺の寄ったブルーのジャンパーを着ているせいか、ひどく全体が痩せて見える。声は高く響く声だ。これだけで生真面目な男かどうかは判断できないが、少なくとも普通の人間より神経質ではないかと私は見た。

ソファに座るよう勧めると、彼は即座に掛けた。

「実はですね、檜ノ原さん。こんなことを相談するのはどうかと迷っていましたが、わたしとしましては、このままにしておくのはよくないと思いまして、思い切って来た訳です」と言って身構え、内ポケットから封筒を出した。そして、「これを見て頂くと分かると思いますが……」と、封筒の中から預金通帳を取り出した。

私の前に示された預金通帳は郵便局発行のもので、「熊屋同窓会」と名義が記されている。骨っぽい字でペン書きだ。中を見ると二ページにわたって印字があり、最後が残高ゼロとなっている。

「ゼロなっていることに疑問を?」と、私は脇坂が言わんとすることにすぐ感づいた。

私も団体職員として長く勤務している間、いわゆるバブル時代に、金融を担当した経験がある。毎日の仕事は数字と睨めっこだ。夜十時頃、一段落して帰途につく毎日だったが、翌朝コンピューターから吐き出されてくる打ち出しは、一五センチも二〇センチもの厚さで、これを机につくなりめくっていく。しかし、いくら数字が多かろうが、毎日のことだ、数字の打ち込みに異変があれば、悩が直観的に知らせる。「窓口を呼んでくれ!」と私は支店の担当を電話口に呼び、「これは何の数字だ。確認してくれ」とコード番号で確認する。何万件もあるその日の取引のうちの数件に疑問が生じる。これを発見するのは容易ではないが、そこで打ち込みを誤った支店の窓口メンバーを調べて、目の前の職員に「この人は新人かね?」と尋ねてみる。

こんなことで発見できるのはまだよいが、数人でやっても、印鑑の不正使用は発見が難しい。

脇坂の疑問は、同窓会名義の口座に一千万円近くの高額な預金があり、しかも、それが一度に引き出されているということだ。これは脇坂個人として疑問に思ったことらしいが、極めて常識的な疑問だろう。どこに支払われたか、あるいは他の口座に移されたか、それもはっきりしない。つまり公金の行方が分からなくなっているという。

脇坂は真剣な顔で話していたが、机で自分の仕事を続けている悦子をチラッと見た。私はすぐ、「ああ、そうだ。エッちゃん、紹介しとこう」と言って脇坂に、悦子が店の手伝いをしてくれていること、探偵事務所の助手もしてもらっていることを伝えた。

脇坂が、私以外の人間の耳に入ることを警戒するのは当然で、「すみませんが、今日は檜ノ原さんだけにお願いしたいと思いまして……」とこだわった。

私は悦子に聞かせたくない何かがあるのだろうと思い、悦子にレジの方に行くように言った。そして私は、「遠慮しないで言ってください。私は絶対に他言はしません。約束します」と言った。すると脇坂は「実は……」と続けた。

「会計を引き受けなければよかったと後悔しています。こんな訳の分からないものがあるとは、前任者は言いませんでしたから……。それに、こんなことが明るみに出ますと、西の井はどうなるか、考えただけでゾッとしますよ。……わたしは知った以上はそのままにしておけない性分でしてね。困った性格です。このまま黙っておれば、それはそれで済んだ訳でしょうけども、わたしにはそれができません。このままでは眠れなくなります。現に檜ノ原さんにお会いするまで、他の人に話さないで過ごすのは大変でした。一日でも早くお会いしたいと思いまして、店の前を通る時は中を覗いておりました。すみませんでした」

「そんなことはありませんが、なぜ私に？……」と脇坂の目を見ると、小さな目が私を直視して、

「いや、探偵社をされていると家内から聞きました。檜ノ原さんなら内密に調査をしてくれるのでは、と思ったもんですから」と言った。

「ええ、もちろんお引き受けすることになれば、秘密は守ります。その代わりと言ってはなんですが、脇坂さんも他言しないようにしてください。例えば奥さんにでも……」と彼の目を見ながら話すと、

「もちろん、檜ノ原さんに言われたことは守ります」と頷きながら言った。

私はゆう子の言ったことを思い出した。脇坂の奥さんから町の噂を何度となく聞いたと、ゆう子が話したことがある。噂話の好きな女は世の中には珍しくない。

脇坂に他言無用の念を押したことになるが、私も守るからあなたも守ってください、これが調査の契約だ。同時に二人の間に新しい秘密を作ることになる。

脇坂の話の内容は至極簡単で、九四〇万円の行方を探すことだが、誰にも知られずに調査する……というのが絶対条件だった。

「脇坂さん、話は分かりますが、その、絶対人に知られないように……というのはなぜでしょうか？　探していくうちには必ず、この本人に突き当たることになるはずですが、それが駄目だというのは……。理由をお聞かせください。でないと私は……」と、脇坂の目に近付こうとして、思わず立ち上がるところだった。

脇坂は両手で私を制するようにして、自分の足元を見ていた。彼の態度は拒否を表しているものだった。

私が次の言葉を言いかけた時、脇坂は、「大きな声を出さないでください。檜ノ原さん、あなたはもうすでにわたしの秘密を知ってしまったのです。いいですか檜ノ原さん。もしも、もしもですよ、このことが漏れてしまったら、つまり調査をしていることが漏れてしまったら、どういうことになるか、あなたも覚悟してください」と声を細めて言った。

「覚悟？　覚悟とは何ですか？」と私は不機嫌に言った。

「声が大きい！」と彼は店の方に横目を向けた。彼は悦子にも知られないことを約束しろと言っている。思わず私は頷いてしまった。

「檜ノ原さんに一つだけお知らせしておいた方がよかろうと思うことがあります」と言ってさらに顔を寄せてきた。

「実は一昨年の夏、この通帳の日付の前年ということになりますが、国道の佐波のカーブで死亡事故がありました。その時亡くなったのが、この預金通帳を所有していたと思われる、郵便局長の弟に当たる人物です」と言った。

「その事故が、この預金通帳とどういう関係があるのですか？」

「それは分かりません。とにかく、急ぐのは、この金がどこへ消えたかなんです」

結局私は脇坂の依頼を受け入れざるを得ない状態になったのだが、考えてみるまでもなく、この種の依頼こそ本来の私の仕事ではないかとも思う。植村良子のことは警察の仕事だ。やむなく手伝ってはいるが、私の目指していることではない。

脇坂の話によれば、当時の代表組長は盛岡逸史で、郵便局長をしていた。また、代表会計長は白木健三。彼は盛岡逸史と年齢の近い人物だったことなどを私に伝えた。依頼する上で最低限の情報を知らせようとしたのだろう。

そこで私は当然のこととして、「それならなぜ白木健三さんに尋ねないんですか？　この預金通帳があったことは、当然知っているはずでしょう……」と、私は脇坂の日焼けした顔を見ながら言った。

すると脇坂は微かに笑みを作って、「勘違いしないで下さい。何度も言いますように、人に知られないで調査したいのです。だから檜ノ原探偵にお願いする訳です」と、彼はこの時になって初めて私のことを探偵と呼んだ。

なるほど、探偵と言えば聞こえはよいが、こんな極秘の依頼をするのか。自分で言うのも変だが、理由もなく納得し、煮え切らない気分になっていた。

「いいですか？　檜ノ原探偵。ほかの誰にも絶対言わないのはもちろんですが、わたしの家に出入りすることもしないで下さい。これは特に守って下さい。いつ、誰が見ているか分かりません。あっ、そうだ！」と思わず高くなっている声を殺して、「檜ノ原探偵の携帯電話番号を教えて下さい。わたしのはこれです」と言って胸のポケットから紙片を取り出した。私も同じようにメモして渡した。

常に近くで誰かが聞いているのではないかと警戒しているようだ。用心深いと言えばそうだが、神経質過ぎるところがある。

「もう一つ、お尋ねしたいことがあります」

「それじゃあ、最後にして下さい。これ以上長居すると怪しまれますから……」

「分かりました。後で誤解があってはいけませんので最初に申し上げますが、費用のことです。我が社としましては、実費を頂戴することになっております。実費以外は原則頂きません。もちろん終了してからのことですが……」

「よく分かりました。それじゃあ、わたしの方から最後にお願いですが、わたしも頻繁にお訪ねするのはどうかと思います。できるだけ少なくして、携帯電話で確認しながら進めたいと思いますが、わたしの方から連絡する時、わたしの名前を『神屋』とさせて頂きます。名前の理由は聞かないで下さい。檜ノ原探偵も今後はわたしに連絡する時は『神屋』はいるか、と言って下さい。くれぐれもお間違いのないように、お願いいたします」

話を聞きながら、私は、脇坂の顔を見て話すのはこれが最初で最後のような気になって、日焼けして痩せた顔を見た。

脇坂はまもなく帰って行った。私は溜め息をつきながら、神屋か、と口の中で言った。

脇坂は店から出る時、悦子に短く挨拶をしていた。悦子も素直に「お疲れさまでした」と言ったようだ。

私は『神屋』との連絡を悦子にも分からないようにすることは、決して困難ではないと思った。もちろんゆう子に対してもだが、脇坂の帰った後、何か必要以上に大きな秘密を作ったようで、複雑な気持ちになった。探偵というのは四六時中こんな感じで暮らしていくのかと思うと、憂鬱になってきた。

13

第一、悟られてはならないと気を使うことが多くなり、私の脳波に変化が出てきた。理由をよく考えてみると、脇坂が自分のことを『神屋』と呼べなどと、秘密めいたことを押しつけてきてからだ。やむを得ないと言えばそのとおりだが、窮屈な感じが強くなった。すべては彼に会ってからだが、引き受けずにはっきり断ってしまえば良かった。今となってはそれもできない。

脇坂は巧みに私を誘導し、断れないように話を進めたのではないか。うまく彼の話に乗せられた。そう思うと腹が立ってくる。

食卓を挟んでゆう子と食事をとっていると、「あなた、どこか具合でも悪くなったんじゃないでしょうね。若くはないんですから、何事もあまり無理しないでくださいよ。ほどほどに願いますよ」

何かにつけ最近よく耳にするゆう子の言葉だ。

「そうかなあ。……自分では何とも思わない。どこも悪くもない」と言ってゆう子から目を逸らしている。

「脇坂さんには会ったんでしょう? 脇坂さんとこの奥さんは今年も鯛網が始まったからって、清酒を三軒分頼んでくれましたよ。いつものとおり配達ですけどもね。エッちゃんに家を教えて配達は終わっていますからね。こんど脇坂さんに会ったら、お礼を忘れないように……」とゆう子は言った。

「脇坂? いつのことだ」と尋ねると、「ほら! やっぱり変ですよ、忘れたの?」とゆう子は短く笑った。

その声は蔑んだ声を含んで聞えた。

そんな日の午後一時過ぎ、坂本刑事から電話があった。私は悦子から受話器を受け取ると、「はい、檜ノ原です。先日はどうも……」とまず礼を言った。家宅捜索以来だったからだ。本当は礼を言うのは坂本刑事の方のはずだが、刑事の癖か忙しく話し始める。礼なんか言ってる暇はないということか。

「この間の植村良子の家宅捜索のことですが、植村裕治に同行を求めて聞いてみましても、いま一つピンとこないところがあります。いっこうに埒があきません。で、幸い捜査協力をしてもらった檜ノ原さんと助手の河丸さんが地元におられます。そこでお聞きしたいことがあります。今からそちらに出ていきます。事務所に待機しておいて下さい。よろしいですね」

これは相談ではなく命令だ。そうとしか聞えない。家宅捜索の時もそうだったが、私たちが協力するのは当然だというつもりらしい。

「私も予定があるので……短い時間でしたら……」と遠慮がちに言うと、

「時間はとりません。今日が駄目なら次の機会に、こっちに出てきてもらいますが、よろしいですか?」とまるで脅迫紛いのことを言う。

「分かりました。ここで待っております……」とやむを得ず言うと、

「それじゃあ今からすぐ参りますので、出かけたりしないようにして下さい。河丸さんにも同席願いますよ」と坂本刑事は勢い込んで言った。

悪いことは重なるものだ。脇坂には極秘事項を押しつけられ、坂本刑事には協力を強要された。私は元来物事を悲観的に考えることはしないと思って生きているが、こうも自分の意思とは異なる方向に物事が進んでいってしまうのは、自分自身にどこか欠陥が生じているのではないかと考えるようになった。

脇坂に会った時、顔立ち、体付き、言葉のはしばし、どれをとっても私の心の中に沈殿した影のようなものがある。おまけに坂本刑事がそれに追い討ちを掛けてきた。

脇坂が今ごろになって、なぜ過ぎ去ったことを問題にしようとするのか、預金通帳の同窓会資金が忽然と消えている、と思った脇坂自身に問題とすべきものはないのか、身体に問題はないのか。そんなことまで私は考えるようになった。つまり精神的な問題はないのか。

居間で人形作りをしているゆう子の側に立った。私は机を離れる時はかならず悦子に行き先を言うことにしている。どんなに単純な小さなことでも習慣づけてしまえば、別に煩しくはないし、意識しなくても抵抗を感じなくなるものだ。居間ぐらいなら、少し声を大きくして呼べば声は届く。それは悦子に断ることでもないのだが、悦子にも習慣づけておく必要を感じ、些細なことだと思うが、「居間にいるからな」と言って机を離れる。

本来、私はそういう類の、言わば些細なことは言わない人間だが、気になることが増えてきた。

「脇坂さんの奥さん、出身はどこだったたっけ？　聞いていたと思うが、忘れたな」と言った。惚けた言い方になっていたが、本音でもあった。ゆう子は掌に小さいものをのせて針を通している。私の方を振り向くことはしないで「前原ですよ」とだけ言った。

「そうだったな」

私は本当に惚けているのでは……。脇坂のことを口にする時、私は彼は神経症ではないかとフッと思う。

私は立ったままガラス戸から裏庭を見ていた。槇の木の下のツツジが四つ五つ薄い桃色の花を咲かせている。時を間違えて早々と咲いてしまっているが、他の花が咲く時は、この花は枯れているだろう。誰のせいでもない。ツツジのせいだ。ツツジがひとりで勝手に咲いてしまったのだ。皆と一緒に咲けばよいものを、ばかな奴だ。

もともとは些細なことを問題にしない人間のはずだった。ツツジだって生きものだ、たまには早々と狂い咲きする枝もあるだろう。私はそんな風に考えてきたと思う。それが今ツツジを見ていると、突然理由もなく早咲きしてしまっている、ばかな奴だ、と思う。

「坂本刑事が来るそうだ。この前の植村良子の家宅捜索のことで尋ねたいことがあるらしい。なにしろ警察というのは、犯人を逮捕することだけ、逮捕が最優先だからな。……この前の写真は、コピーしてくれた写真は見せないで良いから。必要なら悦子が持っているもので対応するから……」とゆう子に言った。私には手持ちの写真はない。

「分かりました。私は会いませんから……」とゆう子は言って澄ましている。

「そうはいかんよ。尋ねに来るかもしれんから、見せないように」

「分かりました。質問されても答えないようにします」

「そうしてくれ。できれば留守にすればよいかもしれんな」

「今から出かけろというんですか、姿を隠せということ？」

「うん、まあ、そうだが……」と私は曖昧に言った。家を空けておくのも一興だが、「どこへ？」などと行き先を問われるとかえって藪蛇になるかもしれない。

「ちょっと待て、行くとするとどこだ。行った先を聞かれるかもしれん。まずいぞ」

「そうねえ、仕方がありません。出たとこ勝負でいきましょう」

私はこれには黙っていた。

真壁刑事と坂本刑事が事務所に現れたのは、およそ一時間後くらいだった。とてつもなく長い一時間だった。二人の刑事はいつも同じスーツを着ていて同じ歩き方をする。肩を揺する癖まで似ている。先に現れた色の黒いのが真壁刑事、すぐ後の落ち着かない白い方が坂本刑事だ。家に入って来たのは真壁刑事が先だった。

すぐ悦子が私を呼んだ。私もその場で返事をした。普通の声で悦子まで声は届く。私は事務所から出て刑事を迎えた。坂本刑事は酒の陳列棚を見ながら店内を一周した。

「何か珍しい酒がありそうですか？　小さな商いですから、珍しい高級品は置けませんよ。……正月過ぎまで蔫被りもあったのですが、卸屋が引き揚げていきました」と私は坂本刑事に後ろから声を掛けた。

彼はだまって陳列棚を一回りして、私の方を振り向き、「今日は急でしたが、急ぎのこともありましたので……」と言った時、事務所の中から「坂本、グズグズせんでさっさと来い！」真壁刑事の声は乱暴で、店には相応しくないものだった。

私はこんなことにはあまり気を引かれることはない。前後不覚の酔っ払いが入ってくる時はこんなものではない。耳が裂けるような叫び声を出す者もいる。この間悦子に電話したという、朝から酔った卜部槙人らしき人物もその一人だ。家宅捜索の時は酔ってるはずはない。だが、あの落ち着きのない目、私たちから逸らそうとしている目、あの時のあの動作は、正しくヒステリーの表情だ。

この種の人間には自己顕示欲の強い者が多いという。いつだったか西の井の総会に出席したゆう子が、今度の代表組長は自分から名乗り出て代表組長になったそうだ、かつてないことだと言っていたが、下心があることははっきりしている。脇坂が言っている金のことと関係があるかどうかは分からないが、卜部槙人も内偵する必要のある人物かもしれない。

この類の人間は度を過ぎると酔狂する癖がある訳だが、私はその原因の中の一つに精神的にも不安定なものを持っているからだと、かねがね思っている。世間でよく言われる「注目されたい」という欲求が常にある。子供のようなところを見せる。家宅捜索の時の表情がまさしくそうだ。酔狂もその一つの現れだろうが、だからと言って別に私は驚いたりはしない。

真壁刑事は無遠慮に人様の家の中で声を張り上げる。非常識だが、これも警察官という職業の成せる業か。私にはその程度にしか聞えない。

坂本刑事を先に事務所に入れて私が後に続いた。悦子は自分の机について仕事を続けている。揃うべき四人が揃った。

刑事の二人は黙っていた。数秒の沈黙があった。そのあと私はわざわざ出向いてもらってと礼を言った。真壁刑事はそれを待っていたように、おもむろに声を低くして、

「西の井の中の事情聴取もほぼ終わった。その中で忘れないうちに言っておくが、盛岡理史一家が植村良子の死体発見直後から家をあけている。いまだに戻っていないことが分かった」と私と悦子を見ながら言った。

恐らく表情に変化が現れないか探っているのだろう。私は真壁刑事から目を逸らした。

「不思議なことに、いまだに行方不明の捜査願いも出ない。まあ、これはおくとして、今日伺ったのは、坂本刑事から連絡したと思うが、植村良子の死因、特に所持品の中に死因に繋がるようなものは発見できなかった。残念だがそういうことだ。そこでお二人にも捜索に協力願っているので、一応感想というか、意見というか、伺いたいと思った訳です」

真壁刑事は来る前に考えていたのか、すらすらとそこまで言って私と悦子を見比べた。よほど私たちの表情が気になるらしい。

「真壁刑事、一つお尋ねしてよいでしょうか？」と今度は私が真壁刑事を睨むようにして言った。真壁刑事はめんどう臭そうに頷いた。

「私たちは、お手伝いしただけでして、予備知識も与えられていませんし、家宅捜索がどういうものか、なにしろ初めてのことですから……」と言うと、真壁刑事は片手を前に差し出して、

「いや、それはよく分かっているが、あの時、河丸さんが写真一枚を借りると言って持って帰りましたね。あれはどうしました？　大事な証拠品ですから、まさかなくしたりはしないでしょうな」と強く言った。

椅子に掛けたままの悦子が、「はい、私がお借りしました。別にも同じ物がありましたからね。その時真壁刑事にはお断りして借りたはずですが……」と言った。

すると横の坂本刑事が、「借りた物は返さなければならない。それが常識だ。それにまったく同じ写真かどうか確認していない」と取り澄まして言った。

「分かりました」と悦子は自分の引出しから、礼の一葉の写真を真壁刑事の前に差し出した。

「この写真を見て、何か感じませんでしたか?」と真壁刑事は手にした写真をひっくり返したりした。

「我々はこの写真がどこで写されたものか調べてみた。背景は緞帳ですな。この緞帳はどこのものか、調べれば分かる訳だが、やっと分かった。博多にある七泉閣という日本料理店だった。どうやら植村良子という女性はここの仲居をしていたらしい。らしいというのは変だが、仲居そのものだ。店長の話だとよく働く、世話の行き届く仲居だったという。まあ、どこでも同じだが、亡くなった人のことを悪く言うものはいない。良子が亡くなる前に何か変わったことはなかったかと聞いても、悪い評判は一つもない。こうなるとますます怪しくなる。そこでこの写真だが、もう一枚のものを仲間の仲居の一人に見せたが、これは良子が再婚した時の記念写真だということだった。どうです? 何をあなた方に尋ねたいか分かるでしょう? これですよ、この中に良子の死体が発見された翌日からいなくなったという、盛岡理史の妻、盛岡妙子も写っていますよ。どうです」と真壁刑事は胸をはった。そこに悦子が口を挟んだ。

「盛岡妙子さんの行方が分からない訳ですか? さっき真壁刑事は西の井の事情聴取は終わったと言ったでしょう? だったらこの写真の中にも西の井の人がいるんじゃないですか?」

「もちろんだ。どうも接点が曖昧だ。一人ひとり言うことが違う。だから、重大な接点となるものが、良子の所持品に含まれていたのではないか、ということだ。犯人はそのことをよく承知している人物だ。それは間違いないと思う。しかし、自殺説も捨てきれない。あなた方二人は……」と私と悦子を交互に見て、「四六時中、この西の井で暮らしている訳だから、何か気付くだろうと思う。協力を願いたい。そんなことでわざわざ出てきた訳です」

真壁刑事の最後の視線は下を向いていた。どうやら行き詰まっているようだ。私はまたしても難題を吹っ掛けられたような、泥沼に足をとられたような、まったく不愉快な気分になってきた。

私が目指していたものは、犯人逮捕に奔走することではない。どちらかと言えば脇坂が依頼した調査事をやりたいと考えて安川氏の依頼を引き受けたはずだ。うまくいかないもので、脇坂にしても最初から秘密だらけで、押しつけてくる。

「真壁刑事にお尋ねしますが、犯人像といいますか、そういったものも分からない訳ですか？ 真壁刑事は他殺説ですか、自殺説ですか？ イメージは摑めそうなものですが、経験者ですから……」と優しく言うと、すかさず横から坂本刑事が、

「あのね河丸さん、イメージで仕事はできませんよ。大事なことはこれだという、自信のもてる何か、こう確証ですな」と手振りを加えた。

「私はそうは思いませんね」とこんどは私が横槍を入れた。悦子に味方した。

「殺人ということになれば、この良子殺害は実に不思議なことが多いですな。第一、凶器とか殺害方法が発表されてないじゃありませんか。分からないんですか？ 隠してるんですか？ そんなことも教えないで、ここに住んでる人間っていうだけで、分かるだろうって言われても……」と私はいくらかむきになっていた。

「そういう訳ではないのだが、檜ノ原探偵も死体の現場はご存じですから、省略したところはご免なさい。隠すつもりじゃないが、あの死体は殺害方法が発見しにくい。だからと言って過去に似たようなことがあったかと言えば、誰一人として見たことがないという。ということは、この犯人はよほど頭の良い奴か、もしくは入念な計画のもとに実行された殺人だよ。しかも、この写真の連中も誰一人として思い当たる節がないというからな」と真壁刑事は言った。

「失礼ですが真壁刑事、私とは考え方の出発点が違うようです」と思い切って言った。

「私は殺害方法じゃなくて、なぜこんな殺人、不可解な殺人が起こるのか？　そこに視点を置いて見た方が良いと思いますね。殺人事件というのは、毎日のようにマスコミに出てきます。内容も複雑ですが、私はそれよりもなぜこの事件は起きたのか、ということを考える方が大事ではないかと思っていますよ」と言ってしまったあと、私は反省した。いや、むしろここで上手く言い繕っているより、自分の考えをはっきり伝えていた方が良かったと思う。警察官とは本質において違いがあるのだ。

「あの死体を橋の上から見ていた限りでは、まるでベッドの上に寝かされたように、両手両足が揃えてあったし、シュミーズもめくれてはいなかったと思いますよ。そんなことができるのは普通の人間業じゃないと思いますがね」と私は言った。

その時、事務所のドアが開いてゆう子が笑顔でゆっくり入ってきた。後ろ手でドアを閉めると悦子が立ち上がった。茶碗をのせたお盆を受け取った。顔を出すなと言っておいたはずだが……。

「今日は大変ご苦労様でございます。わざわざ出向いてもらったりしまして、大きな声が聞えたもんですから、何事かと思いましてね。このところ西の井も物騒なことが起こったりしましてですね、私もびっくりしています。警察の方も大変でしょう」

ゆう子の言葉は辺りの空気を和ますのには十分だった。二人の警察官は腰掛けたまま短く挨拶した。

「奥さんですね？　注意しておきますが、我々が今日ここに来たことは、あまり言い触らさないで下さい。パトカーも家の前には駐車してません。人目もありますから……」と真壁刑事が言った。

「はい、そうですか。もちろん人さまに話したりはしません。ここは店をしておりますので注意しませんと……」

二人の刑事には皮肉に聞こえ、疑念を募らせただけかもしれない。しかし、私にとっては隔絶の溝を深めることになっただけだ。

真壁刑事はかるく咳払いして、「浜での変死体についても、地元の皆に聞き込みをしたが、どいつもこいつも話そうとせん。西の井というところは困ったもんだ。犯人逮捕に協力しようとする姿勢がまったくない。こんなことじゃ、また事件が起こるぞ」

真壁刑事が言ったのは本心だったろう。相当頭にきている。表情は変えようとしないが、腹の中は煮えくりかえっていたに違いない。

そこで私はこう言ってやった。

「お気持ちはよく分かります。ここの住人の口を割らせるのは苦労します。私たちも最大限協力していくつもりでいます。そのためには、全部とは言いませんが、捜査の進捗状況とか結果とか、ある程度は教えてもらいませんと……協力のしようがありません」

「今の段階で言えることは全部言ってるつもりです。質問に答えられることは可能な限り教えているつもりだが……それとも何か、もっと教えろというのかな? ただ、その際他言は謹んでもらわないと……」と言って真壁刑事はゆう子の方に目を向けた。

「よく分かりました。心しておきます。……それで早速ですが、失踪していると思われる盛岡理史一家のことですが、何か摑んでおられますか?」と話を向けると、真壁刑事は少し躊躇した目を見せて、

「一つだけ我々が注目しているのは、写真にもあるが、良子と妙子、この二人は特別に仲がよかったようだ。どうもこの二人は腕を組んだりして、親しさが違う。そうは見えんかね、河丸さん」

今度は悦子を睨んだ。すると悦子は、

「ご主人の裕治さんはどう言ってるんですか? その点……」

「あいつは知らないと言ってる。妙子のこと自体をよく知らないと言っているな」

「でも、そのことは重要ではないでしょうか？　良子という女性は西の井に嫁いできて日も浅いようですし、友人だって少ないでしょう。そんな中に親しい人が一人でもいれば、良子にとっては夫より大事な人かもしれませんよ。なにしろ普段の近所付き合いはなかったようですから……。もっと妙子の方を徹底的に調べたらどうです？」

悦子は調子に乗って言ったが、真壁刑事の顔を見ていると、悦子の言っていることに納得しているようだ。すると、今度は私の方に目を移して、「どうしてそう思うのかね？　なぜだね？」と柔らかい調子で、「檜ノ原さん、あなたは何か知ってるんじゃないですか？　隠してるんじゃないのかね」

「……何を隠すんですか。隠すものなんて何もありませんよ。それより妙子一家がいなくなった後の家の中を調べたらどうですか。ひょっとすると何か出てくるかもしれませんよ」

真壁刑事は私を睨んだまま、

「なにしろ、親の逸史が届けを出さないから、失踪とは断定できない。事件にならんのですよ」

「どうでしょう真壁刑事、近所の人たちの意見を聞いてみては……。恐らくあの組合の組長も困っているはずですから……空き家が放置されていれば火事とか、何が起こるか分かりませんよ」

言い終わって私は、これ以上肩入れすると、またぞろ協力要請などと言ってひっぱり出されるかもしれないと思った。どうやら駐在所が近いためか、小笠原巡査に任せ切りになっているようだ。私は話を止めて、後は言わないことにした。

すると真壁刑事は、「檜ノ原さん、あんたに言われるまでもない。そんなことはちゃんと調べていますよ。……ところがあそこ、南元町の組長、なんと言ったか忘れたが……」

横の坂本刑事が「大淵」と言うと、

「そう、その大淵組長、あの男は西の井の人間じゃない。どうも鹿児島訛りがある人間だが、あの団地は最近方々から移り住んだ人間が多いから、西の井のことはさっぱり知らん。要領を得ない話ばかりする。ごまかしとるのかもしれん。困った奴らだよ。組合の方から苦情が出れば、わたしらも動くことができるが、遠慮しとるようだ。誰か裏で操っとる奴がいる臭いもする。……まったく困った奴らだ」

真壁刑事は最後は投げやりになっていたが、彼が言うのも事実かもしれない。それにしても防犯上必要だと思われるが、なぜ警察に届けないのだろう。小笠原巡査になぜ言わないのだろう。真壁刑事は裏で操っている者がいると言ったが、多分彼の経験で言ったのだろうから当てにはならない。届けがないのに手を出すことはできない。真壁刑事たちは良子殺害と直接結び付くものはないと踏んでいるのだろうか。

真壁刑事も坂本刑事も、二人の神経はすべて良子の殺人事件に注がれていて、それ以外のことは次々と排除していく。一方では自殺説を言い出している真壁刑事だから、何か犯人のイメージを作り出そうとしているのかもしれない。確かに刑事たちにも焦りが見える。

真壁刑事たちの動きを見ていると、警察内部で犯人のイメージについて意思統一ができていないのではないかと感じる。

「チーフ、わたしも少し意見がありますが……」

二人の刑事に向かって事件についての自分の意見を言いたいらしく、悦子は声を大きくした。

「わたしも店の配達であの道を通る時があります。あの団地は昼間人通りがほとんどありませんが、盛岡理史さんの斜め前のお宅の白木さんが何か知ってらっしゃるかもしれません。刑事さんたちが聞き出すことができなければ配達のついでにでも、わたしから白木さんのことを組長に尋ねてみる方法もありますね。ついでの時でよければわたしが尋ねてもいいですが……」

「それはどういうことですか？　白木というのは、転居したんじゃないんですか？」

「そうです。最近のことですが転居されたと聞きました。でも、転居前は盛岡理史さんの道を挟んだ前の家ですから、当時交流があったんじゃないでしょうか。白木さんの転居先は、事情を話せば役所も教えてくれると思いますが……」

「そんないい加減なことでは話にならん。それくらいのことで理史の行方が分かるなら、組長だってとっくに言っとるはずだ」

「坂本刑事さん、あなたは組長にどんな尋ね方をしたんですか。……ほら、見なさい。小笠原巡査に任せっきりで何もしてないんでしょう」と坂本刑事を睨んで言った。

坂本刑事は一瞬だが目を逸らして、「そんなことはいちいちしなくても、小笠原巡査がいるんだ。奴と話せば分かることだ。それより良子の事件で精一杯だ……ねえ、真壁刑事」と言いながら、さらに悦子に目を移し、「今日は失踪のことを話しに来たのじゃない。良子殺害のことだ。家宅捜索で、殺害に繋がるもの、人に憎まれるようなものは何も見当たらない。あなたたちが何か知っとるかもしれんので、わざわざこうして出て来たんです」

「あのォ、これは私の感じたことですが、どうも良子の行動はいろんなことが重なっているように見えます。家の中は確かによく掃除されていました。整理が行き届いていました。これは裕治さんのお母さんの仕事で、いつも掃除しているようですね。あの時は裕治さん自身もそう言ってました。箪笥の中も無駄のない家だったと思います。でも、一つだけ意味の分らないものがありました。西の井の地図です。壁のボードに貼られていました。私は気になっていました。あの地図はたしか坂本刑事さんが持ち出してますよね。何の意味か調べはついてますか?」

私は疑問の一つを率直に言った。二人の刑事はキョトンとした目を私に向けたが、私はさらに、「西の井町を色分けする。これ自体不思議に思いませんか? あれは、あの色分けは何を意味するのか、秘密が隠されている、そうは思いませんか?」と私は二人に念を押し、さらに、「ここを探っていくと……」

真壁刑事が私の声を遮るように掌を向け、「それくらいのことは警察だって分かりますよ。疑問を持ちますよ。だがね、裕治に尋ねると、これは良子のもので、わたしにはさっぱり分からんというばかりで、埒があかんのです。……檜ノ原探偵は何か分かるんですか？」と皺のある浅黒い顔を近付けてきた。

「いや、私にも分かりません。ただ、部屋の様子から大事にしていたものであることは分かります。私ももう少し考えてみなければなりませんが、それで、あの地図を貸してもらえませんか？　お願いします」

悦子も私に合わせて、「お願いします。地図が何を意味するのか分かれば、良子さんの秘密の一つが解けるんじゃないですか？　真壁刑事さん」

真壁刑事はこの時になって真顔に変わった。そして、「地図から何か分かるのかね。檜ノ原探偵」と囁くように言った。しかし、皆に聞こえていた。

「何かと言われると、はっきりとは言えないのですが、少なくとも良子には夫に隠していることがあるのは事実です。その上で二人は再婚した。裕治もそれを認めていた。裕治の方にも認めざるを得ない、何か言えないことがあった。と考えれば……」

私はそこにいる三人に素早く目をめぐらせた。

ゆう子はいつの間にか事務所を出ていたが、あとの四人の中に五秒か、あるいは十秒かの沈黙が流れた。

「刑事、私に地図を貸してくれませんか？……私は地図に秘密があると睨んでいます」

強気だった私は、私自身を驚かせた。私はいつもだが、自分で自分を窮地に追い込んでいく、そんな癖があるようだ。これは私の性格だろうか。

14

翌四月十日、曇り空の朝、『神屋』から携帯に電話があった。

『神屋』からは電話で話す時、脇坂の名は使わないように言われているので用心しなければならないが、ゆう子の目の前では普通に話してよいと考えている。

ただ、悦子については、脇坂が慎重になっているようでもあり、彼女の前ではこっちからはできるだけ話はさけて、相槌を打つことだけを心掛けなければならない。話すのに本名を言えないのは気持ちが悪い。

今も私の返事の仕方で『神屋』も気付いたらしく、余計なことは話さないようだ。『神屋』の話はこうだった。

「ちょっとした情報ですが、空き巣狙いが捕まったということですね。何でも檜ノ原さんが逮捕したとか、もっぱらの噂ですが、どういうことですか？」と早口で言った。

しかし、いかに『神屋』と言えども、これに答えることはできない。私は事務をしている悦子を見て、「現場にいたことは事実ですが、質問に答えただけですよ」とできるだけ無関心を装って返事をした。

「さすが檜ノ原さんです。私の思っていた通りの方でした。これで私もあなたに調査依頼したことが正しかったと安心しました」と言った。これで話を止めるのかと思ったら、

「空き巣狙いが逮捕されたことで、いろいろと西の井のことも分かってくると思いますが、一つだけ、よく分からないことが耳に入りましたので、檜ノ原さんにもお知らせしておこうと思いまして電話しました。実は

ですね、空き巣に入られたという酒屋がありましたよね。もちろん檜ノ原酒店ではありませんよ、駅前の佐田酒店です。そこで升酒を飲んでいた連中の一人の、電車内に忘れ物をしたという話から、盛岡さんの忘れ物の話題になったそうです。細かなところは分かりませんが、今回の調査対象とは無関係ではないと考えましたので、お電話しました」と尻切れトンボな話をして切ってしまった。

恐らく聞かれては困る人が目の前に突然現れたのだろう。私もそのまま携帯電話を胸のポケットに押し込んで、上から軽く叩いた。

夕食の食卓で向き合っていたゆう子に、具体的な名前は出さずに電車内の忘れ物についてさりげなく話した。

「電車の中の忘れ物というのは、どう処理されるんだろうね。持ち主の名前が分かれば駅から連絡するだろけど……」と言うと、

「私は電車に忘れ物をすることはありませんから、どう処理するのか知りません。考えたこともありません」といつものように放り込むようにしてご飯を食べる。

ゆう子は飢えを経験している。ゆう子自身は普通に食べているつもりだろうが、私には飢えの後遺症がよく分かる。ごく小さな頃だが、この経験は身に付いてしまっていて、その癖は言っても分からない。ゆう子自身は普通に食べているつもりだろうが、私には飢えの後遺症がよく分かる。見ていて気の毒に思うこともある。飢えを経験することは人間性というか性格にどんな影響を与えるのか。私にはよく分からないが、少なくとも物を置き忘れるとか、食べ物を残すとか、そんなことは考えられないことだろう。だから、誰かが電車に物を忘れたと言っても、ゆう子の常識では理解できないことだ。

私はそれとは別に、『神屋』について引っ掛かるものを感じていた。というのは、『神屋』が事務所に来た時、悦子を避けたからだ。その時、『神屋』に理由を聞く間を失った。これが気持ちの中に残るというのは、私の中にも見えない何かがあるということだ。

「ゆう子、脇坂さんが来た時、同窓会通帳の残高の行方を調査することは、俺も承知した。あの時脇坂さん

は悦子を避けたが、あれは何のためだと思う？　俺はその時はあまり考えなかったが、今思うと何か引っ掛かるな。そうは思わないか？」と言うと、

「脇坂さんも私と同じじゃないですか？　私は最初から言ってるでしょう、あんな若い女の子が、こんなちっぽけな酒店で働くのはおかしいって。こんな安い給料で働くというのは変ですよ」

悦子が積極的に配達したり、友人を作ったりして、店の売れ行きが多少なりとも上向きになっているのは事実だ。このことは悦子の努力以外の何ものでもない。ゆう子も認めているし、最近は悦子のことについて疑うことは忘れているようだった。しかし、脇坂が悦子を避けたことで、今度は私自身に不安な気持ちが現れてくるようになったのも事実だ。

「あの人は人付き合いが上手いのよ。すぐ友達ができるタイプだと思う。だから用心しないとね」とゆう子は悦子のことを言った。

「どういうところを用心するんだ。用心って言ってもいろいろあるだろう？　どの用心だね」

「そりゃあ人それぞれよ。私には何となくそんな気がするって言ってるだけ。どこがどうって、そんなことはっきりは分からない」

「ずいぶん無責任な用心だな。俺はプラスの面とマイナスの面を考えると、エッちゃんがいることでプラスの面が多いと思うけどね」といくらか強く言った。

「それならそれで良いじゃないですか。私は直接仕事に関係がある訳じゃありませんからね。上手に指導して問題解決に邁進して下さい。私は後ろからお祈りするだけです」と、もっともらしい言い方で目を逸らした。

意見が合わないことは、良いこともあるが悪いことの方が多い。夫婦の間で言い訳を繰り返すのはご免だ。

「ゆう子は良子が殺害された現場を見ていないから仕方ないが、あの橋の下の様子を思い出すと、どうしても理解できないことがある。警察が殺害方法をはっきり言わないのは、結論を出せないでいるからだと思う。

死因が分かれば犯人の人物像を描くことができるんじゃないかと思うけどね。それに、真壁刑事は、西の井の中の事情聴取はほぼ終わったと言っていた。それでも犯人像が浮かんでこないのは、お互いで秘密にしているからじゃないか？　西の井は右も左も親戚ばかりだ。言い出すのを恐れているんじゃないか？　俺にはそんな気がする」と独り言のように言うと、

「それは大いにありますね。閉鎖的なところがありますから……どんな田舎でもあることかもしれませんが、西の井の場合は少し異常なところがありますよ」とゆう子は言った。

「この閉鎖性というか独特の風習は、長い歴史の中で作られたものだろうが、特に血族というのは論理以前の問題だからね。こじつけになるかもしれないが、良子殺害も、根っこにはこんなことがあるのかもしれない……」

私は話しながら、良子が再婚であること、畑中スギや大林君代が言っていた、日頃近隣の人と疎遠であることを思い出していた。良子の日常の中に隠されたものがあるのではないか。良子の日常が畑中スギや大林君代が言っている通りだとすれば、警察が事情聴取しても、何も浮かんでこないだろう。すると、良子が働いていたという博多の七泉閣での仕事ぶりを調べてみる必要がある。もちろん警察はとっくに捜査の対象にしているはずだが……。

＊

悦子に七泉閣を訪ねるように伝えたのは、その日、悦子が帰る間近になった時刻だった。帰れば近日中に七泉閣を訪ねることを母に言い、母の了解を得てくれるだろう。さらに私は、七泉閣で調べるべき内容について箇条書きにして渡し、多少の説明を加えた。

悦子としては、初めての本格的な調査になるが、これも経験だと励ます言い方をした。それに悦子であれば、

七泉閣の良子の同僚たちも、いくらか気を許すかもしれないという期待があった。

「早い方がいいですね、明日にでも出かけてみます」

私のメモを受け取り声を弾ませた。悦子が積極的になったのは初めて見る。やっぱり若い女性だ。当たり前だが、ゆう子が言うところの「気になる点」は私には分からなかった。

意外だったのは、自分の車で行くものとばかり思っていたが、翌朝早めに出勤してきて私とゆう子に挨拶したあと、駅の駐車場に車を置いて電車で行くという。やはり博多は唐津とは違って車が多い。おまけに七泉閣は初めてのことだ。多少でも不安があれば避けて行くというのが理由だった。

悦子は九時過ぎの電車で行くことになった。彼女なりの目算があることは言うまでもない。

「七泉閣の中で良子が特に仲が良かった人がいるかどうか、一人でも二人でも。良子については今後も尋ねなければならないことがあると思う。できれば手土産でも持って行ったらどうだろう。……いや、手土産は後で家の方へ送った方がいいかもしれない。それだけでも情報が一つ増えるからね」などと私はもっともらしいことを言ったと思うが、もとを正せばゆう子への面当てだ。それでも悦子の行動について次第に慎重になる自分を意識している。

店を出る時、悦子は私の渡したメモを見ながら復唱した。良子は通勤していたが、その前、つまり植村裕治との再婚前はどこに住んでいたか？　通勤はどうだったか？　勤務状態は？　家族構成は？　趣味は？　まるで身元調査だがやむを得ない。できるだけ詳細を知ることで、無残な死を招いた結果が見えてくるかもしれない。犯人は何のために植村良子を殺害したのか。

私のメモを確認したという意味なのか、悦子は最後に右手人差し指の先で自分の頭を、軽くトントンと叩いた。

悦子が事務所の前で車を発進させた後、二〇〇メートルほど先の角を左折し、西の井川の橋、この最も海岸に近い橋のことを通称「浜の橋」と言っているが、私は悦子がここを右折するまで見送っていた。店に戻り事務所の机についた。今ごろの時刻は来客はない。

静かになって思い返すと、悦子は普段の服装のままだった。ブラウスくらいは変えてくるかと思ったが、いつもの縦縞のブルーのブラウスにジーパン、靴もピンクのアクセントのあるスニーカー。一年を通して同じ服装をしている。これを見る限りでは、悦子は地味な性格なのかもしれない。

＊

私はこのところ、風のない日に散歩と称して海辺の公園に出ることにしている。私の勝手な予定だが、実際は思うほど自由な時間がある訳ではない。定年になってからもこの調子だから、私の日常というものは推して知るべしだ。これに悦子も付き合う日が時々ある。

今は悦子がいないので、レジの椅子に座ってボンヤリしている。チャイムが来客を教えたので、フッと顔をあげると、暖簾を押しながら子供が顔だけを見せた。片方の足を踏みいれたところで立ち止まり、正面奥、天井近くの柱時計に目をとめている。

「いらっしゃいませ」とその子に声を掛けると、子供は後ろを見て誰かを待っている様子だ。すぐ後に白髪の老人が現れた。「さあ……」と老人は軽く子供の背中を押した。

初めて見る老人である。子供も初めての顔だ。酒屋だから子供が一人で来ることはめったにない。たいてい知っている顔か、家族連れだ。多くの場合、子供は右側の、ゆう子の作った人形棚に駆け寄ることが多い。しかし、今来たばかりの子供は人形には見向きもしないで、柱時計の方ばかり見ている。柱時計は何かの記念のもので、人形が振り子になっているためだろう。

老人は子供の背中に手を当てたまま、「冷えたビールをお願いします。……あれですかね」と言いながら子供と一緒に奥の冷蔵庫に近付いた。

初めて見る老人に向かって私は、「どれにしましょう？　缶か瓶か……」

すると男の子が、「ビールだよ。瓶のビールだよ。お母さんはビールがいいって言ったよ」と私に向かって言った。

「はい、何本でしょうか？」

「五本だよ」

五本のビールを二つに分けて入れて差し出すと、男の子はそれを持とうとした。

「大丈夫かい、坊や」と私が声を掛けると、それには答えず三本の方を持ち上げた。

「坊や、いくつだ？」と尋ねると、「五つだよ」と言ってクルクルと澄ました目が私を見た。

老人は小さく笑っているだけだったが、目は子供の足取りを追っていた。そして先に車に戻り、子供が近付くのを待った。

「坊や、初めてだが家はどこだ？」と尋ねると、「苫小牧だよ」と言って三本のビールを両手で持ち上げ、石でも抱えているような格好で、カニの横這いのようにチョコチョコと老人の待っている車に進んだ。

その時、一人の男が苫小牧の男の子に近付いて来た。男は、「大丈夫か、坊や」と小さく声を掛けた。

男の子は声の方は見向きもしないで、祖父の方に向かった。実に危うい歩き方をしていた。

男にはゆう子が応対し、悦子はいないが、私は今日も散歩に出ることを考えていた。

＊

十二時近くになって、悦子から第一報の電話があった。

「七泉閣での聞き取りは一応済ませましたが、良子という人は、植村裕治との再婚前は仲居さんや料理人とかが住んでいる七泉閣の寮に住んでいたそうです。あとでそこまで行ってみたいと思います。近くだそうですが、ここでの良子の生活がどうだったか、聞いて来たいと思います」と悦子は言って、さらに「チーフの方から特別に何かありましたら、どうぞ！」

最後は叫ぶようになっていたが、周囲の喧騒で私の声が聞き取りにくいのだろうか。あるいは、初対面の人たちに聞き取りした直後であるし、多少興奮状態にあるのかもしれない。

「そうだなあ、特別親しかった人がいたかな？　もしそういう人がいれば、良子の家、つまり西の井に来たことがあるかどうか、尋ねておいてくれ。その人が特別の友人だったのはなぜか、どういう繋がりがあるのか知りたいね。無理しなくてもいいから……。それと、あまり遅くならんように帰って来なさい」と言うと、

「分かりました。ちょうどいい機会ですから、良子が通勤していた時の帰りの時刻に合わせて帰ってきたいと思います。終電車です」と言った。

「そんなことをして意味があるのか？」と言うと、

「つまり良子の日常について、知っておく必要があると思います」

「そりゃそうだが、あまり遅くなるなよ」

私は最後にそう言って電話を切った。私の言ったことは今の悦子にはまったく無意味なことは分かっていた。

次に悦子から電話があるまで私は居間で寛いでいた。待っている訳だから寛いだことにはならないが、とにかくボンヤリしていた。悦子が次に電話してきた時、私はソファでウトウトしていた。

こんなに遅くまで仕事をさせるのは、私の本意ではないが仕方がない、などと勝手な解釈をしていた。

「ただいま福吉駅の南出口に着きました。運の悪いことに小笠原巡査に会ってしまいました。えー、少し聞きたいことがあるそうなので、終わり次第帰ってきます」と声を大きくしていた。

「終わり次第って、店に戻ってくるのか？」と聞き返すと、答えないまま電話を切ってしまった。

小笠原巡査が終電車まで駅の南口に立っている。そのことは以前、小笠原巡査の口から聞いていたが、残念なのは悦子が彼に会ってしまったことだ。悦子のことだから余計なことは言わないだろうが、これで警察は私たちへの追及を緩めないに違いない。

それにしても、調査熱心は良いが、何のために南口に出たりしたのだろう。この間の荒川冨士彦の家からの帰りに南口に行ったが、その時のことを思い出したのだろうか。悦子の意外な行動だったが、その時私の胸の中を微風が通り抜けて行ったような気がした。

二十分ほどして、遅い！と思い、今度は私の方から悦子に電話した。しかし応答がない。まだ小笠原巡査に足留めを食っているのか。と、そこへ玄関のチャイムが鳴った。私は慌てて玄関へ行った。そこに悦子が笑顔で立っていた。

「遅くなりました」と、短く頭を下げたが、疲れている様子は見えない。いつもの微笑があった。

私はホッと安心したが、すぐ、「大変だったな。今日はここに泊まりなさい。お母さんには電話して了解してもらっているから……大丈夫だ」

そこへ自室からゆう子が廊下を歩いてきた。私の後ろで黙って立ったまま、悦子の動作を見ている。そして、

「私の仕事場を片付けて布団を用意しましたから、今夜はそこで休みなさい。少し狭くてホテルのようにはいかないけどもね」

「すみません、お世話になります。小笠原巡査に会ったものですから……どうしようもなくて……」

ゆう子は悦子に風呂に入ることをすすめ、食事の準備もしてあることを言った。悦子はゆう子に従って居間にいる私の側に落ち着いた。

「大変だったね。今日の結果は明日でいいから、今夜は休みなさい。……ああ、そうだ、小笠原巡査は何か言っていたかね？」と尋ねると、

「良子さんが殺害された後、毎夜南口と北口と、交互に終電車の時刻に立っているそうです。私もいろいろと尋ねられました。まるで私が容疑者のような言い方をするんですから、驚きましたよ」と言って笑っている。大したことではなかったようだが、よもや小笠原巡査が目の前に現れるとは思わなかったのだろう。

「あの小笠原巡査、でっかいですからね、夜、目の前に急に現れると驚きますよ」と言った。

「まるで、化け物のようだな」と私が言うと、

「それも制服じゃないんですよ。びっくりしますよ、あれでは……あんな格好で逮捕できるんですかね……」

と皮肉を込めて言った。

「でっかいから自信があるんだろう。制服だと目立つからね。みんなに気付かれないように普段着でいるんじゃないか」

悦子は帰り道に西の井橋を通ったという。それについてこんなことを言った。

「橋の上で車を停めてみました。どんな光があるのか知りたいと思ったのですが、思ったより暗いようです。光と言えばコンビニの光くらいで、かなり離れていますから、橋の上までは届かないようです」

私は遅いことを理由に、自室に戻ることにした。私が今夜のうちに悦子から今日一日のことを聞かないで済んだのは、悦子が七泉閣での一部始終をレコーダーに収めていると言ったからだった。

15

　四月十七日木曜日、気温が急に上昇した。テレビは最高気温十八度と言っていたが、この気温になると身体が怠けてきて、布団を抜け出すのにひと苦労する。目は早くから開いているのだが、全身が起き上がることを拒否する。そうは言っても、いつまでもそのままではおれない。布団の皮を剝ぐような気持ちで、思い切って起き上がる。

　朝の気分はこの季節が一番だが、長くは続かないのが残念だ。

　洗顔した後、台所の物音で、昨夜は悦子が家に泊まっていたことを思い出した。

　七時半、ゆう子がすでに新聞を食卓に置いていた。初めて知ったのだが、悦子は化粧をしない女らしい。化粧水ぐらいはつけるだろうと思うが、それもないようだ。全くの素顔。口紅はどうかと注意して見るが、私の目ではよく分からない。

　ゆう子と悦子の背中に朝の声を掛けた。新聞の上に一葉の写真がある。植村良子たちが写っている写真だが、どうやら悦子がこれを持ち歩いているようだ。この写真は、良子の家の家宅捜索で箪笥から発見して、持ち帰ったものである。つまり押収品の一つである。しかも、本来は警察が保管しておかなければならないものではないか。それを協力者だとは言え、ハンドバックなりポケットに入れていて、相手に見せながら聴取している。見るものが見れば迂闊ではないか。

「昨日、悦子さんに持たせていたのよ、向こうで必要かもしれないと思ってね。七泉閣を訪ねるの、悦子さんも初めてですからね。持たせていた方が都合がいいんじゃないかと思って……」とゆう子が言った。

「都合がいいというのは、どういうことだ、何が都合がいいんだ。お為ごかしに勝手な解釈はするな、悪い癖だ」といきなり私は不機嫌な声に変わった。

「そうでしたか？　それじゃ、戻しましょう。……悦子さん、ここに置きますよ」と悦子の方に声を掛けた。

三人で食卓に着いたが、悦子は自分のせいで無言の食卓になったのを気にしている。私とゆう子の二人であっても無言で始まる朝食は珍しくはない。寝ぼけた頭のまま食事をするのはよくあることだ。私は顔に剃刀を当てることで目覚める。それでもはっきりしない頭になっていることがある。今朝のように不機嫌な声を出したとしても、それで目が覚める訳ではない。

ゆう子はいつもの放り込むような食事だ。これを見ればゆう子は平静だ。しかし、今朝の悦子にはどう映っただろうか。

事務所に入って、悦子がレコーダーを差し出した。私は、「昨夜は大変だったな。小笠原巡査に会うとは思わなかったろ」と、私は最初に小笠原巡査について尋ねた。

「白っぽいジャージを着ていたと思いますが、まさか小笠原巡査とは思いませんでしたから正直驚きました。おい！　って声を掛けられた時、最初は分かりませんでした」などと言った。

七泉閣でのことは概ねレコーダーで知ることができるだろう。それよりも私が気になっていたことの一つが、良子が植村裕治と再婚することになった理由だ。全くの初対面であったか、それとも以前からの知り合いで、お互いに独り身で再婚に合意したか。写真を見ると、少なくとも良子を囲んだ五人の女たちは、結婚に至るいきさつを知っているはずだ。悦子によれば、その中の一人が七泉閣の仲居仲間だったという。

「どうだった、この女性の印象は？　何か話せたかね」と悦子の顔を見ながら言った。レコーダーを手に取って、「これに入っているのは分かるが、エッちゃんの印象だな、それを聞かせてくれないか。それに西の井に来たことがあるかどうかだ」

「この人は山元博子という人で、良子と同い年くらいのようです。仲が良かったというか、写真に収まったのは、同じ七泉閣の独身アパートで暮らしていたからです。それが大きな理由だと思いますが、特別の仲間になった理由は、入信を勧められたことからのようです」

「入信？　どっちが勧めたんだ」

「もちろん、良子の方ですよ。良子は何かの宗派に属していたんですね」

「そうか、そうだったのか……」

「でも、家宅捜索の時はそれらしいものは何もありませんでしたよね。特別にあったと言えば、壁に掛かっていた西の井の地図くらいじゃないでしょうか。それと薬がいくつかありましたが、一般的なものばかりで、珍しいものはなかったように思いますが……」と悦子は澱みなく話した。

悦子はいつも誰と話している時でも、あまり抑揚のない話し方をする。意識しているようには見えないが、慣れているのか。それとも彼女は感情の起伏があまりないのか。言い換えれば冷たい感じを受ける言い方をする。しかし、悦子の話し方を私は嫌いではない。自然に受け取っている。ゆう子がいい顔をしないのは、そんなところにも原因があるかもしれない。気取っている印象を受けるのだろうか。

レコーダーには主に山元博子という仲の良かった仲居の声が多い。その中の一つに、植村裕治と良子の出会いの話があった。どこにでもあることで、宴会か何かの席で意気投合したもののようだ。

この中に例の宗派のことが話題になっているかと、私は耳を澄ましたが、山元博子の発言に一度出てきた以外、宗派の「し」の字も出てこない。こうなってくると、かえって疑いたくなるのが人情で、私は悦子に尋ねた。

「結局、山元博子さん自身は入信していないようですが、ひょっとすると、植村裕治さんと良子の繋がりも、この宗派に関係しているんじゃないでしょうか。そう考えれば自然に理解できますね」

私は悦子の話を聞きながら軽く腕組みをして、奥歯を嚙み顎を突き出していた。頭の中には、この時、盛岡理史一家の失踪のことが浮かんでいた。盛岡妙子と植村良子の接点は、ここにあると思い始めていた。

「エッちゃんは昨日は終電車で帰ってきたが、良子の帰りはいつもその終電車だった訳だね」と尋ねると、

「そうです。終電車で帰っていたということです。山元博子さんの話を聞いた限りでは、頑張り屋さんで不満を言うことはなかったそうです。七泉閣の支店長の受けも良かったようですし……ただ、毎月最後の土曜日だけは、午後六時には帰っていたそうです」

「月末の土曜日の午後六時頃に博多駅を出る……ということだね」

「そうです。直接家に帰っていたかどうかは分かりません。それは山元博子さんも知らないようでした」

良子が殺害されたのは三月二十八日の夜だ。この日は火曜日。死体が発見された日で、夜半は小雨が降っていた。

「よし！　後日、もう一度七泉閣に行ってみてくれ。二十八日は何時に七泉閣を出たかだ。二十八日の夜、西の井は町内会で何か催しがあっていないか、そこも調べる必要がある。これは脇坂さんに頼んでみよう」

私はそう言って、あっと思った。これは良くない、軽率だった。脇坂が注意をしていた、悦子に対する警戒をうっかり忘れて、口走ってしまった。

「いや、そうじゃないな。彼では無理だ。集会所の管理は代表組長だ。卜部槙人だ」と私はあっさり訂正することになった。悦子は私を睨んだ目付きで、

「卜部槙人が鍵を管理している訳ですね」

「そうだ。集会所の使用申込書も残っているはずだ。それを見れば二十八日に何があったか分かってくる。なければ管理不十分、責任問題にもなる」と言うと、悦子は、

「分かりました。わたしに調べさせて下さい。良子に関することを、もう少し突っ込みたいと思います。それに卜部槙人には借りがあります」と言ったあと、下を向いて小さな声で、「落としまえを付けてやらないと……」と短く言った。

呟く声は私の耳に届いた。私は一瞬だが、悦子の言ったことが理解できなかった。そのあと悦子は私に、実に柔和な顔をして見せた。

「一日でも早い方がいいでしょうね。今日の配達はありませんが、卜部槙人を訪ねてみます」と悦子は言った。

「今日はゆっくりしなさい。よく考えて、それからで遅くはない。卜部槙人は写真には写っていないが、家宅捜索の時の様子では、植村裕治とは知り合いであることは分かっている。二人がよそよそしくしている。かえって怪しむべき行動を感じさせる。もっとも、あの日は被害者の家という特殊な状況だったから、我々の方も猜疑心がたかぶっていたことは否めないが……卜部槙人を調べるのはまだ先でいい」

「山元博子さんの話の中にも、卜部槙人のことは全くありませんでした。つまりですね、卜部槙人と良子たちとの関係は、今現在は全く分からない、無関係という訳です。しかし、わたしは卜部槙人らしき人からの電話が引っ掛かっているんです。何のために檜ノ原酒店を潰すなどと叫ぶのか、何もないのに叫んだりはしないでしょう？　酔っていたとはいえ、半狂乱になって叫ぶのは、何かありますよ。……もう少しわたしに卜部槙人を調べさせて下さい」と声の調子が上擦っていた。

「しかし、電話が卜部槙人だったという証拠はどこにもないからな。本人が否定すればどうしようもない。まだ機会はあるから……その点は慎重にやらないと……」

「分かっています。……チーフ、あの時の声をもう一度聞いて下さい」と言いながら、自分の机の引き出しからテープを取り出し、再生した。

その声を聞く限りでは、まず声の主は男であり、酔っていることははっきりしている。言っていることは支離滅裂だが、私に対して言っていることは分かる。しかも、檜ノ原酒店を潰すと繰り返す。

私は悦子の顔に目を移して、「おい！　エッちゃん、これは駅前の酒屋から言ってるんじゃないか。あそこの酒屋も経営が苦しいということだ。檜ノ原酒店がエッちゃんのようなお手伝いを入れたことに対する妬み、嫌がらせじゃないか」と言うと、

「ただそれだけでしょうか？……声はどうです？」

「そうだ、ゆう子にも聞かせてみよう、別の意見があるかもしれない」

声の主は誰か、我が家の三人では判別できなかったが、とにかく悦子のト部槙人の訪問は後回しにした。

＊

ゆう子と昼食をとっている時、私はゆう子に尋ねた。

「なぜト部槙人の声だと言わなかった？　何度かト部槙人の声は聞いているはずだろう？　酔った声でも彼の声かどうかは分かるはずだ。エッちゃんも意地になっているところがある。エッちゃんは本能的にそう思っている。何かに突き動かされているような気がする」と私は言った。

「間違いなくト部槙人よ。わたしもそう思う。でもね、エッちゃんにはエッちゃんの見方があると思います。どういう考え方でト部槙人と接するか、それは彼女次第ですが、会わせない方がいいと思いますよ」とゆう子は言った。

「ト部槙人の性格というのはよく分からないが、声、話し方というのは、心の響きのようなものだろうから、性格が現れているはずだ。ト部槙人という男は、短気で衝動的な行動をする。深酒するのも恐らく性格的なものがあると思う。子供のような見境のない行動をして、危害を加えることもあり得る。子供に似ている」と、

私は家宅捜索で見た卜部槙人の取り澄ました横顔を思い浮かべていた。

この声を『神屋』に聞かせることについて、ゆう子の意見を求めた。

「わたしも賛成。脇坂さんは役員会で身近に話しているはずですから、分かるはずです」と珍しく緊張した目でゆう子は言った。

そして私は悦子に内緒で『神屋』にこの声を聞かせてみることにした。

私の気持ちは次第に声の主のことに傾いていったが、同時に、どこかに良子との接点がないかどうかを考えていた。私は食事が終わって裏座敷の自室に入った。部屋の中を二度ほどグルグルッと歩いて、縁側の籐椅子に腰を降ろした。

いつもの代わり映えのしない庭があった。ツツジの花は相変わらず増えない。今年は花が少ないのか、どこか剪定でも間違えたか、そんなことをボンヤリ考えて、『神屋』に携帯で電話をかけた。ここなら悦子に聞かれる心配はない。だが、なぜ悦子のことを気にするのか、『神屋』の気持ちが理解できない。

「はい、脇坂です」

「『神屋』さんですね。檜ノ原です」と私はゆっくりした声で話した。落ち着いていた。

「実は急で申し訳ありませんが、『神屋』さんに聞いていただきたいものがあります。これは先日『神屋』さんに依頼された調査と直接繋がらないものですが、私は声の主を特定したいのです」と言うと、

「それじゃあ、しばらくそのまま待って下さい」と言って声が切れた。『神屋』は誰かと話していたのだろうか。しかし、すぐ『神屋』の声は返ってきた。

「お待たせしました。それで、場所はどこがいいでしょうか？　急ぐのですか？」と彼らしい高い声で言った。

「急ぐ訳ではありませんが、私が今別に調査している件と繋がりがありそうです。そのことを進めたいと思

いまして……」

「なるほど」と『神屋』は言葉を切って、考える顔が見えるような言い方で、「それじゃあ、公園の駐車場でどうでしょう？　あそこは余計な人は来ません。目立ちもしないと思います。檜ノ原さんも近いですから、そこにしましょう」と『神屋』は勝手に決めた。私も反対する理由はない。

「では」と腕時計を見ながら「二時ではどうでしょうか？」と私が言うと、「結構です」と『神屋』は素直に答えた。

『神屋』はあくまで慎重だった。私は悦子に「そこまで行ってくるから、急用は電話で」と行き先は言わなかったし、用件も言わなかった。どうやら私は『神屋』のペースで動いているようだ。しかし、彼と約束した秘密は守らなければならない。内心は厄介を抱え込んだ気持ちだが……。

私は少し早めに公園駐車場に着き、『神屋』を待っていた。近くに昨年十月に変死体が発見された雁木がある。防波堤に遮られ車の中からは海は見えないが、波の音はここまで届く。

『神屋』はもちろん打ち合わせた時刻に車でやってきた。駐車場に入ってくる『神屋』の車を確かめて、私は車を出て彼の方に大きく両手で合図した。私は声は出さなかったが、『神屋』はすぐ気付いて車を寄せてきた。車は海に近い場所に、私たちの別に三台駐車されていて、これには人の気配はない。釣り人の車で、彼らは防波堤に出ているのだろう。

私は『神屋』に丁寧に礼を言って、自分の車に案内した。

「チヌが釣れるようになったんですかな？　何人か来ているようですな。檜ノ原さんは釣りの方は……」と『神屋』が最初に言った。

「まったく駄目です」と掌で遮ると、

「残念ですね、私は磯釣りはしませんが、友人が船を持ってますので、時々高島沖まで出かけます。専ら鯵《あじ》

です」と『神屋』は言った。そして「海が近いのにもったいないですね、結構楽しいものですよ」と言って、

「ところで、声とは一体なんのことですか？　わたしで分かりますかな」と無関心を装う声で言った。

「『神屋』さんなら分かるかもしれないと思いまして……すみませんね、忙しい時に……」と私は『神屋』の関心を呼び起こそうとした。彼もここまで来るのだから、全く無関心ではないはずだ。預金通帳のことを依頼した手前、無下に断ることはできないために来たことは、私も承知の上だ。あの家宅捜索の時のわずかな卜部槙人の動きを糸口に、探っていこうとしている。薄氷を踏むようなものだ。

私は再生機を『神屋』の前に差し出し、「これです。聞いてみてください」と言うと、『神屋』はわずかに頷いた。私は音量を上げ『神屋』の顔を見た。

激しい罵声が車の中に響いた。『神屋』が目を瞑った。掠れる罵声は長い時間ではない。繰り返す罵声が続き、最後に檜ノ原酒店を潰してやる！　と明らかに狂気の声が連続した。

私はスイッチをオフにして、『神屋』の顔を見直した。

「どうでしょう？　誰か『神屋』さんの知っている人の声に似ていませんか？」と言うと、

「何です、これは？」と彼は我に返ったように私に目を向けて、「卜部槙人、代表組長ですよね、この声は……そうでしょ？」

『神屋』は不思議なことに出会ったような目付きをした。その目は困惑していた。

私は小さい声で、「間違いありませんよね」と言って『神屋』の日焼けした額を見ながら、

「これは助手の河丸悦子が偶然録音したものです。探偵事務所などという、こんな田舎町には似合わない看板を作ったものですから、嫌がらせか何か知りませんが、今までなかったような電話が掛かってくることがあります。助手にはいつも録音するように言っておりますが、この声に何か気になるところがありましたので、『神屋』さんに聞いてもらったら、現職ですから分かりはしないかと……。もちろん『神屋』さんにこの声を

聞いてもらうことは助手には内緒です。家内のゆう子にはあなたに相談することは言っております。家内も、この声の主について自信がないように言いました。他には誰にも聞かせていません。相談もしていません。『神屋』さんだけです」と私はキッパリと言った。

16

『神屋』が考え込む顔は初めて見た。最初の調査依頼に現れた時は、神経質そうな感じに見えたが、あの日から長い時間が立っていないのに、なぜか落ち着き払っている感じの横顔だ。

「どうです？　間違いありませんか？」と私は念を押す必要を感じて言った。『神屋』は黙って頷き、次にこう言った。

「わたしにこの声を聞かせる意味を教えて下さい。わたしには関係ないような気がしますが……」と言って私を凝視した。

「酔っているとはいえ、この人物はどこか変だとは思いませんか？　相手の私を名指しして罵倒する。私に言わせれば、この人物は狂気かあるいは精神的な病を持っているのではないかと思うのですが……」

「わたしは月に一度役員会で会う訳ですが、その時は特別異常な状態には気付きません。仮に卜部槙人が精神を病んでいるとしても、役員会というのは一時間か一時間半程度のものですから、薬でも使っていれば異常を発見できない可能性はありますね」と目を逸らして言った。

「話の内容もですが、酔っていても相手に向かってこんな言葉の使い方を大人がしますかね。子供っぽいと思いませんか？……話しによれば、代表組長に自ら名乗り出たのは、西の井の中でも初めてということですよね。それは『神屋』さんは知っていますね」

「それは知っています」

「何か目的があるとは感じられませんか？」

この時『神屋』の唇の端がわずかに痙攣しているのが分かった。

「そうですね。そう言われれば、そうですね」

「何か、役員会で今までにないことが、突然出てきたということはありませんか。例えば意味の分からない、使途のはっきりしないもの。『神屋』さんが代表会計長になられる以前でも……いや、これは少し話が飛躍しましたが、何か感じられませんか？」

「檜ノ原さん、伺いますがあなたは、この録音された声の主と、わたしが依頼した行方の分からない金と、何か関係があると思って、それでわたしにこれを聞かせようと考えたんですか？」

「いや、そうじゃありません。……『神屋』さんから依頼された件とは、直接関係はありません。酔ってはいますが、この声は異常ですよ。しかし、卜部楨人に間違いないということですから、安心しました」

私は『神屋』が依頼した調査について、「『神屋』さんの前任の代表会計長は確か白木健三さんでしたよね。白木さんからの引き継ぎの際に、同窓会の預金通帳は引き継ぎ事項に入ってなかった訳ですね」と尋ねた。

「そういうことですよ。同窓会の通帳があることを知ったのは最近です。それまでは終了通帳と一緒に束ねてあった訳です。最近、偶然その通帳の束を見て、変な感じを受けたもんですから、何気なく中を見て、それから考えた訳です。前任者から内容について引き継ぎのなかった通帳ですから、こいつは極秘で調査する方がよかろうと思いました。仮に取り上げるにしても、現役員が知ったことではありませんからね、いきなり役員会に諮るのもどうかと思いました。……とにかく、わたしはこのまま放置しておくのはよくないと思いましてね、なにしろ額が額ですから……。檜ノ原探偵のことを知りましたので、訪ねてみようと思った訳です。前任の白木さんは二期四年していて、その間の代表組長は盛岡逸史さんが二年と、田上さんが二年ですね」と『神屋』は言った。

「すると、田上さんの時から代表会計長をしている訳ですね。田上さんはどうでした？　何も言わなかったのですか？」

「彼は事務的なことは何も知らなかったようです。書類なんかでたらめでしたね。自治活動とは何かが分からないまま引き受けたんでしょうね。代表組長は特別職で偉くなったとでも勘違いしたんでしょう。その傾向は盛岡逸史さんにもありました。それが、公私混同したような同窓会の預金通帳が存在する原因じゃないかとも思います。しかし、それと録音の声とどんな関係があるんですか？」

「いや、私が知りたいと思いましたのは、卜部槙人という人物がなぜ代表組長をしようとしたのか、罵声を張り上げ恐喝するようなことは、普通の人はしません。精神病か何か、『神屋』さんも感じられるところがないかと思いましてね」

『神屋』はそれにには答えなかったが、

「卜部槙人が代表組長に名乗りを上げた時の、ちょっとしたエピソードがありましてね。彼を応援していたある高齢の組長が、選挙になったらよろしくと組長宅を回って頭を下げたそうですが、この男は多分裏があるはずという人もいましてね。交通安全運動のキャンペーンで、幼稚園児を先頭に町中を回るそうですが、その時、卜部槙人が両端の父兄やら町の人たちに、交通安全の記念タオルを渡しながらペコペコ頭を下げていたそうです。よほど代表組長になりたかったのだろうと後で大笑いでしたが、そのこと一つをとっても幼児性というか、子供っぽくて、未熟に感じます。通常は地元ですから、そんな見え透いたことはしないんですがね。この二人にも何か裏を感じます」と唇に嘲りの薄笑いを浮かべた。

　私たちはそこで別れることにしたが、「わたしはこのまま波止場の釣りの様子を見て帰ります。一緒に帰らない方がいいでしょう。なにしろ、誰が見ているか分かりませんからな」と言って軽く笑い、こんなことを言った。

「檜ノ原さん、わたしは現役会社員だった時、電気メーカーの苦情処理班の一人でした。消費者、わが社製品の愛用者の苦情を聞く役目です。先方まで行って内容を聞き、帰って班員で協議して、社で取り上げてもらいます。その事情を説明し、愛用者のところに再度行って謝ります。辛い仕事です。誰も望まない仕事ですが、誰かがやらなければなりません」

その時は深く考えずに聞いていたが、脇坂康平という人の人格は、この時完成したのではないかと思った。そのまま『神屋』は駐車場の中を歩き、波止場に向かった。私は『神屋』の言うのももっともだと思いながら、バックをして駐車場の出口に向かった。『神屋』は少し顎を突き出すようにして、小股で真っ直ぐ早足に歩いていた。

私たちの話はものの三十分位のものだったろう。お互いに無駄な話はしない。それにしても、パンチで穴を開けた終了通帳を丹念に見たのだろうか。その一冊の通帳に疑問を持った。最後に言った苦情処理班の任務が彼には染み付いていて、いつの間にか彼の身体の一部になってしまって、疑問のあることを放置できないのだ。実に淡々としていて苦労話とは程遠い感じを受けたが、私は『神屋』の言ったことを信じることにした。

公園の駐車場から帰る途中、私は悦子に電話した。

「今どこにいる?」と尋ねると、「もちろん事務所です。何か急用ですか?」と大きな声で言った。

「今から戻る、それまで出ないように。帰ってから話はする。いいか!」と私はいくらか興奮した声になっていた。なぜなら、『神屋』に会って、レコーダーの声が卜部槙人に間違いないことがはっきりしたからだ。後は、良子と卜部槙人の接点は何かを、どこにあるのかを調査しなければならない。そのための悦子の行動について言っておく必要がある。しかし、私は調査のための確たる根拠となるものがある訳ではない。

事務所に戻って椅子に着くとすぐ、前にいる悦子にレコーダーを渡しながら、

「いいかエッちゃん、この声は卜部槙人の声に間違いないようだ。エッちゃんが言った通りだ。そこで、エ

ッちゃんに頼みだが……」と悦子の目に向かって言うと、悦子も私に向かって、え？というような目付きをした。

「家宅捜索になぜト部槙人が立ち会い人として選ばれたのか、警察が代表組長を指名したのか、坂本刑事に経緯を詳しく尋ねてみてくれないか」と私は平静を装って言った。

「分かりました」と悦子は素直に返事をし、なぜト部槙人の声だと断定できたのか、その理由は聞かなかった。私の顔色に何かを感じたのだろうか。

私は立ち会い人にト部槙人が選ばれたことに不審を感じていた。『神屋』と話しているうちに、いよいよその感を強くした。

悦子の返事を待たなければならないが、ト部槙人という人物は良子と何らかの関係を持っている。でなければ、あんな場面に顔を出すはずがない。ト部槙人の誤算は、私と悦子が姿を見せたことだ。恐らくト部槙人は度肝を抜かれるほど驚いただろう。彼が、捜索の間一言も話さなかったことも異常だが、真壁刑事や坂本刑事に促されて差し押さえの札を確認する時、小笠原巡査の方に気を取られて、しきりに小笠原巡査を盗み見していたようだ。

そのあと悦子は私の目の前で坂本刑事へ電話をかけた。坂本刑事は手が空いていたのか、すぐ電話口に出たようだった。

「坂本刑事さんでしょうか？　すみません、忙しい時に。わたしは檜ノ原探偵事務所の河丸と申します。いつもお世話になっております。少しお尋ねしたいのですが、今お話できますか？……お願いします。先日の家宅捜索の際、男性の一人をト部さんと紹介されましたが、あの方は坂本刑事さんの方から立ち会いを要請された方でしょうか？」と悦子はいつになく丁寧な口調で話した。

悦子は坂本刑事の話に相槌を打ちながら、あくまで丁寧に話した。坂本刑事の話していることが手に取るように分かる。

「それじゃあ何ですか、あのト部さんの方から率先して……ああ、そうですか、植村裕治さんの方から依頼された訳ですね。仲のいい友人か何かでしょうね……」と悦子は言った。

すぐ後、「チーフと替わってと言ってますが……」と言って受話器を私に差し出した。私が替わると、

「檜ノ原探偵さん。何を調べているんですか？　内緒でこそこそ……。邪魔をしないで下さい。……そういえば、小笠原巡査が逮捕した押川春男という甘夏柑泥棒が白状しましたよ。ところが、押川は空き巣狙いとは違うようです。それだけは言っておきます」と坂本刑事は不機嫌な声で言った。さらに、「今後も情報がありましたら、お互い協力し合っていきましょう」と恩着せがましいことを言った。

「それじゃあ空き巣狙いはまだ捕まらない訳ですね。小笠原巡査の勘違いですかね。坂本刑事もすでに感じておられると思いますが、空き巣狙いの姿は隠れてしまいましたね。こうなると犯人逮捕はいよいよ難しくなりますよ。西の井というところは、互いにかばい合います。地下へ潜ってしまいますよ。用心しないと」と私は注意した。

そして、「ごもっともです。これからも協力するつもりです。しかし、ト部槙人という人物が、いかなる人物か調べて立ち会いを許可されたか。どうなんです？　それにト部槙人という人物の職業はなんでしょう？」

「ト部の職業？　西の井代表組長としか聞いていませんが、檜ノ原さんは西の井にいてそんなことも知らんのですか？」と坂本刑事は急にさげすむような言い方をした。

「私は長い間よそで仕事をしていましたので、西の井の人とはほとんど面識がありません。坂本刑事は不思議に思われるかもしれませんが、私の今の仕事はあなたたちの仕事とは違って、あくまで秘密裏の仕事ですから……」

「そんなことでよく探偵が務まりますな……」と坂本刑事が言った。

「坂本刑事、ついでにもう一つ尋ねますが、家宅捜索の時、あなたか真壁刑事かが、良子の箪笥からいくつかの薬瓶を持っていかれましたね。もちろん捜査の対象としてだと思いますが、普通の家庭で常備薬として置く薬ではないものがあったでしょう?」と私は鎌をかけてみた。

「それは公表することではない」と坂本刑事はキッパリ言った。

「それじゃあ私も協力はしかねます」と私は思わず語気が強くなったことを後悔した。私の中には卜部槙人に対する不快感がすでに固まりつつあったのだ。

「薬のことを調べている訳ですか? 今ごろ何のために」

「認めるんですね、あったことを……」

「薬があったらどうだというのですか? 何か良子殺害の証拠にでもなるんですか、檜ノ原探偵」

「いや、それは分からない。坂本刑事はその薬の名前を知ってるでしょう? あまり聞かない名前だから覚えているでしょう?」

「そんなものいちいち覚えていないよ。覚えなきゃならんことが山ほどあるから」

「なるほど、それじゃあ今度覚えておいて下さい。お願いしますよ」

私は丁寧に礼を言って電話を切った。

悦子は私に対してさらに、「坂本刑事は最初西山組合の組長にお願いしたが、植村裕治の方から卜部にお願いしたいがと言って変更を申し出たそうです。これで植村裕治の家は、畑中スギさんが言ってましたとおり、近所との付き合いがあまりないのは分かります。それに卜部との特別な関係が臭ってきますね。もっとも近所の人たちに家の中を見せたくない気持ちが働いたかもしれませんが……」などと言った。

これで卜部槙人と植村裕治、後妻だった植村良子とが繋がってくる。彼らが仲の良い友人というだけでは、殺人とは結び付かない。そこにはもっと深い何かがあるはずだ。まだはっきりしたものは見えないが、「宗派」

という言葉が頭をかすめる。さらに私は薬瓶を持ち出していた坂本刑事の様子を目にとめていたので、確かめてみたのだが、これは上手くはぐらかされた。

いまだに私が理解ができていないことがもう一つある。あの写真の後列一番端の一人の男だ。かなり大柄な太った男で、ロイド眼鏡をかけている。頭髪はほとんどないが、身なりはきちんとしていた。男は良子たちとどんな関係にあったのか、七泉閣の仲居の話にも全く出てこない。あるいは悦子が、その男のことは聞かずに帰ってきたか。悦子がまさかそんな迂闊なことをするとは思えないが……。

17

『神屋』が謎の預金通帳について、極秘に調査を依頼したのは当然だと思う。もし、同窓会名義の預金通帳のことを直接前任者の白木健三に尋ねるようなことをすれば、その日のうちに盛岡の耳に入るだろうことは彼には想像できるはずだ。その結果がどうなるか、『神屋』にはよく分かっているのだ。ここにも西の井の、普段見えない何かがある。

『神屋』はそのことを私に聞かせた訳ではないが、彼にしてみれば、ある日忽然と行方の分からなくなった金の行方を知るのが目的であって、それが分かったとして結果がどうなるか、あるいはどう処理するか、『神屋』なりの考え方があるはずだ。彼はまだ、そのことを私には話さない。極めて慎重に構えている。

西の井は血族の町だ。リネージ（lineage）と言っていいほどの複雑な網の目が張り巡らされた町だ。それは『神屋』自身もよく知っているはずだ。彼自身もその一人だから……。

良子殺害の事件も、一時頻発した空き巣狙いのことも、誰も口にしなくなったのは、血族社会の成せる業だ。『神屋』が極秘の調査依頼先として私を選んだのは、看板を見たからだと言ったが、私はそんな大袈裟な看板は出していない。店に買い物に来た『神屋』の妻から聞いたのかもしれない。いずれにしても『神屋』の疑問を秘密裏に解決する方法として私が選ばれた訳だ。西の井にあまり馴染みのない私の顔を利用して……。

昨日、公園の駐車場で別れた後、彼は波止場に向かったが、顎を突き出して歩いている後ろ姿は、腹いっぱい潮風を吸い込んで満足そうに見えた。まるで深呼吸を繰り返しているかのようだった。潮風がそんなに美味しいものか、私にはまったく分からない。

『神屋』が謎の預金通帳を問題にするのは、長いサラリーマン生活で苦情処理班という特別職の立場にあったことが原因だろう。彼は日常的に苦境にあった。そのため楽観的に物事を考えることのできない人間になってしまったのだ。常に頭の中に疑問符がある。一種の職業病のようなものだ。

しかし、極秘であることは仕方ないとしても、毎日目の前で仕事をしている悦子にも極秘にというのはとても無理なことだ。もし、私の行動を悦子が怪しむことにでもなれば、藪蛇ではないか。

「エッちゃん、一つ頼みたい仕事ができた。もちろん極秘だ。前回の七泉閣は警察も捜査の対象にしていたようだが、今度のは少し違う。極秘の極秘だ。というのは、調査の対象が現存している人物、その点は良子の場合とは違う。だから極秘の極秘で進めないと、調査を中断しなければならないこともあり得る。それだけじゃない。依頼者に思わぬ被害が及ぶ可能性がある内容だ」と私は静かな口調で言った。しかも極秘の極秘だと、『神屋』と同じことを言った。

悦子は目を瞑ったりしながら頷いていたが、「今度も西の井以外のことですか?」と大きな涼しい目を向けて言った。

「うん、それを調べる必要がある。実はその人物とは白木健三だ。エッちゃんも知っているように、以前は西の井に住んでいたが、現在は福岡市内に転居しているようだ。調査も時間がかかるかもしれないが、その点は慌てる必要はないと思っている。エッちゃんに頼みたいのは、前回同様に、相手に会って話を聞くことだ。相手に会わないと、ことが進まない……。いいかね。まず第一歩、ここが大事だ。極秘に……」

私は小さな声で少し力を込めて言った。

「彼が今どこにいるか、どんな生活をしているか、そこから始める必要がある」と言って私は悦子にメモを渡した。

私は何事もまず悦子に行動をさせて、感触を得るようにしている。悦子は若者らしく、率直な感想を言い、あまり余計なことは挟まない。悦子が見たり聞いたりしたことから次の作戦を練る。と言うと大袈裟だが、いきなり私が会ったりすると、相手は警戒する恐れがある。私もどちらかと言うと口べたで、単刀直入に話してしまう癖がある。

悦子はメモを見ながら、「西の井の住人であったことは間違いない。今どこで暮らしているかは分からない訳ですね。例えば老人ホームとか……亡くなってるということはない訳ですか？」

「例の方法でいけば見当はつくだろう」

「はい、また畑中スギさんと大林君代さんの意見を聞いてみます。御用聞きのついでに……」と言って自分で頷いている。

悦子は配達の仕事のついでにそれなりの情報を集めている。先日も、畑中スギから気になる情報を得ていた。盛岡の話題になった時、盛岡と同じように、西の井の町の中をくまなく見回っている男がいるという話が出たらしい。草部という男で、噂では博多で果物屋を営んでいるが、あまり景気が良くないという。私はその話を聞いて、もしや甘夏柑泥棒と関係があるのではと一瞬思ったが、坂本刑事によれば、逮捕した男の名は押川であるという。やはり別人だろうか。

悦子が持っている西の井の知識は、数カ月の間に私より多くなったかもしれない。彼女の話を聞いていると、スギさん、君代さんという名前が頻繁に出てくる。もっとも大切な情報源に違いない。今度の場合は極秘調査だから方法も簡単ではない。そのことを悦子にくれぐれも納得してもらわなければならないが、お喋りのスギや君代にどう話して情報を得るかは、ちょっとした問題だ。

＊

私が盛岡についての新たな情報を知ったのは、意外にも真壁刑事からだった。

真壁刑事と坂本刑事が現れたのは、『神屋』と車の中で話した翌日だった。私が先日の電話で、二人の刑事が家宅捜索で薬を持ち出したことを問い詰めたのが原因であることは言うまでもない。坂本という人間は刑事のくせに気の小さなところがあるのか、真壁刑事に伝えたらしい。当の真壁刑事もせっかちで、その日、私の事務所に現れるなり、勝手に音を立ててソファに腰を降ろすといきなり、

「檜ノ原さん、私に何か隠していることがあるんじゃないですか？　良子の殺害は私どもの手違いから犯人を逃している、それが原因で起こったことだと言ってるそうじゃないですか。冗談じゃありませんよ。我々だって一所懸命捜査に当たっていますよ。何もあなたにとやかく言われる筋合いはありませんよ」

「誰がそんなこと言いましたか？　私は犯人を逃したなんて、そんなことは言ってません。前にも言ったことですが、事件に対する基本的な考え方の違いがあると言ってるんですよ。私は犯人を捕まえるのが仕事じゃありません。それはあなたたちの仕事でしょう？　なぜこんな殺人などという物騒なことが起こるのか、それを問題にしているんです。隣人として当然じゃありませんか。良子殺害にしても、誰に殺害されたかではなくて、なぜ良子が殺害されなければならなかったか、薬の中にそのヒントがあるかもしれないと思ったからですよ。何か悪いこと言いましたか？」

「殺人はそんな簡単なものじゃない。特に良子の殺害方法は考えられないような方法です。誰も気付かない殺害方法ですよ。外傷がない、しかも遺留品は残していないが、死体は人の目につきやすいところにあった。えっ、どうですか？　考えただけでも頭が痛くなりますよ。……相当以前から計画を練って実行した殺人ですよ。残念なのは、西の井という町はどいつもこいつも黙りこくって情報を隠すことですよ。全く、どうかしてますよ、この町は……」と真壁刑事は言った。

「薬物はどうだったんですか？」

「薬物？　そんなものはない！」真壁刑事は奥歯が痛むのか、顔をしかめて、「まったく、どうしようもない奴らだ……」

最後は声を小さくしていたが、私にも悦子にも届く声だった。

「私が言ってるのは、そんなことじゃありません。あの薬瓶の中に何が、どんな薬が入っていたのかを尋ねているんですよ。それくらいのことは、協力した私たちに教えてもいいんじゃないですか？　それとも私たちに知られると都合の悪い薬があったんですか？」と私が思わず立ち上がろうとすると、前にいる悦子が、

「確か四種類の薬瓶だったと思います。写真は撮っていたはずです。それだけでも見せて下さい」と言った。

真壁刑事は、「写真は瓶の中身が何か分かるようなものではない。全体の様子が分かるだけだ。小さな字は読めはせんよ」と言った。

「それでも構いません。薬瓶であることが分かれば、それでいい訳です」と言うと、

「ほお、大したもんですな。瓶の格好だけで中身が何か分かる訳ですか。そんなことで推理ができるというわけですか。こりゃ驚いた。それじゃ腕前を見せてもらいましょうかな」と真壁刑事は立ち上がって坂本刑事に目配せした。

「ファックスでもしてもらいますか？」と坂本刑事が言ったが、「ファックスじゃ駄目です。ここのはカラーじゃありませんから……」とすぐ私は否定した。

「中身は分からなくてもいいと、たった今言ったじゃないですか。それとも何ですか、檜ノ原探偵、あなたは出任せを言っとるんですか？　警察を嘗めちゃいかんですよ」と真壁刑事は語気をあらげた。

「いや、申し訳ない。そういう訳じゃありません。真壁刑事、落ち着いて聞いて下さい。実は私が薬物に疑問を持つのは、良子くらいの年齢になれば大抵の人は何らかの薬は持っていると思いますが、どんなものを持っているかで、本人に持病があるかどうか、どんな持病があるのか分かりますからね」

「その持病が良子殺害に繋がるというのですか？　例えばどういうことです、良子の場合？」

「それは見てみなければ分かりません」

「だから、例えばですよ。例えばどんなことがあるんですかな？」

「それは……何とも言えません」

「隠すこたぁありません。私どもも調べるところはちゃんと調べていますよ。あなたたち素人には分からんでしょうが……」

「それならそれで結構です。……私が思っていたのは、良子が薬物をどこから手に入れているか、それを問題にしたかった訳です。恐らくそこらの薬局か何かで、簡単に手に入るものではない、そんな薬ではないかと思っていました。と言いますのは、良子の夫と親しい友人と思われる人物、この人物は家宅捜索に立ち会い人として来ていた代表組長の卜部槙人のことですが、薬物の中毒患者ではないかと思われるところがあります。いや、これはもちろん私の推測です。薬物で親しい友人となったのか、警察でも調べはついていると思いますが、良子がある宗派に属しているとも聞いていますので、その関係で親しくなったのか、それは分かりません。少なくとも西の井の中で良子が数人の女たちと親しい関係にあることは事実です。よほど何か強い絆がなければ短期間で友人にはなれないのではないか、そう考えた訳です。少なくとも血族社会と言ってもいいほどの町ですから」と真壁刑事の顔を覗き見しながら、「……真壁刑事さん、私は薬物を分析して、どうのこうのというほど薬物の知識はありませんし、分析することはできませんから、心配されることはありません」

真壁刑事と坂本刑事は、私の言っていることがよく理解できないという目付きで聞いていたが、

「檜ノ原探偵にはそれなりの考えがあってのことでしょう。否定はしませんが、少なくとも私たちの捜査の邪魔になるようなことはしないで下さい」と真壁刑事は棘のある言い方をした。

「ところで檜ノ原さん、町内の聞き取りで、元代表組長の盛岡逸史という人物に会いましたが、盛岡につい

て檜ノ原さんがご存じのこと、印象を聞かせて欲しいと思いましてね、実は今日はそのこともあってわざわざ出てきた訳です。以前郵便局長をしていたそうですが、私たちが会った印象では、高齢のせいもあるかもしれないが、記憶が曖昧な点が多くて困っています。まあ、記憶がないと言って惚けている節もあると思いますが……。実は昨年の秋、西の井浜で変死体が発見された時、この盛岡という人物が海岸を歩いていたという情報がありましてね、本人にその日のアリバイを確かめましても、そんなことはない、記憶にないの一点張りですが、檜ノ原探偵は何か聞いていることはありませんか?」

「いや、初耳ですね。私は若い頃、朝早く出勤し、夜は十時以降にしか家に戻りませんでした。そんな生活でしたから、盛岡という人が局長だったかどうかも知りませんでしたが……」

実際、私はこの人物とは面識がなかった。しかし、警察が盛岡を捜査の対象にしているとすれば、いずれどこかで真壁刑事たちと鉢合わせすることになる可能性もある。

今の私は盛岡なる人物の存在よりも、白木について調査することが先だ。

警察は今の時点では、良子殺害の犯人のイメージがはっきりしていないようだ。殊に殺害方法が刑事たちの経験にない方法であること、西の井の聞き取りで、恐らく申し合わせたように皆が黙秘していることで、刑事は打つ手を失ったのかもしれない。今日の刑事たちは、薬のことは問題にしていないようなことを言っていたが、ヒントを与えることになったかもしれない。坂本刑事は時々メモをしていた。

私が薬物にこだわっているのは事実だ。悦子に電話した時のト部槙人の声はどこかに異常がある、というのが私の印象だった。精神異常が明らかになれば、真相解明への道が開かれるかもしれない。

二人の刑事が私の事務所にいた時間は長いものではなかったが、そろそろ早い客は顔を見せる頃だ。悦子は心得ているから事務所を出てレジの方に移った。事務所に二人の刑事がいることは、客にとっても店にとっても好ましいことではない。やむを得ない事情とは言っても、そろそろ引き揚げてもらいたいところだ。

「今日はご苦労様でした。あまり収穫のない内容だったかもしれませんが、私は知っている限りのことを申し上げたつもりです。素人の言うことですから、参考にはならないかもしれませんが、私としましては、率直に意見をお伝えしたつもりです。事件に対する視点が異なるのは仕方ありません。今後も情報がありましたらお伝えします」

「檜ノ原さん、我々はそんな呑気なことを言ってはおれんのです。一刻も早く犯人を挙げなければなりません。目星を付けなければならんのです。それがどうですか、西の井という町は、まったく協力しようという気持ちがない。空き巣狙いが捕まらないのも当然ですよ。私は空き巣狙いは、地元の人間だと思いますな。しかし、これも誰一人として情報を知らせようという者はおらん。昼間堂々と家に入って盗んで行くのに犯人の姿を見た者が一人もいないなんて、そんな馬鹿なことがあるはずがない。まったく変な町ですな。町全体が狂気の沙汰ですすな」

真壁刑事は複雑な表情をして言った。最近特に真壁刑事が不機嫌になるのは、強引に家宅捜索をした責任からだろう。令状まではとらなかったようだが、署長にねじ込んだ責任を感じているのだ。

「真壁刑事のご苦労も理解できます」と私は彼を慰めるように言った。

「しかし、今日、檜ノ原探偵の意見を聞かせてもらったのは、無意味ではありませんでしたよ」と肩を揺すりながら立ち上がった。

「薬のことですか?」と真壁刑事の目を見ると、

「そうです。それほど重要とは考えていませんでした。檜ノ原探偵の意見では、この薬の中にヒントがあるということが分かりました。すべてが当たっているかどうか疑問ですが、少なくとも再調査する価値はありそうに思いますな」

横でメモをしていた坂本刑事は頷きながら、「帰りましたら早速調べてみます」と言った。

「うん、全部薬瓶から出して、一粒残らず分析しよう。あの中に別の薬が混ざっている可能性があるな。良子という女もよく分からない過去があるからな。何かの信者であることはカムフラージュかもしれんしな」

真壁刑事は、最後は他人事のような顔をして言った。

良子は、夜中に勤めの帰り道、しかも家の近くで殺害された。入念な計画のもとに実行されたものである可能性が高いと私は睨んでいるが、ここでは二人には言えない。

「こういう考え方はどうだろう?」と真壁刑事は急に元気を取り戻した声を出した。

「その薬、例えば夫の裕治に内緒の薬物、それを渡すのが夜の帰り道だ。そして、ある人物が良子に薬を渡すことに何らかの不都合が生じ、二人の間で罵り合うことになり、殺害せざるを得ない状況になった。良子に抵抗の跡が見えないのは、顔見知りの犯行だからだ」

真壁刑事の顔色が明るくなって、今にも鼻歌でも出そうな雰囲気になっていた。

「真壁刑事さん、良子が所有していた薬が何かのヒントにはなるかもしれませんが、もう一つは良子の病歴を知る必要もあります。七泉閣では彼女は真面目でよく仕事のできる人として信用があったようです。それには疑問を挟む余地はないのですが、健康保健証は調べる必要があると思いますよ。行くとすれば近くの医者でしょうし、難しい病気であれば九大病院にだって行ったかもしれません。病歴を調べるのは我々素人には限界があります。警察であれば可能じゃありませんか」

「いや、檜ノ原探偵、これから先は私たちに任せて下さい。良子を診た検死官もいることですし……徹底的に調べます」

最後は、真壁刑事は元気を取り戻していた。

二人の刑事に元気を与えることになったのは、必ずしも悪いことではない。むしろこの後のことを考えれば、うまく話は進んだというべきだ。二人の刑事は、店に現れた時とは見違えるほど肩を怒らせていた。

レジに立っていた悦子を見て坂本刑事は、「ややや、心配しないで下さい。勤務中ですから……」と何を勘違いしたか、右手を軽く上げて短く笑顔を見せた。

私も二人の刑事を見送ったが、公園近くに駐車していたらしく、通りに出て右方向に歩いて行った。

「チーフ、薬のことは本当なんですか？　私はそこまでの確信は持っていませんでした。大事な薬ならいつも自分で持っているんじゃないですか？　簞笥にしまったりしますかね」と悦子は戻った私に最初に言った。

「そうかもしれない。そうじゃないかもしれない。どちらにしてもこの女性は、分からないところが多いね。この特殊な事情が、そもそも殺害される原因かもしれない」

警察は遺留品のないことで、この死亡の原因さえ確証がないようだ。難渋している様子は二人の刑事の目付きから窺える。薬のことを耳にして少しは生気を見せていたが、それにしても刑事を悩ませている殺害方法とは、一体どんなものなのか。

＊

悦子から電話があったのは、昼食をとっている最中だった。私が食事をしている頃を狙って電話してきたのだろう。最近の私の生活内容はことごとく知っているはずだから、大抵の場合、悦子に摑まる。

「食事中にすみませんが、一刻も早く知らせた方がよいと思って電話しました」

思っていた通りだ。

「今七泉閣の食堂にいます。もちろん白木健三さんには会うことができました。詳しいことは帰りましてチーフのお顔を見てからお話した方がよいと思いますが、とりあえず電話しました」と声はややうわずっている。

「仕事熱心はいいけどもね、エッちゃんがしている仕事は酒店をするのとは違うんだぞ。慎重にやってくれよ。ところでどうだった？　白木健三という人物は……」

「割合素直に話をしてくれました。写真も撮って来ました。録音もしてあります。今は息子さんの家に同居しているそうです。同居と言いましても官舎のようなところで、古い棟割り長屋のような感じです」

「詳しいことは後で聞くとして、何のために七泉閣まで行ったんだ?」

「ええ、この前来た時に良子さんは何かの宗派に属していると聞きましたが、そのことでもう少し聞いてみたいと思いまして、ここまで来てしまいました」

「仕事熱心はいいが、無茶はするなよ」と私は牽制する意味で言った。

「分かりました。遅くならないように帰ってきます。……それよりチーフ、面白いものを借りてきました。盛岡という人は、毎日散歩の途中で白木さんの家に立ち寄っていたそうですが、その白木さんの日誌を見せてもらいました。貸してもいいということでしたので、一週間の約束で借りて来ました。盛岡さんとは仲がよかったようですね。簡単なメモ程度のもので、白木さんの話では備忘録のようなものだということです。何かの参考になるかもしれませんので預かってきました。チーフの役に立つと思います」と悦子は少し力のある声になっていたが、私はこの種の書類には、あまり期待しない。第一、何の抵抗もなく貸し与える書類が果たして役立つだろうか。

「エッちゃんが貸してくれと頼んだのか?」

「もちろんそうです。……いけなかったでしょうか?」

「いけないというより、何のために借りるのか、理由も聞かずに貸したのか、白木は……」

「そうじゃありません。ちゃんと理由は説明してあります。盛岡さんが散歩しながら、散歩の度に立ち寄って話していくというのは、それなりの理由があると思います。……とにかく持って帰ります。その上で内容を検討してみたいと思います」

備忘録とやらがすでに悦子の手にあるのだから、今更返すのも変になる。私は仕方なく、「分かった。帰ってからよく話し合おう」と言って電話を切った。

良子について話を聞くために、もう一度七泉閣まで行ったというのは本当だろう。悦子なりの考えだから任せておいた方がいい。とは言っても、すでにこの世に存在しない女のことを、若い娘がほじくり返すことに対して、七泉閣の仲居たちは不思議に思わないだろうか。どうも、悦子はこのところ先走る傾向があるが、何か考えがあってのことか。

私は食事のあと、目の前で悦子とのやり取りを盗み聞きしていたゆう子の顔を見た。私には見向きもしないで、例の通り食事に熱中していた。話しかけるのをやめようと思ったが、盛岡のことが気にかかって、

「盛岡逸史という人物を、ゆう子はどの程度知っているかな？　以前郵便局長をしていたそうだから、西の井ではそれなりのネームバリューはあっただろうが、ゆう子の印象はどうだね？」

私はさりげなく尋ねたが、ゆう子は不意に自分に向けられた声に大袈裟に驚いて箸の動きを止めた。

「あっ、あの盛岡さんね。あの人はよくは知りませんが、何でも最近の話では、息子さんたち家族が別に暮らしているそうですが、その家族が、西の井からどこかへ移ったらしいという話は聞きました。なんでも盛岡さんの奥さんとお嫁さんとの折り合いが悪いそうで、別々に暮らすことになったとか聞いていますが……どこにでもある話ですよね。それから、これは珍しくも何ともありませんが、盛岡さんは毎日散歩を欠かさないそうです。健康第一で老後を暮らしているそうで、なによりですよね」と、どこで耳に挟んだのか知らないが、滑るように話した。

ゆう子は出かけることは少ない方だと思っていたが、私が尋ねれば何らかの答えが返ってくる。他にも意外なことを知っているかもしれない。

「息子というのは、どういう人物だね。局長の後を継がなかったのはなぜだね？」と私の自然に思い付いた細やかな疑問を投げ掛けると、

「アルコール依存、それもかなりひどいらしいですよ。局の仕事は無理らしいですね。事務机の下には、いつも酒瓶が隠されていたそうですから……。そう言えば盛岡さん自身にもハプニングがあったそうですよ。あなたは聞いたことはありませんか？」とようやく私に目を向けた。

「別に……」と、私は『神屋』のことが口から出そうになったのを、ぐっと飲み込んだ。「何だ、そのハプニングとは？」と尋ねると、

「やっぱり、あなたには話す人が少ないのね。探偵なんて看板があるもんだから、なおさら皆が用心してあなたには話さなくなったんじゃないの？　煙たがられているんじゃないの？」とゆう子は身を乗り出すようにして言った。

「そんなことはないだろう。別に西の井の中を探るようなことはしてないしな。……で、そのハプニングって何だね？」

私はついでだと思い、ゆう子の顔に聞き返した。

「この状態だと、いよいよ情報は入ってこないようになるのね。……一昨年の夏ごろ、盛岡さんが電車に重要書類を置き忘れたという話、聞かない？」

「知らなかった」と、私は一切知らないふりをすることで、ゆう子の情報を引き出そうと卑怯になった。

「そう……かなり信憑性がある話ですよ。彼が酒に酔って前原から電車で帰る時、それも夕方ですよ。鞄を電車に置き忘れたらしいの。その帰りに駅前の酒屋に入って飲んでいるところで忘れ物を思い出して、その話で騒いだのを、飲んでいた他の人が聞いていたそうです。駅前の酒屋さんの話ですから、嘘じゃないでしょうね。相当荒れていたそうです」とゆう子は囁くように話した。

「そうか。酒店の嫁の話だろう？……結局どうなったんだ。その鞄、出てきたのか？」

「出てこなかったらしいですね」とゆう子は言った。

「中身、鞄の中身は何だったのかな」と私はさりげなく言った。

「さあ、そこまでは分かりませんけど……」

盛岡の行動はどこかおかしなところがあると思っていたが、ゆう子の話で固まってきた。一方で、私はゆう子にも悦子にも、毎日顔を会わせているのに知らぬふりを通している。

「それにもう一つ不可解なことがあるのよ。局には盛岡さんの実弟が働いていたんですが、その弟は交通事故で亡くなっています。その事故死は車に工作がされていたという噂があるのよ。例の通りで西の井の中ではなかなか表に出て来ませんけどもね。西の井の近くに、よく事故の起こるカーブがありますよね。大事故で今まで何人もの人が犠牲になっていますよ。盛岡さんの実弟もカーブを曲がりきれなくて、大型トラックと正面衝突、即死ですよね。当時、弟さんと盛岡さんの間で何かあったんじゃないか、局の仕事にトラブルがあったか、二人だけの秘密があったのではないか、そんな噂を聞いたことがありますよ」

これについても、私は知らないふりをした。

「具体的には、どういうことだ。その工作っていうのは……」

ゆう子の話、悦子の電話での話から見えてくるのは、つまり良子殺害と盛岡のこととは、まったく別物として調査する必要があるかもしれないということだ。良子のことについては、明らかに殺人として警察が追いかけている。一方の盛岡についても、真壁刑事たちは何かを摑んでいるはずだが……。

「あれじゃないですか？　その、ブレーキをいじったとか、アクセルが戻らないようにしたとか、ニュースでよく聞くじゃないですか……」

「それは新聞か、それとも噂か……」

「忘れましたね。新聞社にでも聞いたらどうですか？」

「『ぶんや』か……」

私は吹き出しそうになった。実際、鼻の先で短く笑った。トップ記事でも嘘を書く慌て者がいる。これはデスクの責任だろうが、読者を馬鹿にしたような記事を載せていることもある。いつも読者を脅かして、興味をそそろうとする。

私はゆう子から目を逸らして、「それは脇坂さんも知っているのかな?」と聞いてみた。

「そうだ! 脇坂さんの奥さんから聞いた話じゃなかったかな……多分そうだったと思う」と軽く右手の拳で左掌を叩いた。

『神屋』が私に調査依頼をしたのは、単に謎の預金通帳のことだけではない。あの預金通帳から残高が忽然と消えたのと事故死に関係があると睨んでいるのだろう。

ここは少しややこしいところだ。ゆう子が身内だからと言って簡単に本音はもらせない。私は口にしそうになったことを飲み込むため、咳払いでごまかした。ゆう子だって長い間同じ屋根の下で暮らしているが、言ってることがすべて本当のこととは限らない。しかも、迂闊なことが言えないのは、今の自分は信用第一の探偵という重要な使命があるからだ。自ずから慎重になり、口数が少なくなるのもやむを得ない。

ゆう子に限らず悦子だってそうだ。頼みもしないのに七泉閣まで足を延ばして、良子について話を聞いてくるなどと言っているが、どこまで本心か分かったものではない。経費の無駄遣いになっているのではないか。

一番危険なのは「ぶんや」だ。ゆう子の言うことを信用して「ぶんや」にでも電話したら、それこそネタ不足の田舎の「ぶんや」は、「ヤモリ」のように天井から見張って探し回るに違いない。

それにしても盛岡とは謎の多い男だ。さすが『神屋』が目をつけただけのことはある。

盛岡という人物は、常識的に考えれば、立場を利用して好き放題に金を動かしたとも言えるが、人を殺めてまで隠さなければならないほどのことだったのだろうか。白木の日誌、と言ってもメモ程度のものだというが、一つでも見えてくるものがあればと思う。

謎と言えば私の望むところだが、実際にこうして次々と目の前に事が起こってくると、どこから手を付けようかと迷ってしまうのが本音だ。『神屋』の調査依頼の内容を深めていくことも無駄ではないかもしれない。いや、これは必要なことだ。

この盛岡の行動について、『神屋』がどこまで知っているのかを確かめるため電話をしようとしているところに、悦子が帰ってきた。電話を止めて悦子に声を掛けた。

事務所ドアから割合に元気な、そして満足そうな顔付きを見せた悦子は、

「ただ今戻りました。……あっ、電話中だったんですね。すみません。どうぞ続けて下さい。わたしは聞こえませんから……」と少し険のある声で、椅子に腰を投げるようにして座った。

「ご苦労さん。疲れたろう。今日は早く帰っていいぞ。結果は明日でもいいから……」と悦子に向かって極く柔らかく言った。

「ありがとうございます。白木さんから預かってきたノート、これですが、ご覧になりますか?」と言いながらショルダーバッグから一冊の古い薄っぺらなノートを取り出し、私の前に置いた。何の変哲もないただのノートで、日誌とは程遠いものだ。

「よく貸してくれたな」と言いながら、私はノートの端を摘んで引き寄せた。様子から見て重要なことが書いてあるとは思えないが、さらに中をパラパラとめくってみると、字数も少ないし文字通りのメモだ。

「白木さんの話では、参考になるようなものは何もないだろうということでしたが、とにかく借りて来ました。……それと、七泉閣での話に、少し気になることがあります。ゆう子奥様がご存じだと思いますので、確かめて来ます」と悦子は言いながら出ていってしまった。

私は、白木のメモ帳を開き、最初から目を通してみた。小さな字で、日付、曜日、天気と一行に並んでいる。次の行にメモがある。一行だけの日もあれば、二行三行に及んでいる日もある。しかし、大抵の日は一行で終

わっている。日が変わると一行空白があり、次の日に移る。書き方からして毎日書いていると思われる。後でまとめて書いたというものではない。ただ、飛んでいる日がある。書くことがなかったということになるが、この書き方からすれば、書くことがなかったということは変に見える。なければ何もなかったと書きそうなものだが……。あまり参考になるメモではなさそうだ。

悦子がどういう自己紹介をしたか分からないが、悦子の様子を見て、この女性であればメモを見せても差し支えないと思ったのだろう。

見ていくうちに一つ気になることがあった。盛岡という名前が頻繁に出てくる。ある日の一行メモに『盛岡さん七時に来る。お茶をすすめた』とだけある。さらに帰った時刻を書いた日もある。二十分なり三十分後に帰ったと思われる日もある。しかし、詳しい内容は何もない。要するに備忘録だが、内容は頭にあるから、誰に見られても一向に困らないメモということだ。

18

私は散歩と称し、海辺の公園を歩くのに至極満足していた。

この日、最初に訪問したのは、浜のもっとも近くにある極く小さな平屋で、軒先の一部が破損したりしている家だ。五十は超しているのに独身の息子が老母と暮らしている。息子は体調が悪いとして最近は漁に出ていないらしい。

この家を最初の訪問先に選んだのは、変死体の第一発見者とされているからだ。老母は五月というのに炬燵に座っていた。この老母はいつも魚の臓腑を海岸に捨てているという噂がある。息子の姿は見えない。

悦子が老母に声を掛けた。老母は、私と悦子を見て驚いた顔になった。

「何でっしょうか?」と顔中に訝しげな皺を寄せて首を延ばした。

西の井の者は、初めて会う者には素直には近寄らない。すぐには言葉も掛けない。自ら絶対に話しかけることがないのは、悦子も御用聞きに回っていて痛いほど経験している。目の前にいる老母も例外ではなかった。

この母子は何の収入で暮らしているのか、それがはっきりしないほど慎ましい生活をしている者だと思うが、外見から想像していた以上の物不足の暮らしではないかと思われる居間の様子だ。しかし、浜に暮らしていれば、漁からの帰り道に、その日に食べる魚くらいは誰とはなしに置いていってくれる。老母が魚の臓腑を浜に捨てに行くというのは、誰かが雑魚を届けた証拠である。

「あのー、おばさんに少しお尋ねしたいことがありましてお邪魔しました。実はですね、去年の秋……」と悦子は右手を大きく延ばして、声を強めて老母に言った。「そこの浜で人が亡くなりましたね。あの時、最初に見つけられたのは、おばさんだったということですが、その時浜で別に誰かを見ませんでしたか？　公園で遊んでいた人の他に誰かいませんでしたか？」と耳の側で聞くと、

「あの時、あの時ねえ……」と記憶が薄れているのを無理に引き出すように、悦子の指す方に首を向けた。首は痩せていた。私はその首を見て、毛のない鳥の首を想像した。

「あの時は他には人はおらんじゃったと思うが……」と下を向き考えている。

「あのですね、警察に電話しましたね、あの時、おばさんが死体を見た時、他に誰もいませんでしたか？」とさらに声を大きくして悦子が言った。

「ええ、そうですが、電話したとは私じゃありまっせん。電話したのは隣の岡田さんですよ。岡田さんが電話せないかんぞって言われて、自分でされました。警察に電話された時は倒れていただけで、死んでいるかどうか分かりませんでしたよ。岡田さんが電話されました」

「隣の岡田さんですか？」と私が念を押した。

「そうです。すぐ電話されていました」

「岡田さんも浜に行かれましたか？」と私が尋ねた。

「行かれましたよ。人が階段に倒れているところを見られて、側で見てびっくりされて電話されましたよ」

老女が第一発見者であることは間違いないが、その時は死体とは思わなかったのだ。ただ、誰かが倒れていると思い、慌てて隣家の岡田茂造に知らせた。

私と悦子は岡田茂造の家に向かった。入り組んだ狭い路地の途中に、狭苦しいが、手入れの行き届いたツツジやさつきの庭と小さな赤い鳥居の向こうに石造りの祠があった。

茂造は私の声とほぼ同時に格子戸から顔を出した。八十にはなっていると思われる老人だが、元気な声で私

と悦子を交互に見ながら丸い笑顔を見せた。

茂造は最初正座して私と向き合ったが、私が上がり框に掛ける前に深く頭をさげると、すぐ胡座に変わって腕を組んで対峙した。対峙したには違いないが、顔は柔和だった。……この男は自分にかみつくことはないと安心したのだろう。目だけ動かして悦子を見た。

「あなたは時々顔を会わせることがあるな、なかなかべっぴんさんですな。檜ノ原さんも毎日べっぴんさんの顔を拝んで果報もんじゃな。ははは」と大きな口で短く笑った。笑い終わらないうちに茂造は顔を私と悦子に近付けた。

「あの時のことを少し聞きたいのですが……」と言うと、

「あの時は確かに茂木のばあさんが悪い足を引きずって、慌てて入ってきました。顔を見れば大抵のことは分かるが、この時ばかりは、ばあさんが蒼うなって震えとりましたなあ。わしもばあさんの言うことはあんまり信用せんが、この時はあの顔色見て、ばあさんについて行くことにしました。嘘じゃなかったですよ」とゆっくり話した。

茂造にとっては死体を見ることは初めてではないのかもしれない。茂造の年齢であれば、軍隊生活の経験はあるだろうし、戦場で戦友を失っている可能性もある。

「死んでいると思ったので派出所に電話したよ。本署に電話したのは小笠原巡査ですよ。ところが、警察は私を第一発見者にしてしもうて、なんのかんのというて聞きにきますが、私は電話しただけで、あの人が誰かも知りませんな。見たこともありませんよ」と言いながら私から目を逸らした。

「いや、どうもすみません」と私が言うと、

「檜ノ原酒店はどんな関係があるのですかな？」と私の顔を覗き込むような目付きをした。

「その時のことですが、もう少し詳しく教えていただけませんか？」

茂造はこんな風に話した。

老女を伴って、半信半疑でいったん雁木の現場に行き、作業着姿の横に長くなった男を見て、眠って長くなったものだと思い背中を触ってみた。動かない身体を見た茂造はそれが死体だと判断すると、慌てて警察へ電話した――。

そこに、悦子の柔らかくゆったりとした声が入った。

「あのー、岡田さん、いつも有り難うございます。今日は店の仕事とは違いますが、こういうことは浜の方では岡田さんに聞くのが一番いいと聞きましたのでお訪ねしました。……あの時、近くに人の姿がなかったというのも不思議ですよね。だって死体が一人でそこに来るはずはないですからね。ほかに釣りや散歩をしていた人はいなかったかと思いまして……」

「私が茂木のばあさんと見に行った時は誰もおらんやったがね、夜が明けたすぐの頃は、確か二人の男が投げ釣りしよったぞ。奴らは釣り場所を少しずつ移動して行くからね、その時も多分ホテルの裏の方まで移動したと思うがね」

「その人は戻ってこないんですか?」

「そりゃあ、その日の潮の具合やね。早う引き潮になりゃ、もう戻ってこんが、潮が動かんじゃったらまた戻ってくる時もあるなあ」

「そんなことは実際にある訳ですね。それであの時の亡くなった人は釣りにきていた人とは考えられませんか?」

「あの顔は初めて見る顔じゃったな、この辺の顔じゃないな。刑事さんも二人で何回も来たが、見たことのない顔じゃけん、こっちも聞かれても困ったよ」

「すると、何ですかね、ここに初めて釣りに来た人ということも考えられますね。車で来たんでしょうか?」

「おそらくね、車と思うよ、駅から歩くのはちょっと遠いけんね、まさか歩いてはこんじゃろうと思うが……そう言えば、先日は山口から来たという男がおったぞ」

「山口って、あの山口県ですか?」

「そう、あの山口県じゃが……」

「駅から歩いてくれば、途中で誰かに会っているはずですもんね」と私が言うと、

「刑事さんも一所懸命探しとった。もし駅から歩いたなら、途中で誰かに会ったはずじゃけん、警察に聞けば分かるよ」と茂造は言った。

「関わりになるのを恐れて黙っているんじゃないですか?」と悦子が言った。私は茂造に顔を近付け、

「死体を見られた時、変だと思われたことは、何かありませんでしたか? 例えば顔色が変だったとか……」

「顔色? 顔色ねえ……いや、顔色は特に何も気がつかんやったな。そうねえ……そう言えば、私は最初は死んどるとは思わんじゃったね。死んどる顔じゃなかった。それで腕を揺すったよ。おい、おいってね。ところが妙に硬かったような気がしたんで、死んどると思ったね。それに裸足やった。靴下も履いとらん素足じゃったけん妙に思ったね。普通はこんなところに来るのに裸足で来る奴はおらんからね」

「本当に死んでいましたか? その人……」と私は茂造の目を見た。

茂造は何とか思い出そうとしているふうだったが、多くは記憶から消えているらしい。

「いや、確かに死んどったと思う。私は茂木のばあさんが慌てておったので、慌てるなって言うたことは覚えとるが、もともとあのばあさんは変わったところがあるけんね。死人よりばあさんの方が蒼うなっとったね」

「岡田さんが見られて、死因は何だと思われますか? 例えば薬を飲んでいたとか、何か気が付かれたことはありませんか?」

「そんなこと、刑事から散々聞かれたよ。あの人たちには、仕事とはいえ大変なことですねって言ってやったよ。一月くらいの間に三回くらい訪ねてきたが、来る度に同じことを聞きよったね」と茂造は当時のことを思い出しているのか腕組みになって、

「浜からの投げ釣りは移動して行くけん、ほかに誰かいたとすれば釣り人やろうね。しかし、その時は確かに誰もおらんやったと思う。毎日見よる浜じゃけん、かなり遠いところまで見ておったと思うが……。ただね、途中に海に砂止めの石を積んどるが、その西側の石に掛けて釣りよったら、ここからその人の姿は見えんね。それは私も分かりようがないがね」

私は少しばかり慌てて茂造の力のない目を見ながら、「その話は刑事にされましたか?」と声を細くして言った。

「いや、刑事さんはそげんこと聞かんかったから言ってないと思う」

「確かに言ってないですか?」

「そう、確かに言うとらんと思うが、あの二人の刑事は何度も来たからね。何か変に思ったでしょうかな。私は嘘は言うとらんつもりやがね。警察は人を疑うのが仕事かもしれんが、人を見てからにしてもらいたいね。あんたたちもその口かね。それなら家には来ないでもらいたいもんだ。……そう言えば……」と口をあんぐり開けて、「あの日は警察が死体を運んでいった後、盛岡逸史が浜に来て、長い間海を見て立っとったね。それは見たが、あの盛岡逸史いう奴は、この頃は息子のことやら、悩みごとがあるいう話だから。あの人間も欲の突っ張りで息子まで出ていってしもうたということじゃな。もっとも、逸史の後添いの壮子さんという女も気が強く欲深な女じゃけん、息子の嫁とも合わんじゃろう。あの家は金、金、言うて暮らしとるから、ろくなことにゃならんじゃろうな。逸史も金のことになると目の色が変わるからね。それだけの人間よ」と茂造は口を曲げて苦笑いを見せた。

息子たち夫婦、盛岡理史一家のことは、植村良子が殺害されてからのことと思っていたが、茂造の話が本当であれば、昨年からこの親子の間は険悪になっていたことになる。私と悦子は互いに納得する視線を交わした。

「盛岡逸史さんが金に困っているという話は聞いたことがありませんか？　泥棒に入られたとか、そんなことは聞きませんか？」と悦子が笑顔で話しかけると、

「これは噂じゃが、あくまでも噂じゃよ……息子か嫁の妙子かどちらか分からんが、逸史の金を持って家出したという噂じゃがね。本当のことかどうかは私は知らん。普通の親子なら金に困った息子に持たせるということもあるじゃろうが、あの親子はどうかね」と言って茂造は私と悦子から目を逸らした。

あの日、パトカーが駆け付けた時はすでに死体となっていただろうが、茂造が雁木の階段を降りて横たわった人物を見た時は、死んではいなかったとも考えられる。茂造は微妙なことを言っているが、真壁刑事と坂本刑事が後日、砂浜を歩き、死体のあったところからさらに西へ捜査を広めようとしていたのは、司法解剖の結果に疑問を持ったからだろうか。つまり遺留品なし、毒物の形跡なし、ロープはあったが索条痕もない。ここまで死因を隠そうとするには、それなりの理由があるはず。私はそう思う。

「岡本さん」と言って悦子はさらに顔を近付けて、「岡本さんは写真を見れば、その時の亡くなった人の顔は分かりますか」と尋ねた。茂造は黙っていた。その後は言葉が急に少なくなった。

私と悦子は丁寧に挨拶して岡田茂造の家を出た。

私たちはもう少し歩くことにした。悦子は仕方なく付いてくるというのではなかった。差出人のない手紙、それに白木健三の備忘録と、確実な動かしようのない証拠が役立つ時が近付いていることを、悦子の目が物語っているようだった。

悦子は桜の季節が終わった後、若葉が山一面を覆う季節になって、美しい目がいっそう爛々としてきたようだ。これは悦子の生理的な表れではなく、探偵の仕事に彼女の本能が目覚めつつあることの証拠でもある。私

は悦子をそう考えることにした。悦子が博多まで毎日電車で揺られていくことを好まなかったのは、何も悦子の好き嫌いではなく、彼女は多くの女性とは根本において異なるものがあるからではないか。私はそう思うのだが、さて、それでは悦子は自分の生き方をどう考えているのかと問われれば、それは今の私には正直分からない。悦子も語らない。強いて言えば、悦子は深く考える前に、身体の方が動いてしまうようだ。

＊

悦子が岡田茂造の次に選んだ訪問先も、田舎町に多く見られる元農家だった。庭の広い屋敷で、庭には花壇があり草花が並んでいる。近年はこの種の庭をあちこちで見掛けるようになった。悦子が先にチャイムを押した。

私たちを迎えたのは中年の、この家の主婦である。私はこの主婦の顔を知っている。言葉を交わすほど親しくはないが、主婦の実父と話したことがある。姓は脇坂だから、『神屋』と親戚関係になるかもしれない。しかし、その実父は先年亡くなっているから、今の状況は知りようがない。

普段着の主婦は六畳間の片方に正座して、黙って私たちに軽く頭をさげた。私と悦子に目を交互に動かした。顔色は変えなかったが、胸の中は穏やかでないことは分かった。私はゆっくりと話し始めた。

「どうですか、ご主人はお元気ですか?」と言った後、最初の言葉としては相応しくなかったと思ったが、この場合、相手を気遣う言葉がほかに思い付かなかったのだ。

「はい、相変わらずです。あのままで……」と主婦は素直に応じた。夫は、これは私が誰にともなく、あるいは店に来た客から聞いたのかはっきりしないが、六十にも届かないのにアルツハイマー病だという。若年性痴呆症ということになるのだろうか。

「遺伝じゃないかと思います」とも主婦は言った。とすると、夫の実父か実母にもその症状があったのを知っているのか。家の中は物音一つしない。

「突然お邪魔しましたが、実は少し聞きたいことがありまして伺いました……」と私は切り出してみた。相手はこの時になって警戒をしているのが目の動きで分かった。

「何でしょうか?」と首を傾げて声を細くした。

「去年の秋、海岸で亡くなった人が見つかりましたよね。その後、それについて何か聞かれたことはありませんか?」

私の問い掛けは無論あてずっぽうである。話がどの程度の噂として続けられているか、畑中スギや大林君代に聞けば大概のことは分かるが、あの二人の話には彼女らの独特の考え方が加えられている。つまり話は一方的で、もう一方のことは彼女らの情報にはない。それは彼女らの耳に入らない。この田舎町は横に広がる情報は得やすいが、縦の情報を知るのは容易でない。いま目の前にいる主婦は、横の情報は知らないだろうが、縦つまり違った見方があるに違いないと思ったのだ。

「わたしもあの時は浜まで行きましたが、救急車で誰かが運ばれていましたから、それからすぐ帰ってきました。あの後、刑事さんが見えて、亡くなった人について何度も聞かれましたが、知らないので答えようがありません。ただ……」

私と悦子は腰掛けていた上がり框から身を乗り出した。

「帰りに誰かが、二人の人が海岸を西に向かって歩いていたと話しているのを聞きました。その人が言うには、一人は『盛岡さんじゃった』ということでしたが、もう一人の方は『知らん人やった』と……。私はこの目で見ていませんので、刑事さんには言ってません。聞かれもしませんでしたが……」

「そうしますと、あなたは亡くなった人の顔は見てない訳ですね」

「ええ、わたしが行った時は救急車に乗せられていましたから……」

「帰りのその話をしていた人が誰か分かりませんか？」

「それは分かりません」と脇坂主婦はキッパリ答えた。

悦子がおもむろに、例の一葉の写真を脇坂主婦の前に差し出した。脇坂主婦はそれを手に取った。

「この写真の中に、その時話していた人はいませんか？……」

脇坂主婦は左手の人差し指で、一人ひとりの顔を確かめる風だった。一人の顔のところで止まり、「この人はいました。隣の奥さんですからよく知ってますよ。私とは何も話しませんでしたね、そのまま帰りました」

「この人だけでしたか？」

「ええ、そうです。この池浦朝子さんは、以前、選挙運動の時は選挙カーに乗って、ウグイス嬢なんかされていました。この頃体調を崩されていますが、入院はしてないのですかね。あまり見かけません」

私と悦子が脇坂主婦の家を出たのは、それから五分も経っていなかった。主婦は眉間にクッキリした深い皺を作って下を向いた。これ以上のことを聞き出すのは難しい気がしたのだ。

私はこの時思ったのだが、脇坂主婦の話には、畑中スギや大林君代に求めることはできない情報があった。悦子も一人で来ていれば体よくあしらわれたかもしれない。それにしても、人影の一つは盛岡逸史であったことは間違いないようだ。白木健三の備忘録には、この日のことがどう書かれているのか。

しかし、何のために……そしてもう一つの人影は誰だ。ここで新たに疑問が浮かんできた。茂造が死体の側に行ってその身体に触れたのと、池浦朝子の周りにいた誰かが盛岡逸史を見たという時刻はどちらが先か。ここを確かめてみる必要がある。

その後すぐ、私と悦子は隣家の池浦朝子を訪ねた。果たして脇坂主婦が言った通り、写真の顔とは似ても似つかない頬のこけ落ちた哀れな顔が眼前に現れた。

私と悦子は名刺を差し出し、「少しだけ伺いたいことがありまして、お邪魔しました」と静かに切り出した。

さらに間髪を入れずに、「去年の秋のことですが……」と言いながら、おもむろに写真を差し出した。

しかし、写真のことには触れずに、「海岸で変死体が見つかりました時、池浦さんたち数人の人が、盛岡逸史さんが海岸を歩いて、西の方に向かって行かれたという話をしていたそうですが、それは何時頃のことだったでしょうかね、すみませんが……」

池浦朝子は下を向いたまま、じっと何かに耐えているように、肩に首を埋めて黙っていた。しかし、五秒か六秒経って重い口を開いた。写真を手に取って、

「私は何も知りません。何も見ていません。勘弁してください。身体が良くないもんですから……」と額に掌を当てた。

「最近この件で警察は来ませんでしたか……」と小さく言うと、

「私は何も知りませんので、警察にも話したことはありません」と細い声で言った。その様子に二の句を継げなかった。

これ以上、朝子は何も話さないだろうと考え、私は笹の塀の道を通って町道に出た。悦子が私の横に並び、

「チーフ、私もびっくりしました。急に体調を悪くしたんですかね。癌でしょうか？」

「そんな簡単に病人にするなよ。……でも、写真を見た時の顔は驚いていたね。この五人の女には何かあるね」

「何かって何ですか？」私が黙っていると悦子は、「池浦朝子さん、何かに怯えているように見えませんでした？　痩せてしまって可哀想なくらい」

「うん、そうだね。今の池浦朝子さんいくつだと思う？　年齢の見分け方も探偵として重要な勘どころだね。どう？」

「そうですね、チーフはどう思われますか？」

私がこの時考えていたのは、池浦朝子の年齢もさることながら、悦子が言うように、彼女は何かに怯えているのではないかということだ。朝子の周辺に何が起こっているのか。

脇坂主婦についても多くの収穫はなかったが、それより二人の女は、盛岡がその日海岸に二度現れたことを証明できる人物になると思った。

19

翌々日、五月六日土曜日、二人の刑事が事務所に現れたのは昼近くだった。気温も二十度を超すようになっていて、坂本刑事は暑さに弱いらしく、クシャクシャのハンカチでしきりに顔を拭いていた。

彼はレジ前で迎えた悦子に、胸の内ポケットから写真を取り出し——事務所のガラス越しに見ていた私は、警察手帳でも出したのかと思ったが——それを悦子に見せながら、

「これは特別に貸す訳ですからなくさないように。外部には絶対に駄目だぞ。真壁さんの特別の配慮だからな……くれぐれも……」というのが小さく聞こえた。

「有り難うございます。やっぱり坂本刑事は素晴らしい刑事さん……」と悦子は澄ました顔で両手で受け取った。

坂本刑事は悦子の声にはにかむ顔をしたが、「大事なことを忘れるなよ。盛岡理史のことはもちろんだが、植村良子のこともあるからな。忘れないように頼むぞ」と声を低くして言った。

すると、悦子は間髪を入れずに、「坂本刑事さん、あなたは真壁刑事さんと二、三度海岸を見に来られていますよね。あれって植村良子の件と海岸の変死体とは関係があると見られているんですか？　もし、そうだとしますと、それは全くの見当違いをされていますよ。もう少し推理を働かせて……」と、右手人差し指で自分の耳の上をトントンと軽く叩いて、わずかに白い歯を見せた。どうやら悦子が自分の耳上を人差し指の先で軽く叩くのは癖らしい。

さらに悦子は、「浜の変死体は警察では捜査を終了したんでしょう？　事故死として処理したんでしょう？　問題は植村良子です。あの件は明らかに殺人事件でしょ……。でも、二人の刑事さんが足を棒にして聞き込みをされても、何一つそれらしい話、死体に繋がる話は出てこない。真壁刑事さんもあなたも不思議に思われたんじゃないでしょうか。私たちも同様です。芳しい話は一つもありません。今日は大事な証拠になります当時の変死体の写真を見せて頂きますので、そのお礼に私たちが考えていることの一端をお聞かせしようかと思っています」と悦子は私の方にチラッと目をやった。

私は悦子と、刑事が来たら何か役立つ土産話がないものかと相談したが、結局は悦子の提案に任せることにした。噂話は悦子の方が私より遙かに多いはずだから、それを悦子なりに考えて話すだろうと思っていた。

先に事務所に入った真壁刑事はソファに座った。私はすぐ、

「真壁刑事、実はですね、私たちが良子殺害と変死体が全く関係ないと思い始めましたのは最近のことです。変死体が発見された日、私は現場に行きましたが、近所の人たちも十数人が死体のよく見える位置に立っていました。その時口々に『死体は誰だろう』と囁きあっていた訳ですが、誰の口からもその人の名前は出ませんでした。ですから、刑事さんたちが聞き込みをされても話は出てこないはずです。実際、誰も知らない人だったんじゃないでしょうか。それは本当だと思います」

続いて悦子は呼吸を整えるように珍しく一瞬頬を膨らませたが、私と目を合わせたあと、その目を二人の刑事に向けて、「……ところがですね。これはチーフと二人だけの話ですが、浜の変死体の様子を最初から見ていた人がいるんじゃないかと思った訳です。そういう考え方をしますと、良子が発見された時の状況が、浜の変死体とよく似ていることも理解できるんじゃないでしょうか」

椅子に座っていた悦子は、ここで刑事たちにもよく分かる動作でゆっくり立ち上がり、「いかがでしょう？　刑事さんたち……」と言いながら真壁刑事と坂本刑事を交互に繰り返し見た。

しかし、二人の刑事はあまりにも唐突な話なので面食らったらしく、「そんな取って付けたような話をするな！　いやしくも我々はプロだぞ……。さすが素人探偵だな。そんな馬鹿げた話でわれわれをごまかそうとしても、そうはいきませんな。だったら現場に駆けつけた小笠原巡査がいち早くその人物に気付いていそうなもんじゃないか。小笠原巡査だってその時に集まった人の話は聞いているはずだからな。そんなことはひと言もなかったぞ」と真壁刑事は不機嫌になった。

「小笠原巡査は電話連絡を受けてからのことですから、岡田茂造さんが電話をしてから現場に戻るまで、その数分間に現場にどんな動きがあったか、そこが問題だと思いますよ」

さらに悦子が話を続けようとすると、坂本刑事が口を挟んだ。例の取り調べの時の口調に変わっていた。

「あんたにいちいち言われんでも、それくらいのことは考えとるよ。それよりも、その数分間に誰かが死体の側にいたとでもいうのか。その人間が現場の一部始終を見ていたっていうのか。ありもしないことをペラペラ出任せで言うんじゃないぞ」と坂本刑事は語気を強めたが、悦子は顔色一つ変えなかった。

「坂本刑事さん、わたしはあなた方のことを思って情報を提供しているんですよ。それを出任せ？　そんなこと言うんだったら、これから協力しませんから……」と悦子はこの時になって唇を曲げた。

「まあまあ、いいじゃないか。悦子助手も協力を惜しまないと言っとるんだから……。それよりその数分間に何かヒントがありそうかね。例えば近くに住んでる人が何かを見ていたとか……。とにかくわれわれも困っているのは、変死体の話になると、どいつもこいつもだんまりになってしまうからね。この西の井の住人はつまらんことはペラペラ喋るが、肝心なことになると何も答えようとしない。コロッと態度を変えてしまう。だからこっちは尚更疑問を持つようになる。悦子助手！　その数分間に何かがあるというのは、どんな根拠があるのかな。そこを教えてもらわないと君の話は信用できんよ」と真壁刑事が言った。

「わたしは何も具体的なことは分かりませんよ。ただ、数分間、誰も死体を見ていなかった時があるから、そこを調べたらどうですかと言ってるんです。刑事さんたちは足を棒にして聞き込みをされているようですから、その参考になればと思ったんですよ。刑事さんたちも、いい加減業を煮やしているんじゃないですか?」

と悦子が言うと、

「分かった。じゃあ一つだけ聞くが、植村良子殺害と変死体は、発見時の状況は似ているものの、まったく別物、関係ないと言ったが、その根拠を言ってくれ。どうだね?」と真壁刑事が言った。

悦子は少し考えるふりをした。多分、差出人のない手紙のことが頭をよぎったからだろう。そこまでは悦子と私は話し合っていないが、このことはまだ刑事たちに言う訳にはいかない。

その時、真壁刑事は「どうだね? 檜ノ原探偵」と私に目を移して無表情に問い掛けてきた。

「ええ、私の考えを話しましょう。参考にならないかもしれませんが……一つの考え方ですから、そのつもりで聞いてください。今日はこれから失踪したと思われる盛岡理史一家の空き家に行くことになっていますが、これと変死体に因果関係があるのか、この点を調べていました。盛岡と息子の盛岡理史一家の失踪は無関係と言っても誰も信じないと思います。それと、もう一つは、元代表会計長の白木健三という人物と盛岡逸史の繋がりです。盛岡は毎日健康のために町内をくまなく散歩していたという話ですが、これは実は散歩ではなく、簡単に言いますと、白木健三との情報交換だったのではないかと考えられます。私たちは白木から備忘録のようなものを借りることができたのですが、それによると、あの変死体が発見された日、つまり去年の十月二十五日は、天気はよかったのに二人が会っていないのです。これは普通は見落としてしまうくらい些細なことですが、実は重大な内容が含まれていた訳です」

「重大なこと?」と真壁刑事が少しだけ顔を寄せてきた。

「まあ、これは私たち探偵事務所の考えでして、やたら吹聴するほどの内容じゃないと思いますが……。それに確実な証拠がある訳ではありません。こういう考え方ができる、つまり仮説ですね。これは刑事さんたちもとっておられる方法だと思いますが、わが探偵事務所では、まず仮説を立ててことに当たります。河丸は一つのことについてずかずかと踏み込んでいきますが、踏み込んだ先で振り返って仮説を立てます。ですから、彼女自身の結論を見出すのも早い。最初に良子の死体を見た時、変死体の状況とよく似ていると彼女が言ったのは、そんなところにあります。彼女なりの確信があったからです。どちらの死体も遺留品がありませんでしたが、これは遺留品がないという点だけが似ている訳で、他のことはまったく異なっています。例えば犯行時刻などは異なります。似ているのは犯行場所、死体のある場所はよく人の目に付きやすいところを選んでいます。最大の難問は死因がよく分からないこと。さらに言えば、何で人を殺さなければならなかったのか、動機ですね。これがまったく見当が付かない……」

私は声を大きくしたり小さくしたりして話した。そこでいったん話を止めて――話す前はもっと話すべきではないかと考えていたのだがそこで止めて――手に持っていたタオルで口を軽く拭き、二人の刑事の顔を交互に見た。刑事たちは私の方に目を向けていたが、坂本刑事はやや困惑していて返事に困っている顔だった。真壁刑事は私を上目づかいに見ていた。

「そんなことは、いちいち言われんでも私らも分かっとりますが、変死体はどこの誰かも分からん、行き倒れかもしれん。近くの者に聞いても誰一人として知っている者がおらん。真っ昼間というのに誰も犯人らしい人影を見ていた者がおらん。ここら辺の人間はいったいなにを考えとるのか、変な人間ばっかり住んどるところだと思いますな」と真壁刑事は皮肉を含んだ表情のまま話した。

「真壁刑事、あなたはほかの警察官よりは少しはましな方ですよ。熱心な捜査態度といい、穏やかな笑顔といい、住民に信頼される警察として、みんなが期待する良民の味方として模範的な警察官ですよ」と真壁刑事を持ち上げて、目を大きく見開いた。

真壁刑事も悪い気持ちになるはずがないのだが、なぜか喜んではいる様子はなかった。苦虫を嚙みつぶしたような顔だった。

「あなた方が何度も海岸を歩かれたのは、犯罪の匂いを消しさることができないからじゃないですか？　早々に捜査を打ち切られたそうですが、警察内部で意見の相違があるからですか？」と悦子が二人の刑事の顔を見比べて言った。

すると、坂本刑事が声を大きくして、「そんなことは君たちの知ったことではない！」と言った。

私は二人のやり取りを聞いていて、悦子が言ったことに警察がまともに答えるはずはないと思っていたが、その通り、警察内部のことになると口を噤んでしまう。悦子の言葉に思わず何かを漏らすかもしれないと思っていたが、裏切られた。

二人の刑事は本当に捜査を諦めているのか、それともここにきて何か嗅ぎだそうとしているのか、あるいはすでに何かを嗅ぎだし、ここまで来たのか。

「ところで河丸さん……」と言って、真壁刑事は悦子に対してことさら優しい表情を作り、「君たちが訪ねて行ったという相知町《おうち》で、何か事件に関する話を聞かなかったかね？」と真壁刑事が言った。

「もう真壁刑事の耳に？」と悦子は困惑した声だった。相知町というのは、盛岡の忘れ物のことで西唐津駅の遺失物保管所を訪ね、ついでに相知まで足を延ばした時の話だ。

あらためて持っていた写真をじっと見て、悦子は考えるふりをした。もちろん相知町では定年前の駐在所の警官に会ったし、駅員に噂話はないかと尋ねることはしたが、変死体や植村良子の死と結び付けられるようなものは何もなかった。いま写真を目の前にしても、死体の横顔からは何も浮かんでこない。

「河丸さん、君は配達の折にいろいろ噂話を聞くだろうが、植村良子の評判はどうだったかね？　あんな派手なシュミーズを着けて歩いているとは想像もできないが、あの真っ赤なシュミーズは何か事件と関係はないかね。特に女性として思い当たる節はないかね？」と声は少し柔らかくなった。

「……別になにも感じません。あんな派手な色物だって売ってる訳でしょうから、着ている女性がいるってことですよね。私はそんな趣味はありませんが……」と悦子が言った。

「水中で発見されたので、化粧も分析では特定できずはっきりしない。なにしろ遺留品といえばシュミーズだけだし、ブラジャーとかショーツも揃いのものと考えられている。しかも、どこもかしこもレースで飾られている。セットものだな。だとすると、これは何か特別の販売員からでないと手に入らないものではないか、とも考えられる。どうだね、河丸さんから見た時、何か思い当たるものはないかね？」と真壁刑事が言った。

「わたしはそんな趣味はありませんから分かりません」と悦子は冷たく言った。

「最近の女性は、もちろん若い女性だが、下着のお洒落というのが流行りだそうじゃないか。まあ、植村良子は若いとはいえないが……。しかしなんだね、そんな下着を着けて自己満足しているだけかな、それとも誰かに見せる機会があるということかね……」と真壁刑事が鼻のさきで笑って言った。

「女性は見えないところにお洒落をする。それで自己満足する。自己満足するだけでなく、行動にも自信を見せる……。まあ、植村良子の場合は実際日頃の行動がどうだったか分かりませんが、隣に住んでいる畑中スギさんの話では、どことなく人を見下したようなところがあると言ってました。本人が気付かないうちに、態度に表れていたのかもしれませんね、真壁刑事」と坂本刑事が言った。

「植村良子のことは今では他殺と断定しているが、浜の変死体は事件性はないとして解剖していない。……ところで檜ノ原探偵にお尋ねしたいが、この二つの死体がよく似ているということについて、もっと聞かせてくれませんか。さっき少しは聞きましたが、その他に気付いていることはありませんかな。もし、もしもですよ、あなたたちが隠蔽《いんぺい》すると、あらためて署に来てもらって聞かなければなりませんよ。わたしはそうはしたくないんですがね……」と真壁刑事が言った。

「刑事さん、それじゃあまるで容疑者扱いじゃありませんか。とんでもないですよ。私たちはあなた方に協力してるんですよ。それをなんですか、まるで容疑者のようなことを言って、とんでもないことですよ。チーフ、何とか言ってくださいよ」と悦子が横から言った。

真壁刑事はソファに座りなおして、〝これから取り調べだ〟とでもいうように腰を落ち着けてしまった。今日は二人の刑事も黙って帰ることはできないのだろう。彼らなりの期するところがあるに違いないが、私には刑事がどこまで知っているのか見当がつかない。

「変死体が発見された十月二十五日に海岸を歩いていた二人の男のことは、詳しく分かりましたか？　先日、その一人は盛岡逸史ではないかとおっしゃっていましたが、私はそれが引っ掛かっているんです。何か聞かれていますか？」

私は、刑事はどうせ本当のことは言わないだろうと思ってはいるが、聞いてみるのも無意味ではないと思った。真壁刑事の顔を睨むようにして、しかし声は静かに、

「引っ掛かるというのは、つまり第一発見者は魚の臓腑を捨てに来たおばさんということですが、海岸を歩いていた二人のことが本当だとすると、第一発見者はこの二人の男ではないかとも考えられます。真壁刑事、あなたはそうは思いませんか？」

真壁刑事は落ち着いた態度で顎に左手をやった。

「檜ノ原探偵は海岸を歩いていたのが二人だということをどこから聞き出したんですか？　わたしはそれが知りたい……」と言って私から悦子へ目を移した。

「それは一人の人から聞いた訳ではありませんよ。何人かの人が目撃していると聞いていますが……」

「檜ノ原探偵、それは本当のことだと思っとるんですな？　疑いは持ってないんですな？」

「疑いを持つもなにも、数人の人が見たと言ってますからね」

「数人？　わたしどもも何度かこの近くの人たちに聞き込みをしているが、そんなことは聞いてないよ。だ

いたいこの町の人間は肝心なことになると黙りこくってしまう癖がある。なにか恐れているのかね、え？　檜ノ原探偵」

「それらしいことも聞きませんでしたか？」

「わたしが言うのも何だが、刑事を恐れているのかね、ここの住人は。まったく、協力しようという気持ちがかけらもない連中だ」

真壁刑事はさらに機嫌を悪くしてきた。

坂本刑事が真壁刑事に向かって、「その通りですよ。ここの住人は協力しようという気持ちがまったく感じられない。署長にも進言しないといけませんね、真壁刑事」と穏やかに言った。

「真壁刑事、植村良子の家の家宅捜索にご一緒させて頂きましたが、あの時助手が見つけた数葉の写真……あの写真の人物には当たってみられたと思いますが、どうでしょう、何か疑問は感じられませんでしたか？」

「疑問？　どういうことだね」

「ええ、どういう友人関係か、友人と言ってもあの年齢になると単なる仲良しとは限らないでしょうからね」

「いや、それは一応各人に聞いている。しかし、特に大きな疑問は浮かび上がらなかった。それよりも、あの写真には写ってなかったが、家宅捜索に立ち会った代表組長の卜部槙人なる人物は、われわれと目を合わせてもひとことも言葉を発しなかった。あの男にも一度詳しく話を聞かねばならんだろうと考えている」と真壁刑事はキッパリ言った。

やっぱりプロだな、見るべきところはちゃんと見ている。ただ、今は裏を固めている段階かもしれないと思い、今日はここまでで十分だと判断した。

私が立ち上がると、皆も合わせたように立ち上がった。坂本刑事が腕時計を見た。

「そろそろ出かけましょうか。ちょうど四時十分前です。奴も戻っているでしょう。いや、待っているかもしれません」

真壁刑事は黙ってわずかに考えるふりをしたが、これは彼がよく見せるジェスチャーで何の意味もない。

さらに、坂本刑事は、「立ち寄っていきますか、佐田酒店。どうせ嘘っぱちでしょうが、やむを得ませんね」

真壁刑事が次の行動に移ったのは、それから間もなくしてからだった。両手をポケットに突っ込み顎を突き出して店の中をゆっくり歩く。まるで戸惑うアヒルのような歩き方だった。

「どうして嘘っぱちなんだね。何か根拠があるのか？　小笠原に失礼じゃないか」

真壁刑事は先輩としての威厳を見せるかのような口振りだった。そして、「小笠原だって同僚じゃないか。馬鹿にしたような言い方はしない方がいい。それより、この狭い町で空き巣狙いが頻発すること自体が異常だ。それを小笠原がどう考えているかだな。しかし、いまだに犯人を逮捕できないのも不思議だが……」

「その点を小笠原巡査がどう捉えているか、そこを聞いてみましょう。少し気合いが足りない」と坂本刑事が言うと、真壁刑事は坂本刑事を振り返った。しかし、坂本刑事は瓶やパックの並んだ棚を見ていて、真壁刑事には気付いていないかった。

＊

佐田酒店には四人一緒に着いたが、悦子は車に置いたまま、両刑事と私が降りた。まず坂本刑事が、「ご免！」と言って入った。

店には客はなかった。檜ノ原酒店よりも棚に並んでいる酒類は多く、おつまみの小袋が回転式の棚にぎっしりつまっていた。ここは立ち飲みのできる店で、以前は客が絶えなかったというが、最近になって急激に客足が遠のいたと聞いていた。悦子の御用聞きによる檜ノ原酒店の販売が影響を与えていると噂されていた。

若い店主があとを継いだ。当初は迅速な配達で人気があったのは言うまでもない。しかし、価格が人気を悪くした。家族四人が暮らしていくには、商売が小さすぎたのだ。

畑中スギと大林君代の話によると、借財はすでに億に近いものだともいう。そんな時に泥棒に入られ、レジスターに保管していた現金がそっくり盗まれたというので皆は同情した。金額ははっきりしなかったが、小笠原巡査から報告を受けた刑事二人は、直接被害者から聴取するつもりだろう。

私はこの酒店の被害は、最近の空き巣狙いに便乗したものと考えていた。皆の同情を得ようとするもので、しかも卸屋への支払い延期を画策しているとも考えられる。この酒店の窮余の策に違いない。

私と二人の刑事が佐田酒店を後にしたのは二十分後だった。店主は留守だったが、応対に出た女房は明るい声で刑事の質問に答えた。女房の笑顔は、私には借財に苦労しているようには見えなかった。

二人の刑事は、流暢に話す女房の話をどこまで信用して聞いたか、それは正す必要はないと考えて、二人の刑事の様子を見ていた。わずかの時間であったが、客は一人も見なかった。

盛岡理史の家に向かったのはそれからで、すでに小笠原巡査の大きな体軀が、警棒を後ろ手にして、白熊のように入口の前を行き来していたのが遠目にも分かった。

「中は見たか！」と言ったのは真壁刑事で、その後にしたがった坂本刑事は小笠原巡査をジロリと一瞥して、少し頭をさげただけだった。

小笠原巡査が二人の刑事をやり過ごし、悦子に近付いて、「例のことは真壁刑事には何も言ってないでしょうね？」と耳打ちしたのが私にも聞こえた。

「……何を？　何をよ！」と悦子は声に力を入れて睨んだ。

内容は小笠原巡査と悦子二人にしか分からないことだが、私の察するところ、悦子が小笠原巡査に不審を持つのは、七山での行動をあたかも自分の手柄にしようとするからだろう。

「おい！　小笠原ぁ！　玄関の鍵は誰が開けたんだ！」と坂本刑事の叫び声が聞こえた。小笠原巡査は反射的に玄関に向かって走った。

私と悦子は低い門扉の側に立って、玄関口で話し合っている三人を見ていた。横にこの組合の組長の姿があった。組長は途方に暮れているように下を向いてじっとしていたが、真壁刑事に何か尋ねられたらしく、頷きながらそれに答えている様子だ。

もともとこの一家がなぜ失踪したのか、それさえ定かでない。おまけに親の盛岡逸史の態度がはっきりしないことも、一家の失踪に不審を抱かせた。理史一家の失踪と逸史の遺失物とに関係はないのか、私は無関係ではないと思っていた。

十月二十五日、この日、盛岡が白木健三を訪ねなかった理由は何か。普通は自分の備忘録を他人に見せるのは躊躇するはずだが、白木健三はいとも簡単に悦子に貸し出した。勘ぐれば切りがないが、盛岡との接触がなかった日のことまで、白木健三は考えが及ばなかったのか。それとも変死体の発見された日のことなど心にとどめていなかったのか。

私は盛岡の行動のすべては、電車内での遺失物が戻ってこなかったことに起因すると考えているのだが、その糸を切らしてはならない、このもつれた糸をとかなければならないと思っている。

私と悦子は門扉から玄関まで敷石の並んでいる五メートル程を歩いた。玄関口で白髪の痩せた長身の南元町組長が頭をさげた。

「こんにちは」と悦子が小声で言うと、組長は悦子を覚えているらしく、短い笑顔を見せた。

「ご苦労様です。盛岡理史さんの消息はまだ分からないんですか?」と話しかけると、情けなさそうに眉間に深い皺を作って下を向き、「困ったことです」と低い声で言った。

「組長さん。家の管理は盛岡さんがされているのですか?」

「……そうです。時々来られているようです。傍迷惑ですよ、まったく……」組長は吐きだすように、「親も親なら子も子ですな、あんなに親子の仲が悪くなるのには、何か特別の理由があるのですかね」

「特別の理由ですか……。ところで、盛岡逸史さんは夫婦で見えたことはありますか?」

「ありませんね。盛岡さんだけです、いつも……。しかし何ですね。人に挨拶の一つもしないのも妙なことですが、真夜中に人の目を盗んで家を出てしまうとは、いったいどんな人ですかね。何かよほど人に言えないことがあるのですかね。刑事さんが来るところを見ると、何か事件と関係があるんですかね」

「組合の中ではどんな話になっているんですか?」と私が尋ねると、

「いやー、どんなって言われてもですね、最近来た人ばかりですからあまり人付き合いもありませんし、無関心の人ばかりですよ」

「そりゃあ組長さんも大変ですね。……ただ、奥さんの妙子さんが義父母と折り合いが悪いのが原因の一つだろうと言ってる人もいますね。妙子さんというのも、ひどいヒステリー持ちらしいですね。ところで、組長さんのところに、理史さんのことで人が訪ねてきたり、電話があったりしたことはありませんか? 例えば借金のこととか、消息を尋ねるとか……」と私は家の中に聞こえないように声を潜めた。

すると、組長は何か思い出したのか、「そう言えば……」と玄関口の方に首を曲げて家の中を目でさぐった。

「オシカワとかいう人から、理史さんのことや親の盛岡さんのことを尋ねる電話がありました」

「押川? 確かにそう言ったんですか?」

「ええ、珍しい名前ですし、二、三度ありましたから覚えています。またか、という感じでした」

「それと……」と組長は話し続けた。

「植村良子さんの第一発見者となった荒川冨士彦さんのところに刑事が何度か見えていますが、荒川さんは迷惑してるって悔やんでましたよ。あれからウォーキングコースを変更したとかおっしゃっていました」

「そうですか、大変ですね」と私が言った後、「今度はどこをウォーキングされているんですか?」と悦子が聞いた。

「そこまでは聞いていません。……殺人って、こんな田舎でも起こるんですね。怖いもんです」と組長は顔の皺を深くして唇を噛んだ。「こんなことじゃ、あとの組長を引き受けてくれる人がいなくなりますよ、まったく……」と吐き捨てるように言った。

「すみません。もう一つ尋ねますが、盛岡逸史さんはよく見えますか？」と悦子が言った。

「時々は来られているようですが……。何しろ息子の家ですからね。しかし、あの親子も変ですね。行方が分からないというのに警察に届けないのですからね。おかしいですよ。盛岡逸史さんは行方を知ってるんじゃないでしょうかね。でないと不自然ですよ、あの親子は……」

「なるほど……」

「もし、火事にでもなったらどうしますか。若い人がいる時はいいですが、昼間、老人ばかりの時に火事にでもなったら大変なことになります」と組長は変なところで胸を張った。

「組長さんに何の挨拶もないということですから、人の迷惑なんか考えない人かもしれませんが、一度盛岡さんに尋ねられてはどうでしょうね。みんなが心配しているからと言って……」

「それも考えないことはありませんが、みんな関わりたくないんですよ、正直なところ……」

「組合の中では何か話題になることはないんですかね。理史さんや妙子さんと親しかった人とかの噂は聞かれませんか？　突然家を出る原因とかの話になりませんか？　例えば借金取りが来ていたとか……」

「二人とも普段近所付き合いがほとんどありませんでしたからね。親しい人がいないんですよ。特に奥さんの妙子さんが少し変わってましてね、挨拶しないですもんね、あの人は。とにかく変わった夫婦ですよ。ただね、こんなことがありました……」と言って、また玄関の方に少し首を回した。

私に向き直って、「家を出たのが植村良子さんが殺された直後でしたから、そんな話をする人がいるのかもしれませんが、妙子さんは植村良子さんと仲がよかったということでした。事件の直後でしたから、何か良子さんが殺された原因と関係があるのではないかと言う人がいました」

「家を空けたことがですか？」

「ええ、そうです」

横で聞いていた私は、組長の横顔をじっと見ていた。しかし、組長は妙子と良子が仲がよかったというだけで、特別の関係とは言ってないし、深く考えている様子はない。私は写真のメンバーを思い出していた。あの写真は悦子が良子の箪笥から発見したものだが、妙子と良子二人だけのものはなかった。妙子と他の女たちのその後の動静を調べる必要がある。私はそう考えて写真の顔を思い浮かべていた。

確かに良子が中心の写真であることは間違いないが、妙子と良子は、他の者たちとは明らかに異なり、必要以上に寄り添っている。考えなしに見れば気付かないが、こうして生活環境を同じくしている人物から聞くと、これが二人の関係を表している重要な点ではないかと思えてくる。

良子殺害と妙子失踪が無関係ではないことが、私の脳裏に改めて浮かんできた。何か見えない糸のようなもので繋がっている。しかし、今の段階では想像の域を出ない。決定的な根拠となるものがある訳ではない。組長の話も、周囲の噂にすぎない。

現時点での一番の拠り所は、やはり写真だ。妙子が良子の腕にすがるようにして笑顔を見せている、あの写真だ。

20

その空き家は、二階屋がこじんまりとした、比較的新しい家だった。狭い屋敷のわずかな空き地には何もなく、生きているものと言えば、伸び放題になっている生け垣があるのみだ。住んでいた家主、盛岡理史一家は植物には興味がなかったのだろうか。普通の人間なら、空き地があれば何なりと植えて、自然環境を自分なりに整えるだろうが、この屋敷にはそれらしい形跡はまったくなかった。

盛岡理史一家がここに何年間住んでいたのかは知らないが、空き家になって長くないのだから、家の状況を見れば、ある程度の日常を想像することができる。今、それを目の前にして感じるのは、この一家には何かが欠落しているということだ。新築の家に落ち着いて暮らすのには不適格な家族ではなかったのか。

悦子が聞いたところによると、盛岡理史一家の失踪を畑中スギに話したのは、脇谷凛子という女らしい。彼女は近くのネギ農家に手伝いに通っている主婦ということだが、多分、スギとか君代たちといつも噂をし合っている仲間だろう。

脇谷凛子が住んでいる集落は、桜の公園下、つまり西の井の一番東にあり、そこから林道を下ったところに、良子の死体が発見された橋がある。橋を渡りJRの踏切から国道へ出る。さらに町道を横切って二、三〇〇メートル先、低い丘を越えると海辺の公園だ。丘の頂上からは唐津湾が一望できる。この海辺の公園から西に向かって、西の井浜に沿った最西端、細く長く海風を避けるように密集した集落、その西端のJR線路沿いにト部槙人は住んでいる。

私は家の外から内部の様子を窺っていたが、悦子はいつの間にか刑事たちに従って家に入ったのだろうか、辺りにいない。

仕方なく私は外に立っていたが、組長が再び私に近付いてきて、「檜ノ原さん、ご苦労様です……小笠原巡査があなたのことを話していました」と言って二階の窓の方に目を移した。

私も「ご苦労様ですね」と同じことを言って二階に目を移し、「カーテンが開いたままになってますな」と言うと、

「そうですね。よっぽど慌てていたんですかね。私たちが知らないうちにいなくなったんですから……。夜逃げ同然ですよ……まったく」と苦虫を噛み潰したような表情を見せた。

私は二階の窓を眺めた。白いカーテンが半分開いた状態で、いかにも放置された感じだ。雨戸もあるのに開いたままになっている。一階の雨戸はちゃんと閉めているが、慌てて出たという感じは否めない。

「西の井の人は私にはよく分からんところがあります。時々、自転車に乗ってブラブラしながらこの辺りを見回っている人を見かけます。農家の人だろうと思いますが、何のために関係のない組合の中を見回るのか。まるで監視でもしているように見回っている人がいますね。……何ですかね、あの人は……」

「痩せ細って日焼けした男じゃないですか、そうでしょう?」

「そんな感じの人ですね。……名前は何と言われる人ですかね、あの人は?」

私は組長にほんの少しだけ顔を近付けて、「多分、草部という男じゃないかと思います」

私は畑中スギから聞いた男の名を出してみたが、組長は聞いたこともないのか、何の反応も示さなかった。

「昔からここに住んでいる人は、新しいことを取り入れることに抵抗があるようですね、仕方ないことでしょうけども、私たちのような新参者にいろいろと、もっともらしく言いますね。何の関係もないことまで……。わたしは田舎暮らしに憧れていました。楽隠居を考えていましたが、住んでみるといろいろと問題があります

ね。輪番制ですから、わたしも仕方なしに組長をしてますけども……」

組長は話のついでとでも思ったのか、「親がいるんですから、放置するっていうのが分かりませんね。親の方も何も言いませんからね。私も盛岡さんには二、三度しか会ったことはありませんが、組合の会合をする時なんかはまともなことを言ってました。分かりませんね、人間なんて……」

「組長さん、一つお聞きしていいですか……」

私は組長の顔は見ないで、さりげなく言った。

「何でしょう？　私は理史さんのことはあまり知りませんがね……何か？」

私は組長の方に向き直って、「理史さんじゃなくて、奥さんの妙子さんの方なんですが……奥さんはどこか勤めに出ていたんですか？　昼間は家にいたんですかね？」と組長の顔に近付いた。

白髪の頭は私を避けたようだったが、二、三度瞬きしたあと私に目を移して、「昼間は理史さんの方がいましてね、奥さんが働きに出ていたようです、なにしろあの男はひどく神経質だということでしたからね。仕事はできなかったんじゃないですか？　痩せてしまって、内臓疾患があって、とてもまともじゃなかったということでしたよ」

組長は「あの男」などと軽蔑した言い方になった。

「妙子さんはどこで働いていたかご存じないですか？」と私は柔らかく言った。

「いや、知りません。……日頃話したりはしませんでしたからね」

「妙子さんと仲の良かった人はいませんかね？」

組長は少し考えていたようだが、白い頭を傾げただけで答えなかった。どうやら立ち入ることを避けているようだ。私はそれ以上は聞かなかった。しかし、妙子という女が良子と仲良くしていた理由が、どこか読める気がしていた。組長は多分事なかれ主義で暮らす性格なのだろう。口を噤んでしまって目を逸らした。

「すみません。警察から協力をと言われているもんですから……つい余計なことをお聞きしました」

「檜ノ原さんは元警察官じゃないんですか？　そう聞いていましたが……そうでしたか、そう言えばさっきの娘さんは、お宅のお嬢さんで……」

「私はただのサラリーマンでした。警察じゃありません。そうじゃないんです。それと、彼女は悦子といいまして、うちの酒屋で手伝いをしてもらっています」

「なかなか綺麗な娘さんですね。はあはあ、お宅の……」

組長は急に物憂げな顔を見せたが、私にはなぜだか分からなかった。どうも親しめない人柄のように感じた。しかし、私はこの種の人間をまったく無視する訳ではない。相容れないものを持っているが、だからこそその意見は異なる視点から見ている貴重なものだ。もう少し妙子について話を聞きたいと組長に近付いたが、その時、空き家に入っていた四人が、坂本刑事を先頭に肩を落としてゾロゾロ出てきた。

「くそっ……」

坂本刑事が呟くように言って上空を仰いだ。期待を裏切られたのだろうか。三人の警官は顔を見合わせることはなかった。何を期待していたのか分からないが、ひどく落胆しているようだ。

「どうしたんだ、あの人たち……」と悦子に近付いて小声で尋ねると、「何にもないんですよ」と言いながら、手にしていた小さなノートを私の前に出した。

「何だこれ？……」

「多分お子さんのものでしょうね。女の子が一人いたそうですから……」

表紙には「盛岡理子」とある。父の名前の一字をとったようだ。

「何と読むんですかね」

「多分、あやこだろうね」と私はあてずっぽうを言った。

真壁刑事たちが盛岡理史の空き家を調べることにしたのは、良子の事件と理史一家の失踪が、無関係ではないと読んでいるからだろう。

私はその場では無関心な振りをしていたが、真壁刑事たちと別れた後、「エッちゃん、スギさんとか君代さんから話を聞いたと言っていたが、脇谷凜子さんのことはよく知ってるのか？」

「詳しくは知りませんが……」

「そうか。よし！　脇谷凜子さんに会ってみよう」

「……なぜです？」

「もう少し詳しく知りたいね。いまさっき、ここの組長さんと話をしたんだが、理史の家族、と言っても子供はとにかくとして、この夫婦は変わり者だったということだ。もう少し内容を調べたい。失踪は間違いないし、盛岡逸史との間にも簡単には理解できないものがあるような気がする」

「チーフが理解できないものって、何でしょう？」

私はそれには答えずに、「ひょっとすると、良子は自分は殺されるかもしれないというような予感があって、そのことを妙子に言ったんじゃないか……。直接殺されるとは言わなくても、それに似たような……例えば犯人となる人物のこととか、その人物にどこで会ったとか、そんなことを話したんじゃないか。そして、その通りになった。妙子は良子が言っていたことが現実になって恐ろしくなり逃げ出した。自分も殺されると考えたんじゃないか。妙子と良子の二人は犯人を知っている。だから夜逃げになった。……どうだ？」と悦子の横顔を見た。

「でも、良子さんがなぜあんなことになったのか……やっぱり理由が見えてきませんね」

悦子は真壁刑事たちがパトカーで去った跡を探るような目付きで見ながら、「チーフには少しは見えてきたんですか？　良子さんのせいで夜逃げしたなんて言ってますが……」

「多分、多分そうじゃないかと思っているところだ。もう少し見えないものがあるが……よし、脇谷凛子さんに会ってみよう。何か見えてくるかもしれない」

私は意気込んでいた。

「俺が運転する。あのネギ畑だから、農道を行けば近い。俺の方が道は分かる」

悦子を助手席に乗せて国道へ出た。ネギを周年栽培するという温室は、私が想像していたより大規模なもので、その一角に物置らしいプレハブが見えた。車はその建物ギリギリに停めて、悦子に中の様子を見るように合図した。

悦子はドアを引き開け、「こんにちは！　誰かいませんかー、凛子さーん！　凛子さんはいませんかー！」と悦子はプレハブの中に首だけを入れて立て続けに叫んだ。

女が出てきた。深く帽子をかぶっていて顔は見えないが、女であることはすぐ分かった。女はゆっくりと近付いてきて、「何か……？」と頷きながら帽子をとった。初老と分かる汗ばんだ顔が現れた。

私は車を降りてすぐ女に向かって、「脇谷凛子さんでしょうか？」と静かな小さい声を掛けた。

「はい、そうですが……」と女は初めて見る私に怪訝な目付きで「何か？」と繰り返した。

「凄い温室ですね。これ、全部ネギですか？　あの先の方まで……」

「はあ、そうですが……」

「薬味ってこんなに消費する野菜ですか？　驚いたな……」

大袈裟に溜め息をついて女の顔を見たが、女はそれには答えず、「あなたは、確か酒屋さんの……」と悦子を見て言った。

名刺を取り出し女の前に差し出すと、一瞬躊躇した後、指先で受け取った。

私はその場に悦子と並んで、盛岡理史の家族がいなくなったことを知っているか、そのことについて尋ねたい旨を言うと、「酒屋さんですね。畑中スギさんから聞きました」と短く笑顔を作って態度が横柄になった。スギとか君代とはどこか雰囲気が違うのだが、年齢は近いだろうと思った。日焼けして、皺の多い顔に白い歯を見せて話した。

しかし、話は意外で、脇谷凜子自身が目撃したものではなかった。そして、私が知りたかった盛岡理史一家の失踪時の詳細は、温室を経営する二人の男の証言で明らかになった。

中背の精悍な顔付きの男は多弁で、私を満足させてくれた。

「あのジープはですね、遠くからでも目立ちますが、あの日は私たちの目の前を走ってましたから、間違いないですよ。西九州道の前原料金所で、家族が一緒に乗っていたことも分かりました。荷物は積んでましたが、夜中ですから変に思いましたよ。ジープは福重から都市高速に乗りました。私らはそこから五十川の市場ですから、盛岡理史が高速をどこまで走ったか、それから先は分かりません。後で脇谷さんと話をして、なるほどと思いましたよ。あの男なら夜逃げもやりかねませんな。あの男はおかしなところがありますからね。嫁も変わりもんのようですな」

「私もそんな噂を聞いています。嫁の妙子さんと、この間橋の下で死体で見つかった植村良子という女性は仲が良かったと聞いていますが、あなたたちはそれについて何か聞いたことはありませんか？」

二人は顔を見合わせたが、背の高いもう一方が、「仲が良いかどうかは知らんが、何でも死んだ植村良子という女は、どこかの宗派に属していて、熱心に加入を勧めるらしい。そんなことは聞いたことがある。実際はどうか知らんがね……」と腕組みして話したが、すぐ知らぬ顔に変わった。

目の前の二人は、夜中にネギを積んだトラックを運転しながら、理史の後を走っていたのだ。理史の性格にも詳しい。中学生の頃から顔見知りのようだ。

二人は仕事があると言い、立ち去ろうとしたので、私は、「すみません。もう一つだけ教えてもらえませんか」と引き止め、急いで「彼らの行き先は想像できませんか。例えば妙子さんの生まれたところとか……」

「理史の嫁は確か姪浜の生まれだと聞いたことがあるが、あの時は都市高速に乗って走って行ったはずですから姪浜じゃないですな。もっと先ですよ」

私が横に立っていた脇谷凜子の方に目を向けると、細い目を伏せて知らないと合図した。

私は三人に礼を言ってその場を去ることにしたが、最後に「この集落は直売所ができて賑やかになりましたね。ネギも買い手が多くてよく売れるでしょう」と言うと、「そんなこたぁありません」と一人があっさり否定して、

「ここで売れる程度では温室は経営できませんよ。ここはせいぜい高齢者が野菜を少しずつ作って直売所に出しているぐらいですから。売れ残りもたくさん出ます。売れ残ったら自分で処分しなければならんのですよ。言っちゃ悪いが、けちな人はそれを明日の分に混ぜたりするから、いよいよその人のものは売れない。責任者はクレーム処理が大変ですよ」

「直売所の候補地は、最初はもっと西の方だったと聞いていましたが、どうしてここに決まったのですか？　聞いたところでは、当時の建設委員の一人が用地交渉を一人でやっていたが、交渉が進まなかったとかという理由で、ここになったと聞いたことがあります。しかし、第一の候補地は、実際には交渉していなかったとか……これは単なる噂ですかね」

三人は互いに顔を見合わせた。しかし私は、「今のは人の噂ですから気にしないで下さい」と言って三人と別れることにした。帰りは悦子に運転を頼んで車に乗ると、

「妙子というのは姪浜出身か。良子が再婚して西の井に来たのも、妙子の勧めがあったためとも考えられる。良子が西の井に来てから二人の間に特別の何かが生まれたとばかり考えていたが、もっと以前からの知り合いだったのかもしれない」

私は悦子に聞こえるように言ったが、悦子はハンドルを握ったまま怪訝な顔で「姪浜ですか……」とだけ小さな声で言った。

＊

今日は例の浜辺の公園へ散歩に出かけることにした。

ガラス戸から裏庭を見た感じでは、今日は風がないようだ。この分だといつも見かける太公望が、テトラポッドに揃って楽しんでいるに違いない。今日の散歩の目的は、彼らについて調べることにある。

「エッちゃん、そろそろ出掛けるか」

私たちは別々に公園に向かうことにした。

私は裏木戸から出て、公園の駐車場に向かった。少し時間がかかるが、やむを得ない。今日は時間を掛けて歩いてみることにした。幸い風もないし、暑いくらいだ。ゆっくり歩いて駐車場近くまで行くと、悦子が公園の中の道を歩いている姿が見えた。砂場で三組ほどの親子が遊んでいる。悦子も私に気付いたらしく、公園の中程から方向を変えて駐車場に向かってきた。すでに駐車場の入り口まで来ていた私は、悦子には構わず歩き続けた。私は駐車している車を数え、なおも近付いた。

五台。二列に駐車している中の一台、白いスカイライン、これが悦子から聞いたことのある釣り名人の車だ。思っていた通り今日も来ている。釣り好きもここまでになると、単に楽しむとか好きだからといった趣味を通り越しているように思える。私のような怠け人間には、いつ釣れるか分からない獲物をじっと待っている気持ちは到底理解できない。分かりようがない。釣り好き人間はせっかちだと聞いているが、この理由も理解できない。

それでは釣り人の姿を見ているのはどうかと言えば、海に向かって立っている姿を見るのは嫌ではない。ここには大いに矛盾があるのだが、私の中ではそうなっているから仕方ない。そんな他愛もないことを考えながらスカイラインの後ろで立ち止まった。

悦子は静かに近付いて来て、「やっぱり、ありましたね。……いつもの車ですよ」

そして辺りを憚るような柔らかい声になって、「この人たちの釣りは普通じゃないですね。釣り吉っていうのは嘘じゃありませんね」そう言って短く笑った。

「さっきのネギ農家での話は、エッちゃんはどう思う？　良子と妙子が以前からの知り合いだったということ。やはり、二人は特別の関係があったと思わないといけないのかな」

「私もそう思います。妙子一家が失踪したのは、二人の間にしか分からない、人に言えない秘密があるからじゃないですか？　きっとそうですよ」

「秘密？……女二人だけの秘密か……」

すると悦子は、私と並んで肩を寄せ、「二人だけじゃないかもしれませんよ。あの写真の五人がみんな……かもしれませんよ」と私を睨む目付きになった。

この時、私は五人ということは意に介さなかった。悦子が弾みで言ったまでのことで、彼女自身も深く考えて言ったことではなかろう。

駐車場を過ぎて再び公園の海側に向かった。陽がだいぶ傾いてきていて、凪のない時が辺りを包み始めていた。

「夕凪だな……」

私はここからは見えない波の音に耳を済ました。波は長い一日に疲れたような、まるで退屈な音を繰り返した。

先を歩く悦子は、側溝蓋を立てかけた足場の端に足をかけ、軽く波止場に飛び上がった。私は悦子の背中を見上げ、「どうだ！　いるかね？」と短く声を掛けた。

悦子は掌についた砂を払いながら、「ええ、いますよ。……例の三人だと思います」と言いながら膝を折り、私に腕を延ばしてきた。

「おっ、頼む！」

私も足場に足先を掛け、腕にぐっと力を入れて波止場に飛び上がった。

辺りはまさに夕暮れを迎える無風の海が広がっていた。三人の黒い姿が立っている。

「一番左、少し背が高くて白い帽子、あの人が釣り名人の藤波という人ですよ。その右が高島さん。さらに右の少し離れたところにいる人は、顔は知ってますけども、名前は聞いたことがありません。高島さんの友人らしいです。この三人は釣り吉ですよ」

「そうか……」

三人が釣りをしているのは、今までにも散歩の途中に何度か見ている。

「今日は夕凪とは言っても、いつもよりさらに静かだね。気味が悪いくらいだ」

私は次第に赤く染まっていく波を見つめたまま立っていた。

「釣れているかどうか見てきます……」

悦子は弾んだ声でそう言うと同時に、テトラポッドの上を跳ねるように飛び渡って行った。藤波という男の側にかがみ込み、クーラーを覗いている。そして藤波と二、三度言葉を交わしたようだ。悦子たちの顔はここからは見えない。黒い影が波の音に揺れているように見える。

やがて海は赤く染まった。こんな血のような海が、一年のうちに何度か現れる。

男たちは赤い海に向かって力強く棹を振り込んだ。やがて悦子が跳ねるようにして戻ってくると、

「藤波さんは釣れてましたよ。やっぱりチヌです。かなりの大物ですよ。一〇メートル位先のテトラポッド

の隙間に投げ込むんですって。変わった錘《おもり》を使って釣りをしているようです。藤波さん独特の釣り方ですね」

「錘の形が珍しい？」

「そうです。大きな錘ですよ。偏平でブーメランのような形です。振り込むと、ビュッと鋭い音が頭の上に聞こえます。細くてこんなに長い浮きが矢のように飛んで行って、テトラポッドのわずかの隙間に落ちるんです。高島さんは、あの人の真似はとてもできないって言われてました。でも、藤波さんは満足そうな顔はしてませんでした。当たり前だという顔でしたよ。相当訓練してますね、あの様子じゃ……」

悦子は興奮しているのか、珍しく早口で話した。本来、私は釣りの醍醐味などということに興味はないし、日長一日海と向き合っているのは性にあわないと思っている。悦子の話を聞いていても何の興味も湧かないが、変わった形の錘については引っ掛かるものがあった。

悦子と私はテトラポッドに腰を降ろした。三人の男は黒い背中を見せ、凪の海に向かって立ち続けた。こうして見ていると三人の区別はできない。左から藤波、高島、それと名前を知らないもう一人ということだが、悦子に聞いていなければ、どれが藤波かは分からない。夜、このように釣りをしていれば、遠目には誰かわからないし、複数の人間がいても怪しまれることはない。例えば、良子が終電車で駅に着くのを待つには、絶好の方法ではないか……私はそんなことを考えていた。

私はそのままの姿勢で、どこまでも赤く染まる静かな海に目を向けたまま、ゆっくりした言い方で、「エッちゃん、……エッちゃんは藤波さんとやらと、ばかに親しそうに話すが、いつから仲良しになったんだ？」

「別に仲良しじゃありませんけど、藤波さんは店に買い物に来たことがありますよ。……それ、言いませんでしたか？　言ったと思いますよ」

「そうだったか？」

「ですから……差出人のない手紙は、もしかしたら藤波さんじゃないかって、いつか言ったことがあったでしょう？　いつも海岸にいますし、店にも来たことがあって探偵事務所の看板も見ているわけですから……。そう言えば、ゆう子奥様も、あの人は以前西の井に住んでいた人じゃないかって……」

「そうか、そうだったな」と惚けたような返事をした後、「良子の死体には外傷はなかった。もちろん薬物反応もない。しかし水死ではない。殺害されたあと、橋の上から仰向けに落とされた。それもシュミーズ一枚で、他には何一つ遺留品がない。殺害場所も分からない。ただ、良子の死体を人目に晒す。……犯人の目的は何だ？」と全く別の話をした。

悦子は口を噤んで、珍しく迷っている。顔は海に向けたまま、「チーフはもしかして、釣り具が凶器だと思われているんですか？　でも、外傷が何もない訳でしょう。どこかに痕跡が残るはずじゃないですか？　それがないということはもっと別の……」と言い淀んだ。

「いや、そうじゃない」と私は珍しく断定的に言った。「殺人の原因を加害者の方ばかりに向けていては分からないところがある。最初から言ってるように、被害者に向けてみる。良子が殺害された理由だ。なぜだと思う？　なぜ人の目に晒されることになったんだ？　そこだよ。そこが事件の発端だよ」

私は暮れていく海を見続けていた。静かな赤い漣《さざなみ》がまだ続いていた。

21

九月四日月曜日、午前七時すぎ、悦子からの電話で私はベッドから慌てて起き上がった。昨夜も遅くまで起きていたせいもあって頭はボンヤリしている。目覚めが良くないのだが、そのままベッド側のサイドテーブルの携帯電話を耳に当てた。

「早くからすみません。チーフですね。えー、いま虹の松原ですが、どうやら先の方で車を止めて検問をやっているようです。すみませんが遅くなりそうです」

「分かった。慌てる必要はないから、事故を起こさないように……」

私はぼけた頭だったが穏やかに言った。誰かが出勤途中に事故でも起こしたのか。それにしても検問とは穏やかじゃないな。そう思い私は側の腕時計をとった。もう一度ベッドに長くなろうかとも考えたが、そのまま起き上がることにした。

秋とは名ばかりで、この数日は全く暑い日が続いている。おまけにどうしたことか、今年は一度も台風が来ない。こんなに天気が続くと、台風でも来てくれないかと内心思わぬでもない。来れば来たでいろいろ厄介な被害が出る。裏庭の庭木の葉っぱは引きちぎられてしまう。これも困るが、涼しくなるのなら、多少の被害は仕方ないと思いたくなる。

私は縁側に出て雨戸をほんの少し、三センチほど開けた。左目を近付ける。顔まで引きつらせているつもりはないが、私の顔は多分曲がっているだろう。朝っぱらから暑い陽射しが庭中を照らしているのかと思っていたが、敷き詰めた砂利が濡れている。やった！　雨が降ったのか！

もう一度携帯電話がなった。私はベッドの側まで戻った。

「もしもし……」

すると、再び悦子の興奮気味の声が響いて来た。

「どうした。……何だ？」

「ええ、ここは『魚善』の入り口ですが、ここで足留めをくってます。先へ進めません。……遅くなりそうです。すみません」

「分かった、分かった。慌てるな。……別に用件がある訳じゃなかろう。急がなくてもいいぞ」

私は普通の声で普通に言った。雨のせいで機嫌が良かったのかもしれない。それで悦子の話は終わりかと思ったら、

「チーフ、どうも様子が変です。事件のようです。車が全く動いていません。わたし、降りて様子を見てきます。……パトカーの赤色灯まで三〇メートルぐらいです。そこまで歩いてみます。あっ！　坂本刑事がいます。どうしたんでしょうか。ちょっと坂本刑事に近付いてみます。真壁刑事も横に立っています。ここは佐賀県なのに、管轄外で何やってるんでしょう。……坂本刑事さん！」

声は興奮した様子もない。例の明るい調子で好奇心が顔を出している、そんな声だ。

「エッちゃん！　どうしたんだ？　坂本刑事がいるのか？」

「そうです。間違いありません。誰かを探しているようです。……私に気付いたようです。左手を大きく上げました。私を呼んでいるようですから近付いてみます。一旦切ります。後でまた連絡します」

真壁刑事や坂本刑事が、虹の松原なんかで検問に立ち会っているというのも解せない。

五分も経ったろうか、再び悦子から電話がかかってきた。今度は声が変わっている。意識して冷静な声で話

そうとしているのが分かる。は、ひ、ふ、へ、ほがはっきり聞こえてくる。

「海岸に死体が揚がったそうです。チーフ、驚かないで下さい。死体はどうも池浦朝子さんではないかということです。私は坂本刑事の指示で一緒に海岸についていきます。『魚善』の裏の海岸だそうです。現場まで歩いていきます。……真壁刑事と替わります」

ここまで話すと悦子の声は、嫌でも興奮した声になっている。

「檜ノ原探偵、真壁です……死体は西の井の出身者ではないかということで、河丸さんに協力を願っています」

「どうして河丸がそこを通ることが分かったんですか?」

悦子がその時刻にそこを通ると、なぜ前原南署が知っているのか。そのことの方が不思議だ。

しかし、真壁刑事は私の質問には答えないで、「とにかく、事件の可能性が高い。どうです、檜ノ原探偵も来てもらえませんかな……」

悦子は警察の手中にある。檜ノ原が来るのは当然だと言わんばかりに聞こえる。しかし、この際やむを得ない。

「参りましょう。今からすぐ参りますから、河丸と替わってください」

私はいくらか不機嫌になった。せっかく思いがけない雨があって解放された気持ちになっていたのに……またぞろ暑さがぶり返してくるではないか。私は首元に手を当て、軽く擦りながら目を覚まそうとした。首がやたらに暑い。悦子が電話に出た。

「エッちゃんか? 俺も今からすぐそっちに行くから、それまでは話を聞くだけにしといてくれ。何も言うな。いいな!」

彼らに先を越されるとか、そんな野暮なことを考えているのではない。私は何か重大なことが起こりそうな予感があった。なぜと問われれば、はっきりしたものではないが、つまり、私の予感としか言いようがない。

「分かりました。現場に来るように言われていますので、とりあえず刑事さんの後について行くことにします。チーフもすぐ来てください」

「おい！　エッちゃん！　エッちゃんがその時刻にそこを通ることを、坂本刑事はどうして知ってるんだ？」

「後でゆっくり聞いてみます。任せてください」

坂本刑事を手玉にとることぐらい何でもないと悦子は思っているのか、自信ありげな言い方をした。本当は逆ではないかと、その時フッと私の頭を掠めるものがあった。

私は着替えて居間へ急いだ。ゆう子は私の様子が普段と違っていることに気付いていて、「何かあったの？」と逆にゆう子の方から声を掛けてきた。

「う、うん、すぐ出掛ける。メシはあとだ……」

「あ、そう……。忘れ物ないようにね」

「悦子とは向こうで会うから……少し遅くなるかもしれない。虹の松原らしい。後で向こうから連絡するから、心配しなくてもいい」

私はゆう子にそれだけを言って車を運転した。町道を西に走って、できれば池浦朝子の家の近くを通ってみようと考えていた。虹の松原海岸の死体が池浦朝子であれば、家の周辺は人が行き来しているはずだ。しかし、家の近くを通ったが、何も変わった様子はない。まだ情報がここまで来ていないのだろうか。

国道へ出て西に向かった。曲がりくねった海岸の国道をややスピードを上げて走った。私も穏やかさを失っている。悠然と運転している訳にはいかない心境になっていた。虹の松原まではおよそ二十分そこらだ。

玉島橋を渡ると、悦子が言っていた通り検問らしい人だかりが見えてきた。しかし、この時刻、唐津方面へ通勤する車は少ない。私は検問に入る前に車を停め、悦子に電話をした。

「いま、検問近くまで来た。国道まで迎えに来てくれ」

「分かりました。すぐ行きますので、車に乗ったままでいてください。わたしがそこまで行きます。……いま、死体の確認を終わったところです。死体は同じような様子ですね。多分、池浦朝子に間違いないと思います。……チーフも後で確認してください」

「同じようなって、どういうことだ？」

「あの、植村良子の時とですよ。あの時もシュミーズ一枚でしたが、今度もですよ。……でも、白髪が多いようで見違えるところでした……」

「もう検死は終わったのか？」

「いえ、まだです。わたしはチーフが見えるまで待ってもらうように頼んでいます。みんな待ってます。唐津市警が五人来ています」

悦子は携帯電話で話しながら歩いてきたのか、前方に姿を見せて大袈裟に手を振っている。私も仕方なく手を少し上げながら悦子の方に歩いて行った。

「お早うございます。待っていました。……大変なことになりましたね」

「間違いないのか？」

「間違いないと思います。この前家に訪ねた時、ひどくやつれて見えましたが、あの時は白髪は見えなかったと思います。今見ましたら見違えるような白髪で、別人かと思いましたよ」

「別人じゃないのか？　今、家の近くの道を通って来たが、何ともなかったぞ」

「第一発見者は『魚善』のバスの運転手だそうですが、この人の話では、浜の近くに足跡はなかったそうですから、海から流れ着いたんじゃないかって言ってます。西の井の浜から流れ着いたのでしょうか……」

私と悦子は歩きながらそんなことを話していた。それにしても、あの写真の中の女がまたも殺害されたのか。

私は話しながら一方では、未だ見てもいない死体は、池浦朝子に間違いないだろうと思い始めていた。

「それにしても、もしこの事件が同一犯だとしますと、どうなるんですかね。恐ろしいことになりますね」

「エッちゃんも同じことを考えているようだね」

私は悦子と肩を並べ、死体のことを話しながら海岸へ出た。海辺に数人の人影が固まって立っている。

近付くと最初に坂本刑事が、左手を差し出すようにして、「いや、どうもどうも……遠いところすみません。檜ノ原探偵に確認をしてもらってから家族に知らせようと思いましてね。待ってました。よく来てくれました」

私と坂本刑事の間に真壁刑事が割り込んで来て、私と向き合うとひどく不機嫌な顔をしている。多分叩き起こされたのに違いないが、警官だ。これで飯食ってる訳だから仕方ない。

「やあ、朝っぱらからご苦労様です。我々も呼び出されてやってきたんですが……。いや、なんでも河丸さんの友人が唐津市警にいるそうで、その刑事が西の井の事件と関係があるんじゃないかなんて言い出しましてね、仕方なく来た訳だが、話を聞いてみるとよく似ていることは似ている。あなたも仏さんの顔を確かめて下さい。西の井は変に我々に非協力的だから、せめて檜ノ原探偵さんには協力願わないと……頼みますよ、檜ノ原探偵さん」

「私は真壁刑事や坂本刑事には協力しているつもりですが……」と私は真壁刑事の顔は見ないで言った。

そのまま波打ち際に横たわった死体らしきものに近付いた。黒いビニールシートで覆われているので、中は何があるのか分からないが、これが多分死体だろう。しかし、どうしてこんなところに死体が……西の井の海岸から一晩でここまで流れてくるだろうか。

「間違いないようだね。池浦朝子に間違いない。この前家を訪ねた時に見た顔だよ。あの時もひどくやつれていたようだが、そのままの顔だ」

横に立っている悦子に聞こえるように言った。悦子が頷くのが分かった。

「チーフ……」と言って悦子はその場から離れようとして歩き始めた。

「植村良子さんが殺害され、盛岡妙子さんが失踪したでしょう？　そして今度は池浦朝子さん……。彼女も殺害されたんでしょうか？」

「さん付けはしなくていい。……あの様子じゃ、良子と同じじゃないかな」

「やっぱり、あの写真の女たちは自分に危険が迫ることを知ってるんじゃないでしょうか……。何か予告されているんじゃないでしょうか。そう言えば、池浦朝子のやつれ方も尋常じゃなかったですよ。あれはお父さんの看病疲れじゃなくて、殺されるかもって怯えていたんじゃないですか、そして……」

悦子は何かを言おうとして、そこで足を止めた。私も立ち止まって辺りを見回した。もし、坂本刑事に聞こえたら大変なことになると思ったからだ。

「その話は帰ってからにしよう。あくまでも推測だから……。もし坂本刑事に聞こえたら、余計な詮索をされるだけ損だぞ。それでなくても犬のように嗅ぎ回るのが商売だから……」

私は辺りを見回しながら小声で言った。

悦子も「うん」という具合に軽く頷いたようだが、そのまま坂本刑事の方に近付いた。私も仕方なく死体の側の唐津市警の連中の側に立った。

そのうちの一人が「檜ノ原さんですね？」と柔らかく声を掛けてきた。彼は、「檜ノ原さんも西の井での殺人現場を見られたそうですが、どうですか？　やっぱり殺害方法が似ていますかな。だとすると……」

私が黙っていると、

「どうです。似ていますか、似ていませんか？」

私はその刑事の顔を見返して、「似ていると言えば似ているかもしれませんが……もし、連続殺人を実行しようとすれば、似たようなことはしないんじゃないでしょうか？」

「いや、そんなことはない。殺人というものは計算通りできるものではない」と即座に否定し、自信ありげな薄笑いを浮かべている。

「すると同一犯だというのは否定できないということですか？」と少し詰め寄るような言い方をした。

「その通りです。犯人は同一犯と見れば解決は早いかもしれない。海に相当詳しい人間の仕業と考えてみるのも選択肢の一つです」

そう言って刑事は私の側を離れた。

悦子が若い刑事と話している。この刑事が悦子を知っているのだろうか。

悦子の側に近付くと、「あっ、チーフ、こちらが私の同級生の山口刑事です。私がこの道を通ることを知っていたそうです。七山村で逮捕した犯人も山口刑事が取り調べをしたそうです」

私は軽く頭を下げて山口刑事に尋ねてみた。

「どうですか？　自殺ですか、他殺ですか……」と詰め寄るように言うと、

「まだ分かりません。いま、家族の方と連絡をとっていますので、それからのことです。どっちにしても、死亡したのは昨夜のことです。近くで海中に落ちたか、捨てられたか、一晩で西の井の海岸から流れ着くとは考え難いのですが……」

並んでいた悦子が、「あのベテランの刑事は？」と山口刑事の顔を見ると、山口刑事はとぼけた顔をして、

「ああ、あの人、あの人は原警部です。刑事課の指揮官です。紹介しときましょう。どうぞ檜ノ原探偵」

そう言いながら山口刑事は先に歩いた。

「警部、紹介が遅れました。こちらが檜ノ原探偵とその助手の河丸さんです。例の西の井の事件にも協力願っているということで……」

原警部は背丈は私と変わらないが、柔道で鍛えているのか、肩幅の広い、いかにも力のありそうな体つきをしている。こういう男に取調室で睨まれると、大抵の者はびびってしまうだろう。

「やっ、檜ノ原探偵、今日はご足労頂きました。……どうです。忙しいでしょう。いろいろお噂は聞いてますよ。なかなか御活躍のようでなによりですな……はっは」

原警部は最後は短く笑って、あらぬ方に目をやっていた。この様子では食わせ者かもしれないというのが、私のその時の率直な印象だった。

「警部、どうです？　他殺のように見えますが……」と鎌を掛けて見た。

「それは今からです。司法解剖の結果を待つことにしましょう。慌てる必要はありません」

原警部は、落ち着いた態度をとらなければ、威厳が保てないと勘違いしているようだ。

「いつも助手の河丸がお世話になっております。西唐津の生まれなもんですから、山口刑事には特別世話になっているようです。この間も七山村まで、犯人を追跡して現行犯逮捕に漕ぎつけまして、その時は管轄外ということもあって犯人は唐津市警の方に引き渡したということでした。私も逮捕現場にいましたし、追跡も手伝いました。なにしろ山中でしたからへとへとになりましたよ。ところで、あの犯人はその後どうされましたか？　我々の方には梨《なし》の礫《つぶて》で、その後のことは何の音沙汰もありませんな」

私は多少皮肉を込めて言った。

「おい！　山口！　山口刑事！」と大声で呼び付けられた山口刑事は慌てて走り寄ってくると、「なんでしょう？　何か？」と目をむいて原警部に近付いた。二人は小声になった。原警部が山口刑事に耳打ちする形になったが、山口刑事は何度も大袈裟に頷いて、自分の足元に目を落としていた。

原警部は何か重要なことを隠そうとしている。いま山口刑事に尋ねても、どうせ本当のことは言わないだろう。適当にあしらっておけ、ぐらいのことを耳打ちしたに違いない。

「失礼しました、檜ノ原探偵。前原南署に連絡はしておりましたし、それで充分だと判断しておりました。大変失礼したと思いますが、真壁さんに詳しいことは聞いてください。私の方からは申し上げない方がよかろうと思いますが……」

「私は市警の捜査結果を知りたい訳です。前原南署なんか関係ありません。……なにか我々に隠さなければならないことでもあるんですか？　それとも何ですか、西の井川の殺人に関係するために言えないとでも？」

私は一歩踏み込んで言ってみた。言えない理由を引き出すためにはやむを得ない。しかし、彼らははぐらかすだけだった。

「……分かりました。後は真壁刑事に聞くことにしましょう。今日はそんなことより、水死体が池浦朝子に間違いないことが確認できただけで良いのでしょうから……私たちはここらへんで失礼させていただきます」と私は悦子に目配せして、その場を去ろうとした。

「檜ノ原探偵さん、待ってください。あなたにはもう一つ聞かなければならないことがあります。『魚善』のフロントに場所を借りておりますので、そこまでご足労願います」と少しだけ頭を下げてから山口刑事が先に歩きだした。

砂浜は夕べの雨で湿っているのかと思ったが、長い乾燥がどこまでも砂浜を深くしている。歩き難いばかりでなく、靴の中に遠慮なく砂が入ってくる。私はやや大股になって歩き、砂を避けようとした。しかし無駄なことだった。悦子が私のすぐ後について歩いている。

「いい加減にしてくださいよ、山口刑事。これ以上私たちから何を聞き出そうというの。池浦朝子さんのことだって私たちは何も知りませんよ。本人だと確認できれば十分じゃないの。あなたたちは人を利用するだけ利用して、あとは知らぬ振りだから……」

悦子は山口刑事と肩を並べて不平をタラタラと言っているが、山口刑事の方は薄笑いを浮かべている。この二人は同い年だというが、どこまで意思が通じるのか分からない。案外悦子は適当に利用されているだけかもしれない。私はそんなことを思いながら一歩先を歩いた。

『魚善』のフロントはがらんとしていて人の姿はなかった。ソファがいくつも揃っていて、この分だと客の多い日もあるのだろうが、今日はその予定はないのか、ガランとしている。あるいは裏浜の海岸で死体が発見されたために来客を断ったのかもしれない。国道であんな大袈裟な検問まですれば、誰だって驚くし、客の方から断わってくるだろう。

山口刑事に言われるままに、一番奥の窓側のソファに悦子と並んで掛けた。

「困ったことになったな。これじゃあ取り調べか何かのようじゃないか。……今日は聞かれたこと以外あまり言わない方がいいと思うが……それにしても変なことになったな」

悦子は私の顔を覗き込むようにして言った。

「チーフ、朝ご飯はまだじゃないですか?」

「そうだよ。まだ朝飯前だ」

死体を取り巻いていた刑事たちが、全員引き揚げてきたようだ。私と悦子を取り巻くようにして席に着くと、

「ご苦労様です。……少し伺っておきたいことがありますので、隠さず答えてください。疑問を持つようなことになりますと、長引くことにもなります。それから、尋ねられた方が答えてください。河丸さんに尋ねたことを檜ノ原さんが答えるようなことがないように注意してください」

「あの、私の方から尋ねてもいいですか?」

私は間髪を入れずに尋ねた。

「何でしょう? どうぞ」と原警部は私と目を合わせた。

「さっきの水死体は自殺ですか、他殺ですか? それだけ教えてください。警部の直感でも結構ですが……」

私は再び原警部の目を見た。

刑事という仕事は長くやっていると、自分でも気付かないうちにこんな三角の目になってしまうのだろうか。その奥には蛇のように冷たい眼球が薄気味悪く光っている。犯人を威嚇するにはこの眼球だけで十分だという気になる。

「それは今からです。解剖の結果待ちです」

警部は落ち着き払っていた。

「私たちは協力は惜しまないつもりですが、西の井に住んでいるからってすべて知っている訳じゃありません。特に河丸は西唐津出身ですから、ほとんど知らないということです。答えないからって隠しているなんて勘ぐられては迷惑します。それに、私たちは一般の方から調査依頼を受けた場合にできることをお引き受けしている訳でして、それ以外に殺人事件などということをお引き受けしている訳じゃありません。西の井の事件だって真壁刑事から協力要請があった場合だけで、それ以外のことは分かりません」

私は端の方に掛けている真壁刑事に目をやって、合図のつもりで二、三度瞬きした。真壁刑事は一瞬だが目を合わせた。しかし、これが真壁刑事に通じたかどうかは分からなかった。

「いや、ご心配には及びません。二、三確かめるため、確認のためにお尋ねする訳です。後は前原南署と話し合って進めます。……それじゃ、まず一つ確認しますが、河丸さんは犠牲者と思われる池浦朝子さんとは話をされたことがありますか？」

「……私ですか？　私はあります。一度だけ……」

「それはいつのことでしょうか？」

「……覚えていません」

「山口刑事、君、あとで確かめてくれ……それからどんな話をされましたか？」

「私の場合は御用聞きですから、当然そのことですが……」

「池浦朝子さんの家は酒を買われることがありましたか？」

「一度もありませんでした」

「買わない家になぜ御用聞きに行くんです？　変じゃありませんか。何か他のことを尋ねようとしたんじゃないですか？　例えば、植村良子との関係とか、そんなことをそれとなく探っていたんじゃないですか？　反応を見ていたんじゃないですか？　なかなかその点がうまいそうじゃないですか。さすが檜ノ原探偵の秘蔵っ子だと、もっぱらの噂ですよ」

私は悦子の目を見た。別に躊躇する様子はないが、目の位置が定まっていないことが分かる。自分一人が取り囲まれてしまって、動きがとれない状態の目だ。こんな悦子の目を見るのは初めてだ。原警部の策にはまってしまったのか。私は軽く咳払いをした。

「警部、注文のない家ですから別に行ったことはありませんよ」

「檜ノ原探偵……」原警部は私の方に向かって、「だから最初に言ったでしょう。今は河丸さんに尋ねているんです。檜ノ原さんは黙っていてください」

警部は眉間に皺を作り不機嫌になって言った。警部は自分がみにくい顔になっていることに気付かないのだ。私はそのまま口は挟まなかったが、市警も植村良子の事件と無関係ではないと考えているらしい。

私は自分の周囲ばかり気にしていたが、実はこの事件は広範囲に捜査が及んでいることが分かってきた。だとすると、あの五人の女についても当然真壁刑事から警部へ情報が届いているだろう。警部は悦子に池浦朝子を訪問したかどうか尋ねているが、実は我々がどこまで知っているかを確かめているのかもしれない。それならそれで構わないが、犯人ばかりを深追いすると、肝心の真実は隠れてしまいそうだ。それは私の本意ではない。事件の本質は別にあるのでは……私はそう考えるようになっている。警察に遅れをとってはならないのだ。

「檜ノ原探偵、あなたにお尋ねしたい」と丁寧なゆっくりした声で、

「最近、と言っても今年の春先からのことですが、西の井でいくつかの事件が立て続けに起こっていることは檜ノ原探偵もご承知の通りですが、西の井の住民は殊さらに非協力的ですな。この非協力な態度が今日のようなことを引き起こす原因にもなっておると私は見ている。第一の原因はそこにある。あなたは何か工作をしているんじゃないですか？　例えば、警察にはあまり話さない方がよいとか、いらぬ情報を流すと警察に取り調べを受けますよとか言ってるんじゃないですか？　表では協力的なことを言ってるようですが、裏があるんじゃないですか？　あなたはすでに何か掴んでいるんじゃないですか？」

この図々しい言葉はどこから出てくるのだろう。私は開いた口が塞がらないという感じだったが、ここは堪えることにして、

「まあ、警察で疑問を持たれることは勝手ですが、私は真壁刑事たちとは何度も会って話してますので、私が嘘を言ってるかどうか、警察の皆さんでよく話し合ってください。そんなことを言われるようじゃ、今後は協力できませんよ」

私は口調を荒げることはしなかったが、原警部が私を挑発しようとしていることは感じていた。これが彼らのやり口だ。簡単にのってはならない。最近はこんなことに対して冷静になることができるようになったと思う。現役の時から、いつからとははっきりはしないが、じっと相手の目を見据える癖がついてしまった。原警部のことを冷血な目と言っている自分にも、あるいは似たものがあるかもしれない。しかし、それは私自身には分からない。

「私の方からも同じことを聞きたい。池浦朝子の死体は他殺ですか、自殺ですか？　それとも……」

原警部は、最後は念を押すようにゆっくりと言った。

「それとも？　それとも何です」

私はさらに原警部を睨んだ。

「自然死、病死……死因は重なる時がある。死を簡単に考えてはならない。一年ほど前にあった西の井浜の変死体、あれはどうです。あれも死です……とにかく、早まってはならない。……山口！　もういいだろう。お引き取り願おうか……」

山口刑事は私に近付いて来て、耳の側で小さく、「ご苦労様でした。もう、結構ですから……」と言って立ち上がるように促した。

「山口刑事、第一発見者はどなたでしょう？」と私は立ち上がる前に尋ねた。

「はっ、あちらです……」と山口刑事はフロントの方を指差した。山口刑事の指示に従ってその場を離れ悦子と並んだ。

「第一発見者はここのマイクロバスの運転手だそうです。いま呼んできます」と悦子は事務所の方に歩いて行って、初老の丸狩りの小柄な男を従えてきた。男は朝からの服のままらしく、ジャージを着て首にタオルを掛けているだけのサッパリした姿で悦子の後に立っていた。

私は刑事たちの目を避けるため、玄関先から手入れの行き届いた庭木の側に移動して、悦子が来るのを待った。

「よく手入れされてますね……」

私は庭の管理はこの男がしているに違いないと思い、並んでいる盆栽の一つに目を近付けた。

「いやあ、素人ですから、なかなか上手く行きません。……奥の方まで大分ありますから、大変ですよ」

男ははにかんだ声で言ったが、満更でもなさそうだった。

「ところで御主人、今朝は大変でしたね。最初に発見されたそうで、びっくりされたでしょう？」

私はできるだけ穏やかに話をすることにした。

横に立っていた悦子は、「『魚善』の御主人ではありません。チーフ、こちらは白水さんと言われます。運転手兼板長さんだそうです」

「失礼しました……」

私はすぐ謝った。そして悦子を睨んだ。悦子が側にいることで白水は安心しているのか、素直に話に入っていった。

「私は毎朝バスのエンジンを掛けて調子を見る訳です。その後、天気さえよければ『魚善』の周囲を散歩がてら一巡りします。ゴミを片付けたりするわけです。朝方雨がありましたので、やめようかと思いましたが、これからは降らないと思いましたので、いつものように海岸に出まして、ゴミを拾いました。波打ち際に黒いものがあるのが見えましたので、拾うつもりで近付きました。びっくりしました。……半分位水に浸かっていましたね」

「波打ち際には足跡はありませんでしたか?」

私の質問に素直に答えていた白水は、何を思い出したのか急に小声になって、「あの女の人、私は一度見たことがありますよ。いま話しているうちに思い出しました。確かあの人、他にも四、五人の女連れで来たことがありますよ」

「それは警察には?……」

「いや、いま思い出しました……間違いないと思います」

「いつです?」

「多分。去年の夏頃と思います。その頃です……なんで覚えているかっていうとですね、あの人たち、浜崎駅で降りれば近いのに、虹の松原駅まで迎えに来てくれって言うたんですよ。妙なこと言うなって思ったら、今度は鏡山まで上ってくれって言いましたよ。それで覚えています。その中の一人です」

「フロントの受付名簿には記録は残っているでしょうね」

「もちろん残っているはずですが……」

私は悦子の顔を見てかすかに頷いた。悦子も同じように頷いた。

「警察には話してないんですよね」

「ええ、なにも……」

「そうですか、このまま黙っていてくれませんか」

私は白水に近付き、名刺を取り出してそれを目の前に差し出した。

「実は私たちも調べていることがあります。警察には黙っていてくれませんか。お願いします」

私は白水に頭を下げた。そして、「今日は警察の関係者がまだ残っていますので、後日また伺います。それまでは内密に願えませんか、お願いします」

白水は目を大きくして名刺と私の顔を見比べていた。

「『魚善』は緞帳のある大広間はありますかね?」

私は全く別のことを尋ねてみたが、「四、五人の女」と聞いてから、緞帳のことが頭の隅で気になっていた。

「ええ、よそよりは小さいでしょうが、あることはありますよ」

白水は緞張のある広間を紹介するつもりか、歩き始めたので、

「いや、今日は結構です。今度来た時に見せてもらいます」

私は歩き出そうとした白水をその場に引き止めた。なにしろ今日は余計な動きは禁物だ。原警部が何か詮索を始めないとも限らない。

「もう一つだけ」と言って私は白水に、「あの海岸の死体は、流れついたと思われますか、それとも誰かがあそこまで運んだと思われますか? いや、もちろん白水さんの勘で結構ですが……」

「車はここまでは来ますが、これから先はタイヤが砂に埋まってしまいますから、動きが取れなくなりますよ。ここから運んだとは思えませんね。流れついたんじゃないでしょうか……」

「どっちの方向から流れつくんですかね……。高島はすぐ目の前ですが、こんなに近いとは思いませんでした」

すぐそこに、底の深いお椀を伏せたような高島がある。手が届きそうな距離に感じる。

「有り難うございました。それじゃあ、またいずれお伺いすることがあると思いますが、よろしく……」

そう言いながら私は深く頭を下げた。

玄関を出て国道までの形ばかりの舗装道路を歩きながら、肩を並べている悦子は、「池浦朝子という人は、看病疲れでやつれてしまっているのかと思っていましたが、そうじゃなかったんですね」

「うん、朝子も自分に危険が迫ることを知っていた。そのために毎日怯えて暮らしていた。そういうことかな……」

悦子は黙って頷き、自分の足元を見ながら歩いていた。肩を並べている私は悦子の顔を盗み見た。しかし、無表情だった。

道は足先が砂に埋まって歩き難かった。

22

虹の松原から私と悦子はそれぞれ自分の車で戻った。腹を減らしていた私は、ゆう子が準備してくれた朝食に取り掛かった。よほど腹が減っていたらしい。新聞も広げないまま食べはじめた。

ゆう子の足音にも気付かなかったが、側に来て棒立ちのままゆう子は、「お帰り、ずいぶん時間がかかりましたね。朝子さんが死んだんですって？　大変なことになりましたね。でも、警察から当てにされているなんて、大したもんじゃないの……」とゆう子はさりげなく皮肉まじりに言った。大変などと言ったが、声には感情はない。私は黙って食べ続けていた。

ゆう子は時々、病院の待合室とか知人の看護婦がいる受付のカウンターの隅とかに置くために、手作りの人形を病院に持っていく。だから、どんな人が入院しているか、概略は知っている。私はときどき何かめぼしい変化がなかったかどうか、それとなく尋ねてみることがある。しかし、ほとんど私の期待に応えたことはない。意識して病院のことは言わないようにしているのか、病院の誰かに口止めされているのか、それとも、もともと無関心なのか、私の方から正したことはない。それがなぜか今朝に限って、ゆう子の方から朝子が亡くなったことを口に出した。

ゆう子が池浦朝子について、私と悦子で調査した以上のことを知っていることはないはずだ。顔見知りではあるらしいが、入院している父親の看病に朝子が度々現れていて、廊下で目が合えば黙礼するぐらいのことだ。ただ、普通であれば朝子が死亡したことについて、「朝子さんが亡くなった？　また、どうして？」などと多少は同情して言うはずだが、今朝のゆう子はいきなり、死んだんだって？　とついでに出たような言葉だった。


「そうだよ。死んだんだよ」

私はゆう子の顔は見ないまま新聞に目を移した。拾い読みはいつもの通りだが、頭の中は記事を追っていたのではない。波打ち際で半分海水の中だった濡れ鼠の死体が頭の中で反転していた。

坂本刑事が先頭で、真壁刑事のすぐ後に私は砂浜を歩いていた。数人の刑事たちが取り巻いて立っていた。その中に私も加わったのだが、近付いた私を振り向いた顔はどれも初めての顔だった。私は形だけ頭を下げたが、その中の若い刑事らしい男が、死体を覆っていた黒いシートをそっと引き開けながら私に目配せした。私はその場にしゃがみ込み、目を瞑って手を合わせた。そして瞑った目をゆっくり開いた。私の目のすぐ前に横たわっていたのは、白髪の目立つやつれはてた顔、目を開き黒いシュミーズ一枚の痩せた身体、青白くて異常に膨脹した二本のふくらはぎ……紛れもなく池浦朝子だった。

私は横に立っている悦子を振り向き目で合図した。悦子も私と同じように手を合わせた。

私はその場に立ち上がりながら、坂本刑事と真壁刑事に向かって、ゆっくりした小さな声で、「間違いないと思います。池浦朝子さんです。……坂本刑事、今度も遺留品はない訳ですか？」と私は型通りの質問をした。

坂本刑事も型通りの返事をして、「植村良子の時と似ていますな」と死体から目を離さないまま短く言った。

「この人が西の井の住人ではないかと言われたのはどなたでしょうか？　その人に会わせて頂けませんか。私も二、三お聞きしたいことがあります。どなたでしょう……」私は性急にならないように、周りの刑事の一人ひとりと目を合わせて言った。しかし、誰も答えなかった。仕方なく坂本刑事に「どなたでしょうか？」ともう一度柔らかく言った。

坂本刑事も戸惑っている目付きになったが、他の刑事が、「泊まり客じゃないでしょうか。多分そうだと思いますよ。後でフロントで尋ねてみましょう」と言った。

その場は終わったことになって、市警の二人だけを残し、私たちは『魚善』のフロントに戻ったのだった。

＊

「エッちゃん、どう思うかね」と事務机で書類に目をやっている悦子に声を掛けた。

「あっ、チーフ、朝ご飯終わりましたか。ご苦労様でした。それにしても今日は朝からどうしたことでしょう」

悦子の声はどこにも変化は感じられない。極く普通の話し振りだ。少し顔を上げて上目遣いに見ている目にも、別に変化は見えない。私は心の隅で安心していた。

「エッちゃんはゆう子に何か話したかい？　さっきのこと、朝子のことさ……」

「ええ、もちろん話しましたよ。ゆう子奥様に尋ねられたこと……尋ねられたことのみお答えしました。何かありました？」と目を逸らしたまま言った。

「エッちゃんに頼みたいことがある」と私が続けると、

「分かっています。チーフの頼みは分かっています。さっきの白水さんのことでしょう？　最近はチーフが何を考えているか、おおよそのことは分かります。正確でなくてもですね……」

白水という男は、自分が第一発見者だと言っている。私より年上であることは一目で分かった。

「その通りだ。しかし、分かっているからって余計なことは言うなよ」

「それもいつものことですから……気をつけます」

「エッちゃんも畑中スギさんとか大林君代さんに似てきたんじゃないか」

「まさか。……そうですか？　いやだなあ……」と悦子はわずかに舌を出した。私と悦子は短く声のない笑いで顔を見合わせた。つい先ほど見てきたばかりのおぞましい光景とはかけ離れていた。私たちはお互いにそれを避けようとしていたのだ。思い出したくなかったのだ。

「白水さんのところには、いつ立ち寄ることができるかね。なるべく早いに越したことはないが……」

「チーフは来ないんですか？　わたし一人で大丈夫ですかね……わたしの考えの及ばないことがあるんじゃないでしょうか？　なにしろわたしは助手ですから……」

「いや、大丈夫だろう。白水には一緒に顔を合わせた訳だしな」

私は悦子に仕事を押しつけようとしていた訳ではない。朝子たちが『魚善』に現れた事実を確認できればよかろうと、深くは考えていなかった。市警がすぐ側にいることだし、山口刑事とかいう悦子の同級生がいる。内容を深く知りたければ、今後悦子が働いてくれるだろうと私は安易に考えていたところがあった。

「そう言えば、波打ち際で死体を確認する時、第一発見者は泊まり客だと言った刑事がいたな。覚えているかい？」と私は悦子の顔を見ながら言った。

「それは聞きました。確かにそう言いましたね。しかし、白水さんは自分が第一発見者だと思っていましたよね。漂着物のゴミかと思って近付いたと言ってました。ああ、レコーダーを持っておけばよかったなあ。やっぱり助手は失格です……」そう言いながら悦子は自分の頭を軽く叩く真似をした。

「あの五人の女が『魚善』で一日何をしていたか、そこに重要な秘密が隠されていたとは思えないが、しかし、五人の女が何かにつけて団体行動していることの裏付けになることは間違いない。しかし、一体何のために……。もしその日のことを覚えている従業員がいれば、そこもぜひ聞きたい。白水は虹の松原駅から五人を乗せて『魚善』のバスで鏡山に上ったと言っていた。この記憶は間違いないと思う。その辺ももう少し詳しく聞きたいな。鏡山でどれくらいの時間を過ごし、何をしたか。鏡山での詳しい行動だな」

「チーフ、さっきまでとはずいぶん様子が変わってきましたね。わたしもそうでしたが、朝子の水死体を見た時はショックでした。チーフは少し治まってきましたか……」

悦子はからかい半分に言ったが、事実私はショックを受けていた。あの、裂けて飛び出しそうになっていた大きな目、殺害した犯人を睨むような目付き……。

「治まったということではないが……うん、やはり俺も一緒に行こう。その時の五人の女たちの受付簿を見せてもらえばいいぐらいに思っていたが、考えてみれば、それだけでは済みそうもないな。当時のことを覚えている人、仲居がいてくれれば助かるだろうが……とにかく俺も行ってみるよ。それに、第一発見者が別にいたのかどうかも気になる。白水にアポイントをとってから行くことにしようか……」

悦子はいつもの笑顔に戻った。彼女は言葉には出さなかったが、不安になっていたのだろう。悦子の気持ちを考えなかった自分が何とも情けない。しかし、今はもういい。これで腹は決まった。

これからは前原南署と唐津市警の合同捜査ということになるだろう。いち早く朝子が西の井の女性ではないかと見当をつけたのも大したものだが、このひとことを取ってみても、警察は良子殺害についてかなり詳しいところまで捜査の手を延ばしているのは察せられる。どっちが先に犯人に辿り着くか、そんなことは私にはどうでもいいことだ。この一年位の間に起こった事件が、なぜ西の井に起こったのか、しかも殺人という最悪の形で起こった。隠されていた何かが表沙汰になろうとしているのか、言わば西の井の醜悪が暴露されたというべきかもしれない。その発端はどこにあるのか、何が醜悪を生み出したのか。それらがこの殺人の原因となっているのであれば、放置することはできない。私もどこか脇坂、いや『神屋』に似てきたような気がする。

私は午後からでも『魚善』に行くことをゆう子に知らせるため、居間に移動した。ゆう子は人形作りをしているのか、居間にはいなかったが、テーブルの上に四、五通の封書が置かれている。私は一つの茶封筒を取った。毛筆で私宛になっている。裏面を見ると『西の一の会』とある。上手でもない堅物が書いたと一目で分かる毛筆の字だが、初めて見る筆跡だ。もちろん『西の一の会』などというのも初めて聞く。私は封書を摘んで、そのままゆう子がいる仕事部屋へ歩いた。

「いいか、入るぞ」私は言ってすぐ襖を開けた。ゆう子は人形に夢中になっていて、私の声は聞こえなかったようだが、そのまま、「これが何か知ってるか？」と封書をゆう子の目の前にヒラヒラさせた。しかし、ゆう子は見ようともしない。

「こんなことやってると、訳の分からないことがいろいろと出てくるね。仕事柄仕方ないと言えば仕方ないが……」と私は言った。

ようやくゆう子が手を止めて私に向き直った。

「わたしも初めて見る通知ですね。中を見たら？　エッちゃんにも見せたらどうですか？　あの人はいろんな情報をもってるから、どこかで聞いたことがあるかもしれませんよ」

「それは分かっている……」

私は言いながら封書を開けてみた。一枚の通知文書になっていて、内容が簡潔に書かれているものだった。なぜ私にこのような文書が出されたか、皆目見当が付かないが、何か臭わないでもない。お前は私立探偵檜ノ原士郎だ、この『西の一の会』に参加する義務がある、とでも言いたそうな文章で強圧的な印象さえ受けるではないか。こんなことで人を動かそうとするのはどんな連中だ。文書として出すからにはそれなりの組織だろう。しかし、私が知らないぐらいだから、大した組織とも思えない。よかろう。この文書を出した『西の一の会』とやらの策略があるのなら、それに乗ってやろうじゃないか。私は一人で勝手に腹を立てていた。

私と悦子は『魚善』再訪を明日にすることにした。多分、今日一日は『魚善』の従業員たちも右往左往しているだろう。白水に電話連絡を取ると、彼は今朝と同じ、至極真面目そうな声で、「午前のうちに終わるようにして欲しいのですが……」と自分の意思を伝えてきた。

恐らく午後からはバスを運転する仕事があるのに違いないと思い、「もちろんです。ご協力ありがとうございます。約束します。白水さんの仕事に差し支えないようにします。それから、このことは警察の方には内緒

にしておいて欲しいのですが、よろしいでしょうか」と少し声を細めてゆっくり言うと、

「はあ、分かりました。極秘ということですね」と言って白水も声を小さくした。白水の素直な態度に少し違和感を感じたが、私は、「そうです。極秘ということです」とそのまま返した。

警察には言わないように頼み込んだが、これで白水の口を塞ぐことができるとは思わない。白水が正直ものかどうかは分からないが、正直な人間は警察の前では嘘をつけない。少しでも強迫めいたことを言われれば、言われるままに白状してしまう可能性は十分ある。白水の話し振りはそんなふうだった。これ以上彼の口を塞ぐことは罪だ。

私は『魚善』に白水を訪ねるに当たって、いくつかのことを悦子と打ち合わせておく必要があると感じていた。

「まず、昨日刑事の誰かが言った、泊まり客が第一発見者ではないか、ということについて調べてみよう。つまり前の夜の客はどうだったか。その日の顧客カードを見せてもらうこと、これが一つだ。白水の意見も聞く必要がある。白水は自分が最初に発見したと思っているし、今朝の話の通りだとすると、刑事は嘘を言っていたことになる。いや、どちらかが嘘をついていることになるが、なぜだ。なぜ嘘を言わなければならない。……ただ」

「ただ？　何ですか？」と悦子は私を見上げて手を止めた。

「ただ、刑事だ。相手が悪い。迂闊に手は出せない、逆手を取られるぞ。噛み付くとスッポンのように放さないからな、奴らは……」

「それじゃあ、わたしから山口刑事にそれとなく聞いてみましょう。わたしになら山口刑事は本当のことを話してくれると思います。……いや、心配ご無用です。大丈夫です。任せてください」

悦子は自分の胸を静かに押さえるようにして勝手に頷いた。

「あの時、原警部もいたし、皆が聞いている訳だから、嘘を言うとも思えないが、何かありそうな気がする。それと誰が言ったか、その言った本人、刑事の名前も聞いてくれ」

「分かりました」

「それから、白水は五人の女が来たのは去年の夏だったと言っていたが、記録は残っているはずだから、その日の顧客カードを見せてもらう必要がある。一年以上も前だから時間が掛かるかもしれないが、二人で調べれば何とかなる」

「分かりました」

「例の五人の女たちの写真を用意していく必要があるな。白水や仲居に見てもらおう。それから当日用意された五人の女たちの料理、献立の記録が残っていれば上出来だが……」

「白水さんは板前ですから、特別の注文であれば記憶に残っていると思いますよ」

そうだろうか。一年以上も前の献立を記憶しているだろうか。それはともかく、五人が何のために『魚善』を選んでやってきたのか。それがまず最初だ。五人のうち二人が殺害された。そして一人が失踪した。あとの二人が西の井に残って生活していることになる。朝子が良子の次に死体となったのは、何か特別の理由があるのか。それはまだ分からないが、とにかく殺害されたであろうことは間違いない。他殺。しかもシュミーズ一枚で遺留品らしきものがまったくない。外傷も見当たらなかった。詳しいことは司法解剖の結果を待たなければならないが……。

「チーフ」と悦子は細くした声で、しかし私によく聞こえるように、「今朝のことで何かご不満があるようですね。何が気に入らないのですか？　わたしはゆう子奥様に聞かれたこと以外のことは、何もお話していませんけども……」と上目遣いに私の顔を見上げて言った。

「不満なんてないよ。ただ、大事なことは何事も推測で話すのはよくないということだ。事実をよく見て、事実をそのままに話す。勝手な解釈をして、見てもいないことを話すと、後で問題を起こすことになる」と私は顎を突き出すような格好になった。

「それはわたしのことでしょうか？　わたしが見てもいないことをお話したということでしょうか……」

「いや、エッちゃんのことじゃない。今までいくつかの問題を調査してきた。今朝のことも警察から頼まれて動いている。これはどういうことだ？　自分たちは警察の補助役をやっているのか？」

「それは、わたしが虹の松原から電話したのがいけないということですか。……仕方ないじゃないですか。車を検問で止められて、警察から手を上げられて、それも顔見知りの刑事で、声を掛けられたら知らない振りもできないでしょう？　逃げ出すことはできないでしょう。それこそ逮捕されますよ。それでも逃げろ、協力するなとおっしゃるんですか？」

「……窓ガラスが汚れてきたな。何となく庭が見にくくなった。窓拭きをすることにしよう」

悦子は驚いたように背後のガラス戸を振り返った。別に目立つほど汚れている訳ではない。それは私にもよく分かっている。私は咄嗟にそう言ってしまったのだが、そうでもしないと話を変えられないような気がしたのだ。悦子は私の話から逃げようとしない。いつまでも食いついて放そうとしない。誰に似てきたのか。

私はようやく話を変えた。

「明日のことだが……あまり早く行っても失礼だろう。俺はエッちゃんに合わせてここを出るから……」

悦子が私を睨んでいるのは分かっていたが、目を逸らして、

「俺は内心驚いているんだ。意外な方向に物事が展開していくような気がする。俺の予測とまったく違った方向に流れていくような気がする。明日は大事な日になるように思えるのだが……」

「窓拭きをしましょう。雑巾を持ってきます」と言うと同時に悦子は立ち上がった。

「うん、流しの横にぶら下がっているから」と私が言うと、「そんなことは分かってます」と悦子は強い調子

で言い放った。

「俺の分もいっしょにな……」と私は悦子の背中に声を掛けた。悦子は姿を消したかと思うと、すぐ現れて四段の脚立を持ち出し、身軽に登り、高いところからガラス戸を拭きはじめた。

私は、事件がさらに急展開し始めたと考えている。つまり次の犠牲者が出るだろうと予測される。次だけでは止まらないかもしれない。次々と殺人が起こるのではないか。私が悦子と二人で朝子の家を訪問したときの朝子の憔悴ぶりは、死を予告され、恐怖のあまり神経が参ってしまった結果だったのか。つまり、狂気の状態ではなかったか。

朝子に死を！　こう宣告したのはいったい誰だ。

「エッちゃん、止めよう。窓拭きなんかしてる場合じゃない」

私は雑巾を窓際に置いて机に戻り、「エッちゃん、どう思う？　朝子は本当に殺されたんだろうか？　痩せ細って可哀想なほどだったが、あれは病気だったんじゃないか。例えばさあ、精神に異常を来していた、そんなことは考えられないか。毎日父の看病のため家と病院を往復していたというが、ただ看病だけだったのか。それに家族がいるはずだから、家族があの朝子の状態を見て、何とも思わないはずがない。そんな家族を毎日病院へ通わせるのも変じゃないか？」

「それはそうでしょうけども、家の中のことはいろいろありますから、わたしたちが外から見るのとは違うんじゃないですか。父親は娘の看病しか受けない、他の誰であっても受け付けない、そんな話を聞くことがありますよ」と悦子はあまり興味がなさそうな受け答えをした。

「そんなこともあるだろうよ。だが、看病する方が病気となれば話は別だ。それに、寝たきりで話もできない状態なら、誰に看病されているか分からんのじゃないか？　それでも朝子は毎日看病に通っている。本人の方が病人のような姿だったのに……」

私は机の上のものを左端に押しやって、焦点を失った目になっていた。一点を見つめているが、理由はなぜかよく分からない。

「どうかしましたか？　チーフ」

私は、漂流物のように波打ち際に横たわっていた朝子の顔を思い浮かべていた。強く見開いた目、あの日は犯人を見た時のものでは……何度も浮かんできた。

「明日は連絡を取り合いながら行動しよう。『魚善』に九時半頃でどうかな。午前中に終わってくれと言っていたから、白水を先にして仲居を後回しにしよう」

「仲居さんはどなたか決まっているのですか？」

「いや、誰って決まっている訳じゃないが、少なくとも一年前からいる人だな。ただ、いたとしても果たしてその時のことを覚えているかどうか、毎日人が入れ替わり立ち代わり出入りするところだから、思い出してくれと言っても、なかなか上手くはいかんだろうな」

私はゆう子の仕事部屋へ行くため椅子から立ち上がって、「あまり多くを期待しないで、例の写真を見せてみよう」と言った。

ゆう子は背を丸めて人形に熱中しているようだったが、私が襖を開け中へ入ると、おや？という具合に振り返った。

「びっくりするじゃないですか。声を掛けて入ってくださいよ。……明日のことは分かっています。エッちゃんに聞きました。多分行くことになるだろうって言ってました。そうでしょ」と手は休めないまま言った。私はゆう子の背中に、

「うん、それはそうだが、ゆう子の話に少し気になることがある」と私が言うと、

「何でしょう？　何か変なこと言いました？」と相変わらず手は休めない。

「さっきゆう子は、『朝子さんが死んだんですって』と言ったよな」

「ええ？　そんなこと言いました？　わたしがそんなこと言いましたかね……もし言ったのなら、言い方が悪かったと思います。謝ります。ごめんなさい」

「俺はそんなこと言ってるんじゃない」

私はそう言いながら、ゆう子の横に重い音をさせて胡座をかいた。

「ゆう子、おまえは朝子と顔見知りだよな。病院で何度か会ったし、やつれてしまった顔も何度か見たと言っていたが……。さっきの言い方は、朝子が死ぬことが一つも不思議じゃないように俺には聞こえたんだが、俺の聞き違えかな」

ゆう子は数秒おいて、「それは……わたしの霊感というか、何というか知りませんが、病院で朝子さんの顔を見る度に、この人は近いうちに死ぬのでは……なんてことを考えていたからかもしれません。なぜだと言われたら、それは分かりません。とにかく、朝子さんの顔を見るとそんな気がしていた。殺されるとか何とかじゃなくて、つまり、あの顔を見ていると、死期が近まっていると感じていたのよ。顔を合わせたくなかったけども、病院では仕方ないことですから……それが悪いことでしょうか？」

私は手元に積み重ねている人形の一つを手に取ると、その人形の顔を目に近付けて、

「ゆう子の作る人形はどれも同じ目をしているね。何か理由があるのか？」

「そうですか。わたしは同じに作ったつもりはありませんが……。よーく見てください、一つひとつ違ってるはずよ。……違うでしょう？」

「まあ、違うということにしておこう。俺にはよく分からない。……ゆう子のように人形を作り続けていると、段々その人形が自分の分身のように感じられてくるんじゃないか。その一つひとつに魂が宿ってくるというやつじゃないか。俺はそんな別世界のことはあまり好かんが……。ところでゆう子は、朝子がなぜあんな目に遭

ったと思う。お前の話だと死を予感させるものがあったということだが、なぜだと思う？」と私はゆう子の横顔を見据えて言った。ゆう子は手を休めることはなかった。

「人形にも、どうしても上手く自分の思うようにならないものがある。かと思えば、とてもスムーズにわたしの思うようになってくれる人形もあるのよ。なぜ、こうも違うのか、作っている本人にも分かりませんが……。朝子さんという人は、誰かに利用されていたんじゃないですか？　例えば良子さんのような……良子という人は何かの宗派に属していたと聞いていますが、そういう組織の中で活動することが、家族の中で問題になったとか……」

「宗派に利用され、それが原因ではないかということか……」

私はゆう子の言っている意味が、ようやく分かってきた。

「つまりこうだな……ゆう子に言わせれば、組織の中の内紛が殺人に繋がっているということか？」

「内紛……内輪喧嘩……そうかもしれないし、そうじゃないかもしれません。引き金の一つだとは思いますね」

私はゆう子の仕事部屋の畳の上をウロウロした。広いとは言えない部屋、おまけに部屋の半分を占めるほどの本棚の中には人形がひしめいていた。

「明日、『魚善』に行くことにした」

「そう……人が訪ねてきた時は、何と言えばいいですか？　『魚善』に行ったと言えばいいの？」

「行き先は言わないで、電話をしてくれ……それでいい」

私はいつの間にか、朝子は殺害されたに違いないと思い込んでいた。

23

私は三十分の所要時間を想定して自家用車で家を出た。朝から暑いのはいつものことで、秋の涼しさは一向にやってくる気配はない。そればかりか、今朝の暑さは私を苛立たせていた。海岸に沿った国道は日本一曲がりくねった国道だと言った人がいたが、まんざら嘘ではないだろうと今更ながらそう思う。

私は出発前に悦子に連絡し、浜崎の『魚善』の入り口で落ち合うことにした。近いと言えば近いが、とにかく曲がっていてスピードは出せない。

ときどき海に目を移すと、今日も船を浮かべて釣りをしている人がいる。ポツンと一艘だけで、ボート上に人影が見えるが、一人か二人かははっきりしない距離だ。暑そうな海、見ただけでうんざりする。こんな暑い海で何を釣ろうというのか。私はそんなことを考えながらハンドルを操作した。

浜崎に入り玉島橋を渡って県道に入る。その先が虹の松原だ。

前方の悦子は私の車に気付くと手を振った。大袈裟なしぐさだが、何をするにしても明るさを失わないのは心強い。ところが悦子は欠点がない訳ではない。仕事に積極的になるのはよいが、慎重にことを運ばなければならない時、この性格は困る。今日のことも、私が尋ねた後からでないと口出しはするなと戒めておいたのだが、悦子のことだから余計なことを口走る可能性はある。こうしてみると、私は身内そのものさえ疑いながら毎日を暮らしていることになるではないか。情けないことになってきた。俺の性には合わない。昨日のゆう子との話でも、私は普段にない、ずいぶん慎重な姿勢になっていた。

朝子は父親の看病の中、いずれかの時期に自分の死を覚悟しなければならないことが起こったのだ。死を間近にした父親とともに、自分の死を覚悟しなければならなかった。それはいつの日のことか分からないが、朝子の周辺に死を覚悟しなければならない何かが起こった。朝子はそのことを家族に話したのか、それとも話していないのか。もし話していないとすれば、この家族は秘密を抱えた家族ということになる。

国道の左側に寄って静かに停車した。すぐ悦子が小走りで運転席の窓に近寄って来ると、いつもの笑顔で、

「約束の時間通りですね。そこの中央公民館の駐車場を借りています。そこへ置いて下さい」と言いながら後方を指差した。

悦子は素早く助手席に乗り込み指図した。私は無言で頷き、車を交差点までゆっくり動かした。信号を渡って直進し、悦子の指差す通りに広場に出ると悦子の車があった。

「ここです。横に並べて置いた方がいいかもしれません。出入りは多くないと思いますが、帰りに出られなくなっても困りますから」

その通りだ。後方にでも駐車されると、出られないことになるかもしれない。私は悦子の言う通りに停めた。

「白水さんには待ってもらうように言ってます。午後から客を迎えに行く予定になっているそうですから、遅くならないようにと言われていました」

「もう会ったのか?」

「はい。約束は守る人のようです。話は分かりませんけどもね。ああいう人は客扱いに慣れてますから、話もいろいろするでしょうね。裏をとる必要がありますね」

「それは話の内容次第だよ。そう慌てなくても良い」

「でも、白水さんの方から時間を切ってますからね。期待に応えてくれるかどうか分かりませんよ」

私は悦子の顔を見た。歩き難い砂の道を二〇メートル程歩くと『魚善』の入り口に着く。

人の姿は見えなかったが、悦子は私の前を庭に向かって歩いた。白水とは会う場所を決めているようだ。無駄な時間がないようにという悦子の配慮が手に取るように分かる。

「女将さんに挨拶しないでいいかな」と悦子に声を掛けると、

「大丈夫です。さっき会いましたから……女将さんも今日は忙しそうです」

「そうか……」

私はそのまま悦子の後に従って、庭木の間を歩いていった。まもなく白水の姿が見え、私たちの足音に気付いた白水は、すぐ振り返って軽く頭を下げた。板前の白い割烹着のようだったが、手には散水ホースを握っていた。声を掛けたのは白水が先だった。

「檜ノ原さん、お早うございます」

丁寧な挨拶は、染み付いてしまった癖だろう。私も挨拶を返した。白水はホースをその場に捨てるように置き、私と悦子を一番近い濡縁に案内した。ロビーに戻って腰を落ち着けて話そうという気持ちはないようだ。私は白水に従って濡縁に腰を降ろし並んだ。

「降りませんね。ひと雨来てくれると助かるのですが……水道代が掛かりましてね。井戸はあるにはあるのですが、潮が出ますので使えんのですよ」

白水は私が聞きもしないことを話した。挨拶のつもりだったかもしれないが、私はその話には取り合わないで、昨日の朝子のことをと前置きした。白水はほんの少し表情を変えたようだったが、それはすぐ消えた。そして目は私から逸らしていた。庭木の方に注がれていたが、恐らく目には映っていなかっただろう。

「去年の夏ですか、亡くなった朝子さんたちがここに来たということですが……それは間違いありませんか？」

「間違いないと思いますよ」と言った白水は、今度は表情が明るくなった。

「前もって伝えておきますが、あなたから聞いたことは絶対に他の人には話しません。白水さんの名前も出しません。それは約束します」

私の横に並んでいた悦子は、すでに写真を手に持っていて、それを私の方に差し出した。

「この写真を見て下さい。これには亡くなった朝子さんが写っていますが、去年の夏に来たというお客さんは、この中にいますかね」

白水は数秒間写真から目を離さなかったが、そのまま少し頷いた。「いますか?」となおも声を掛けると、

「はあ、いますね。おられますね」と言いながら、右手の人差し指の頭で朝子を指し、さらに良子、その他の三人を順に指した。「この男の人はいませんでしたね。この女の人も……」と山元博子を指して言った。

「この写真はどこで撮ったものか、見当はつきませんか?」と私は分かっていることを尋ねてみた。白水が知るはずはないと思っていたが、彼は何かを思い出そうとしているのか、目をこらして写真から十秒くらい目を離さなかった。

写真を取り戻した私は、それを悦子の方に差し出した。悦子は軽く頷いて、

「五人ですね。七仙閣で名前は聞いています。分かってます」と言った。

私はさらに写真の背後の緞帳のことを聞いた。

「この緞帳はどこかで見たような気もしますが、記憶違いでしょうね。……やっぱり分かりません」と顔を上げた。そしてもう一度写真に目を落として、「男はこの人じゃなかったですね。その人が予約の申し込みをされて、駅に迎えに行くように言われました。浜崎駅と言われたのですが、その日になって女の人から虹の松原駅に来てくれって変更の電話がありました」

「電話で予約した男性は、女の人たちと一緒に来てない訳ですか?」

「そうです。自分の車で来るということでした」

「その男性の名前は分かりますか?」

「いえ」と殊更に強い口調で、「わたしは知りませんが、フロントの受付カードにはあると思います。ただ、なにしろ一年も前のことですから……」と私の顔を見て、私が納得しているかどうか確かめているような、恨めしそうな目をした。

「そうですか。……いくつくらいと思われましたか?」と私はもう一度悦子に写真を出すように言って、白水の手に渡した。「この男性より若かったでしょうか?」

白水はそのまま軽く頷いた。「頭は少し薄いようでしたが、この人より若かったと思います……」

「ほかに何か特徴、特に印象に残ったことはありませんか? 何でも良いですが……」

「そうですね……」白水は考えるように首を傾げていたが、「そう言えば、わたしに命令するような話し方でしたね。自分の言う通りすることが当然だというような言い方でした。ああ、そうそう、金はあるから心配するな、現金で払ってやるって、バカに威張って言ったことを思い出しますね。……何様だろうと思いましたよ」

「実際に現金を払って帰ったんでしょうかね?」

「それはわたしじゃ分かりません。お女将さんかフロントに聞いてもらいませんと……」と、思い出しているのか、ゆっくりした口調になっていた。

「昨日は警察の事情聴取で大変だったでしょう。何か変わったことはありませんでしたか?」と私は白水から目を逸らして、庭木の一本にその目を据えていた。私の目に映っている庭木は、どこがどうということはない。あるいは私の目は、その庭木を見ていないのかもしれない。

「いや、まったく閉口しましたよ。死体だと分かった後、わたしはすぐ戻ってお女将さんに言って、それから警察に一一〇番したつもりですが、警察の事情聴取では、わたしより先に電話したものがいるというんですよ。そんなはずはない。浜に出て歩くのはいつもわたしが最初ですからね。……まあ、わたしにとってはどうでもいいことですけどね……。泊まり客も確かに五人はいましたが、その人たちは警察が来るまでのうちに、自分たちの車で帰りましたよ。遠方からの客でしたから、そのうち警察が調べるでしょう。それで、とりあえずわたしが第一発見者ということになりまして、根掘り葉掘り聞かれました。参りましたよ」

「お忙しいところすみませんが、もう一つだけ……」私は少しだけ白水に顔を寄せて、「虹の松原駅から鏡山にバスで行ったとき、鏡山で何かありませんでしたか？　例えば、あとで落ち合うことになっていた人の名前とか……そんな話は出ませんでしたか？」

白水は、もはやその時の記憶は消えているようだった。

私と悦子は最後に緞帳のある座敷に案内してもらい、悦子は写真の緞帳と見比べていた。それは明らかに別物だった。悦子は黙って大きく頷くと、「違いますね。写真はやはり七泉閣です」と言った。

十一時近くになって白水の案内でロビーに移動し、一人の仲居を紹介してもらった。四十前後と思われる女性は、笑顔で近付いてきた。私と悦子は揃って頭を下げ名刺を渡した。仲居は不思議そうな顔をしたが、すぐ元の笑顔に戻って、

「いらっしゃいませ。仲居の鈴子でございます、よろしく。何かわたしに分かることでしょうか……」と名刺と私たちの顔をしきりに見比べながら、警戒している様子だ。

「忙しいのにすみません。時間はとりませんので、少し教えて下さい。実は昨年の夏、池浦朝子さんたちが『魚善』に来たことは白水さんから教えてもらいましたが、その中の一人に男性がいたということで、その人の名前を知りたいのです」

私が鈴子にこんな話をしている最中に携帯電話が鳴った。ポケットから取り出してみると、ゆう子からのメールで、「西の一の会から、会議出欠の確認電話あり。十一時五分」とある。私はそのまま電話を閉じてポケットに入れた。

私は鈴子に話を続けた。

「失礼。どうでしょう、去年のことで覚えてないかもしれませんが……いえ、鈴子さんから話を聞いたことは絶対に他の人には話しません。それは約束します」

私が丁寧に話をしている様子を見ていた悦子も、「ご安心下さい。絶対に他では話しませんから……」と言った。

鈴子の態度がそれによって変わった訳ではないが、表情はいくらか和らいだ。

「どうなんでしょうか、その男性は一人でしたか？　二人でしたか？」

「一人でした。その人が受付で手続きしましたよ。受付カードにあるはずです。……見てみましょうか？」と言いながらソファから立ち上がっていた。乱暴なスリッパの音をさせ、誰もいないカウンターに入って探しはじめた。

「この中にあると思いますから、あなたたちも一緒に探して下さいな」

分厚いカードを綴じたものをカウンターに放り投げるように置くと捲りはじめた。

「その人たちが何かしたんですか？　昨日亡くなった女性と何か関係でもあるのですか？」

「鈴子さん、この写真を見て下さい。この中の男と違いますか？」

鈴子は悦子から写真を奪うようにとると、首を傾げ、

「いや、この男と違う。違いますね。もう少し若かったと思う。でもね、髪は薄かったと思います。何と言うか、こう、ふわっとした子供のような頭。そんな感じを受けました」

鈴子はよほど短気ものなのか、カードを捲りながら小言を言い続けた。私と悦子は一つの綴りをゆっくり見ていった。七月分、八月分の綴じたものを、一枚一枚ゆっくり丁寧に見ていった。そして一通り見終わったところで、悦子と顔を見合わせ、

「うーん、それらしいものがないな。……ねえ鈴子さん、例えば、このカードに偽名を書く人なんかもいますか?」

すると鈴子は無言のまま私の顔を睨むように見て、

「嘘の名前を書くんですか? そんな、そんなことがあるんですかね。わたしは聞いたことありませんよ。嘘の名前とか住所を書いても、何の得にもなりませんものね」と言いながら、何かを思い出したのか、「そう言えば、特別大事なお客様には御礼状を後で差し上げることがありますが、それは女将さんが決められますので、女将さんに聞けば分かります。名前とか住所が違っていれば郵便は戻ってきますからね」となおもカードを捲って睨んでいる。

「何か、それらしいものがありますか?」と尋ねると、

「いやね、七月の二十五日から八月五日までの間、あなたたちがお尋ねになっているのは多分この頃だと思って見ているのですが……。そう言えば、値段の良い料理を注文されたお客様がいて、それが一つ記憶にあります。滅多にない高級料理の注文で、板さんたちも張り切っていましたもの。それは記憶しています」と言って、興奮した顔で私と悦子を見比べた。すると悦子は、

「そうしますと、これはどうですか?」と言って一枚のカードを指先で押さえた。私は悦子の押さえたカードに目を近付け、

「住所がないな。ということは礼状は出せないよな。田部正人か……知らない名前だ。ほか六人になっている。計七人だ。一人多いよな」

そこまで言って私はさらに、「予約人数をごまかすことがあるかな。そんなことしたら料理が余るだろうし、直前に断ったら料理代は払わされるんじゃないか? ねえ、鈴子さん」と言いながら、その計七人と記入されたカードを鈴子の前に差し出した。鈴子は薄く口紅を塗った唇を曲げてカードを覗いた。

「そうですね。これだと訂正がありませんから七人分用意されていますよ。七人の御代を頂いてます。間違いありません」と力を入れて言い、納得した顔をしたが、「ちょっと待ってくださいよ。七人のお代は頂いておりますが……あっ、思い出しました。多分その日のことだったと思いますが、一人急用で欠席ということで一人分のお席は残ったままでしたよ。それを皆さんで摘んで食べてもらったように記憶しています。料理は無駄にはなりませんでした。そんなことは覚えています」と鈴子は軽く頷いた。

私も悦子と目を合わせ、お互いに頷き合った。

私は再び例の写真を鈴子に見せ、「その時のお客さんは、この中にいますか？」と尋ねた。

「さあ……お顔まではよく覚えていませんねえ……」と曖昧な返事だった。

「ねえ、鈴子さん、この高い料理を頼んだ人たちは、食事中何を話していたか、何か耳に残っていることはありませんか？　言葉遣いとか、面白い話をしていたとか……」

「お客さんが何を話していたとか、そんなことは口が裂けても言えません。絶対に言ってはならないときつく言われていますからね。そんなこと、聞かないで下さい」と最後は力を入れて言った。私は思わず鈴子の顔を見たが、彼女は本気で怒っているようだ。

「いや、すみません。そういうつもりじゃなかったのですが……。ねえ、鈴子さん、覚えていることはありませんか？　もう時効ですよ。絶対他では言いませんから、こんな小さなことでも……」と指先で合図をした。怒っていたはずの鈴子が笑顔に戻っていた。

「そうね……そう言えば、この近くの人がいましたよ。唐津弁が混ざっている女の人……でもね。宴会が始まってから、わたしは席を外すように言われました。大事な話があるからって、なぜか優しい声でね。わたしはすぐその場を出ました。お客さんの話なんかに興味はありませんからね」と苦虫を噛み潰したような表情を見せた。

「今でもお人払いするような客があるのかな。お人払いの必要のない、誰にも邪魔されないホテルがあるだろうに……」

「それがそうはいかないんですよ。人それぞれ、いろんな事情があるのよ」

「こんな所に、今でもお忍びで来る人がいるのですか？」

「こんな所とは失礼ね。ホテル並みのサービスはちゃんとできますよ。もっとも、利用するのは若いカップルじゃありませんがね。中年のヒョロッとした蒼白い男と着物姿の四十くらいの女で、いつ見ても節目がちで顔を隠すようにしてそっと歩く、影の薄い女……そういう女は浮気じゃない、金よ」

この鈴子の話で、私たちは探すことを諦めた。まったくとんちんかんなことを言う女で、私と悦子は顔を見合わせた。

女将さんにも少し話を聞いてみたいと思い、その旨を鈴子に伝えると、「それではそこのソファでお待ち下さい。すぐ呼んでまいりますから……」鈴子のこんな時の応対は実に丁寧で流暢だが、一歩外れるとまったく教育ができていないようだ。

私と悦子はカードを元に戻し、広くもないロビーの窓側のソファに並んで待つことになった。間をおかずスリッパの音が聞こえてきた。乱暴な音をさせるのが鈴子だろう。

「お待たせ致しました！　ご苦労様でございます」とロビーの入り口に立った女将は、髪は手入れが行き届いているが、多分染めたであろうことは一目で分かる年頃だ。声に釣られて私たちも立ち上がって軽く頭を下げた。女将の後に隠れるようにして、鈴子が手先を組んで立っている。

「今日は朝からご迷惑をお掛けしました。お陰様でいろいろと分かりました。ありがとうございました」と丁寧にゆっくりと頭を下げた。

「お役に立ちましたでしょうか？……わたしにお尋ねになりたいことがあるそうですが、何でしょう？」

「昨日は大変だったでしょう。警察は根掘り葉掘り聞いてきますから……。ここの白水さんが第一発見者だそうですが、警察はそうは見ていないようですね。第一発見者は泊まり客の一人だったとか……」

「そうなんですよ。主人が海岸を歩いている時に見つけたそうです。それで急いで女将さんに言って、それから警察に電話したんですけどね……」そう言ったのは鈴子だった。

「そうですよ。白さんが慌ててわたしのところに来て……。泊まり客と言いましても、予約無しで遅く来て『明日は朝食はいらないから』とおっしゃって、朝早く自家用車で出発されましたから、海岸には出ていないと思いますが」と女将は言った。

「そうですか……。私たちが今日お訪ねしましたのは、白水さんが一年くらい前に五人の女性グループを鏡山に送ったということを覚えておられまして、この中に死亡した朝子さんが含まれていた訳です。これは大変なことでして、重大なヒントになります。それと……」と言いかけて、私は白水が記憶していた理由は、もっと別にもあるのではないかと思った。

「私たちは、ある人から調査を依頼されているのですが、白水さんや鈴子さんの記憶の中にヒントがあったのです。と言いますのは、この人たちが予約した料理がとても高価な物で、滅多にないものだったということですが、実は、私たちが調査しているお金の行方と関係があるのではないかと思った訳です。何でも現金払いだったということですから、お金に余裕のある人でないとそんなことはしないと思ったのです。いや、これは貧乏人のひがみかもしれませんが……」

私は悦子と話し合って、七月二十九日土曜日の田部正人のカードをコピーしてもらうことにした。悦子が鈴子にコピーを頼むと、

「一枚二十円頂くことになっております。よろしいでしょうか?」と念を押すように小声になって言い、上目遣いに私と悦子を見た。

正午近くになったことを理由に、私と悦子は『魚善』を後にした。相変わらずの強い陽射しが遠慮なく私たちの背中を照らした。

「ずいぶん慎重に行動している訳ですね、敵さんは……。でも、何か見えてきたような気もしません？　何となく金、お金が動いている気配を感じます……」と前方に目をやったまま話し掛けてきた。

「そうだ。エッちゃんも気付いたか。大したものだ。仲居さんを人払いしたということは、何かが動いている証拠だよ」

「何かって現金ですか？　現金が渡されたのですか？　一人ひとりに……」と言って悦子は短い溜め息をついた。

「証拠はない」と私がすまして言うと、「そうですね。……でも、相当隠してますね。慎重ですね」と言った。

そしてまた二人とも黙ってしまったが、私は思っていることを呟くように言った。

「女将さんたち、本当のことを言ってると思うか？　鈴子にしても……」と言うと、悦子は私に訝るような目を向けて、「隠してるということですか？」と言った。

「……かもしれないということだ。特に鈴子は顔を紅潮させて話していた。正直者か、それとも嘘が上手いのか……。鈴子は正直者で嘘をつけなかった。それでついつい顔を紅潮させた。そんなところじゃないかな」

「チーフの口から聞くと何となくそう思えてきます。今日のことが糸口になるのですか？　それを追及していけば何かが見えてくる。そういうことですか？」

「そうだと思う。その線を追っていこう。エッちゃんには通勤の途中、もう一度鈴子に会ってもらいたいが、理由を考えないといけないな。つまり裏をとるということだ」と言うと悦子は、「分かりました、チーフ」と短く言った。

「最近、まあ、一年以内かそこらのうちに、『魚善』をやめた仲居さんはいないか、近所の小料理屋に聞いてみてはどうかな？　同業者間の情報は筒抜けだからな」

「分かりました。やってみます。任せて下さい」

悦子は胸まで叩くことはしなかったが、いつもの快活さを取り戻したようだった。

「そうだ、俺は帰りに『ホテル・ニュー・ビーチ』に立ち寄ってみる。さっきゆう子からの連絡で、『西の一の会』から出欠の確認電話があったそうだ。その集まりの内容がどんなものか、『ホテル・ニュー・ビーチ』の女将に聞いてみる。あそこの女将は何度か配達で話したことがあるから」と並んで歩いている悦子に言うと、

「分かりました。わたしは先に事務所に戻っています。何かしておくべきことがありますか？」と余裕を見せていた。

「そうだな。今日のこと、ゆう子に少しだけ伝えておくと、安心するかもしれない。それから朝子の検死結果を知ることはできないかな。山口刑事に尋ねてくれないか」

「分かりました」

私は昨日の朝子についてのゆう子とのやり取りを思い出し、悦子が話せば、ゆう子なりの意見を悦子に伝えるかもしれないと考えた。もちろん役立つ内容とは限らないが、どこかで〝ゆう子霊感〟が働くかもしれない。それに検視結果を山口刑事がたやすく悦子に教えるとは思えないが、この二人は幼馴染みだ。悦子のことだから何とかするかもしれないという微かな期待をしたのだが……。

私が先を走り、すぐ後を車間距離を保って悦子がついてきた。悦子は海の方ばかり見て運転しているようだ。私にはできないが、毎日往復する悦子には自分の庭先を通るようなものかもしれない。

『ホテル・ニュー・ビーチ』は松の防風林を挟んで建っている白亜のホテルだ。今でこそ利用者は少なくなっているということだが、かつては北九州への修学旅行の宿泊起点として、大変な賑わいだったという。貸切バスが十台は駐車できる駐車場の隅に車を置くと、そこから正面玄関まで歩いて移動した。

玄関の片方には「何々老人会ご一行様」などと数個の看板が立て掛けられていた。私は悦子が来る前に数回、数ケースのビールを配達したことがある。

玄関を入ってすぐ右手の小さな受付に声を掛けると、いきなり普段着の女将が顔を出した。実に愛想のいい優しい声を掛ける四十代の女だったが、それは今も変わっていないようだ。

私の顔を記憶していて、「ああ、檜ノ原さんお久し振りで……」と声を掛けてきた。

通知の文書を所持していなかったが、いくつかのことを確認したいと考え、「通知を受けたのは初めてですが、どういうメンバーですか？」とさりげなく尋ねた。

私は次に会の性質を知ろうとした。何時頃に会は閉じられるのか、二次会は計画されているのか、自分は初めて案内を受けたのだが、定期的に開かれているのか、それとも随時開かれる会なのか、などと尋ねた。

「あまり詳しいことは知りませんが、予約をされたのは山脇さんです。何でも議会の終わるのが遅くなる時は、連絡することになっているから……っておっしゃいました」

「盛岡逸史さんという方はメンバーに入ってますか？」と私は声を柔らかくして、ゆっくりと尋ねた。

「盛岡逸史さん？　名簿を見てみますね。こちらに直接連絡する人があるかもしれないからって、山脇さんが名簿を置いて行かれました」

そして一枚の紙片を引き出し、「あります。確かに盛岡逸史とあります」と言った。

「すみません、その名簿、一枚コピーを頂けないでしょうか」

これは女将には意外だったようだ。二、三秒躊躇する目をしたが、私が顔を近付けたためか、「そうですか、はい」としぶしぶコピーをするため背中を見せた。

私は「ありがとうございます」と大袈裟に頭を下げ百円硬貨を渡した。

私はそのまま帰ることにした。議会が終わってからというのは、つまりこの会は議員が計画してやっているということだ。しかし、なぜ自分がこんな会に、一会員のように出席を求められたのか理解に苦しむ。

私は、見えない陰が密かに近付こうとしているのを、身体のどこかで感じていた。

24

『神屋』に電話を掛けてみた。先日、私との連絡専用の携帯電話を与えていたので、『神屋』以外のものが電話に出る心配はないが、多分二つの携帯電話を持っているだろうし、うっかりもう一つの電話へ出るかもしれないなどと思いながら掛けたのだが、すぐに声が聞こえてきた。間違いなく『神屋』の声で、興奮した様子が伝わってきた。

「はい、『神屋』です！」と今にも叫びだしそうな声だ。

「檜ノ原ですが……突然ですみません。今、話してもいいですか？」と落ち着いた声で言うと、

「はい、大丈夫です。どうぞ！」と相変わらず興奮気味の声が続いている。

「報告が遅れてしまってすみませんが、近いうちにお会いできないかと思いまして……」

「えっ！　今からですか？」

「そうじゃありません。近々のうちにどうでしょうか？」

「わたし、今は高島沖に来ているんですよ。釣り船です。今夜は遅くなるかと思うのですが……」

「いつならいいでしょうか？　私は『神屋』さんのご都合に合わせますが、用件が用件ですので早い方が助かります」と私は話の内容に含みを持たせて言った。『西の一の会』の参加メンバーに盛岡が含まれていることで、『神屋』が調査依頼した不明金に、一気に近付く可能性があると考えたからだった。盛岡に会う前に、もう一度『神屋』に確かめておきたいと思うことがいくつかある。

「分かりました。明日にでもまた電話します！」

『神屋』の興奮は治まらないようだ。

「どうですか？　声の様子じゃ、ずいぶん釣れていそうに聞こえますが……」と私は『神屋』の興奮気味の声をさらに鼓舞するように言った。

「ええ、まああです。……今日は友人と一緒ですので、自由になりません」

多分、そんなことだろうと思った。『神屋』は釣りのことになると、どうやら他のことは手に付かないといった感じだ。私は長く話すことを諦めた。釣果を尋ねると「まあまあ」と曖昧に言うが、この感じだとよく釣れているのだろう。

電話を切った後、私はコピーしてもらった『西の一の会』の予定メンバー表に目を通した。一度は耳にした記憶がある名が多かったが、その中で一人だけ、明らかに初めて見る名前があった。悦子も知るはずはないと思ったが、一応聞くだけは聞いてみようと、その名を指差しながら、

「この人、エッちゃんは知ってるかい？　聞きいたことあるかな？」と悦子の顔を見ると、

「村山？　村山清一さん？」と言いながら小さな顎に人差し指を当てて瞬きをした。

「知ってるのか？」

「確か聞いたことがあります。村山清一……誰から聞いたかは思い出せません。ゆう子奥様にも聞いてみましょう」と机を離れようとしたので、

「ちょっと待て。ゆう子なら後でもいいから。それより、明日にでも脇坂に会うことにする。彼も何か情報を持ってるかもしれない」

私は村山という人物をまったく知らなかったが、『西の一の会』の催し事のメンバーに加えられるということは、それなりに何かの組織を代表するような人物ではないかと漠然と考えていた。その他にも私のよく知ら

ない人物が数人いたが、私の興味を引くようなものはなかった。ただ、「脇坂」の名前はなかった。一枚の用紙には三十名の名が連なっていた。私の名前も最後から二番目に載っていて、最後に村山清一が並んでいた。

机で仕事を続けていた悦子が手を止めて、「チーフ、いいでしょうか？」と無表情に言った。そして、「今朝の鈴子さん、あの人、白水さんと御夫婦なんですよね。そうでしょ、わたしにはそう聞こえましたけど……」

「ああ、そう言えば主人がどうのこうのって言っていたようだね。……夫婦だったらどうだというの？」

「チーフはやっぱり鈴子さんが怪しいと考えているんですか？　それに女将さんも……。彼女たちは六人の話していた内容を知っていて、それを隠しているんじゃないか、座敷の予約をした男から頼まれていたんじゃないか、そう考えているんですか？」

「いや、俺もそこまではっきりとは考えていないが……。まずは、この一年の間に『魚善』を辞めた人がいないか、そこを探ってみよう」

「それでチーフ。一つだけお願いです。浜崎近辺のことを調査する必要があるということですが、わたしは浜崎は詳しくありません。わたしはどちらかと言うと呼子方面に出かけることが多かったので……。どうでしょうか、山口君を一緒に連れて行っていいでしょうか？　山口君でしたら、わたしに協力してくれるはずですが……もちろん、間接的に朝子のことも尋ねたいと思いますが……」

「山口刑事かね？　それはいいが、我々の手の内を見せることにもなるんじゃないのか」

しかし、ここで悦子に山口刑事との行動にいちいち条件を付ければ、かえって山口刑事に怪しまれることになるだろう。後は悦子次第だ。悦子の腕に掛かっている。

どういう経過になっていくのか想像できなかったが、少なくともある事件に、と言ってもまだ漠然としているところがあるが、一歩踏み込むことになるのは間違いない。頭の隅で、あるいは気持ちのどこかで〝真相〟ということを考えていた。

「そうだな。何とかなるだろう」

私は考えていることとはまるで違うことを口にした。

「ありがとうございます。五時頃、山口君に連絡してみます」

＊

今日は悦子を散歩に誘うことをやめ、代わりにゆう子に話しかけた。五時すぎの大事な時間であることは分かっているが、時間を短くして、ゆう子を誘ってみるのもよいかもしれない。ただ、ゆう子の方が承知するかどうか、「なぜ、今の時間に？　一番大事な時じゃないですか」と言うに決まっている。

朝子が殺害されたことに対する、私なりの気持ちの整理が必要だった。私はまだ犯人の影を具体的に思い浮かべることはできていない。考えようがないというべきか。

私の誘いに当然ゆう子は驚いたが、結局了承した。驚いたのは私の方も同様で、彼女は歩くのが早い。小走りのように歩く。公園に入ってすぐ、「おい！　ちょっと待てよ。そんなに急ぐな。もっとゆっくり、周囲をよく見ながら歩いたらどうだ」

ゆう子は悦子より背は低いし、年をとっている訳だから、私の歩きに合わせて歩くとばかり思っていたが、「よりによってこんな時刻にどういうこと？」と歩きながら言った。

「悦子は先に帰ってもいいことにしている。まだ用件が残っているから、しばらくは事務所にいると思う」

と言いながら、ゆう子の歩調を抑えるため、ポケットの名簿を広げて見せた。

「何よ」と興味なさそうな小声で振り返った。すでに私より二、三歩先を歩いていて、私と並ぼうとしない。

「明日、脇坂さんに会うことにしているが、最近奥さんとは会わないか？」

「会いません」と短くいいながら、一枚の紙片をプイと私に戻した。

「村山清一という人は知っているか?」

「知りません」

「名前を聞いたこともないか?」

「ありません」

「ゆう子、もう少しゆっくり歩けないか? 何も急ぐことはない。人の背中を見ていると、なぜか動物を想像する。馬や牛、虎とか豹、犬とか猫、そう言えば、ゆう子はタイに旅行した時、象に乗ったことがあったな。象の背中は大きくて高い。俺は高いところは駄目だから、近くでやっていた蛇使いの大蛇を首に巻いた。冷血動物の冷たさを全身に感じたよ。怖いというより気味が悪い。あの瞬間ぎゅっと大蛇が全身に力を入れたら、俺は一巻の終わりということになる」

ゆう子は横に肩を並べた。私の気持ちを理解しようとしてか、

「あなたは『西の一の会』のことが気になるようですね。何もかも動物の背中に見えるというのは、心理的に不安がいっぱいになっているということじゃないですか。もともと、探偵事務所などできる訳なかったんですよ。こんな何か訳の分からない案内を受けたりすると、それだけで動揺してしまっている。どんな人たちが集まるのか見当が付かないものだから、不安で仕方がない。そんなところじゃないの? わたしを散歩に誘って気を紛らわそうとでもいうんですか。わたしは飼い慣らされた動物じゃありませんからね」

ゆう子は言い終わって、足元を見ながら私と歩調を合わせる速さに変わった。私は少しだけゆう子の横顔を見た。急ぎ足だったさっきより、表情は明るくなっている。言いたいことを言ったという満足感がそうさせるのだろう。

九月の夕日はつるべ落としと言うが、もうすぐ夕暮れが来る。夕凪の無風状態で夕日に染まった漣《さざなみ》。何度見たことか。赤く染まった海の中、暗く冷たい海中を揺られながら襤褸《ぼろ》のように、朝子の黒いシュミーズが潮流

に乗って流れていった。

ゆう子が散歩に出る時は、いつも二時間か、長い時で三時間もかけて歩く。今日の距離では散歩にならないようだ。

「一万歩。最低で一万歩よ。でないと健康には役立たないのよ。しかも早足で、少し汗ばむくらいに……」

「俺は二、三日前、夕方八時頃だったか、居間の網戸でヤモリを見た。七月ごろ見た奴と同じかどうか分からないが、久し振りに顔を見せたね。奴は丸々と太っていてね、尾っぽも長くなってたな。ひとまわりもふたまわりも大きくなっている。あれは相当栄養を蓄えているね。どこで餌にありついたのかな。……そのヤモリを見ていて、俺は一つ発見した。奴は獲物に狙いを付けたら、一旦目標の虫から離れて、知らぬ振りをして必ず上に回る。上方から下方に向かって狙う。なぜだか分からないが……」

「目指す獲物は捕れたの?」

「そこまでは見ていない。動きが少ないから、見ていて退屈する」

私たちはしばらく、たわいもない話をしながら歩いた。

「……さて、今日は名人は来ているかな。とても釣りの上手い人が来ている時があるんだが、今日はどうだろう。ここからは見えないな。波止場に上がらないと……」と言いながらゆう子の方を見た。

「やっぱり今日はやめよう。そろそろ引き返そうか」と言ってすぐ踵を返し、公園の松の間から駐車場へ下りた。

日暮れが迫っていて街灯がすべてを照らしていた。この風景を見ていても、私は元の自分には戻れないようだ。白い砂浜、青い松林、夕日を受け灰色がかった遠い脊振山系の山肌。どれをとっても、もはや以前の自分が見ていたものとは違って見える。ゆったりしたわずかな波音のリズムが私を別の世界へ駆り立て、無理やり引きずり込んで行く。

「それにしても……」と私はゆっくりした口調に変わって、「ヤモリが現れるのは台風の前兆だろうか。奴らも騒いでいる」と独り言を呟いた。

横を歩いているゆう子が「ヤモリさんが何か言ったの?」とわずかに振り返った。

「奴は何も言わない。言わないが気になる。奴はガラスも平気で垂直に歩く。天井を逆さに歩くのも全く平気だ。奴を見ていると、世の中を逆さに見ているのは、こっちの方じゃないかと錯覚する」と私は歩調を緩めて歩いた。

この場所に何度も訪れている男がいる。もちろん釣りのためだろうが、悦子が言うように、その男が波音を聞きながら、差出人のない手紙を書くことを思い付いたのだろうか……。

突然、私の頭の中に、男と入れ替わりにヤモリが姿を現した。ゆっくりと慎重に……。そして私に向かって長い舌をペロペロと出しながらこんなことを口走った。

「見レバ人間ガ地面ヲ、サカサニ歩イテイルゼ。イヤ、ソウジャナイ。ドコヲ歩クニシテモ、二本足デ、両手ヲブラブラサセ、恐ラク倒レナイヨウニ、バランスヲトッテイルヨウダ。ナントギコチナイ歩キヲスルモノヨ。オマケニ足先ハナニカニ包ンデ、我々ノマネヲシヨウトシテイルツモリダ。ソウハイカナイ。我々ノ足ノ裏ハ、ソンナ簡単ナモノデハナイ。残念ダガ、人間ハ進化ガ遅レ、足リナイモノガアル。

何万年モ生キテキタワリニハ、進化ガ遅レテイル。ナゼッテ人間ハ長寿ニ専念シスギタカラダ。ダカラ、進化ハ後回シニナッタ。人間ノ愚カサダ。目ハ一八〇度シカ見エナイ。ダカラ後ロカラ狙ワレル。コレガ致命傷ニナッテイル。コノ宇宙ニ存在デキル時間ヲ必死ニ研究シテイルヨウダガ、ソノ間ニ、サカサデ歩ケルヨウニナルカ。デキル、デキル、全員宇宙デ暮ラスコトダ」

私はいつまでもヤモリと話している訳にはいかない。夕暮れが迫り、私たちは帰ることにした。

白いスカイラインは、他の車とは離れた位置に駐車していた。今日も名人は来ている。

「この白い車をどこか別の場所で見掛けたことはないかな?」と私は車のドアの横で立ち止まった。ゆう子も私に従ったが、車の中は暗くて何も見えない。ゆう子は無言だった。

家に戻ると悦子はすでに帰ったらしく、店の明かりはついていたが、鍵はしまっていた。私はそのままリモコンを押し自動シャッターを閉め、居間の方に移った。悦子から電話があったのはその時だった。

「今日、山口君に会います。早い方がいいと思いまして電話したら、ちょうど都合がよいそうなので。今日のうちに情報をできるだけ集めたいと思います」

「早いに越したことはないが、無理はするなよ。彼も言えないことがあるだろうし……。ただし、できれば朝子の検死結果が少しでも分かればと思うが……」

「分かりました。ご期待に添えるように頑張ります」と、興奮した様子はないが、歯切れのいい声だった。

「チーフにお願いがあります。今日は山口君と夕食をしようと思っています。久し振りですから……。それでお願いですが、夕食代を経費として見てもらえないでしょうか」と躊躇なく言った。

「分かった。頑張ってくれ。あまり遅くなるなよ。飲酒運転はするなよ」と念を押し、さらに「いいかエッちゃん、俺が『ホテル・ニュー・ビーチ』に立ち寄ったことは絶対に言うな。それと『西の一の会』のことだ。まあ、『西の一の会』のことはいずれ小笠原巡査を通して知れてしまうかもしれないが、エッちゃんの口からは言うな。それともう一つ、海辺の公園を散歩していることも言うな。いいな」

「分かっています、ご心配なく。わたしはお酒は飲めませんから……。どうしてもということで飲んだら、その時はパトカーで送ってもらいますから……」と平然と言った。

実際に悦子がそんなことをするとは思わないが、もしかしたら山口刑事を口説き落とすかもしれないと思わないでもなかった。

「ところで、どこだ場所は?」と声を小さくすると、

「えーと、諏訪神社近くの寿司屋さんです。有名なんだそうですが、わたしは初めてです」

「山口刑事はエッちゃんの側にいるのか?」

「いいえ、まだ来ません。もうすぐ来ることになっていますが、何かご用ですか?　伝えましょうか?」

「いや、別に何もない。それよりあまり遅くなるなよ」と私は同じことを言った。

＊

私はゆう子に声を掛けられて、新聞から目を離した。

「エッちゃんも大変ですね。夜まで仕事させられて……。あの人はどんな育ち方をしたのか、わたしにはよく分かりませんね。素直な気持ちだとは思いますが、何をするについてもあまり抵抗を感じないと言うか、好き嫌いがないと言いますか……深く物事を考えない人のようですね」

「最近は子供たちも独立したし、若い人と接する機会がないから、よく分からないのかもしれん。要するに時代のずれ、取り残されているということか」

「冗談じゃありませんよ。わたしはそんなことにはなりませんよ。人形も作っているでしょう、ウォーキングでしょう……」

「要するに健康で若くありたいということか」

「そう。人形作りは指先の運動、ウォーキングは全身、足腰の運動、続けていけば健康は保てますよ。あなたも時間があるんだから、もっと長くウォーキングしたらどうですか?」

「冗談じゃない。転んで怪我でもしたら大変だ」

そんなことを冗談混じりに言って食卓に向かった。

悦子から再び電話があったのはベッドに入って間もなくで、私はまだ眠りに入っていなかった。

「おっ、どうした？　エッちゃんか？」

同時に腰を起こしてベッドに座った。荒い呼吸音が耳に吹き込んで来た。実に気味の悪いものだ。フゥ、フゥ、フゥと鼻息が伝わってくる。

「どうしたっ⁉　エッちゃんかっ⁉　おいっ！」

喘ぐ呼吸音に続いて、

「すみません。やられました！　悦子です。諏訪神社の境内に置いていたんですが、ドアから車全体を石か何かで傷付けられました。タイヤも後輪が空気を抜かれています。悪戯されたようです」

「車だけか？　車が動かないのか？」

私の声は思わずうわずっていた。電話を持ったまま時計を見た。私はこの時すでに、悦子のもとに駆け付けようと身体を動かしていた。

「今からすぐ出るから、場所を……」と言いかけると悦子は、

「チーフ、慌てないで下さい。車が動かないだけですから、大丈夫です」

「怪我はないのか？」

「ありません。怪我なんかしません。わたしが山口君と食事している間に悪戯されたようです。神社の境内ですから、他にも車はあります。駐車場として普段から使われているところだと思います。寿司屋のお女将さんに事情を話して、電車で帰りますから大丈夫です。心配しないで下さい。山口君といろいろ話すことができました。内容はレコーダーに収めていますから、整理して明日にでもチーフに聞いて頂きます。明日は少し遅くなると思いますので、とりあえず電話だけと思いまして……」

「車に悪戯した奴は逮捕したのか？　山口刑事はどうしたんだ？」と言ったが、どうやら山口刑事は側にいないようだ。

「山口君はタクシーで帰しました。山口君がタクシーで出た後、気が付いたものですから、呼び止めようとして走ったんですが、止まりませんでした。……チーフ、タクシー代も後で出していただけますか？」

「そんなこと心配するな」

「チーフ、変だと思いません？　浜崎なんかでわたしの車を狙って悪戯するなんて」

「エッちゃんの車と知ってやったことかどうかだが……」

「何か、気になりますね。『魚善』を訪ねたことと関係あるのでしょうか？　それとも、わたしたちが調査していることと関係があるのでしょうか」

「分からない。何とも言えない」

「わたしの車と知ってのことじゃないでしょうか。だとしたら、わたしたちの調査が核心に近付いているのかもしれませんね。敵さんもなかなかやりますね」とまるで他人事のような言い方をする。

「車だけだからいいが、運転中だったら大変なことになるぞ」

その時、私は数年前、魔のカーブと言われる西の井に近い国道二〇二号線のカーブで事故死した盛岡の弟のことを思い浮かべていた。

「タクシーで帰っていいぞ、用心しろよ」と私は電話を切ろうとしたが、

「大丈夫です。まだ終電車に間に合います。西唐津まで行けばすぐそこですから……」

悦子とはそこで電話を終えた。側にゆう子が立っていて眠そうな声を掛けてきた。私は「エッちゃんからだ」と言いながら居間の方へ廊下を歩いた。なぜか気持ちが落ち着かない。悦子が言ったように、私たちの調査内容が事件の核心に近いということか。まだよく分からないが、少なくともただの悪戯ではあるまい。

私は意味もなくテレビのスイッチを入れ、ソファに深く身体を沈めるようにした。ゆう子も心配そうに横に立って、

「たいしたことにならなくてよかった。でも、エッちゃん、こんな仕事に向いているのかもしれませんね」とさりげなく言った。ゆう子がこんな風に悦子を肯定するようなことを言ったのは、無論初めてだ。

「動じないものね。本物かしら……」

私は意味もなく、そこにあった雑誌に目をやっていたが、目に映ったものは、若い女性モデルの色鮮やかな衣装だ。皮肉なものだが、たった今話した悦子の日常とは、まったく縁のないものだった。私が知ってる悦子は、このような流行の衣服に興味を示さない。ソファにひと休みすることはしばしばある。当然、数冊の雑誌はいつもテーブル上にある。目に付かないはずはないが、私の知る限りでは、手に取って雑誌を見ている悦子を見た記憶はない。

「本物かどうかは分からないが、少なくともそこら辺の若い女性とは、明らかに生き方が違うね。それははっきりしている」私は柔らかいが断言していた。「しかし、何を目的に、何をどう考えたら、ああいう生活になるのか。若い女性がだよ。まあ、何て言うか、シンプルな生活と言うのか。……しかし、人身事故でなくて本当によかった」と言って胸を撫でおろしたが、同時に前よりもいっそう深い淵に沈んで行くような気がしてきた。

私は夜半に一度目を覚ました。不安が残っていたのか、夢を見たのか。暗い中に目を開いてみたが、わずかに風の音がしているだけで、他は静かなものだった。

翌朝目を覚ましたのは六時を過ぎてからだったが、雨戸を開けると、微風が庭木のいろいろを撫でていた。私はパジャマを着替えて庭へ出た。庭木の一本一本を、見るともなく見ていた。もともと私は無精者で、枝がどうだ、花がどうだと言いながら庭木をいじることはしない。毛虫が花や葉を食い荒すことは許せないので、そんな時だけは、風のない日を選んで、夕暮れ時に毛虫を狙って丹念に殺虫剤を散布する。

今朝の私は目覚めがよくないのだが、悦子のことが気になっていたので、無理に目を開いているような感じだ。

まず、何よりも悦子のことを確認する必要があると思い電話をすると、

「すみません。今、電車の中ですから……」と言って一方的に切ってしまった。次に電話がかかってきたのは、悦子が福吉駅を降りてからだった。

「今、福吉駅に着きました。ホームに降りたのはわたし一人です。歩くのは久し振りです。ついでと言っては何ですが、朝子の家の方に回って、様子を見てきたいと思います。周囲の状況も調べてみます。少し遅れることになるかもしれませんので……」と言って、私からの返事は待たなかった。

電車が立ち去っていく重い音が聞こえた。そうか、朝子の家の前に回るつもりか。朝子のことより悦子のことが心配だ。しかし、やはり電話の声に変化はなかった。いつもの通りの、軽く耳に響く自然な声だった。

五分も経っただろうか、再度私は電話を耳に当てた。

「今、駅前の交差点を渡りました。もうすぐ朝子の家です」

悦子は歩きながら私の声を待っているようだ。

「エッちゃん、朝子の家の前に着いたら、町道から家の玄関までの写真を撮ってくれ。距離が分かるように
……」

「つまり、朝子はそこで殺害されたということですか?」

「そういうことだ。家路を狙っている」

「分かりました。写真を撮ってきます。家の人には会わなくていいでしょうか? 近所の人でも……」

「そうだな。ついでで申し訳ないが、できれば岡田茂造さんに会えるといいがね」と少し遠慮がちに言った。

朝子の死体を見たあと、私は頭の隅で茂造に会う必要性を感じていたのだ。

「分かりました。そっちへ回ってみます。何か特別に聞いておくことがありますか?」

「そう、朝子の死についての感想だね。彼がどう思うか、無理にではなく、それとなく聞いてみてくれ……」

とゆっくり言った。電話を切ると、私はベッドのある部屋に戻るため廊下を歩いた。風呂場のドアの向こうで、乾燥機の重くて気だるい音がしていた。しかし、ゆう子の姿は見えない。

岡田茂造という男は、笑顔の似合う快活な人物という印象が強い。悦子と私が彼を訪問した時も、屈託のない話し振りだった。

今度の朝子の死亡事故について、彼はすでに何らかの情報は持っているはずだから、彼の感想を知りたいと思った。さらに詳しく知りたいと思うのは、朝子の死体が一夜にして西の井の浜から虹の松原の海岸に達することがあり得るかということだ。彼なら沖に出た経験がたくさんあるから、ある程度の判断を下せるはずだ。

私はそんなことを思いながら、悦子の帰りを待った。

25

『神屋』の携帯電話から連絡があったのは八時過ぎだった。その時、私は悦子と話していたが、その話は尻切れトンボになった。『神屋』は、今日は時間があるので、今からすぐそちらに伺いたいと言って電話を切った。

話の調子から、『神屋』は釣果に満足していたのだろうと思われるが、それについては一言も話さなかった。『神屋』にはまだ話していなかったが、彼の調査依頼の件は私なりに経過を整理し、次の段階に備え、安川氏にも意見を求めたことがある。安川氏は、この件は預金通帳から消えた金だけに留まらず、もっと大きな金が動いているのではないか、という意見だった。私も最近そう感じるようになっていた。そして、キーポイントになるのは、盛岡という人物が電車内に鞄を置き忘れ、それがいまだに発見されないということ。鞄の中に大事な何かがあったと思われるが、一体どこへ消えたか。その行方の方が事件性は大きいのではないかと安川氏は言った。

私は安川氏の意見を否定する理由はなかったが、『神屋』の依頼は消えた金の行方だ。今日もそのことに話は集中するだろう。どちらが正しい、どちらが間違っているといったことではなく、私としては、どの道を調査すれば早く真実にたどり着くかが重要だ。そのためには、やっぱり安川氏が言うように、鞄の行方を追うべきではないか、そんな気がしている。

『神屋』は電話で約束した時間にやってきた。比較的明るい顔だった。彼は人前で意味もなく愛想笑いをしない。これは彼が経験してきた苦情処理という厄介な職務がそうさせるのだと思うが、今日の『神屋』にはどことなく明るい感じを受けた。それにははっきりした理由がある。釣果だ。

彼は時間どおりに現れ、店の中をスタスタと事務所に向かってきた。片手にビニールの袋を提げていて、それを私の前にさりげなく差し出し、「どうぞ、少しですが……」とゆっくり言った。

何でしょう？　というように首を傾げると、今度はさらに袋を差し上げて、「鯵です。今回はお土産ができました。何度か行きましたが、なかなかお土産になるほどにはいきませんでね。今回やっとですよ。ハハハ」と短く軽い笑い声を出した。

「こんなにたくさんですか？」と私は半ば呆れ返りながら手を差し出したが、『神屋』は悦子に袋を渡した。あれだけ悦子の存在を警戒していた『神屋』だったが、今日はまったく警戒する気配を見せない。そればかりか、

「これはですね、まったくの無塩ですからね、すぐ冷蔵庫に入れといて下さい。そうすれば刺身で食べることができます。新しいですから美味しいですよ。鯵も二通りありますが、わたしは丸鯵より細い方が好きですな。なにしろ叩きが一番です……」などと、料理の講釈まで付け加えた。

『神屋』の釣り好きは以前から知ってはいたが、実際にこれほどの釣果の実物を見せられると、驚くばかりだ。

「こんなにたくさん……全部持ってきたんですか？」と私は思わず聞いた。

「冗談言っちゃいけません。これはその一部です。また持ってきましょうか？」

「いやいや、とんでもない」私は本当に呆れてしまって、右手で遮った。

『神屋』は受け取ったまま立っている悦子に向かって、「探偵助手さん。今すぐ冷蔵庫に入れて下さい。なにしろ無塩ですからな。一刻も早く……」と繰り返して悦子を慌てさせた。悦子は言われるままに台所へ消えた。

「あんなにたくさん頂いてすみません。でも、あれだけ釣るには相当時間が掛かるでしょう?」と尋ねると、

「ええ、まあ、ひと晩ですね。あんまり釣れるもんだから帰るのを忘れてしまいましてね、夜が明けてしまいました。ハハハ」

私はさも満足そうに話す『神屋』の顔を見ていて、彼が機嫌をよくしている時は、唇の片方の端をピクピクと痙攣させて話すということに気付いた。

「それで、報告の方ですが……まだ完成していませんが、概略はご報告できるようになっています」

『神屋』は掛けているソファの尻の位置を変えて、

「すみません。いろいろと難しいお願いをしてしまって……一度安川さんの方からお手紙を頂きました。なかなかご立派な方のようですな。ああいうことを聞かされますと、わたしも何だか大船に乗ったような気分になります」

安川氏が『神屋』に連絡したことは全く初耳だ。ただ、彼が『神屋』にどんな連絡をしたかはだいたい見当がつく。

「まあ、安川さんがどんな内容で連絡されたか知りませんが、あの人は私の先輩でしてね、昔からあのままの人です。私とは少々スケールが違いますが、『神屋』さんが感じられたそのままの人だと思って頂いて結構です」と私は『神屋』の唇を見ながら言った。

「そのことについてですが……」と『神屋』は前屈みになって、声を細めた。

「安川さんの電話で気付いたのですが、去年の秋に浜で変死体が発見された後、警察もはっきりしたことを発表しませんが、ああいう変死体のことについても、調べてみる必要があるのではないかと思った訳です。まあ、素人考えですが……。安川さんのように視点を変えてみれば、意外なことが分かってくることもあるのではないか、そんな風に思いましたね」と言った後、喉を短くグルグルッと鳴らして、

「わたしは今度釣りに行って特に思ったのですが、高島の沖から西の井の方を見ますと、ここは四方八方から喉元を締めつけられているようなところだなと、変なことを考えましたよ。今回はよく釣れましたので気持ちに余裕があったのか、夕暮れ近くになって山脈を見ていて、ふとそう思いました。今までそんなことはなかったのですが……」

『神屋』は真剣な眼差しで話した。私はその目を見て、彼は例の預金通帳について疑問を持った時、その行方について知りたいと思ったはずだが、今の話を聞くと、なぜこんな疑問を持つようなことが起こったのか、それを知るべきだと感づいたようだ。彼はまだ言わないが、いわゆる真相に踏み込もうとしているように思った。

「ところで『神屋』さん、一つ伺いたいのですが……」と言って私は『西の一の会』の名簿を机から取り出して、彼の前に広げた。「別の話で申し訳ありませんが、この『西の一の会』に案内を受けているのですが、この中に初めて見る名前があります。『神屋』さんは知りませんか？　この人です」と言いながら、最後に載っている名前を指差した。

『神屋』は名簿を取り上げて目を近付けた。彼は目も少し悪いようだ。

「村山清一、村山さんですね。この人は知っていますよ」と言いながら私の方に目を移した。なぜだというような目付きだった。

「どういう人なんですか？　私は初めて見る名前なもんですから……」

「どういう人って言われましても……この人の何を知りたいのですか？　彼も定年前は本社勤務になって、確か単身赴任だったんじゃないかな……」

「この名簿見られて、何か感づかれませんか？」と尋ねた。

『神屋』はもう一度私から名簿を取り上げると、名簿の一人ひとりを入念に見た。

「村山清一、村山清一ねえ……彼はもともとJR筑肥線で福岡方面に通勤するサラリーマンで、もうだいぶ前のことですが、JR筑肥線通勤者連盟というのを作ったことがありました。村山さんが会長です。わたしも会員の一人だった訳ですが、長くは続きませんでした。会の目的を達成したのか、まもなく解散したと思います。この『西の一の会』というのは初めて聞きますが、このメンバーを見ますと、ある組織の会長経験者ということで村山さんをメンバーに加えたんじゃないですか。多分そうですよ」と『神屋』は小さな目を大きくして、自信ありげに言った。

JR筑肥線通勤者連盟というのがどういう組織なのかは知らないが、村山の名が名簿にある理由は何となく分かった。しかし、自分の名前が載っていることが、ますます分からなくなった。

「檜ノ原士郎、檜ノ原さんもメンバーになっている訳ですね」と『神屋』はまた目を大きくして私を見た。なぜですか？　というような目をしているので、私もなぜだろうというように顔を寄せて、

「よく理由が分からないんですが、私の名前があるんですよ。『神屋』さんなら、このメンバーを見れば何を目的に集まるのか、大体のところが分かるんじゃないですか？　そう思いまして、お聞きしたんですが……」

『神屋』は瞬きをし、「盛岡さんの名前もありますね」と言った。「事務局が山脇となってますが、この人も元代表組長ですよ」と言ったところで、唇を強く噛み締めて、「そうか、多分選挙じゃないでしょうか。いや、はっきり断言はできませんが、多分そんなところじゃないですか？」と瞬きを繰り返した。

「……選挙ですか？」と私は『神屋』から目を逸らした。その時、事務所のドアが開き、悦子が顔を出した。私を手招きして呼ぶので立ち上がると、私の耳の側で、「あの、刺身を作ったんですが、どうします？」と言った。

「あ、そう」と短く返事して、私は『神屋』の方を振り返りながら、「どうします？　刺身ができたそうですが……」と声を掛けると、「刺身がですか？」と大袈裟に驚いて言った。

「食べましょう。いいでしょう？　『神屋』さん」と『神屋』に否を言う暇を与えず、「じゃ、準備して。ここでいいだろう。ソファの方が楽だよ」と言いながら私は元の席に戻った。

「お酒はどうします？」と一応聞くと、『神屋』は強く否定しなかったので、ははあ、ひょっとすると酒を組み交わそうという意図もあったのではないかと思った。しかし、『神屋』は笑顔ではなかった。

「『神屋』さんはこっちの方はいける口ですか？」と尋ねると、

「わたしはあまり飲みません。会社で宴会なんかあったときは仕方なく飲みますが、付き合い程度です」と言った。話し振りから本当のようだが、彼の職務から推して、そんなに酔うほど飲むことはできなかったのかもしれない。酒の席で、もし顧客の不満でも口走れば、大変な失態ということになるだろう。そんなことをするような人間ではないと、私は『神屋』を見て思った。

「まだ昼間ですから、赤い顔して歩く訳にはいきませんからね」と言うと、「わたしはこんなに日焼けした顔ですから、少しくらいでは赤くは見えないんですよ」と言いながら頬を撫でた。

「ところで檜ノ原さん、一つ伺っていいですか？」と改まって顔を近付けてきて、「ここの助手さんは結婚されていますか？　独身ですか？」と小声で言った。

「はあ、独身ですが……」と言うと、「そうですか、あんな可愛い人が独身とはですね……」と言いながら、怪訝な目をした。

「どうかしましたか？」

「いやね。頼みもしないのに刺身を作るなんて、独身女性がしますか？　既婚女性のすることじゃないですか。私は今、助手さんの声を聞いて、何か手慣れた感じを受けましたが……そうじゃなかったんですね」

「ええ、正真正銘の独身です」と言うと、『神屋』は続けて、「独身ですか。しかし、落ち着いた女性ですね。おいくつですか？」

「確か、二十八か九ですよ。何なら『神屋』さんが直接聞かれたらどうです?」

「しかし、若い女性に年を聞くのはですねえ……」と短く顔をしかめた。

「彼女はそんなことを気にする女性ではありませんよ。『神屋』さんにもこれからいろいろお付き合い願わなければなりませんから、直接お話された方がいいかもしれません。幸い酒肴もありますし、汲み交わしてはどうでしょう」と顔を覗きながら言うと、「ハハハ、それもそうですね。こういう時が良いかもしれませんね」とはにかむように言った。

彼は何か勘違いしているのではないかと思ったが、『神屋』という人物の、また別の人間性を感じた。悦子は注文通りの酒肴を、銀の長方形のトレイに乗せて、私たちの前のテーブルに置いた。

「どうぞ、お待たせしました。わたしは料理は苦手ですので、申し訳ありません」と『神屋』の方に言った。

「とんでもない。立派なものですよ。うちのより上手ですよ」と、あまり見もしないうちからしきりに褒めたが、悦子はほんの少し笑顔を見せただけだった。

「ゆう子奥様もお呼びしましょうか?」

「そうだな。鯵のお礼も言わないと……呼んでくれ」と言うと、悦子はすぐ出て行った。

「なかなか教育が行き届いていますな。やっぱり家の中というのは、外見では分かりませんな。こうして直接話してみないと……」と感心したらしく、何度も顔を撫でまわしていた。

「感心されても困るのですが、あれでなかなか、例の件についても積極的に調べてくれています」と言って、私は少しだけ依頼の件に触れることにした。酒の席で大事なことを話すのはどうかと思ったのだが、話のきっかけにはなるだろうと考えた。

『神屋』は私の話にはあまり乗ってこなかった。むしろ悦子のことが気になるらしく、

「きっかけは何だったんですか?　ここで働くきっかけは……」

「それが私もよく分からないうちに相手の方が決めてしまったらしくて、否も応もないんですよ。その日からでも働くと言い出しかねない状況でした。仕方なく認めたような格好でして……」と、今度は私が頭に手をやることになった。

「しかし、心配ですね。年頃の娘さんを預っているということは……」と何か自分のことでも言っているかのような口振りだった。

「それがですね、そうじゃないんですよ。まったく心配ないんですよ。ご覧の通り、まあ、顔は美人の部類に入るでしょうが、彼女自身はまったくそんなことには関心がありませんな。あの着ているもの、服なんか一年中同じものですから、いえ、もちろん着替えてはいますよ。しかし、同じものを何着も持っているようですから、いつ着替えたのか分からないんですよ。他の人が見たら、同じものばかり着ていて不潔な女だと映るかもしれません。ところが、こうして一緒に仕事していると、実に清潔でサラリとしていて、もちろん香水なんかもつけていません」と私は多少大袈裟になったが、この際思った通りに言って『神屋』の警戒心を解いてやろうと思った。

「そう言えば、そうですね……」とほんの少し首を傾げた。

悦子という女性は、言葉もそうだが、飾るということをしない。人間誰でも一皮剝けば同じもの、そんな風な考え方をしているのかもしれない。

悦子に続いてゆう子が入ってきて、鯵のお礼を言った。あまりの多さに驚いたらしいが、それは当然のことで、ゆう子でなくても驚くだろう。私はもっと大袈裟に喜び、お礼を言うだろうと思っていたが、その言葉の中には、皮肉を臭わせるものがあった。しかし、それは『神屋』には伝わっていなかったと思う。こういう微妙な言い回しは、ゆう子特有のもので、私は何度も裏切られた経験があるが、私はその都度、大したことではないと、すぐ忘れることで日常を過ごしている。

「これは立派な鯵ですから、味醂《みりん》干しを作りましょう。そうすれば、いつでも美味しいものがいただけますから……」とゆう子は言った。『神屋』も、自分の家でもそうしたと言った。

もともと私は生魚が苦手だ。ゆう子も困るくらいだが、こんな風にして目の前に据えられると、あっさり嫌だとは言えない。仕方なく刺身を二切れ三切れ口に入れたが、ワサビがついていても生臭さは消えない。

『神屋』は清酒を猪口一杯口にしただけで、あとは飲もうとしなかった。勧めても、「いや、結構です」と手で遮ってしまう。昼間のことでもあり、無理強いもできない。

『神屋』は悦子の顔を見て、「あなたはどうです？　少しは飲めるでしょう」などと勧めたが、悦子も「昼間は飲めません。仕事中ですから」と断った。

私は『神屋』の方に向き直って、「ところで、『神屋』さんに一つお願いですが……」と言うと、目を丸めて私を見た。

「何でしょう？」

「実はですね、この『西の一の会』に参加する前に、村山さんに一度会ってみたいと考えているんです。……いえ、いま通勤者連盟の会長経験者だと聞きましたが、通勤者連盟がいかなるものかも知りませんし、話だけでもしてみたいと思っている訳ですが、どうでしょう？」と曖昧に、問い掛けるように言うと、

「この方はわたしも親しくお付き合いした訳ではないですが、顔を会わせた時の印象はとてもよかったと思いますよ」

「ああ、そうですか、それはよかった。まだ『西の一の会』まで一週間程ありますので、できれば一度お会いしたいのです。村山さんが果たして参加されるかどうか、率直に言いまして、そのへんのことも知りたい訳ですが……」と言ったが、実は会場での知人を作っておきたいという思いもあった。事前に一言でも話をしておけば、会場で寂しい思いをせずにすむだろう。私の次に名があるということは、村山も私同様にあまり重要

視されていないと考えてよい。

「ええ、いいですよ。わたしから電話で話しておきます。早い方がいいですね。今夜にでも連絡してみます」と快諾してくれた。

台所で味醂干し作りを手伝っていた悦子が、事務所に戻ってきた。

「たくさんいただきましたので、作るのも大変でした」

「ご苦労さん」と私は悦子を労ってソファに掛けるように言ったが、「いえ、少し仕事が残っておりますから……」と言って自分の机についた。

『神屋』は「ご馳走さまでした。美味しかった」と箸を置いた。そして、「悦子さんと呼ばせていただきますが、よろしいですか?」と悦子の方に声を掛けた。

「はっ、何でしょう? わたしでしょうか、はい、わたしが悦子ですが……」と言って『神屋』と目を合わせた。

「いろいろと調査をしてもらっているようで、大変助かっています。以前から檜ノ原探偵にお話を伺っていましたが、事務の方もお詳しいと聞いております。……ところで、悦子さんは独身だと伺いましたが、まだですか?」

「何がですか? 何がまだ何ですか?」と『神屋』を睨むように見た。

「いや、まだ結婚されないのかなと思いまして……。いえね、別にお節介するつもりはありませんが、なぜだろうと思いまして……」と自分の掌を見ながら、何度も揉み手をしていた。

「なぜ結婚しなければならないのですか? そんなことは個人の自由でしょう? そうじゃないんですか?」

と、言っていることはきついが、声は至極柔らかく聞こえた。

「『神屋』さん、いえ、脇坂さん、この度はいろいろとお世話になっています。ありがとうございます。チーフから仕事のことは指示がありまして、わたしなりに真剣に取り組んでいます。わたしの仕事にご不満がおありかもしれませんが、もし、ここはこうと具体的にご指示いただけましたら、さっそく取り組んでいきますので、ご遠慮なさらずにおっしゃって下さい」

「いやいや、恐れ入りました」と言った後、これからが本題だというように、「ところで……わたしは先日安川さんから指摘を受けた後、電車内に置き忘れたという鞄のことが気になって仕方ないのです。わたしは気になり出すと放っておけない性分でして……」

「電車内の遺失物の件も、いろいろと調べております」

「『西の一の会』のメンバーに盛岡さんの名前がありましたが、ここが一つの節目になるような気がしています。檜ノ原探偵どうですか、一歩踏み込んで頂けませんか？　お願いします」と『神屋』は私に向かって微かに頭を下げた。

「踏み込む？　どういうことですか？」

「宣戦布告です！」

「ええ！　宣戦布告？　何ですかそれは……」と言うと、『神屋』は黙って足元を見ていた。

「『神屋』さんのお気持ちはよく分かりますが」と私は声を静めて、「まだ、『西の一の会』まで一週間あります。その間に警察とも連絡をとって準備をします」

「ありがとうございます」と言ったが、そのあと、「……何ですって、警察？　警察と連れだって行動するんですか？」

「いいえ、そうじゃありません」私はキッパリと否定して、「警察は警察です。私たちは私たち、行動は別です。警察は犯人逮捕にまっしぐらですが、私や悦子は必ずしもそうではありません。こう言いますと『神屋』さんは、まどろっこしいと思われるでしょうが、私たちはなぜこんな物騒なことが西の井という田舎町に起こってしまったのか、つまり、真相をはっきりさせたいのです。それが私たちの仕事だと思ってやっています。『神屋』さんだって同じじゃありませんか？　行方が分からない、不明瞭が許せない、ということでしょう？　ですから私と悦子、それに『神屋』さんも同じ気持ちでいるのだと思います。これをいつまでも闇に放置していると、またぞろ、同じことが起こりますよ」と私はやや睨むような目つきで『神屋』の目を見て言った。

「そんな仕事をするのに、お洒落をする必要はどこにもないですからね。悦子は多分そう思っているんじゃないでしょうか」と私が言うと、『神屋』は、

「そりゃそうでしょうけれども、常識というものがあるでしょう。若い女の人が、化粧一つしないで、一年中同じ服で……他の人から見れば、不思議に思われますよ」と、さも押しつけがましく言った。

「常識がない、ということでしょうか？」と悦子は二、三度、意外だというように瞬きをして、「わたしは、いつも常識の範囲で行動しているつもりです。それ以下でもありませんし、以上でもありません。それに、例えば殺人事件を常識で考えることはできません。殺人は非常識です。『神屋』さんは殺人を常識で考えろとおっしゃるのですか？　『神屋』さんが依頼された公金のことについても、常識で考えられますか？　常識的に考える人が公金を横領したりしますか？　常識じゃなくて非常識なんですよ。それから、これはチーフにもお話していませんが……」と私の方に目配せしたので、私はほんの少し頷き返した。

「……わたしは、事件の裏には狂気があると思います。人間を、その人を狂気に誘う何かがあるのです。それが何か、まだよく分かりませんが、必ず何かあるはずです。それがこの西の井の中に潜んでいるのでは……とわたしは思っています」と、悦子は珍しく、いくらか頰を染めて話した。

「狂気説ですか」と『神屋』は言った。

「そんなに単純なものでもありません。ない頭で、考えあぐねているところなんです……」と悦子は口元に笑みさえ浮かべて『神屋』の方に目をやっていた。

「……素晴らしいですね。檜ノ原探偵が羨ましい。こういうパートナーが側におられると心強い。檜ノ原探偵にお願いしてよかった」・

『神屋』は、さも感心したように自分の両膝を軽く叩いて、「もう、こんな時間ですね。ここに来ると時間の経つのが早い」と腕時計を見た。私は鯵のお礼を言いながら、『神屋』を店の入口まで送った。『神屋』も別れる時軽く頭を下げ、「村山さんの件はまたご連絡します」と言った。

「ありがとうございます。助かります」

「お互いに狂気を見つけましょう。狂気はどんな服を着ているのですかな……」と『神屋』は笑顔でそう言った。私も微笑を返し、彼を見送った。『神屋』の背中はいつもより元気に見えた。

再び、事務所で悦子と二人だけになった。

「『神屋』さんは真剣になってますね。でも、あの人の考え方には賛成できないところがあります。今日は時間がもったいないですから、いつか時期を見てお話しします」

「それがいい」と私は短く言ったが、悦子の顔には不満が残っていた。

「チーフ、今日撮影した写真を見て下さい。これが町道から見た、朝子の家に繋がる路地です。竹笹の塀が連なっていまして、これが玄関近くまで続いている訳です。どうですか、この道の夜のイメージが湧きますか?」とデジカメを私の目の前に差し出した。

「わずか一五メートル程度ですが、この間は街灯もないようですから、恐らく懐中電灯でも照らさないと真っ暗の状態です。一五メートル程度を歩くのに何秒掛かるでしょうか。長くて二十秒？　三十秒は掛からないでしょう。でも、真っ暗ですから……」と言いながら私の顔を覗いた。

「そうだよな。仮に手荷物を持っていたとしても、二十秒は掛からないだろう。……何か、それらしい痕跡は見当たらなかったか?」

「ここはコンクリートになっていますから、足跡一つ残りません。警察の鑑識でもないと見つけられませんね」

「そうか……それから、岡田茂造には会えたかね？」と尋ねると、

「ちょうどご在宅でした。あの方は朝、浜に出るのが日課だそうで、今朝もいつもの通りに浜へ出たということでした。茂造さんの方から朝子の話をされました。ご機嫌だったようです」

悦子は普段から感情を顔に出さない方だが、今は『神屋』と話した後のせいか、いっそう無表情になろうとしていた。

「茂造さんの話では、一晩で虹の松原海岸まで流れつくのは珍しい、あり得ないとは言えないが、極めて珍しいことではないかということでした」

「そうか。エッちゃんは現場を見てどう思った？」

私は、町道から玄関先までの間で殺害が可能と思われるか、悦子の意見を聞いてみた。

「可能だと思いますね。ただし、よほど綿密に準備されたものではないかと思います。凶器が何か分かりませんが、拳銃とか弓矢とかの飛び道具なら、どちらも何らかの痕跡が残るはずですから、飛び道具以外で何があるのか、あるいは飛び道具で痕跡を残さないものがあるか、それを考えれば分かってくるのでは……」と悦子はときどき伏し目がちになって話した。

私は悦子の判断は間違っていないと思った。犯人は数回にわたって下見を行い、綿密な計画を立てたあと、朝子を襲った。私はそう考えていた。やはり、良子殺害とそっくりだ。

26

九月九日土曜日、午前七時過ぎ、『神屋』から電話が掛かってきた。ベッドから出て廊下の籐椅子で目が覚めるのを待っている時だった。今朝は昨日までなかった涼しさが感じられる。ガラス戸を引き開けて風を入れ換え、深呼吸をした。

ベッドの枕元に置いたままの電話が、朝の静かな空気を破った。仕方なくノソノソと電話をとると、

「檜ノ原探偵ですか、朝からすみません。約束しておりましたので、一刻も早く連絡すべきと思いまして……」第一声で『神屋』と分かる掠れ声で言った。

「お早うございます。先日はたくさんいただきまして……」と礼を言うと、

「いやいや、ほんの少しで……それより檜ノ原さん、村山さんが摑まりました。何をしているのか知りませんが、あの人はなかなか忙しい人らしくて、やっと摑まりましたよ。山に行ったとか、海に行ったとか、多趣味なんでしょうかね」

「すみません、『神屋』さんも忙しいのに余計なことをお願いしまして……」と言うと、

「わたしは忙しくはありません。釣りに行かない時は暇です。ところで村山さんですが、隣の福の井地区に住んでいます。檜ノ原さんのことを話しましたら、知っていましたね。驚きました。探偵をされていることも知ってましたよ。檜ノ原探偵もなかなか有名人じゃないですか」と『神屋』は話を止めようとしない。まだ大漁だった鰺釣りが忘れられずに余韻が続いている様子だ。

何を考えているのか、「どうですか、何でしたらわたしも同席しても構いませんが……」などと言った。彼はすでに期するものがあるのか、快活な声だった。

「有り難いことですが、まだ、村山さんがどんな考えを持たれているか分かりません。期待半分、不安半分といったところなんですよ」と私は率直に本音を言った。実際、具体的な話をすれば、村山が尻込みする可能性は十分にある。

ただ、昨夜から今朝にかけて、気持ちの中にあった何か不安なものが、ある期待に変わろうとしている。朝の空気のせいばかりではないと思う。というのは、彼、村山という男は、JR筑肥線通勤者連盟の会長という立場にあった人物だ。この会の詳しいことは分からないが、例えば電車内の遺失物調査ぐらいは可能ではなかったか。JR筑肥線の車掌やJR関係者、関連会社にも知人はいるだろう。私の欲張りが顔を出した朝だったが、村山と会えば、ぜひそのことを聞いてみたい。

「それじゃあ、村山さんと話した上で、『神屋』さんにもご同席願うかどうか、決めたいと思います。そのことは後で連絡します」

私は必要以上に慎重になっていた。

「そうですか……わたしもぜひ探偵事務所の一員に加えて下さい。なにしろ悦子さんと話して、檜ノ原探偵事務所が健全な姿勢で物事に当たっておられることがよく分かりました。わたしも気をよくしています」

「ちょっと待って下さい。一員と言われませんでしたか？　私の聞き違えじゃなかったら……しかし、それは……」と私はいくらか口ごもった。

「いやいや、冗談ですよ。余計な邪魔はしませんよ」

「……では、いずれ連絡します。本当にありがとうございました。失礼します……」

私の方から切らないことには、『神屋』の話は延々と続く気配だった。

「ちょっと待って下さい。切らないで下さい」と『神屋』は私が思った通り話を続けた。

「台風十三号が発生したということですが、今年は台風がまともに来ていません。今度は来るのではと言われています。超大型ですよ。わたしも台風が過ぎて海が治まるまで、釣りに出ることができません。しばらく休みです。それで、一度村山さんと会われた後で構いませんので、わたしも一緒にどこかで会ってくれませんか?」

『神屋』の言っていることはよく理解できなかったが、要するに三人で話し合いたいということのようだ。それを回りくどい言い方で、台風のせいにして話を持ち出して来た。

私は三人で話し合うことに、どんな意味があるのか、咄嗟には思い浮かばない。それより、とりあえずは村山に会うことができるようにお膳立てしてくれた『神屋』に感謝しなければならない。

「分かりました。『西の一の会』が終わってからでもいいでしょうか?」と言って『神屋』の返事を待った。

「ありがとうございます。ええ、いいですとも、ぜひお願いします。その時は悦子さんも同席願えれば、なおさら話は弾みましょう」と言って、やっと電話を切った。『神屋』は悦子と話したことが、よほど嬉しかったのか、それともまだ話し残したことがあって、悦子と議論でもしたいと考えているのか、とにかく悦子に会うのを期待するようなニュアンスを臭わせた。

私は頭の角で、『神屋』に依頼された件もさることながら、未だ表に出てこない、盛岡に対するいくつかの疑問を解決させたいと目論んでいた。盛岡に会えれば、あの日、海岸を西に向かって歩いて行った二人の人物が明らかになるかもしれないと考えていた。

もう一つ、電車内に忘れた鞄が行方不明になったが、これを持ち去った人物がいるはずだ。これについて何か手掛かりは摑めないか——。台風が来るのは構わないが、その影響で『西の一の会』が中止になるようなことにだけはなって欲しくない。私はどこかで焦っているようだった。

悦子が岡田茂造に聞いた限りでは、死体が一夜にして虹の松原海岸に達することは考え難いものの、ないとは言えないという。これを根拠にするのはいささか心もとないが、地元民の話として参考にするに足るものがある。

朝子は病身だった。不自由な身体で父の介抱に通っていた身だ。その夜も、自宅と病院を往復する以外に遠出をしたとは考えにくい。だとすると、朝子殺害は悦子の写真にある町道から自宅玄関までの、一五メートルくらいの暗い通りで行われたと見るべきではないか。これが今までのところ、私が考えていることだ。問題は凶器だ。

町道には、人が通らないとも限らない。素早く殺害行為が行われたとしても、仮に西の井の浜から死体を海中に投げたとすれば、現場から死体を運ぶためにいくつかの行動が伴う。それは良子の時も同じだろう。鮮やかなものだ。感心している場合ではないが、やはりこの殺人は一人で実行したものではない。少なくとも二人はいるのではないか。

事務所でパソコンを打っている悦子は、私が『神屋』との電話を終えた後、手を休めて、

「『神屋』さんもずいぶん熱心なようですね。何か新しいお知恵でも提供されましたか？　話も簡単には終わらなかったようですが……」と短く笑った。

「『神屋』さんは長年会社の苦情処理係を務めたらしいから、とにかく熱心に仕事に当たるしかなかったんじゃないかな。あの人の目を見ていると、実に誠意を感じる。職業柄そうなってしまったのだろうが、ああいう人は会社でも貴重な存在だったと思う。でも、それを自慢するわけでもないし、実際自慢にも思っていないんじゃないかな。実に立派だよ」と言うと、悦子は、

「ずいぶん惚れ込んでいるんですね。わたしは、『神屋』さんは続けてきた仕事が仕事ですから、どちらかというと、話していても小さなことでも見逃すまいとする人だと感じました。仕事が人格を作った、というべき

でしょうか。……わたしは以前の勤務先で、会社の要職にいる人が、職場内の女性と昼間の時間帯に平気でコソコソやってるのを見つけたことがあります。ああいうのは、人格のかけらもありませんね」

悦子のたとえ話は辛辣だが、これが会社をやめた理由の一つになったのだろう。

27

後日、村山さんから直接電話があると『神屋』は言っていた。私は彼の世話で一歩も動かずに村山なる人物と知り合うことになった。

「今日の散歩はどうします？　チーフ」と横でパソコンを続けていた悦子が小さい声をかけてきた。

「今日は止めた方がいいだろう。台風も近付いていることだし、太公望も今日はいないはずだ。うねりがあるかもしれないぞ」

台風十三号接近の予報は数日前から続いている。今日はそれを予感させる生暖かい風が確かに吹いている。剪定しないため伸び過ぎた槇の梢が面倒くさそうに揺れ、ガラス戸から見える庭木は、小枝がまた風かと言うように、前後左右に絶え間なく揺れている。

「それより、エッちゃんは今日は早く帰っていいぞ。場合によっては明日は休んだ方がいいかもしれない」

と声を掛けた。

「分かりました。そうします。今日は車の修理が終わっているはずですから、帰りに修理工場に寄ってみるつもりです」

「そうか。駅まで送ろうか？」

「歩いて行きます。帰りも朝子の家の前を通って、何か変化があれば報告します」

「そうだな。新しい情報があれば頼むぞ……」

まもなくして村山から電話があった。『神屋』が言っていたとおり、村山は、私が探偵であることはもちろん、植村良子殺害について調べていることまで知っていた。そして、こんなことを言った。

「実は、私は以前に植村良子さんを電車内で見かけたことがあります」

「本当ですか……彼女はその時、どんな様子でしたか？」

「なぜこんなことを覚えているかと言いますと、その時、かなりの時間、隣にいた男性を罵っていたんです。ただ、その男の顔は私の座っているところからは見えませんでしたが……」

まさか、村山からこのような事実を聞くとは思わなかった。私はさらに詳しく尋ねようとしたが、村山は、「こんなことを電話で話すのも何ですね。後日、お会いしたときにまたお話しましょう」などと言って、尻切れトンボのまま電話を切ってしまった。

私は帰り支度をしていた悦子にこのことを伝えた上で、一度悦子からも村山に電話してみるよう頼んだ。

村山という男は、表面上は西の井のことについて無関心を装っているようだったが、自分から良子の話をしたことから考えると、それなりの興味を持っているのだろう。それに、村山はどこで聞いたか知らないが、私に悦子という助手がいることも知っていた。悦子になら、私に伝えた情報以外のことも話してくれるかもしれない。

「分かりました。帰宅途中にでも一度お電話してみます」

そう言って、悦子は店を出た。

台風接近のためか、通りには人の姿は見えないし、いつもの車の行き来もない。私も早めに店を閉めることにした。

村山は『西の一の会』に参加すると、はっきりとは言わなかった。恐らく彼も迷っているのだろう。私もぜひとは勧めなかったが、あの調子だと恐らく参加する、と私は踏んでいる。

すでに午後の六時を過ぎていた。悦子から電話があった。村山との電話の結果を話すのだとばかり思って、聞き耳を立てた。

「チーフ」この一言が興奮ぎみに聞こえたのは間違いない。

「チーフ！」二度も同じことを言うのは珍しいことだ。

「何だ、エッちゃん、どうした？」と私も悦子の声につられて思わず声を弾ませた。

「面白いものを見つけました。少し待って下さい、自分の車に乗ります。人に聞こえないように、車の中から話しますので待って下さい……」と言った。

悦子の声が消えた。いまの話だけでは、悦子は一体何をしているのか、何を言おうとしているのか、さっぱり分からない。十秒ほどあと、

「すみません、チーフ。ええ、突然だったものですから興奮してしまって……」と言った。

「エッちゃんが興奮して話すなんて珍しいことだな。慌てなくていい。ゆっくり話せ」

「はい、分かりました。そうします。今、自動車修理工場の前の広場なんですが……」

「修理はできていたのか？」

「はい、終わっていました……あのですね、修理工場の隣がレンタカー会社なんです。経営者は同じ人らしいですが、そこに修理費の支払いのことで行きましたら、例の車があるんですよ。びっくりしました」と言ったが、声はびっくりしていないのが悦子らしい。

「例の車？　例の車って何だ？」

「あれですよ。海辺の公園の駐車場でいつも見る、あの車ですよ。佐賀ナンバーの白いスカイラインですよ。間違いありません」

「白のスカイラインなんていくらでもあるだろう。よく見たのか？」

「間違いありません。わたしはナンバーを写真に収めていますから、間違いありません！」

悦子は重大な発見になると考え興奮しているようだ。

「おい、エッちゃん、発見したのはいいが、裏付けが大事だ。いいか、レンタカー会社の人に尋ねて、スカイラインを借りた人物を特定してくれ！　そして報告しろ、いいか！」と私の声も興奮状態だ。

「分かりました、チーフ」

「いいか、エッちゃん、理由を話してスカイラインを動かさないように会社に頼むんだ。必要なら山口刑事を呼べ。山口刑事にどこまで話すかはエッちゃんに任せる。それと、エッちゃんは何でその会社に修理を頼んだんだ。工場に知人でもいるのか？」

「いいえ、この修理工場を紹介してくれたのは山口刑事です。彼に頼んだのですが、いけなかったでしょうか？」

「そんなことはない。それじゃあ、山口刑事はどうしてその修理工場を選んだのか、エッちゃんは知ってるのか？　理由が何かあるはずだ。調べろ」

「分かりました、チーフ」

後は悦子の行動に任せるしかないのだが、それにしても意外なことだ。佐賀ナンバーだから唐津で発見されても何の不思議もないが、悦子によって発見されるのが因縁がましい。

悦子は本当にこの仕事に向いているのではないかと、今更ながら感心する。悦子は普通の仕事で、普通に給与を得て生活するのは得意ではない。というより、そんな生活をしていても生き甲斐を感じない女性かもしれない。そんな気がする。

私は居間に移動した。ソファから見える窓の外には、白く光る入道雲が高く大きく伸びている。今にも荒れ狂いそうな巨大な雲が、まるで生き物のように、見る間にメキメキと広がっていく。

再び携帯電話が鳴って、テーブルの上で震えた。

「チーフ、今、わたしの車を修理してくれた若い男性と話しました。彼の話では、スカイラインはいつもよく借りる人がいるそうです。長い時は三日間連続して借りることもあるそうで、長旅をするためだと言っていたそうです。その人は唐津の男性で、年齢は六十歳くらい。これから何とか連絡先を聞き出して、今日のうちに会えれば会ってみます……」

そこで再び電話を切った。悦子は現場で話しているので、小刻みに電話を切るのもやむを得ない。その間、私は手持ちぶさたで悦子を待つことになった。

いろんなことが浮かんでくる……。スカイラインに乗ってくるのは、釣り名人の藤波のはずだ。しかし、悦子の話では、レンタルした人物は唐津在住の六十歳くらいの男性だという。六十歳というと、明らかに藤波とは異なる。これはどういうことだ。

「何かありましたか？ 落ち着かないようですが……」と私の様子を見て、ゆう子は食卓の前で突っ立ったまま言った。

「うん、エッちゃんからの電話で、どうやら事件の大きなヒントになるものを見つけたようだ」

「えっ！ そう、それは大変！ あなたは行かなくていいの？ エッちゃん一人でいいの？」と自分の手元を見たまま言った。

「唐津だから、エッちゃんは俺より詳しいよ。いざとなれば山口刑事もいるし……」と言ってはみたが、ゆう子の言う通り気持ちは穏やかではない。

「そうですか。それならいいけど、怪我でもされたらね」

「大丈夫だ。エッちゃんなら何とかするさ」と私は呑気に構えていた。

考えてみれば、車を借りた人物と、それを実際に使う人物が違うということもあり得ない話ではない。もし殺人を実行しようとすれば、なるべく他人との接触を避けようとするのは、むしろ自然なことではないか。車を借りた六十歳くらいの男性は、当の車が使われた本当の目的を知らない場合もあり得る。

再び悦子から電話があった。

私はおもむろに耳に当て、「どうだ。何か分かったか？」と静かな声で言った。悦子を落ち着かせようとする私の配慮があった。

「レンタル会社の社長に会いました。借り主は六十歳くらいの男性に間違いありません。この人が又貸ししている可能性について、直接社長に尋ねましたが、『そんなことはない。借り主はよく知っている人だし、又貸ししているはずはない』と言ってます。しかし、わたしは疑問があります。もう少し裏付けが欲しいところですが、もし必要があれば、山口刑事に話して、事情聴取ということも考えてみてはどうでしょうか？」

「唐津市警にかい？」

「そうです。事情を話せば、市警は動いてくれるんじゃないですか。やってみましょうか？」と気持ちが逸っているようだ。

「まだ早いと思うな。レンタカーの経験がないから分からないが、借りた人の車の使用目的なんかは記録に残らないものかね。記録じゃなくても、どこへ行くかくらい話すだろう。それが分かると一目瞭然だが……」

「走行キロ数は残りますけども、どこを走ったかは分かりません。仮に話があったとしても、本当かどうかは分かりませんよね」

そういうことか、仕方がないと思い直した。

「レンタカーの社長には名刺は渡したのか？　渡したんだったら、今日のところはここまでにして、作戦を練り直そう。どうだろう、社長には、今日のことは、スカイラインを借りに来る人には内緒にしてもらうように言ってくれないか。……俺もエッちゃんが言うことが正しいと思う。とにかく、借りにくる六十歳代の人の名前を聞いておいて、後日会うことにしようか。会って直接話を聞けば、案外話してくれるかもしれない。隠したりすれば、すぐ分かるからね」と言って、今日はこれまでにして、母が待っている家に帰るよう諭した。

私はテレビをつけて台風情報を見ていた。超大型の台風十三号が、九州全域をスッポリ覆うような予想図になっている。

まだ流しに立っていたゆう子は、「エッちゃんは無事着きましたかね。明日は休めばいいのにね。店も閉めましょうよ。どうせお客さんは来ませんよ」と言った。

ゆう子の気持ちも分からない訳ではないが、悦子がひとことの不平も言わずに通ってくるのを考えると、ゆう子の言うように簡単に休みにする訳にもいかない。この探偵事務所の業務も、悦子の淡々とした働きぶりで続いているようなものだ。私は内心そう思っているが、もちろんゆう子にそんなことは言わない。

自室に移動しようと廊下を歩いている時、首に下げた電話が胸の上で震えた。悦子が知らせてきたのだ。

「村山さんにお電話しました。話をしてくれました。何かあの人は取っ付きにくいところがありますが、わたしだけでしょうかね。波長が合わない感じですが、それでも話はできました」

「エッちゃんの印象は分かった。それで、何か話してくれたかい？」

「はい。なんでも、村山さんの奥さんは組長をしていたことがあるそうです。普段の組長会には奥さんが出席されていたそうですが、たまに村山さんが休日に単身赴任から家に戻った時、組長会に出席していたそうです。その時、脇坂さんとも顔を合わせていたそうですが、話しかけることまではなかったと言ってました」

「なるほど……」

「その組長会で、例の五人の女が代表組長の横に並んでいたようです。そして、その日の会議である人物の発言をめぐって一問着あったそうです。詳しい内容は覚えていないそうですが……。ですから、村山さんにも写真を見せるべきです。村山さんは『神屋』さんとはタイプが違いますから、何か別の情報を持っているかもしれません」

私は悦子の言っている、「違う」という意味は分かっていた。

「その日の会議の詳細を『神屋』さんにも聞いてみる必要があるな。とりあえず電話してみよう」

私自身、この会議がどんな内容だったのか知りたかった。そして、五人の女は何のために、役員でもないのに参加したのか。殺人の発端は、意外に些細なことだったのかもしれない。

「エッちゃん、ご苦労さま。今日はもう休んでくれ。今日はこれ以上考えなくてもいい」などと私は悦子を慰めるように言ったが、本当は自分にも言いたかったのだ。

ほんの少しだが、真相の端緒が見えてきたようだ。村山が言ったことは、良子殺害にも朝子の死にも繋がるような気がしていた。

この時の組長会は、言ってみれば〝死の会合〟だったのかもしれない。死を呼ぶ内容だったのだ。その内容を『神屋』も村山も知っているのだ。ここにも西の井の〝だんまり〟があるのだろうか。

外は暗くなり、風がますます強くなってきた。私は籐椅子から渋々立ち上がり、雨戸を閉め、さらに二重のカーテンを引いた。そして、元の籐椅子に横たわるようにして仰向けになった。

超大型台風はやっぱりまともに来るのか。すました耳に、風の音は絶えず聞こえた。

「早く夕食を終わりましょうよ」と耳の側でゆう子の疲れた声がした。

「超大型ですからね。電気が消えるかもしれませんよ。早めにお風呂も済ませましょう。着替えはいつものところにありますから、先に風呂に入って下さい。ああ、わたしが先に風呂に入りますか？　どっちにします？」

「風呂だ！」急かされた私は、籐椅子から声を掛けて起き上がった。

この分だと、明日には台風が直撃する。とすると、『西の一の会』は予定通り十六日に開かれるだろう。村山とはそこで会うことになるが、『神屋』とは会えない。『神屋』には、やはり事前に聞いておいた方がいい。私はそんなことを考えながら、身体は無抵抗に、ゆう子の言う通りにふらふら頼りなく風呂場に向かった。

自室に戻って一段落したところで、『神屋』に電話をした。

「何でしょう？　何かありましたか？」となぜか明るい声だった。まさか台風が来るのを喜ぶはずはないから、台風を気にしていながら、平静を装おうとしているのかもしれない。そんな声だ。彼は現役の時代、言いたくても、絶対口に出せなかったことがたくさんあっただろう。そういう仕事だ。

「『神屋』さんにお尋ねしたいことがありまして……明日にした方がよいかも、と思いましたが、どうしても今すぐ聞いておきたいと思いまして、迷惑とは分かっていましたが……」と私はしどろもどろに言った。

「台風が来ますね。まともに来ると瓦が飛びますよ。大丈夫ですか？　お宅は……」と『神屋』は急いた声になってきた。

「『神屋』さんは以前、今の代表組長の卜部槙人の初年度に五人の女が組長会議に同席していたことを話されましたよね。どうやら、その会議に村山さんも出席されていたようなんです」

「ちょっと待って下さい。それがそんなに急くほど重要なことなんですか？」

「そうなんです。急ぐんです。その時の会議で代表組長に対して発言をした人がいましたね。その人のことですが、誰だったか覚えていますか？　どうでしょう、何とか思い出してもらえませんか？　大事なことなんです」と言うと、『神屋』は、

「わたしは会合に出された資料は全部取っていますから、探せばあるはずです。いますぐ必要ですか？」

「そうじゃありません。私が『神屋』さんにお聞きしたいのは、その時に質問した人のことです」と言うと、しばらく沈黙した。

数秒たった後、「はっきりとは思い出せませんが……」と言って、「確かあの時は……そうでした。もともと

普段の会議では、誰も異議を唱えるような人はいなくて、すらすらと何事もなく終わってしまうのですが、その時は珍しく誰かが発言しました。どんな内容だったか、よく覚えていませんが……その時のことが今頃問題になってきた訳ですか?」

「そうなんです。その発言した人です。その人物を知りませんか?」と私は尋ねた。

「発言した人物?」と一瞬の沈黙が流れた。「もし、その人の発言が大事なことでしたら、会議資料の隅にメモしているかもしれません。後で調べてみます」

この時は興味がなさそうな生返事だった。今頃何言ってんだ……『神屋』がそんな気持ちになるのはやむを得ないと思った。しかし、「ありがとうございます」と私は丁寧に礼を言った。

会議で発言をするのは、よほど会議の内容に関心が高い人のはずだ。その他の組長たちは、早く会合を終わらせたいと考えている連中ばかりだろう。会議のあり方を、『神屋』はこんなふうに言った。

夜、夏場は七時半から、冬場は七時からと昔から決まっている。昔とはいつのことか知らないが、ここらの住人はよくこの言葉を使う。これは便利だからに過ぎない。会議の話が複雑になって長引くことが、組長たちにとっては最も苦痛だったのだ。昔から西の井の人々はいろんなことをやり過ごしてきた。一口で言えば、これがこの町の生き方だった。

私は『神屋』と話したあと、ベッドで仰向けになって天井を睨んでいた。やおら起き上がると、村山に電話をした。彼はポケットにでも電話を忍ばせているのか、すぐに出た。

「度々すみません。どうしても気になることがあったものですから……」と言って、例の会議のことを尋ねた。

「わたしは西の井のことは詳しく知りません。わたしより妻の方がよっぽど知っていると思います。それに、脇坂さんも詳しく知ってるんじゃないですか?　なにしろあの人は西の井の代表会計長という立場にあると聞いていますから……」

何だか逃げようとしているとしか聞こえない。

「脇坂さんには改めてお尋ねします」と言って、「脇坂さんは言ってみれば執行部側の立場ですから、話し難い面もあると思うのです。村山さんには、十六日の『西の一の会』でお会いできるとは思いますが、その前にどうしても聞いておきたいのです」

「そう言われましても、たまたま参加した会議ですから……どうしてもということでしたら、家内と替わりましょうか?」

「ちょっと待って下さい。私は村山さんの口から聞きたいのです。……実は、会議で発言したというその人が、電車の中で良子が罵倒していた相手の男性ではないか。そういう気がしてきた訳です」と私は言った。

「あの時は男性の顔は見えませんでした。背中だけしか見えなかったと言ったはずですが……」

「確かにそう聞きました。しかし、順序だてて思い出してもらえば、少しはその時のことが鮮明になってくるんじゃないですか?」

「いや、それは難しい。わたしはまるで狂ったように罵っていた植村良子の方ばかりに気を取られていたのではないかと思います。まるで狂人のような形相でしたからね。悪魔でしたよ。あの顔は……」と、村山は思い出したくないのか、そこで言葉を切った。

「悪魔ですか」と私も二、三秒言葉を失った。

「他には乗客がいないと思ったのでしょう。かなり長い罵声が続きましたよ。私は離れた位置の座席にいましたが、声は聞こえました」

「村山さん、私はその時良子に罵声を浴びせられていた男性が犯人ではないかと思うんです。いや、これは私の推測に過ぎませんが……。それで、その後ろ姿の男性がどんな顔だったか、横顔とか、どんな体格をしていたか、それを思い出してもらえれば……。それに、その男性が組長会議で発言をした人物ではないか、そんな勝手な推測をしている訳です」と言うと、

「そうですか。そういうことなら、その時の会議資料をあさってみる必要がありますね。ただ、私の場合、ほとんど家内が組長役をしている訳でして、偶然その時の会合に出ていただけのことです。……探すのは探してみますが、あまり当てにはしないで下さい」

「すみません。こんな時間に余計なお願いをしまして」と私は言った。

「それじゃあ、『西の一の会』でお会いしましょう。何か分かればその時お伝えしますから……あっ、それからこのことは脇坂さんは知っている訳ですか?」と村山は尋ねた。

「村山さんと話したことは他言しません。しかし、私と話したことは脇坂さんに話されても一向に差し支えありません」と言った。

村山は『西の一の会』に出ることをはっきり言った。町のことには無関心を装っているが、やはり内心はそうではないのかもしれない。言葉の端からは、かなり興味をもっていることが感じられた。

28

台風十三号は予報のコースを大きく外れた。散々心配したが、庭木の葉が吹きちぎられた程度のものだった。結局、四国の太平洋側を通過。四国の被害がひどいとマスコミは報じた。北九州はことなきを得た訳だが、台風が雨をもたらすだろうという期待は外れてしまった。

自然とはこんなもので、人間の考えることは大概裏切られる。地球に生存する限り、ここから逃げることはできない。ホッとするのは一瞬のことで、後からすぐ次の災害を自然は準備している。大きくも小さくも、短くも長くも、自由自在に……。この日々を自然現象とひと括りにしているだけだ。

十五日金曜日、悦子はスカイラインをレンタルした上田という男に会うと言って出勤して来なかった。悦子の動きが激しくなってきているが、これもやむを得ない。

悦子からは午前七時頃に電話があった。いつもと変わらない声で、朝の挨拶から始まって、本題のレンタカーの借り主の件に至るまで澱みなく話した。私は快諾し、行動することを認めたが、「あまり無理をするなよ」とブレーキを掛けておいた。これが悦子に有効であったかどうかは分からない。

悦子との電話が終わったあと、今日は順序を間違えないようにと考え、洗面所でいつもの通り剃刀を当て、目を覚まそうとした。今朝は悦子が来ないため、仕事の手順に変化があり得る。それでなくても最近の悦子は大事な存在であることは間違いない。横にいるはずの悦子がいないと、ついつい順序を間違える可能性がある。殊に今日明日は『神屋』なり村山なりが訪ねてくるかもしれない。

村山は、良子が殺害されたことに深い興味を示した。良子殺害についての村山の関心は、あるいは『神屋』以上かもしれない。

台風は一応治まったし、被害もほとんどないと言っていい。私はまず、自宅から店への入口に立ってリモコンのボタンを押し、電動シャッターを作動させた。わざわざ店に行くまでもない。ここから簡単に操作できる。これは私の怠け癖から発見したもので、今では、すべての電灯はもちろん、他にも可能な限りリモコン操作で済むようにしている。

ゆう子が準備した朝食をとっていると、店のチャイムが鳴った。

朝からどうしたことかと思いながらも、身体は自然に反応してすっくと立ち上がった。

「誰だろう?」呟くように言ったのは、食事の準備をしているゆう子の方で、店に向かったのは私だった。

「おはようございます……」と出入口のドアに向かって言ったが、人の姿がない。目を店の一番奥の陳列用冷蔵庫に移すと、十歳くらいの男の子が、冷蔵庫の中を物色している。

私は男の子に近付き、「何か、買物かい?」と頭の上から声を掛けると、軽く頷くだけで黙って冷蔵庫の中を見続けている。手には千円札二枚を握っているのが分かった。「ビールかい?」と言うと、小さな声で「焼酎」と言う。

「焼酎? 焼酎はあっちだ。あそこに並んでいるのが焼酎だ」とその方を指差すと、男の子はサッと焼酎の陳列棚に移動した。そこに立ってもキョロキョロと探すばかりで、手を出さない。

「何ていう焼酎だい?」と私も同じ目線に並んで話しかけると、「みどり」と小さく言った。

「みどり? みどりっていう焼酎かい?」私は沈黙して目を一巡させた。「そんな焼酎はないよ。間違ってないかい? みどり、みどりか……」と言いながら、なおも陳列棚に目をやった。

すると男の子は、「これ、これだ」と言って、パック入りの焼酎を摑んだ。

「いくらだ。いくらと書いてある?」と男の子に尋ねると、「九百円」と言った。

私の方が求めに来た客に価格を尋ねるのは珍しいことではない。男の子もそのことは不思議に思わなかったのだ。二人でレジに戻り千円札を受け取った。そしてレジを打ち百円硬貨を渡すと、「おじさん、目が悪いの?」と小声で言い、私をみつめた。「別に……」と私は答えた。男の子は黙って硬貨を受け取ったが、細い疑念の目が蛇の目のように動いた。

焼酎パックはよく見ると確かに緑色をしていた。店内の光線が足りないのか、私の目には緑色に映らなかったのだ。六十を超した目には、ほとんど黒い箱として映っていた。

私は「袋に入れてあげようか」と、背後にぶら下げている数種類の買物袋に手を掛けていたが、男の子は面倒臭そうに「いらない」と小さな声でぶっきらぼうに言って店を出た。再びチャイムが響き、小さな一人の客が通りに出ていった。凪はほとんどなかった。

「朝から誰だったの?」とゆう子は箸を持ったまま言った。

「沖はうねりがあるから漁は無理よね。西の井の漁師は用心深いから事故が起こらないのよ」

「いいことだ」

「最近はまたパチンコが流行らしいですよ。休みが続くと、家にいても邪魔者扱いされる。かと言ってパチンコばかりも行けないでしょうね。多分、作業小屋に集まって酒でも飲むんじゃない」

「いいことだ」と私は再び言った。

「最近の若者は車で遠方に出かけて行くから、酒は飲まないのよ。それに今はディスカウントショップもあるし、安くておいしい、珍しい飲み物がいくらでも手に入るのよ。こんなところで、高いものを買う必要はなくなってくる。まとめ買いだってできるし……」

ゆう子はどこでどんな話を聞いてくるのか知らないが、まんざら嘘の話でもないし、大袈裟に言っていることでもないようだ。

「エッちゃんはお休みなの？」とゆう子が言った。

「今日はいろいろ回ってくるようだ」

「あの人も年頃ですからね。いろいろあるでしょうよ」と、どこか含みのある言い方をしたが、私はゆう子の考えていることは当たっていないと思って聞き流していた。

朝食を終えた後、安川氏に報告するため、村山との話の内容をまとめようとしている時だった。悦子から再び電話があった。

「チーフ、すみません、忙しいのに……」と悦子は普通に言った。

「いや、別に忙しくはないが……どうかしたのか？」と言うと、

「詳しくは事務所でお話しますが、『魚善』を辞めた仲居さんがいることが分かりました。この仲居さんが、例の五人の女と一人の男が『魚善』に来た時の担当だったようです。ですから、鈴子さんは嘘を言っていたことになります。女将さんも知っていたはずですから、何かあってますね。あの時……」

「何かって、何だ？」

「何かを知って、それを女将さんか鈴子さんに話したんじゃないかと思います。ですから、その仲居さんは『魚善』から外されたんじゃないでしょうか。まだ、確証はありませんが……」

「詳しい話は後でもいいが、その仲居さんは今どうしているんだ？」

「ええ、それが、しばらくは『シーサイドグランドホテル』で働いていたそうですが、そこも辞めてしまったそうです」

「朝子との関係はどうなんだ？」

「あるかもしれませんし、ないかもしれません。でも、もう少し調べる必要があると思います。ですから、

とにかく一度シーサイドに行ってみたいと思います。シーサイドなら毎日前を通っていますから、何度でも行けます。詳しいことは事務所に戻ってから話します」

悦子はいくらか興奮気味の声に変わっていた。どういう経路でその仲居を見つけ出そうというのか分からないが、唐津市内のことであれば、悦子の顔で、あるいは知識で目的を達することができるかもしれない。山口刑事もいることだし、可能性は十分にある。

私は悦子との電話を切って、安川氏への報告書を打ち始めた。村山清一のことだ。一つは、昨秋停年で北九州市の会社をやめ、自宅で気ままな生活を楽しんでいる身分であるということ。二つは現役時代、電車通勤者で作った組織の代表を務めた経験を持ち、地域での人望はそれなりにあると思われること。また、村山は偶然にも殺害された植村良子を知っていて、電車内でかなりの時間、植村良子が男を相手に罵倒していた事実を知っていたこと。良子とその男は、以前からの知り合いであると感じられること……などを打ち込んだ。

村山に関しては初めて報告することになる。彼にも『神屋』と同様、専用携帯電話を所有させたい旨を打った。

その他、最近の悦子の行動をつぶさに打ち込んだ。悦子の行動は経費を伴うものが多いので、そのことは抜かりなく報告しなければならない。くどくどと述べることは安川氏の気性に合わない。できるだけ箇条書きにまとめ、簡潔になるように打った。しかし、いくら簡潔がよいと言っても限度がある。

さっき悦子が電話で連絡してきた『魚善』の仲居――名前はまだ分からないが――は、五人の女と一人の男について重要な何かを知っていると私は見ている。結論は得ていないが、今後の調査を左右するようなことだし、安川氏にもアドバイスも受けたい。

このように打ったあと、未知数が多い内容なので、安川氏は報告書を読んでいらいらするかもしれないと思った。しかし、やむを得ない。あるいは電話をしてくるかもしれない。その時はその時だ。

次に悦子が電話してきたのは、昼食が終わってからだった。

「スカイラインをレンタルした上田さんに会うことができました。でも、実際にその車を使っていたのは息子さんだそうです」

「息子？　ということは、その息子が藤波に又貸ししたということだな」

「上田さんはそこまでは知らないようです。藤波という名も聞いたことがないそうですし……」

「そうか。その息子にも後日話を聞いてみる必要があるな。とにかく、今日は無理せず、そのまま帰っていいぞ」

「いえ、いろいろ整理したいこともありますし、今から事務所に向かいます」

そう言って悦子は電話を切ってしまった。

「今日は台風は無事に去りましたけれども、エッちゃんは忙しそうですね。何か分かったんですか？」と目の前のゆう子は言った。

「いや、特別どうということはないが、仕事が混んでいることは事実だね。彼女は物事にあまりこだわらない人だと思っていたが、混んでくるとやっぱり慌てるようだ」と私は言った。

「そりゃそうでしょう。人間ですから、気になることはありますよ。いくらさばさばした人だと言っても、そう何もかも水で洗い流すようにはいかないでしょうよ。油は簡単に水では落ちませんからね。でも、普通の年頃の女性より、ものの考え方は合理的ですよ。年齢の割には……」と言いながら、ゆう子は流し台の方に移った。

最近の悦子の行動を見ていて、特に感じるのは、調査に真正面から取り組む姿勢をいつも失わないことだ。この悦子の仕事ぶりについては、いつか時期を見て安川氏に伝えたい、伝えるべきだと考えるようになっていた。私は報告書の続きに取り掛かることにした。

悦子は最近、事件の原因はどこにあるのか、という立場で徹底的に調査するようになった。私が一時期、「なぜ事件が起こったか」と口癖のように強調したせいもあるだろうが、悦子の行動はまさにそれだ。言ってみれば原点を探って行く、ここに調査の重点があるように思う。横で仕事している悦子を見ると、特にそう思う。この点を安川氏に伝えておくことにした。

それから、安川氏もただ面白がるばかりではなく、時には真面目に私たちの業務に関心を示して欲しいという意味のことを打った。果たして一蹴してしまうか、「何だこりゃ?」と気に留めるか……。

「おい! 士郎ちゃん、お前、今日は二番・ショートだ。いいな」と練習試合の時、私に近付いて言ったものだ。

「スパイクは俺が借りてやるから、それまで裸足だ。ズックは履くな、滑るからな。スタートが遅れるとショートは務まらんぞ!」などと言って、バックネット裏にいる私を呼び出したのだった。

仕方なく安川氏の指示に従っていたが、安川氏は学業もトップクラスで、人気のある先輩だったためか、多くの野球部員も同じことだった。私もいつの間にか彼の指示を待つようになった。

ただ、今は仕事について安川氏に一言いうべきだと思って、あえて報告書の末尾に打ち添えておいたのだ。

悦子が事務所に戻ったのは、それからしばらくしてのことだった。

チャイムが正面のドアが開くのを知らせた直後に、「今戻りました」と悦子の声がした。私はパソコンに向かったまま、「今日は休んでよかったのに……無理するなよ」と言った。

「明日は『西の一の会』があるんでしょう。予定通り開くでしょうから、今日は何か用件があるんじゃないかと思いまして……。村山さんから何か連絡がありましたか? あの人も初めてのことで、困っているんじゃないですか?」と、どういう訳か知らないが、村山のことを気遣った。

「何もない。あの人は初めてと言ってるが、メンバーの中には知人がいるんじゃないか? 俺はそう見ているがね。それに村山さんは通勤者連盟の会長をしていたぐらいの人だから、彼は知らなくても相手の方が知ってるだろうよ」

村山は私に協力するようなことを言ったり、態度を見せたりするが、果たして本物かどうか。専用の携帯電話を持たせれば分かってくるだろう……。

悦子は突然、「チーフ、チーフはわたしに何か隠していません?」と言った。私は心臓が少しだが短く音を立てたような、不快なものが突き抜けていくような気分になった。まさか、私が安川氏に悦子のことを伝えようとしているのが分かるはずはないが……。

「何かとは何だ。それより、レンタルしていた人物のことが分かったのなら、それについてもっと詳しく報告すべきじゃないのか」と言うと、

「チーフ、やっぱり変ですよ。わたしはチーフにいい加減な報告はしたことはありません。事実をしっかり確認して、その上で……」

「当たり前のことだ。いい加減なことを、いい加減に報告されては困るよ」と私は言ったが、すぐにその発言を後悔した。やっぱり娘を預かるのは難しい。

「……自分でも分かっている。俺は今日はおかしい。自分でもそう思う」と私は無表情に言った。

悦子は目を伏せ、一瞬だったが唇を噛んだようだ。初めて私に見せる表情だった。そのまま黙って食卓のある部屋に行くため、スルスルと事務所を出た。まだ昼食前だったようだ。腹を減らしていたことも、悦子が不機嫌になる要因だったのか……。

私は悦子が姿を消したのを見届け、ガラス戸に目を移した。例の台風は超大型であることは間違いなかったが、鹿児島から四国沖に太平洋を進んで、北九州にはせいぜい一〇メートルか一五メートルの風が吹いただけで済んだ。これで間違いなく『西の一の会』は開催されるだろう。

私は再び安川氏への報告書を見直していたが、どうにも集中することができない。「よかろう！」と私は意味のないことを呟き立ち上がった。

店に客の気配のないことを確かめ、事務所から食卓のある部屋へ移った。何をしようとして来たのか自分でも分からないが、私は食事をしている悦子と向かい合って掛けた。音はさせないようにと心を配っていたが、悦子は箸を止めた。

「あっ」と小さな声で私の顔を見て、「お茶でしたか？　すみません」と言って立ち上がろうとした。

私は悦子を制して、「自分でするから……コンビニ弁当かい。うまそうだね」と見もしないで言った。私は別段悦子の機嫌を窺いに来た訳ではない。なんとなく集中できないので移動してきたに過ぎない。

「あ……うっかりしていました。『魚善』を出た仲居さん、彼女は由紀子さんという人でしたが、その由紀子さんの写真が欲しいと思っていたのに、忘れてしまったんです。『魚善』に写真が残っていればと思いながら、運転していたんですが……」と悦子は箸を止めて私に目を向けていたが、どうやら今日は朝から彼女が考えていたスケジュールが狂ってしまっているようだ。

「しかし、それは難しいだろうね。鈴子さんもその由紀子とかいう仲居さんのことは隠しているみたいだからね。写真はないと言うだろうな。写真がなくても、名前が分かっていれば何とかなるんじゃないのか？」と私は言った。

「でもチーフ、シーサイドは大きなホテルですから、名前を言っても分からない可能性もあります。支配人か何かだったら知ってるでしょうけど、そうしますと、また怪しまれるかもしれません」

私と悦子が食卓で話すことは滅多にない。どちらかが事務所にいるか、レジの番をしている。

「あらっ、珍しいこと……」とゆう子が入ってきた。悦子は黙ったまま食べ続けたし、私も湯飲みを両手に包んでいた。中身はゆう子の勧める薬草茶だ。私は生温いその薬草茶を、音をさせて少しずつ飲んだ。

「何かありましたか？　お二人さん、黙ってしまって……」

ゆう子は開け放していた出入口から、足音を忍ばせるように腰をかがめて近付いて来た。私と悦子はそれには答えず、顔を少し動かしただけだった。

「わたしが失敗したんです……」と悦子は声を小さくしてゆっくりと言った。声はいつもの歯切れのよいもので、恥じ入るような気配はない。

「何が失敗なの？」とゆう子が口を挟んだ。そのまま冷蔵庫を開け、「そろそろ食べ頃になっているはずよ。エッちゃんも一緒に食べましょうよ」と言った。

ゆう子が取り出したのは、皿にのった半切りのメロンだった。

「これ、夕張メロンよ」と言いながら、悦子と私の間に音をさせて置いた。

「夕張メロン？　どうしたんだ？」と私はゆう子の顔を見た。

「珍しいでしょ。これね、靖子さんが送ってくれたのよ。こんな高いもの無理しましたね。二個入りでしたから、一つは仏様に……。一週間たってから食べなさいって電話がありましたから、今まで待っていたのよ。今日はちょうどよかった。エッちゃんもいるから……」とゆう子は言いながら、細切りにして三つの皿に分けたものを差し出した。

何を思ったか悦子は、「失敗してしまいました。迂闊でした」と繰り返した。

「失敗？　何が失敗でしたか？」とゆう子が悦子の顔を覗き、優しい声になって言った。

悦子はゆう子に向かって、ここ数日のことを話し出した。ゆう子に話すことで、行動したいくつかのことを思い直し、気持ちを落ち着かせようとしたのかもしれない。

「わたしは朝子の死体が見つかったあの時の様子から、鈴子さんは協力してくれるものとばかり思っていました……」とゆう子の方に目を向けた。ゆう子と一瞬だが目が合った。

「それはしょうがないじゃない。エッちゃんはとにかく一所懸命やっているわけだし……。それより、どう？　夕張メロン、一週間お預けだったけど、その甲斐はありそうね」とゆう子はスプーンで放り込むようにして一切れを食べ終えた。

悦子の方はコンビニ弁当を食べ終えたばかりだったので、ゆっくりと食べていた。私は食べ慣れないせいか、あまり美味しいとは思わなかったが、それでも珍しいもので残さなかった。

「エッちゃんもだいぶ仕事に慣れてきたでしょうし、これからが本番だと考えて、焦らない方がいいわね。ところでね……」とゆう子は二切れ目のメロンに取り掛かって手を休めた。少し顎を突き出して、

「参考になるかどうか分からないけれども、一つだけ話したいことがあります。実はね、殺害された良子さんのことですが、彼女にはわたしが勤めていた頃、数回会ったことがあるのよ。用件は植村さんのお子さんのことだったけれども、子供のしつけがよくない、箸の持ち方にしても何にしても、ここの園は駄目だって、わたしに食ってかかってきたことがあるのよ。思い出したら気味が悪くなるから、今まで話しませんでしたけど……。その時思いましたね、この女は頭が変なんじゃないかって。もちろん医者から聞いた訳ではないし、医者にかかってると聞いたこともありませんよ。でもね、話しているとね、恐ろしいほど、目まぐるしく表情が変わるのよ。その時はただ怖い女だなと思っていましたが、いま考えると心が病んでいたんじゃないかと思う。でも、お子さんを家まで送り届けた時、偶然良子さんがいて、その時は丁寧に何度も頭を下げて、小さな声でお礼を言うのよ。まるで別人のように見えましたよ。精神病よね、精神分裂病の症状とよく似てない？　この病気は遺伝的なものが多いと聞いたことがある。……ああ、こんな話をしてると、せっかくのメロンがまずくなるわね」

「いつのことだ？」と私はスプーンを置いてゆう子の顔を見た。

「植村さんに嫁いで来て間もなくと思いますよ」とゆう子は言った。そのまま話を止めるのかと思っていた

ら、「それでね、なぜだろうと不思議に思ったんですが、そうしたらね、ある人から、良子という女はある宗派に属していると聞いたんです。ああ、なるほど……と思いましたね。この女はわたしがどんなに、何をしてやっても気に入らないだろうと思いました」と話し続けた。

「そんな大事なことはもっと早く言えよ！」と私はゆう子を睨んだ。

「チーフ、今の奥様のお話、先日の村山さんの話によく似ていませんか？　そう思いません？」と、悦子は声を潜め、顔を近付けて訴えるような目で言った。「うん」と私は即座に短くうなずいた。

これは、事件の糸口の一つだ。事件の発端はやはりこの辺にあるのかもしれない。

「これであの地図の色分けの謎も分かるかもしれんな。エッちゃん、すまんがあの地図を持って来てくれ。ゆう子によく見てもらおう」

三人はにわかに落ち着きを失ってきた。私はゆう子の顔を睨み、頷いた。ゆう子はスプーンを片手に、えっ？　というように私を見返した。

例の地図は、悦子の機転でコピーされたものが事務所の書棚の小さな引き出しに保管されていた。

「この色分けは何を意味するか、奥様には分かりますか？　赤、青、黄……それぞれの色で塗られた地区の共通点を探っていけば、何か見えてくると思うのですが……」

地図に目を近付けていた私とゆう子は、中でも目立つ、赤く塗り潰された地点をゆっくり追い、指先を歩かせた。赤が終わったところで、どうだい？　という具合に私はゆう子の目を見た。ゆう子は即答はできないのか、軽く目を瞑った。

「どうだ、何か考えられるか。何を示している？」と小声で言うと、

「赤の上から青の斜線を塗ったものがいくつかありますが、ここに住んでいる人は共通しているんじゃないでしょうか。例えば……宗派に属する人とか……多分そう」と、ゆう子は流暢ではなかったが、確信のある響

きで言った。

「すると、やはりこの地図は良子が交際している相手の宗派を示しているわけか……」

「自信はありませんが、わたしの知っている限りでは、そのようなものに見えますね」

「なるほど……」私は軽く目を閉じて、「当たっているかもしれない。なにしろ自室の壁に貼ってあるものだから、人に見せるものではなく、自身のためのものだ。しかも、毎日必ず目にする必要のあるもの……そんなところじゃないか。そんな見方をすれば納得がいく」と私は地図から目を離して顔を上げ、

「エッちゃんはどうだ？　この地図について坂本刑事は何か言ったことがあるかね？」

ゆう子の隣で地図を覗いていた悦子は、そのままの姿勢で、

「坂本刑事はわたしには何も話してくれません。それより、わたしから何か探り出そうとするばかりですから。この地図もすぐ返してくれって、電話で催促してきましたから……地図のことをわたしに話す余裕なんて、あの刑事にはないと思いますよ」

「エッちゃんはどう思う？　ゆう子の言うように宗派の色分けと見れば、それなりに理解できるが……」

「良子は七泉閣で働いていたときも、熱心に山元博子さんに入信を勧めたそうですから……こんな地図も必要だったかもしれませんね」と言った。そしてこうも言った。

「畑中スギさんの話ですが、良子は選挙運動にも熱心だったそうですから、彼女が西の井に深くこだわるようになったきっかけは、そっちの方が強かったのではないかと思いますね」

地図の私の家の周辺を見ると、まったく色がない。つまり、ここら辺りは良子の管轄ではなかったのだろう。この地図は選挙運動のためのものと見れば、納得がいく。

地図の意味が完全に理解できた訳ではなかったが、良子殺害の何らかの示唆になることは間違いなかろうと思った。

29

九月十六日土曜日、私は『西の一の会』に参加するため、悦子の車で『ホテル・ニュー・ビーチ』へ向かった。車の中で村山に電話を掛けてみた。

今日は村山自身が『西の一の会』に参加すると言っていたので、それはそれでいいのだが、私が先に『ホテル・ニュー・ビーチ』に着くのか、村山が先か、どうでもいいようなことだが、実はそうではない。人を待つか、それとも待たせるのか、それはその日の会に臨む私に影響を与える。

私は早くもなく遅くもなく、会場の『ホテル・ニュー・ビーチ』の玄関に着き、正面に『受付』と大きな墨字を貼った机に進んだ。そこには皺の目立つ黒いスーツ姿の、私より背の低い男が立って、大声を出しながら笑顔を振りまいていた。私は静かに近付き、「五千円ですね」と言いながら財布の中から一枚を引っ張り出し、受付の男の目の前に差し出した。

男は私の顔をわざとらしく確認すると、「えーっと……どなた……」と言いかけたので、「檜ノ原です」と小声で言った。男はもう一度私に目をやった。その目は机の上の名簿に移されて私の名前を探すような動きを見せ、「あぁっ、檜ノ原さま。檜ノ原士郎さまですね」と甲高い声で言った。耳にうるさく響く声は、どうやら地声のようだ。

村山らしき男は、電話で確認していた通りすでに受付を終え、正面フロントの左側ロビーのソファに、深く腰を降ろしているのが遠目にも分かった。彼は一人で新聞を広げて見ていた。そのソファには他には誰もいなかった。新聞から目を逸らす風でもなくじっとしていた。私はその横顔を見ながらゆっくり近付いた。

「村山さんですね」と私は小さく声を掛けた。村山は「あっ」という短い声を出したが、その顔に変化はなかった。お互いに丁寧な挨拶をした。周囲にも、私と村山が親しい間柄というイメージは与えたくなかった。誰がどこから村山と私の様子を窺っているか分からない。旧知の間柄でないのは、事実そうであるのだが、村山は至極よそよそしく、話に入る気配はなかった。目は新聞の方にあった。私は安心した。

私は、正面にいる村山に目の前から携帯電話を掛けた。村山は携帯電話の着信に驚いて、胸のポケットから取り出し、扱い難そうに耳に当て、「はい、村山です」とだけ小さい声で言った。

「檜ノ原です。今日はご苦労様です」と私は目の前の村山に、澄まして言った。村山は驚き、どうしていいか分からない様子で、首を延ばして遠くに目をやったりした。

「目の前の檜ノ原です」と一呼吸だけ置いて、「驚かせてすみません。これだと私とあなたが話しているとは、誰も気付かないでしょう」と言ったが、村山は理解できないらしく「何ですって?」という感じで瞬きをした。それでも二、三十秒もすると落ち着いてしまって、「なるほどですね。そうですか。そういうことですか」と今度は村山の方が調子に乗って声を大きくしてきた。おまけに早口になって興奮の気配さえ見せている。

「声は小さくして下さい。よく聞こえますから、大丈夫です」と柔らかい声で言うと、やっと私の顔を見て「すみません、つい……」と言って目を伏せた。私はこの時なぜか、村山という人間は、目を伏せてやや下を向いた姿勢のよく似合う人だと、変なところに感心していた。

私は別に村山に話があって電話した訳ではない。「今日はよろしく頼みます。電話はこれくらいにしましょうか」と言うと、「はあ、わたしの方こそ……」と言って互いに携帯電話をポケットにしまった。私と村山はまた最初の姿勢に戻って、村山は新聞に目を移したし、私はフロントの方に目をやった。

私が今日、数分後あるいは十数分後に顔を会わせる人たちには、村山以外、知人は一人もいない。その意味では気は楽だ。余計な挨拶は抜きだ。さっき受付をしていた中年の男が、案内通知の世話人となっていた山脇勉だろう。一人で受付をしているが、会う人ごとに愛想を振りまいている。大袈裟に声を出して握手を求めたり、かと思うと平身低頭して身体を堅くしたりしているのが見える。受付が終わると、そのままロビーに向かって来る者、フロントの片隅に立ち、話に夢中になっている者など様々だ。しかし、この分類は私には何の意味もない。

私は腕を組み、足を組んで目を瞑っていた。女の愛想を振りまくような声が近付いてきた。

「ようこそ、いらっしゃいませ。今日はありがとうございます」

私は眠り掛けていた目を無理に開き、声の方に目をやった。「あらっ！」と手を口に当て、驚いた大きな目で、「檜ノ原さん……村山さん、お久し振り……ようこそ、アハハハ」と大袈裟に口を開けた。何度かこのホテルで会ったことのある顔なので、珍しくも何ともなかったが、村山は姿勢は崩さないで、女をちらっと見ただけだった。女はすべてが大袈裟だった。村山と私の間のテーブルに二つの湯飲みと、セロハンに包まれた小さな最中を置いて「どうぞ、お茶を……」と声を変えて言った。

「倫子ちゃん、久し振り……元気そうじゃないか」と言ったのは村山だった。倫子は村山の方を見直して、「元気そうじゃなくて、元気なの」と言ってペロッと小さな舌を出し、クルリと向きを変え、足早にフロントの方に立ち去った。

「村山さんは、今の人をよく知ってるんですか？　ずいぶん親しいようでしたが……」と私は皮肉を込めて言った。

「いや、別に知っているというほどではありませんが、役員をしていた頃、何度か『ホテル・ニュー・ビーチ』に来ましたよ」

「しかし、名前がスラスラと出てきましたね」と私が言うと、

「そうですね。よく覚えていましたね、驚きました」と村山は表情を変えずに言ったが、村山と倫子との間にも西の井の隠された情報がありそうだと、はしたない根性が顔を出した。私は村山の表情を盗み見した。村山の表情は変わっていなかった。むしろ前より落ち着き払った様子だった。

「ずいぶん以前から『ホテル・ニュー・ビーチ』で働いているようですね、あの人は……それにしては若いですね」と私は言った。

「私が最後に来たのはもう四、五年前ですから、それ以前からいることにはなりますね。どこの出身か知りませんが、言葉の訛りはないようですから、多分、近くの出身じゃないでしょうか。この『ホテル・ニュー・ビーチ』も、以前は修学旅行での利用が多かったそうですから、働く人も多かったんじゃないでしょうか。倫子はその頃からの居残り組でしょうね」と村山は言った。

その時、フロントにいた山脇が私たちの方に大股で歩いてきた。すぐ後ろに倫子がチョコチョコついてきた。

「やあ、お待たせ致しました。皆さん揃われたようですから、始めましょうか」と声を掛けてきた。

「どうぞこちらの方へ……」と案内をしたのは倫子で、彼女は私と村山の二、三歩前を小股で歩いた。三階大広間までエレベーターで案内したが、この広間は悦子と来たことがある部屋で、私は勝手が分かった。その時はさらに上の浴場のある最上階まで上ったが、客ではなかったので長居はできなかった。浴場の物置から波止場の方を望み、変死体のあったところを確認した。砂浜が西に向かって続いていて、そこを二人の男が歩いていたのだ。

村山と私が倫子によって案内された席は、海側の窓に一番近い席で、私の次が村山の席になっていた。つまり、案内にあった順序で席が作られているようだ。

私と村山は倫子に言われたとおり席に着いた。村山は正面に目をやっていたが、司会席というかマイクが用意された舞台の前で、山脇がマイクを二、三度指先で確認し、ゴトゴトとうるさい音を立てた。

空席がいくつか確認できたが、遅れて来るのか、急遽欠席となっているのかは分からない。山脇は鼻から吹き出すような高い声で、「お待たせ致しました」と始めた。

大広間は広過ぎた。机をゆったり並べても、なお広間の半分くらいしか埋まっていない。私の横には村山がいるが、その後方は広々と空いていて、天井は明かりが消されている。私たちの顔は半分影を作っていた。山脇が立っている正面席は耿々《こうこう》とした光で照らされ、高く作られている舞台は、今は緞帳で隠されているが、それを開けばいつでも、広々とした舞台に変わるようになっているらしい。

私は左側の村山にも、右側の初めて見る人物にも気付かれないように、ポケットから女将にコピーしてもらった名簿をそっと取り出した。

山脇のすぐ後方に、四人の男が横並びでいた。その四人が、代わる代わる挨拶に立った。最初が大坂金蔵、その次に紹介されたのが盛岡逸史だった。

遠目ではあるが、私は盛岡の顔をじっと見た。目に刻み込もうとした。その時、私の頭に浮かんでいたのは、あの日、二人連れで砂浜を西に向かった男のことだ。

続けて日下太二という人物が挨拶した後、最後に卜部正喜という七十は超しているであろう男がマイクの前に立った。彼は落ち着き払った態度で「最後になりますが……」と断って、「来春の町議選には、わが校区からも数名の方が出馬を予定されていると聞き及んでおりますが……」と私の耳に聞こえてきた時、横の村山、さらに反対側の男の顔を窺った。二人とも表情は変えていなかった。

「いま話している人は卜部と紹介されましたが、代表組長の卜部槙人の親戚ですか？」

「ああ、あの人は卜部槙人の父親ですよ。以前西の井の役員だったと思いますが、経験者ということですかね」と村山は言った。

「なるほど、すると息子が出るということですか？」

「それは違うでしょうね。代表組長は準公務員ですから……」

そんなことか。私は『西の一の会』なる集団が、地域の何かを集める手段であり、勝手に特定された組織に、それを知らしめるためのものであることを知った。

「村山さん、こちらは？」と村山の顔を覗くようにして、右側の男について尋ねた。

すると、本人に私の声が届いていたらしく、一瞬だけ私に目を向け、元の位置に戻した。私と顔を合わせることを憚ったのか、「わたしのことですか？」と小さな声で言いながら、胸のポケットから名刺を取り出し、こういう者ですが……という具合に差し出した。私はいくらかのけ反るようにして、村山と右の顔に目を往復させた。

名刺には「福吉校区ＰＴＡ副会長・関川久男」とあった。四十代の痩せて日焼けした顔で、白い歯が印象に残る小柄な男だった。腕とか指先とかの動きから、運動神経のよく働きそうな印象だ。一口で言えば、身体がよく動く世話好きで、目立ちたがり屋ではないかと思う。この夏、子供たちを遊ばせるため、ずいぶん世話をしましたと言わんばかりの表情をしている。

「お宅は？」と私に声を掛けてきたので、一瞬その方に顔を向けると、「あのー、あなたは酒店の？　ああ！　やっぱりそうでしたか。多分そうじゃないかと思っていましたが……。商店会の役員さんか何かで……そうじゃないんですか」と、私に尋ねているのかと思うと、自分で答えている。私はこういう立場の、こういうタイプの人間は、何でもかんでも自分でやらないと納得できない、人に任せることのできない人間ではないかと思って、「ええ、まあ、そういうことです」と適当な返事をした。

関川は、「そうしますと、今日はそれぞれの組織の代表の集まりということですかね」とひとり合点で頷いた。私はこんな人間と話しても何の役にも立たないと思い、そのまま黙っていると、さらに声を細くして、

「あれですかね、今日は何かわたしたちを利用しようとする集まりなんでしょうかね。わたしはそれが一番

苦手です。子供のことなら辛抱しますが、変な目的のために利用されるのは迷惑します。この場だけならよいのですが、今日のことは会員が知ってますからね。結局、役員会の時に、ＰＴＡ会員の皆に伝えるべきかどうか、揉め事になってしまいます。賛成・反対とＰＴＡ役員の悩みを作ることになりますからね。こんなことはあまりやって欲しくないですね」

関川は『西の一の会』に勇んで来たのかと思っていたら、どうやら、そうでもなさそうだ。

「会長という人は、どうしたんですか？　お隣が会長さんですか？」とあてずっぽうに言ってみた。すると即座に声をさらに小さくして、

「違うんですよ。今日のこの『西の一の会』は主に西の井の話だから、西の井に住んどる副会長が参加して下さい、あんたもいい勉強になりますよということで、わたしだけ出席している訳です。まあ、それも仕方ないところがあります。会長は教育委員会の手先のようなものですからね。なにがしかの手当てもあるでしょうし、ここには出席できませんよね」と唇を何度か舐め回している。最初は素直に見えたこの男も、不満たらたらの男だったのだ。

そして関川は私を「酒屋さん」と呼んで囁くような声になり、司会をしている山脇の方を見ているかと思うと、私の方に顔を向けて、

「ところで酒屋さん、わたしは去年の体育祭のあと、打ち上げ用のお酒を買いに行ったとき、店にいた娘さんに応対してもらいました。美人ですね。まだ独身ですか？」と話を向けてきた。

「そうですが……私の娘じゃないんです。彼女はお手伝いをしてくれているんです」

「へえ、なるほど……。いや、わたしが聞きたかったのは、その時、檜ノ原探偵事務所という看板を見かけましたが、あれは何ですか。お宅は探偵さんですか？　本物の探偵事務所ですか？」と目を大きくして尋ねてきたので、「そうですが……」と小声で言いながら名刺を渡した。

関川は両手で大事そうに持ち、探るように見ていたが、何かを思い出すような目付きに変わった。

「関川さんは西の井のどこにお住まいですか?」と言うと、その言葉で安心したのか、最初に見せていた笑顔を浮かべ、

「わたしは西山地区の新興住宅に住んでいます。まだ、西の井に来まして五年くらいです」と自分のことを話し始めた。その時、マイクで司会をしていた山脇が、話を一瞬止めたかと思うと声を大きくし、続いて、

「そこの方、時間は長くかかりませんから、私語はやめて、話を聞いて下さい。お願いします」と例のキンキンした声をさらに高くし、興奮した声で「すぐ終わりますから……」と繰り返した。会場全体に、やや沈黙があったが、近くでくすくすっと笑う声がした。

私が驚いたのは、その次だった。関川は座ったまま、まるで小学生のように、右手を大きく上げ、

「はい! よろしいでしょうか、一つだけ質問があります!」と山脇と彼の後ろの四人に向かって大声を張り上げた。会場は一瞬水を打ったようになったが、すぐあちこちから雑言が飛び出した。

「ええっと、ああ、関川さんでしたな。分かりました。……あとの予定もありますので、質問はその時お願いします」と山脇は落ち着いた声に変わって言った。

＊

私と村山は広間を最後に出て、案内された第二会場に移動した。関川はどこへ行ったのか、姿が見当たらなかった。

ぞろぞろと引きずるような足音をさせて、皆がいったんロビーに落ち着いたあと、女将と数人の仲居たちが全員を誘導することになった。ここでも関川の姿は見えなかった。私は、「関川さんはどこに言ったのかな?」と短く村山に聞こえるように言ったが、村山はそれには答えなかった。黙って倫子のあとについて、次の会場

に移動した。

フロントに近い、最も頻繁に利用されているらしい畳の部屋は、擦り切れて痛んでいる箇所がいくつか見える。新しいものに取り替えるほどの来客は、もう見込めないのだろう。

部屋には懐石膳が間隔を置いて並んでいる。膳の左上の模様入りの短冊に、毛筆で名前が記されている。一目で誰の席か分かる。五人いる仲居たちは、名簿を小さく畳んで手に持っている。名前を言うと、「はい、こちらでございます。どうぞ」と丁寧に手を差し延べ、席に案内してくれる。

私の後に村山が並んでゆっくり進んだ。私たちが最後だから、席はすでにいっぱいになっている。私の席は一番手前の窓側にしつらえてある。村山が私の隣席なので、恐らく先ほどまでの会議の席と同じ順番に並んでいるようだ。近くの二、三の席に座っている顔を見ても、あの時と同じだ。ただ違うのは、関川がいないことだ。私は関川の席と思われる名札を覗いた。『関川久男様』とはっきりあった。しかし、彼はまだ姿を見せていない。

私は案内してきた仲居の耳に近付き、「ここの関川さんはどうしたの?」と尋ねた。村山の後には誰も続いていないのに気付いた仲居は、「そうですね、どうしたのかな?」と慌てて外に出た。

倫子が私の側に来て、「関川さんは?」とだけ言った。

「こっちが尋ねているんだ」と言うと倫子は、「あらっ、そっ」とだけ澄まし顔で言って遠くを見た。そして一番上座の山脇に向かって両手でバツの合図を送った。山脇はマイクを持って、「いましばらくお待ち下さい。全員お揃いになりましたら始めますから……」と、先ほどとは打って変わった穏やかな声になっている。

そのすぐ後、関川がゆっくり入ってきた。「遅くなりまして申し訳ありませんでした。玄関口に人が尋ねてきまして……すみません」と言って自分の席に正座した。

「お待たせ致しました。それではまず乾杯をしまして始めさせていただきます」と言い、簡抜を入れずに

「乾杯の音頭を元代表組長の盛岡逸史さまにお願い致しますので、ご唱和をお願いします。では、盛岡さん、どうぞ」と言った後、横に座っていた盛岡が、身体を重そうに立ち上がった。

私は携帯電話のカメラを用意しピントを合わせた。この場面で撮影することには何の違和感もないだろう。私は余裕を持って身構えた。

盛岡の乾杯の挨拶はぎこちないものだった。声は掠れ、いくらか震えている。しかも甲高いところがあって、この会場には相応しくなかった。

宴席は刻一刻と声が大きくなり、杯を持って立ち上がった者が、人の間を大股で横切った。

関川の質問はいつの間にか忘れられてしまった。関川は右手に杯を握り立ち上がって、誰かを探しているようだった。そして宴席の中央を歩き出した。関川が誰に会おうと興味はないが、そのうち、山脇に会いに行こうとしているのが分かった。杯を交わしながら、次第に山脇に近付いていく。

私は関川が酒を好むかどうか知らない。体育祭の後に買い物に来たと言っていたが、酒を好むかどうかは言わなかった。

村山の前に仲居が来て、「お久しぶりね、村山さん」と笑顔を作って前に座った。村山の方は記憶がないのか、表情は変えなかったが、差された酒を受けた。私は横から、「名前を教えてくれないか？」と仲居に言いながら杯を差すと、「ひろこです」と言って受け取った。

私は盛岡の動きに注意しながら、「ねえ、ひろこさん、あんたはここに何年いるの？　もう長いの？」と尋ねると、「一番長いのは倫子さん、次がわたし」と自分の胸を指差した。

ということは、ひろこは『ホテル・ニュー・ビーチ』内のことをかなり詳しく知っていると考えていいだろう。本当は倫子に聞きたいと思ったが、彼女は人気者なのか、山脇の席の近くから離れようとしない。

「ねえ、ひろこさん、一つ尋ねていいかな。関川さん、よくここに来るの？　こうして見ていると、知人が多そうだけれども……」と言って、話し込んでいる関川の背中を見た。さっきの質問の続きなのか、声が大きくなっている様子が窺える。

「関川さんね、あの人は何度か来たことがありますよ。大事にしないと……。でも、女将さんの話じゃね……これは言っちゃ駄目ですよ」と口元に人差し指を当てて眉間に皺を作り、「安くしろってうるさいそうですよ。お酒は強いのよ。酔狂する時もある。うるさい人」と言いながら笑顔に戻った。こんな話を聞くと、関川に対する印象は変わってしまうが、役員とか世話役をしていれば、費用の削減のためにそんなことも言うだろう。ひろこの言ったことだけで判断できないが、それも関川の一面であることは間違いないだろう。

村山は宴席には馴れているのか、あまり表情のない顔をしているが、私と交互に酒を差しているひろこが話しかけても、笑顔を見せない。

「檜ノ原さんは、酒はどうなんですか？　酒屋ですから強いでしょうね」と、村山は周囲の喧騒を嫌がっているのか、ゆっくり言って、自分の足元を見ている。

「いや、そんなことはありません。どちらかと言うと飲まない方です。酒で友人になった人はないですね。学生時代はそんなこともあったと思いますが、働くようになってからは、むしろ飲む人たちのグループではなかったと思います」

「……ところで、村山さん」と私は朝から考えていたことを話してみようと思い、身体を村山の方に寄せた。前にいたひろこは、「お酒が……」と言って、持っていたビンを振って、私の前から立ち去った。私たちの話を聞きたくない、聞くべきではない、と判断したのだろうか。

「村山さんは今日この席に呼ばれた理由が分かりましたか？　私はいまになってもよく分かりません。前にいた四人は大坂と盛岡、日下、卜部と紹介されましたから分かりましたが、私がここに呼ばれる理由がどうしても分かりませんね。関川さんと同じ気持ちですよ。四人の話を聞いているうちに、ますますそう思いましたが、村山さんはどうですか?」

「あっ、盛岡さんがこっちに向かってきますよ。その話は後にしましょう」と村山は膝を元の位置に戻した。

盛岡は老人然としているが、全体として姿勢を崩さないで、矍鑠《かくしゃく》とした雰囲気を保っていた。私の前に胡座をかくと、「やあ、久し振りに会いますな。どうです、一杯」と、態度に似合わない掠れ声で、握っていた杯を差し出した。その手は手仕事には無縁の、老人にしてはツルツルした感じのものだった。

私は受け取る前に、「いつかどこかでお会いしましたかね……」と目を見ながら聞いてみた。盛岡が私と村山の前に座っているのに気付いた倫子が、村山の前に来て座りなおした。そして盛岡の杯に手を延ばし、その杯を取って私に渡した。私は盛岡から直接受け取るつもりだったが、倫子がそれを邪魔した。私が受け取るのを拒むとでも思ったのだろうか。

「さあ、お一つどうぞ」と渡した杯になみなみと酒を満たした。私は一気に煽った。村山と数杯やり取りした後だったので少し酔っていた。私は咳き込むのを我慢して杯を倫子に戻した。

「お見事でした」と倫子は大きく口を開いて笑った。

「ほお、あんたたちは知り合いだったのか。アハハ」と盛岡は短く笑った後、「ところで、檜ノ原さんは探偵事務所をお作りになったと聞いておりますが、どうです、景気は……ああいう仕事がこんな田舎でも成り立つものですかな。わたしにはとても分からない」と杯を掌で揉むようにして持っていたが、それを倫子に渡し、「あちらの村山さんに……」と小さい声で言った。盛岡は村山の方に顔を向けていたので、私は横顔に話しかける格好になった。あるいは盛岡は意識してそうしたのかもしれない。

「おっしゃる通りですよ。田舎には仕事はありません。今のところ開店休業ですよ……」と言った。

盛岡は顔を村山の方に向けたまま、「それは大変ですな。しかし、あなたの事務所が忙しいとなりますと、西の井も困ったものですからね。探偵さんの仕事のないことは、良としなければなりませんな。アハハ」と皮肉な横目で笑った。

盛岡は村山の前に移動し、「今日は出て来て頂いてありがとう。村山さん、あんたも定年になったそうだな。よう頑張ったな」と、この時だけ声を大きくしたので、村山には皮肉に聞こえたのか、

「その節はいろいろとお世話になりました。盛岡さんこそお元気そうで……相変わらず散歩は続いていますか?」と言うと、盛岡の表情が変化したようだ。

「散歩? 最近は皆さん、よく散歩されていますな」と惚けたような顔をした。

村山は、盛岡に会ったらそう話そうと決めていたように、「あれは見つかりましたか? あの時は大変でしたな。わたしたちも協力しようと申し出て、西唐津の一時預かり所まで行きましたが、見つかりませんでした。その時聞いたところでは、他にも二人の人が熱心に探していたそうですが、見つからなかったんですかね?」

「俺は、そんなことは聞いておらんが……もう、昔のこと。後のことは息子に任せてしまったからな」と投げやりな口調になった。盛岡は知らぬ振りをしているが、内心は穏やかではなかったろう。こんな場所で持ち出されるとは、思ってもみなかったに違いない。

鞄を村山が探したというのも解せないが、通勤者連盟の責任者としての行動だったのか。いずれにしても、こんな場所でそれを持ち出した村山も、何か魂胆があるのか、ぜひ聞いてみたい。

盛岡はたちまち苦虫を嚙み潰したような表情を見せた。村山の方は何もなかったように、倫子と杯をやり取りしていたが、こうして横から見ていると、某かの代表を務めただけあって泰然としている。

盛岡が立ち上がろうとすると村山は、「逃げるんですか!」と少し語気が強くなった。しかし、そう思ったのは私だけだったかもしれない。

「鞄は見つかったんですか? あれだけ皆に迷惑を掛けておいて、一言もないというのはどういうことですかな。……何か、言えない理由でもあったんですか?」と村山は柔らかく詰め寄った。盛岡は村山を数秒睨ん

だが、すぐ声を低くして、

「もう、俺は知らん。息子に任せとるから。あとは息子たちのことだ」と盛岡は投げやりに言った。村山はまだ盛岡に何か言おうと思っているのか、にじり寄る姿勢になった。私は村山の腕に手を当て、止めろと目で合図した。村山はそれを理解したのか、元の姿勢に戻った。

「檜ノ原さん、どう思いました？　少しばかり鎌をかけてみましたが、思っていた通りです。鞄の行方を調べる必要があります」

この時の村山の声は、彼の目と同様に爛々と光を帯びていた。

「村山さん。あなたはどこまで知っているんですか？　後で聞かせて下さい。ここはまずいですよ」と言うと村山は、

「檜ノ原さんに協力しようと思ったのは、このことがあったからですよ。彼は息子を隠しているんじゃないかとわたしは思っている訳です。息子を探す必要があります。殺害された良子と盛岡の息子の嫁は仲がよかったと聞いていますから、この線を辿って行けば、良子殺害の犯人も見えて来るかもしれないと思っていますが……」

私は村山の話に聞き入ってしまって、身体は前屈みになっていた。その時、いつの間にか近くに戻っていた関川が、

「檜ノ原さん、ずいぶん話が込み入ってきたようですな。わたしにも聞かせてくださいよ。わたしも西の井にはまだ五年しか住んでいませんが、ＰＴＡを一所懸命やってます。いろいろ知っておきたいのです」と言った。

私は関川の方に身体を向けて、「山脇さんとは話せましたか？　何か分かりましたか？」と言った。

「山脇さん自身は、あの会議の上席にいた四人の指示でこの会を開催しただけだそうで、何も詳しいことは

言いませんね。本来の目的は不透明です。こんなことをして皆を丸め込もうとしているのは見え見えですが、西の井の人はこれを平気でやるわけですな。秩序がありませんね。面白いところですよ、西の井というところは。わたしもPTAをして分かってきました」と彼は「面白い」で話を一蹴してしまった。

「檜ノ原さんは、西の井が体育祭で優勝するようになったのは、なぜだか知っていますか？　不思議だと思いませんか？　今までビリだったのが、わたしがPTA役員になった頃から急に優勝するようになりました。これは何のことはない、選手の選出方法を誤っていた訳ですよ。それが変わったんです。どうしてか知ってますか、檜ノ原さん」

私は関川の言っていることがよく飲み込めなかった。

「これはですね、今まで選手を数人の有力者で決めていた訳ですよ。それを一昨年の組長会で、ある組長が、それぞれ組織があるのだから、その組織の役員に選んでもらえば、もっと隠れた人材がいるはずだ、と言った訳ですよ。それから準優勝、翌年は優勝となったんですよ。それまでは有力者が卵を土産に、選手として出てもらうように頼んでいたそうです。結局自分の親戚とかを選手に出して、目立ちたい訳ですな。こんなことで優勝できるはずがない。そうでしょう、檜ノ原さん。西の井というところは親戚とか血縁とかが根底にありますな。しかし、この組長は勇気がありますよ」と言って杯を倫子から奪うようにして受け取った。

それを黙って聞いていた村山が、「そう、その組長会はわたしも出席していましたよ。檜ノ原さん、思い出しました。これが先日お話しした組長会です。その時、ある組長から意見が出た。こういう意見を言う人は今までなかった訳ですよ。しかし、正論ですから、その他の組長も賛成しました。結局、代表組長もこれに従わざるをえなかった訳です」と村山はここで少し考える素振りをして、「結局、体質の問題ですかな。こんなことが事件の根底にあるかもしれませんな、檜ノ原さん」と村山は私を見ながら言った。

突然大声になった関川が、盛岡の前に正座した。私はびっくりして関川の方を見た。すると盛岡は立ち上がっている。酒のせいもあるのか、盛岡は身体が少し前後左右にゆれている。しかし、気丈に踏み留まって、「関川……だったな。大きな顔をするな。誰のお陰で西の井で暮らせると思っとる。生意気なこと言うと、西の井では暮らせんようになるぞ！」と言った。

30

盛岡と関川は顔を近付け、若い関川が声を荒げていた。しかし、その声は宴席を震撼させるほどのものではなかった。

関川も心得ていて、そのまま元の席に戻った。私のすぐ横に来て座り直した関川は、呼吸を整えた。盛岡も同様に関川の背中を睨んで、歩き難そうな姿勢で元の自分の席に戻った。その盛岡の後にくっついて腕を支えている倫子が、まるで子供をなだめるかのように席に着くのを手伝った。その時、関川は独り言を言った。

「ふんっ！　大きな顔しやがって、何様と思っとるんだ。こっちはとっくに尻尾は摑かんでるんだぜ！」

私が関川の顔の横から杯を差し出すと、チラッと私を見て伏し目がちになったが、殊更丁寧に杯を受け取り、拝むように額のところでうやうやしく押し頂いた。顔を私に近付け、

「お騒がせしてすみません。ですが、わたしは嘘は言ってませんよ。本当のことを言われると困るもんだから怒るんですよ。多分そうですよ。檜ノ原さんはどう思います?」と胸を張った。

「関川さんが正しいと私も思いますよ。ここでは何ですから、ロビーに行きませんか?」と言うと、関川は顔を上げて、「そうですね。そうしますか」と歩き出した。他にも数人が宴席を好まないらしく、移動しようとしていた。

村山は席から立ち上がり、私が気付かないうちに正面の上座に移っていた。ひろこが面倒を見ている様子が遠目にも分かる。村山はそのままにして、私と関川は宴席を出た。

宴席というのは、ある程度酒が行き渡ると、いわゆる気の合う者同士で顔を付き合わせて笑い合うのが普通だが、酒癖の悪い者は、この際と思うのか、鬱憤晴らしで大声を出す。酒の席だから大抵のことは許されるが、関川のように本音をぶちまけてしまうと、元も子もないことになる。

私は関川をかばってロビーに連れていった訳ではない。さっきの様子だと盛岡と口論になって、収拾に困ることになりかねない。しかし、元来私はそんなことにはあまり関心を持たない。

関川をロビーに誘ったのは、さっき盛岡に対して「尻尾は摑んでいる」と言ったことが気になっていたからだ。盛岡の尻尾とは何か。

ロビーのソファに座った関川は、首を延ばして辺りをキョロキョロと見回していた。

「誰か、お探しですか?」と穏やかに声をかけると、

「ええ、村山さん……村山さんはどこに行きましたかね。もう帰ってしまったんですか……」と急に寂しそうな声になった。

「いや、帰ってはいません。まだ座敷で飲んでましたよ……」と言うと、一瞬眉間に皺を作ったが、私の方に顔を向けた時、眉間の皺は消えていた。すると今度は関川の方から、

「檜ノ原さん、どうです。地下のバーに行きませんか? そうしましょう。あそこは静かでいいですよ」と早口で畳みかけるように言った。私は地下のバーは知らなかった。

関川はソファから急に立ち上がり、身体を捻って辺りを見回した。そして大きく手を振って、「ひろこを呼んでもらえないか!」とフロントに立っていた女の子に声を掛けた。小走りで私たちに近付いてきたその女は、「ひろこさんを呼び出すんですか?」とこれも眉間に皺を作った。

「そうだ、ひろこだ。俺が急用があると言ってくれ! 大至急だ!」

関川の声は乱暴だったが、女の子は素直に従った。関川とソファに向かい合ってひろこを待った。

「ねえ、関川さん」と私は親しみを込めて言った。「さっき聞こえましたけど、盛岡さんの尻尾ってなんですか?」と尋ねた。一瞬関川は何のことか分からないという顔をしたが、

「ああ、あれですか、あれはですね」と一呼吸置いて、「電車内の忘れ物のことですよ。鞄のことです。当時、電車通勤している者たちの間で話題になったものです。いっときのことですがね……」ともはや過去のことという顔をした。

「檜ノ原さん、この話はあまり大きな声では言えないんですよ。突っ込んだ話はできませんね。なにしろ例の橋の下の殺人事件にも絡んでいるって噂がありますからね。怖いですよ」

関川は酔いが覚めた顔になった。そこにひろこが小走りで近付いてきたので、私たちは口を閉じた。

「お待たせしました、関川さん……。さ、行きましょう」とひろこはそのまま小走りで地下のバーへ急いだ。ムッとする地下室は細長いコンクリート製で、言ってみれば隠し部屋だ。ここで会議の前の密談があったりしているのだろう。関川が知っているところを見ると、彼も何かの目的で利用したことがあるのだろう。ここならフロントに言って「入室禁止」としておけば、誰も近付かないし、誰からも気付かれずに済む。ホテルの玄関から見れば地下に当たるが、海側はガラス窓で外には松林が連なっている。一番奥の片隅にカウンターがあって、丸椅子が五、六個見える。ひろこがカウンターの中に入り明かりをつけると、背後の壁一杯に色とりどりのウイスキー瓶が詰まっている。それだけでバーの雰囲気を作っているが、何か一つ足りないと思わせるのはなぜだろう。

関川が先にカウンターに着いて、私も横に並ぶと、「ここなら煩わしくなく、ゆっくりできます」と言った。私は黙って軽く頷くだけだったが、ひろこの方も、ここに来れば何か開放的になるのか、せっせと飲み物の準備をした。多分、関川はひろこを指定してここに来たことが何度もあるのだろう。

「檜ノ原さんは水割りでいいですか?」と言って、関川はさっさと注文した。

「ひろこ、後で村山さんをここに呼んでくれ。売上協力だ」と村山まで誘うつもりらしい。こうして関川の様子を見ていると、村山と関川は既知の間柄であるらしい。村山という人物は、私が考えているより遙かに幅広い人材と交流があるのかもしれない。

「関川さん、売上協力はありがたいけど、勘定はどちらが？」と聞いたので、即座に「今日は私が誘った訳だから、勘定は私だ」と言うと、「それは僕です」と関川が声を大きくした。

「最初は自分が誘ったのだから、私の勘定に……」と私はひろこに納得させた。飲み始める前に、ひろこが勘定を気にするところを見ると、関川の金払いは必ずしもよくないのかもしれない。

「ひろこさん」と私は準備をしているひろこに声を掛けた。「ここは日頃、どんな人が利用するの？」

「そうね。予約無しの、内緒話の好きな人、密会の人、そんなところかな」と水割りの氷をカラカラと乱暴に混ぜた。

「なるほどね……」

私はこの時、西の井浜で変死体が発見されたあの日、海岸を西に向かったという二人の男は、あるいはここに来たのではないかと、ふとそんなことを思った。ここなら突然姿を消しても、誰にも気付かれずに済むのではないか。

こんな所にこんな部屋があるとは知らなかった。悦子は配達で何度もホテルに来たことがあるが、地下室について話したことはなかった。

「ここは、どこか裏口があるのかな？」とさりげなく聞くと、

「ええ、ありますよ。あの隅に小さなスチール・ドアがあるのよ。ドアの鍵を持っているのがわたしなの。関川さんはそれを知ってるのよ。だから宴席を抜け出したい時はわたしを呼ぶの。ここは現金で、掛けは無し。だから制限時間も無し。いつまで飲んでもいいの。夜が明けるまで飲んでもいいのよ」と言いながら、グラス

を私と関川の前に置いた。

まったく静かなものだ。もし、ひろこがグラスの音をさせなかったら、互いの呼吸が聞こえたかもしれない。

「ここはカラオケはないのかい？」と私が尋ねると、「それはありません。わたしの顔を見ながら飲んで下さいな、檜ノ原さん」

お互いに苦笑したが、関川の〝尻尾〟について、私は聞いておく必要があった。冷たい水割りを口につけたあと、

「関川さん、さっきの盛岡さんの尻尾の話をしませんか？」と言うと、私を恨めしそうに横目で見て、

「ずいぶん、興味がおありのようですな。どういうことでしょうか？　わたしが知っていると言っても、たいしたことじゃありません。小耳に挟んだ噂話程度のものです」と、ここに来て嫌に落ち着いてきた。

「村山さんにも聞いてもらえばいいことですが、噂では、鞄の中には数千万円の小切手が入っていたという話です。しかし、数千万円はどうでしょうかね……。わたしはその後のことは知りませんよ」と関川は念を押した。

私は頷きながら聞いていたが、カウンター越しに私と関川の様子を見ていたひろこが、「その話、盛岡さんの前ではいけませんよ。あの人、人が変わったように怒りだすから、怖いのよ、あの人……」と目を大きくした。

「ひろこさんも誰かが話していたのを聞いたことがあるの？」とグラスを持ったまま尋ねると、

「うん、そうね、聞いたことあるわ。でも、聞こえるから仕方ないもん」と憮然とした。

ひろこはそんな話には興味がなさそうだ。それより、ここのマスター然として、客の相手をしている方が彼女には似合っている。

しかし、私はひろこに尋ねなければならないことがある。

「ひろこさん」と声を掛けてポケットの名刺を出した。ひろこは目を丸くして近付き、怪訝な目つきで受け取ると、

「探偵？　檜ノ原さんは探偵なの？」と軽く驚いてみせた。

「そっ、探偵、素人探偵、よろしく」とひろこを見ると、今までと違った顔つきになった。

「ひろこさんはこの地下室の担当だと言ったが、他の人はここには来ないのかな？　例えば他の仲居さん、倫子さんなんかは来ないいんだろうか？」と尋ねると、

「そっ、わたしが責任者だから、他の人は入れないの。でもね、酔ってる時は仕方ないのよ。特に倫子はね」と言った。

「倫子さんは同郷かな？」と尋ねると、ひろこは少しだけ頷いた。

「ねえ、檜ノ原さんは警察の関係になるの？　それだったら止めてくれない。わたし、警察は嫌いなの」

「そうじゃない。全然違う立場だ。調査をするのが仕事で、警察とは全然違うよ」と言うと、ひろこは俯いた。

「なあ、ひろこさん、今日の感じだと、よっぽど親しい人しかここには案内しないようだけども、そういうことなのかな」

「そうよ。現金で飲んでくれる親しい人だけ。この関川さんのようにね」

私はひろこの話は嘘ではないだろうと思ったが、あるいはここの売上はホテルの会計には入っていないのではないかと思った。

「一つだけ教えて欲しいことがあるんだ……。去年の十月二十五日のことなんだが、その日、裏のドアから入ってきた客はなかったかな。予告無しだと思うけども……」と言うと、少し考えて、

「予告無しは滅多にないですよ。それに、直接裏から来る人はありませんからね。うん、でも、それは覚え

ていますよ。盛岡さんでしょ。あの人が携帯電話でわたしを呼び出して、裏を開けろと言ったのよ。多分、その時のことじゃないかな……。それ以外は記憶にない。盛岡さんともう一人、同じ作業着だったと思う」と首を傾げた。

「どう？　もう一杯いかが……」これは実に心得たタイミングだ。私はひろこの言葉に引きずられるまま、グラスを差し出していた。

「どんな様子だったか、覚えてないかな？　どんなことでもいい、どんな小さいことでもいいが……」と私は思わず顔を近付けた。ひろこはまた少し考えて、

「よくは覚えていないけど、もう一人の男はとても怯えていた……顔は伏せていたけど、わたしにはそう見えたわ。盛岡さんはその人のことを確か『草部』って呼んでた……」と声を細くした。

「草部？　草部って言ったのか？　間違いないね」

私は全身が震えるような寒気を感じた。地下室のせいもあったかもしれないが、背中が寒いと感じていた。草部と盛岡が結び付いた。あの日、西の井浜を西に向かった二人は、草部と盛岡の二人に間違いない。

三十分も経っただろうか。私が俯いていた関川の肩を揺すって、カウンターを離れようとした時、階段を降りてくる足音がした。大声が聞こえ、こっちに向かってきた。私は慌ててひろこに、自分の手帳に飲み代をメモさせ、金を渡した。「釣りはいらない」と言いながらカウンターを離れた。

大声で入ってきたのは山脇と他に二人だった。その二人は知らない男だったが、酔っていた一人の男は関川と肩が強くぶつかった。互いに向き合って、相手の男が「おっ！　関川か！」と言った瞬間に関川の身体はグラリと大きく揺れた。多分相手は関川の肩を押したのだろう。酔っている関川は尻餅をつく格好になった。私は関川に手を貸し立ち上がらせ、そこを出た。私は電話で悦子を呼んだ。

悦子を待っている間に、村山も会場から出てきた。悦子の車に関川、村山、それに私が乗り込んで、関川を

家の玄関まで送った。関川の家は西山地区の一角だが、ここから良子の家は近い。そして死体が発見された橋の袂までは、せいぜい歩いて十分位のものだろう。関川が良子のことを知らないはずはない。しかし、もはや地元の西山地区でさえ、良子の噂は聞こえてこない。

川べりを走るのは、悦子にとってはいつものことで、その途中に畑中スギの家がある。ここを走りながら、畑中スギの家に立ち寄るかどうかを判断するのだろう。今は村山も乗っているし、何も言わないまま橋の近くまで来た。

「この橋の下に良子の死体が浮いていたのです。三月の下旬でした。まだ寒いと感じるくらいの朝でしたが、あれから半年が経ってしまいました。このまま迷宮入りというのは、喉に魚の小骨が刺さったままのようで、何となく気持ちが悪い」と言っているうちに橋の前に着くと、悦子は突然車を止め、「降りて下さい」と言った。

「どうした？　エッちゃん」と私が言うと悦子は、

「村山さん、一度よく見て下さい。ここが良子が死体で発見された場所です。あの端の方の葦の中に、死体はシュミーズだけの姿で半分水中に浮いていました。死体は真上を見て目を開いていました」と言いながら、欄干に沿ってゆっくり歩いた。村山に何を言いたいのか、ちょうど死体のあったところの真上から橋の下を覗いた。

「この人物は我々とはどこか違っているというか、そんな感じがして仕方ないんですがね」と村山は悦子の後を欄干に沿って歩きながら川面に目をやっていた。

「違うって、被害者がですか？　加害者がですか？」

村山が言う人物とは誰を指すのか、その時、私は咄嗟には理解できなかったが、村山は川面を覗きながら、

「電車の中で、女が大声で激しい罵声を浴びせていた様子は、今でも思い出すことができます。異常ですよ、

あれは……」とその時の情景を思い浮かべている様子だ。

「先日、あなたの話を聞いた後、いろいろ考えていたのですが、一つだけ、村山さんの考えを尋ねていいですか?」と私は村山の後ろを歩きながら声を掛けた。村山は立ち止まって私を振り向き、

「わたしの意見? 何でしょう。わたしはまだ何も調べていませんし、役に立ちそうにもありませんが……」

とゆっくり言った。

「私が確認したいのは、電車の中で罵倒されていた男と、例の会議中に発言した男、これが同一人物ではないかということです。私はずっとそれが気になっています。もちろん、私の勝手な想像ですよ」と私は言った。

「残念ですが、わたしの知識は乏しいものです。これから先は、檜ノ原さんの想像力をお借りして行動します。よろしく……」と薄く笑った。

「それじゃあ、事務所に戻りましょう。村山さんも、お茶でも飲んでいって下さい」と横で聞いていた悦子が言った。すると村山は、

「河丸さんは、この前も同じ服装でしたが、よく似合っていますね。いつもそのスタイルですか?」と声を掛けた。

「そうですが、何か?」

「いいえ、別に……よく似合っていると思いましてね」

「村山さん酔ってるでしょう……。わたしはただ、これしか持ってないだけなんです……」と言った。

「ということは、一年をこのスタイルで?」

「そうです。わたしは単純な生活をすることにしています。シンプル・ライフです」と澄ました顔をした。

村山は改めて、歩く悦子を見ていたが、

「そう言えば、河丸さんは化粧をしていませんね。まあ、しなくても素顔の方が美しいと思いますが」と言

った。村山は電車の中での良子のことを思い出していたのだろうか。私もその時、水に浮かんだ良子の顔を思い出していた。あの顔は、それまで家にいたという顔ではない。明らかに外出する時の顔だ。化粧は濃かったし、口紅も赤いままだった。

私はふいに薬のことを思い出した。仮に良子が何か精神安定剤の類を常用していたとして、それを家に保管していたとすれば、それは家宅捜索の時、坂本刑事が持ち出していることになるが……。

「エッちゃん、君は坂本刑事が持ち出した物の中に、精神安定剤があったという話は聞かないか？」と尋ねた。村山の耳に聞こえるように言ったのは、電車内の良子の、異常とも受け取れる行動についての私の考え方を、それとなく彼に伝えたかったからだ。良子に精神異常があったかどうか、今のところそれを裏付ける確かなものはない。良子の箪笥に精神安定剤があったかどうか、その場にいた悦子か私、あるいは坂本刑事しか知りえない。もちろん真壁刑事も知っているはずだが、彼らは捜査上必要であれば、私や悦子には明かさないだろう。「そんなものはなかった」と一蹴するに違いない。

「エッちゃん、君にお願いだが……市警の山口刑事にその点をそれとなく聞いてみてはどうかな？　警察のことだから、縄張り争いはあるだろうが、情報の交換はしているだろう。エッちゃんなら聞くことができないかな。まあ、聞けなくてもともとだ」

「チーフ、事務所で話しましょう。さっ、車に戻って……」

私たちはそのまま事務所に帰った。

私は『神屋』に連絡してみようと考えていたが、ソファに落ち着いた村山の方から『神屋』の話をした。

「わたしも脇坂さんを全く知らない訳ではありません。通勤者連盟の時、脇坂さんの顔を拝見したことがありますから……ですが、親しく話したことはありません。先日いきなり電話を頂きましたが、あの人は見かけによらず屈託のない人ですね。ついつい誘い込まれた感じです」と村山は率直に言った。

「あれで、なかなか慎重なところがありましてね。私に調査を依頼された時は、深く考え過ぎではないかと思うくらいでした。ですが、話を聞いていますと、不審を持たれるのはもっともです。今まで放置されていた問題でしょうから、脇坂さんもいきなり公にはできないと考えたのだと思います。私は今さっき、ホテルの地下のバーで関川さんといろいろお話しました。関川さんの話は噂の域を出ませんが、例の鞄のことは、どうも西の井浜の変死体のことと繋がっているのではないかと思いました。村山さんも通勤者連盟の代表として、当時西唐津駅まで足を運ばれたと聞きましたが、どうやら草部という人物が一枚嚙んでいるような気がしています」と私が言うと、横から悦子が、

「やっぱり、草部という人物は実在した訳ですね。ということは、やはりあの甘夏柑泥棒も、押川ではなく草部なんですね」と興奮気味に言った。

「それはまだ分からない。押川と草部が同じ人物かどうか、ここが謎だな。どこかで巧みに入れ替わっている気もする」

するとと村山が突然こんなことを言った。

「押川という人物は、西の井生まれではなく、相知町の出身のようですな。以前から西の井一帯の農家に知人がいて、ここを拠点に農産物を仕入れ、それを博多のさる商店に卸していたと聞いています」

村山は押川の名を初めて聞くのかと思ったが、そうではなかったため私の方が驚いた。

「もともと押川という人物が盗みを働くようになったのは、かなり以前からだったようですな。しかも甘夏柑だけに限らず、一年を通して冬場は苺、春は甘夏柑、夏は西瓜といった具合に、段々エスカレートしたようです。押川一人で盗みを働いている時、見つかってしまうこともあったようですが、盗まれた当人も平謝りの彼を見て、仕方なく許していたそうです。警察沙汰にはしなかったのでしょう。ところがその後、悪知恵を働かせて、甘夏柑のときは五、六人を引き連れ、自分の果樹園だと騙し、果樹園から一個残らず軽トラックで運

び去る。大胆になったようです。わたしはそう聞いています」と村山は言った。

村山の押川に対する知識は、私や悦子以上のものがあるようだ。これも通勤電車の中で噂されていた話の積み重ねだろう。しかし、村山にしろ悦子にしろ、あるいは私自身もだが、押川の顔となると、これが押川だ、と断言することができない。

悦子と私は七山村の山中で逮捕された人物が押川だとばかり思ってきた。運転席でハンドルに俯せになり、両手をダラリとさせて、しょぼくれたあの人物が、話のような大胆な盗みを繰り返すだろうか。私には信じられない。どこかで、押川なる人物は入れ替わっているのではないか。考えられるのは、悪路の林道を運転し、白木峠を越え七山村に入るまでの林道のどこかで、二人が入れ替わっているということだ。

林道の少し奥まったところに数カ所の納屋が点在している。農家のミカンなどの一時保管場所で、ここで選別してJAの集荷場に運ぶシステムだ。特に大規模な果樹園を経営する場合、この施設が必要になる。

ここである人物が入れ替わる。これはあくまで私の推理だ。押川と草部、この二人は巧みに入れ替わっていたのではないか。

市警に勾留されたあとの押川の供述には曖昧なところが多いという。今は釈放されているが、これは盗まれた園主が、寛容にも現物が戻ればそれ以上は何も求めないと罪を許したからだ。しかし、本当にそれだけが釈放の理由だろうか。あるいは警察は何かを摑んでいて、この人物を泳がせているのではないか。いや、これは考えすぎかもしれない。

今一つの押川についての情報は、今日偶然にも地下バーでひろこの口から聞き出したものだ。話は唐突に聞こえるが、ひろこがかつて相知の「見返りの滝」近くの旅館で働いていた時、押川なる人物と顔見知りになったという。その押川は相知町の出身だが、今は西の井で働いているはずだと言っていた。ただ、その押川と、盛岡とともに地下バーに現れた草部は別人であったという。

私はそんな概略を村山に話した。彼は俯いて黙って聞いていたが、「どうでしょう。その押川なり草部なりの写真は手に入りませんか。通勤者連盟の会員の中に相知出身者がいたかもしれません。いや、相知でなくても岩屋とか厳木とかから来ていた人がいたはずですから、その人を探してみましょう」と言った。

村山は幅広い知己を持っているし、私より遙かに広い視野で物事を考える、そういうタイプだと思った。

「エッちゃん、帰りにでも『ホテル・ニュー・ビーチ』を訪ねて、ひろこさんに少し話を聞いてみてくれないか」

「分かりました、チーフ。写真についても山口刑事に連絡して用意させます」と言って早速電話で呼び出した。

悦子の様子を見ていた村山は、驚いたように顔を上げ目を大きくし、「刑事に命令ですか?」と言った。

「実は、話すのが遅れましたが、悦子は市警の刑事と同級生なんです。その刑事は悦子によく協力してくれまして、大変助かっています」と私が言うと、よく理解ができないような顔だったが、軽く頷いていた。

悦子は、「それじゃあ、ホテルに行ってきます。予告無しです。ついでに来たという感じで会ってみます。それから市警に寄ってみます」と言いながら車のキーを確認して出ていった。

「よく働く人ですね。服装そのままに本当に身軽ですな。これからはあんな人が増えてくるんでしょうね。男とか女とかは二の次ですよ」と言いながら、村山は羨望の眼差しで悦子を見送った。私も同調して、

「悦子の生活を見ていると、一歩いや二歩も三歩も先を歩いているように感じます。ジーンズでも多少色が違う日があるようですが、私には見分けがつかないくらいのものです。言ってみれば宇宙服ですよ。食べる物もまったく贅沢しませんし、美味しいという前に栄養ですね。食べ物のバランスは栄養剤で補給すると言っていましたし、驚きます」と私は言った。

「まだ知り合ったばかりですが、悦子さんを見ていますと、人間の欲望も変化しているような感じを受けま

す。これは進化でしょうかね。彼女自身、西の井の出来事をどう捉えているか、どう解決しようと考えているのか、楽しみですね」と言った村山は私に目を移して、「すみません。余計なことを言いました……」と苦笑いで付け加えた。

「村山さんの悦子観は間違ってないと思います。彼女が前の会社を辞めた理由は、彼女の理想と違っていたからです。高い給与を頂いて贅沢な生活をする。これは彼女の理想ではなかったようです。もったいないことだと私には思えるのですが、彼女には何の意味もない。一度、家内のゆう子と意見が違って、一悶着あったのですが、そんなことをいつまでも引きずりません。あっさりしたものですよ」

その時、悦子はうちの店を辞めるかとも思ったが、続けている。彼女の理想と、どこか合致するものがあるのだろう。自分の理想の生活を求めていることに変わりはないが、その内容は、他の女性とは雲泥の差があるのではないか。

悦子から電話があった。これからひろことロビーで話し、その成果は後でまた報告するという。悦子はいかにも期待させるようなことを言っているが、辛酸を嘗めつくしたベテラン仲居のひろこが、果たして小娘の悦子に正直に話すだろうか。

31

悦子がホテルのロビーから再び電話してきたのは、村山が帰った後だった。

「一応、話は終わりました。ひろこさんが以前働いていた「見返りの滝」近くの旅館は『都荘』という名前だそうです。約三年と言ってますが、この点は曖昧な感じでした。ひろこさんの話は、すべて録音しています。せっかくですから、今から『都荘』に行ってみようと思います。今から二十分位は電話に出ることができないと思いますので、後でわたしから掛けます」

そう言って一方的に電話を切ってしまった。

私は一人取り残された。自分の机で無意識のうちにゆっくり深呼吸を繰り返した。久し振りに人の集まりに加わったせいか、どことなく疲れを感じる。特に顔の辺りに違和感がある。こういう時には年齢を感じると同時に、自分の脆弱な肉体を思う。

それにしても、村山は曖昧を嫌うようだ。その点は『神屋』にも似ているが、彼ほど神経質な動きはしない。二人の経験の違いからだろう。

しかし、私がそれより気になっていたのは、押川あるいは草部という人物のことだ。ひろこの話を信じれば、変死体が発見された日、盛岡とともに行動していのは草部だ。盛岡と草部の関係、さらに変死体となった人物との関係、この三者の結び付きはどんな意味を持っているのか。午後の陽射しの中、雁木に変死体となって蹲っていたのはいったい誰だ。

そして、その一部始終を見ていた男。この男が私宛に差出人のない手紙を書いた。なぜだ。私が探偵事務所を開いた。そんな単純なことが理由か。

私は漠然と考えながら居間に移った。誰もいない。台風は超のつく大型だと散々脅かされたが、事なきを得た。なによりだ。まともに被害を被った四国地方の状況を、テレビが伝えている。

村山は押川なる人物の噂をかなり聞き知っていた。それに彼は良子の生前を知っている。そのこともあってか、強い興味を示した。どこまで踏み込むか、彼の言う言葉はいちいち重みがあるから、簡単に引き下がるとは思えない。言葉通りならただちに行動に移るはずだ。悦子も引っ張りだされる可能性は大いにある。それはやむを得ない。しかし、悦子の管理責任はこっちにあるのだ。私は居間のガラス戸越しに庭木を見ながら、つまらないことを考えていた。今はそんなことを考えている場合ではないのに……。

裏庭を眺めながら歩いて自室に入った。別に用件があった訳ではないが、自然に足が向いてベッドに身体を投げ出し、天井を睨んだ。やっぱり疲れている。

しばらく経って電話が鳴った。

「すみません。村山です。今日はご一緒頂きありがとうございました。わたしも初めて会う人が多くて神経を使いましたが、檜ノ原さんが一緒でしたので、大変助かりました」

「大変……ですか?」と私は言った。

「ええ、皆さん、檜ノ原さんの噂ばかりでしたよ。酒屋はやめるのだろうか、いや、あの人は絶対やめないだろうとか、意見が分かれていました。良子の殺害について相当調査されていると評判でしたよ。そろそろ犯人逮捕ということになるのではないかって、そんなことを言ってました。皆さん興味津々というところのようで、特に山脇さんは、そんな感じでした」

「興味本位は困るな……山脇さんは何を考えているんだ。野次馬根性で蔑んでいるんじゃないですか。通知をやって、私がどんな反応を示すか、どんな行動をするか、試していたんですよ。私は山脇や盛岡、それに日下たちには利用されない……」と急に腹が立ってきた。眠りかけていたのを起こされたためだろうか。

「つまらないことを言ってしまってすみません。檜ノ原さんが考えている通り、彼らはわたしたちを利用するために案内を出したのだと思います。次の選挙の準備ですよ」とキッパリと言った。

「村山さん、あなたは楽しそうに話していたじゃないですか。そう見えましたよ」と少し強く言うと、

「そうですか、そう見えましたか。遠くから見れば、そうだったかもしれませんね。しかし、それならなぜわたしの側に来て、直接山脇さんと話さなかったのですか?」と村山は少し皮肉を込めて言った。

私は言葉を失った。村山の論法は、一応私の言うことを肯定するようにして、その後自分の意見を言う。否定したり肯定したり、話を往復させる。

「私は顔を背けてしまっていました。これじゃあ駄目ですね。もっと……」と私は言葉を詰まらせ、そして「村山さんの言われる通りです」と呟いた。

「あの人たちはあの人たち。うっちゃっておきましょうよ。それより、ひろこという仲居さんが、盛岡さんのことを話したそうですが、わたしも関心があります。少しお手伝いさせて下さい。檜ノ原さんの調査に興味が湧いてきました」と言った。

「ありがとうございます。村山さんにご協力願えれば鬼に金棒です。なにしろＪＲ筑肥線のかつての名士ですから……」と、私は皮肉を言った訳ではないが、村山はどう受け取ったのか無言だった。そして数秒後、こんなことを言った。

「さっき悦子さんから連絡がありまして、これから相知まで行こうと思うが、ご一緒できないかと言われました。どうやら甘夏柑泥棒として逮捕されていた男の写真が手に入っているようです。それを持って確認しに行きたいそうです」と意外なことを言った。

悦子はあれから電話をしてこない。二十分位電話に出ることができないなどと言っていたが、村山と打ち合わせをするためだったのか。

「そうですか。よろしくお願いします」と言いながら、同行するのは私より村山の方が適しているかもしれないと考えていた。

「わたしは福吉発十五時二十分の電車で行くことにしました。家の者に送らせても良いのですが、電車の方が正確ですから。悦子さんとは唐津駅で落ち合います。それから、悦子さんの車で相知まで行きます」

「時間が遅いですから、くれぐれも無理をしないように……」

「『都荘』の女将にすぐ会えれば幸いですが、もし遅くなるようでしたら、また連絡します。心配ご無用です」などと村山は言った。礼儀として言っただけだろうが、こんなことが頻繁になると、とんでもないことになるのではと、私は頭のどこかで心配していた。だが、私の口を突いて出てきた言葉は、

「いや、村山さんがついていてくれれば安心です。よろしく……」だった。

そもそも村山は電車通勤を長く経験しているし、通勤者連盟の代表も務めた訳だから、それぞれの駅の事情についてもかなり精通しているだろう。あるいは駅員の中に顔見知りがいるかもしれない。村山に付き添ってもらった方が、私が行くより遙かに有利だ。悦子も、多分そんなことを考えたのかもしれない。

私の村山に対する期待は他にもあった。

彼の経歴からして、相知町の中に知人がいても不思議ではない。連盟で何かいざこざがあれば、その都度現場に赴くことだってあったはずだ。彼の性格からして人任せにはしないだろう。彼は世話人にはうってつけだ。

私は一人で納得した。同時に、村山と悦子が相知で収穫を得ることを期待していた。

家の中をうろうろしていた私は、ゆう子の部屋を覗いて背中に声を掛けた。

「エッちゃんはこれから相知まで行くそうだ。今、村山さんから連絡があった」と言うと、

「あらっ、そう。それはよかったじゃないですか。あの人が一緒なら、心配ないでしょう……」と手は休めないで言った。

「うっ、うん。まあ、そういうことだ。じゃあ俺は事務所にいるからな」

「どうかしましたか？　声が掠れていますよ」

「うん、久し振りに人の多いところにいたためか、疲れている」と部屋を出ながら言うと、

「それじゃあ、事務所でごゆっくり……ですね」という言葉が返ってきた。

ゆう子は事務所に誰もいないと、私がソファに横になって眠っていることを知っているので、そんなことを言ったのだ。実際、私は疲れていた。私の気持ちは声に現れていたのか、それとも、わざわざゆう子の部屋まで行って、悦子の予定を伝えたからか、とにかくゆう子はいち早く私の心を見透かしていた。

私ののろまが露見するのはこんな時で、多分、頭の中は空っぽになっているはずだ。

私は、ゆう子に言われたからではないが、ゆう子の仕事部屋から事務所に移動した。ソファに掛けて、ぼんやり考えていたのは、安川氏への報告書のことだ。村山が加わることで調査は急転しているが、ここで手順を誤ってはならない。ここは安川氏の意見を求めるべきかもしれない。

私は、盛岡が公金を横領したことは間違いないと思い始めていた。ただ、その発端は何だったのか。何が彼を大それた行動に走らせたのか、原因の詰めが不十分だ。今日、村山と悦子が相知で押川なる人物を特定すれば、あるいは何か分かるかもしれない。これは私の勝手な推理だが、押川が電車内で盛岡の鞄を拾った人物ではないか、そして、何らかの理由で殺されて変死体となったのではないかと考えている。

私はこれまで知り得た情報を、頭の中で整理し始めた。

盛岡はあの日酔って電車に乗った。まだ昼間で、西唐津行きの電車の客は少なかったはずだ。鞄を忘れたのに気付いたのは電車を降りた直後だが、すでに電車は発車している。盛岡がすぐさま駅員にそのことを告げ、

次の鹿家駅で車掌に確認してもらっておけば、無事に鞄は戻っていたかもしれない。しかし、盛岡は混乱した頭のまま、駅前の酒店に入ってさらに酒を飲み、辺りにいた客に鞄を忘れたことを口走っている。これは証人がいる。

ここで疑問視しなければならないのは、盛岡が本当に鞄を忘れたのか、ということだ。盛岡は巧妙に鞄の行方を隠した。つまり酒店で口走ったのは、彼の工作の一つではないかとも考えられる。

その日、盛岡は前原で、さる銀行の行員から小切手を受け取っている。土地の造成や売買がある場合、代表組長が地主の代行をするのは珍しいことではない。これは用地を買った会社に確認できる。重要なことは、彼がいつ、どの時点で横領を計画したかだ。

盛岡の生活は、寸分誤りのない毎日だった。盛岡が局長を務めていた郵便局は、配達員も含めてせいぜい十人程度の簡易局だ。しかも局の建物は、自分の屋敷内の町道に面した場所にある古い長屋のようなものだった。彼は若い時からずっと局で働いた。住家と局を往復する毎日だ。玄関を出て数秒で局の自分の席に着くことができる。言ってみれば、公私の区別のし難い環境で数十年間生きてきた。これが彼の性格を作ったのではないか。数秒間の往復だから、車はおろか自転車さえ必要ない。

彼は一人前になっても、車の購入など考えたこともなかっただろう。それより、少しでも自分の懐を暖かくする方に全力を注いだ。戦中・戦後と、西の井の隅々まで、小組合単位の貯蓄組合なる名称で、すべての住人から小金をかき集める仕組みが出来上がった。貯蓄日なるものを決めて、住人に自主的に集金させ、局の小組合口座に貯蓄するのだ。彼は密かにほくそ笑んでいただろう。

彼は人前で堂々と話し、自分の意見を述べる。貯蓄がいかに大事かと考えていて、人と顔を合わせれば、必ずその話になった。貯蓄を増やすことに面と向かって反対する者はいない。彼はそれに気をよくしていた。

しかし、一時期が過ぎ、住民自らが集金して局に貯蓄するというこの仕組みは、他の金融機関の外務員設置によって、ものの見事に逆転した。つまり、局に貯蓄をする者がいなくなった訳だ。この状況と盛岡に対する批判的な噂は、軌を一にしている。

これはごく自然な成り行きだったと思われるが、盛岡は、自分が努力してきたことに対して批判する者が出てくるとは、おくびにも思ったことはなかった。彼には、貯蓄を通して住民の生活に大きな貢献をしたという自負心があったのだ。間もなく彼は、西の井の人たちがどんな噂をしているのかということに、神経を尖らせるようになった。それが、西の井の中をくまなく歩き回るという行動に繋がったのだろう。

そして彼の中には、西の井のことは自分が一番よく知っている、自分以上に知っている者はいないという自負心が、再び芽生えていったのだ。

『神屋』の話だが、ある組合の組長が、町道で偶然出会った盛岡に呼び止められた。何事かと思っていると、突然、「何々君、あそこの新団地の道路に、黒いゴミ袋らしきものが放置されている。まだ周囲に家は建っていないし、捨てるのは問題だ。君が行って片付けておけ」と命令口調で言った。恐らく代表組長として気をきかせたつもりだったろう。当の組長はそれを拾って、車でゴミ集積所に運んだ。ものの十分もあれば済むことだが、車にも自転車にも乗ることのできない盛岡にしてみれば、一時間、いやそれ以上時間を用する行為なのだろう。もともと自分で運ぶ気持ちなどないのに、あたかも自分が責任を果たしているかのように、他人に押しつけたのだ。

また、彼の任期中に住宅が増える傾向があるのを恐れ、ある場所を隣の集落に譲ったことがあったという。これも黒いゴミ袋と同じ発想だ。彼には毎月二回、行政からの資料を仕分けし、各組長へ配布する役目があった。彼はその度にまるまる二日間を要し、重い資料を持って西の井の中を歩き回った。車を運転する者であれば、三十分もあれば終わる作業だ。

彼がこの任務、そして代表組長を三期六年も続けたのは、要するに行政から手当てが支給されたからだ。彼はそれ欲しさに続けた。その間、西の井の町を隅々まで知っているという彼の自負心は強まる一方だった。そして彼は、この町でなら、どんなことでも隠蔽できるという考えに至ったのではないか。

もう一つ、彼の不審な行動が目撃されている。

『ホテル・ニュー・ビーチ』と川を挟んで——川と言っても幅二、三メートルの農業用水路だが——西の井板金工業と証する自動車修理工場がある。盛岡が数回にわたってこの川べりを歩く姿を、工場主が目撃している。この川べりを海側に歩いて行くと、松の防風林に入る。そこから、『ホテル・ニュー・ビーチ』の地下室の裏口に繋る細い獣道があるのだ。松の葉が絨毯のように厚くなっていて、どこが道なのか区別がつかない。足跡も残らない。雁木の階段から砂浜を西に向かって歩いて行くと、ここに着く。そして地下室の裏のドアをひろこに開けさせる。その後、地下室からロビーに出れば、客として誰も不審に思わないだろう。

私はここまで考えて、安川氏に報告する内容を纏めようと思った。ソファに長くなっていた身体をゆっくりと起こし、自分の机に戻ると電話が鳴った。

「もしもし、村山です。チーフですか?」と言った。

「チーフ? いや檜ノ原ですが……」と言うと、

「ああ、そうでした。ええ、今後はチーフとお呼びしたいと思います。悦子さんと同じにした方がいいかと思いまして……」と村山は苦笑いの声で言った。

「まあ、あなたの良いように……」と私が言うと、

「今、『都荘』のロビーにいます。現在までのところをご報告します。悦子さんは女将さんとフロントで話しています。ええ、悦子さんが市警から入手した写真を見てもらいましたが、女将さんは押川ではないと言っています。でも、変死体の顔写真も見てもらったところ、押川に似ているそうです。押川なる人物が犠牲者となった可能性があります」と珍しく興奮した様子だ。

「そうですか。それは大きな収穫です。ただ、あまり無理はされないように……」と私は言った。

「大丈夫です。明日は役場とか駐在所に行って、押川という人物がいなくなっている、失踪しているという事実がないか調べてみます」

「それは結構ですが、それじゃあ今日はそこに泊まる訳ですか?」と尋ねると、村山は、

「ご心配には及びません。ここが終わりましたら悦子さんは帰します。せいぜい二十分もすれば唐津市内ですから。わたし一人で今から二、三訪ねることにします」と言った。私は安心した。

「用心して下さい。それに必要経費は出ることになっていますから、請求書をもらってきて下さい。遊興費は出ませんが……」と私は少し軽い声になって言った。

村山は連盟役員の経験を生かして、何とか鞄の行方を探し当てたいと考えているのはよく分かる。しかし、一人の人間の行方さえ探すのは容易ではない。ましてや鞄となれば、消失して陰も形もないことさえ考えられる。これを見つけ出そう、あるいは関係する人物に辿り着こうとする村山には、執念さえ感じる。彼の執念がどこまで通じるかお手並み拝見、などと呑気なことは言ってられないが、とにかく早速相知まで行った彼の行動力は見上げたものだ。私など足元にも及ばない。

私は、ここで一度警察に踏み込んでもらうのも一つの手ではないかと考え始めていた。四日の朝、虹の松原海岸で朝子の死体が発見されたあと、真壁刑事や坂本刑事には会っていない。

やはり安川氏へ一度報告すべき時期が来ている。安川氏がどう判断するか、報告というより問い合わせて判断を仰ぎたい。

悦子は、まだ連絡してこない。二十分ほど連絡できないなどと言って一方的に電話を切ったきり、連絡がない。私はいくらか待ちくたびれている。もう、日暮れも近いというのに……。

午後五時を過ぎた頃、再び村山から電話があった。さっきより落ち着いた声だったが、

「チーフですか？　ええ、いま悦子さんを帰しました。ご安心下さい」と言った。何か奥歯にものが挟まったような言い方をするが、私は「はあ、それはご苦労様でした」と丁寧に言った。

「チーフ、明日は相知町内をくまなく回ります。何とか押川の足跡を見つけ出したいと考えています。悦子さんはチーフと相談して決めると言って帰りました」と言って急に、「チーフ、一つお尋ねして良いですか……」と言ったので、私はすぐ「何でしょう？」と返すと、

「悦子さんは人と話すとき、距離を保って話すようですが、これは相手に対して少し失礼ではないかと感じます……」と初めて聞くことを言った。

「どういうことでしょうか？　意味がよく分かりませんが……」

「わたしと話すときも『都荘』の人たちと話すときも、ちょっと離れて話すのに気付きました。何か理由があるのでしょうか？」

「えっ？　いや、初めて聞きますね。私や家内と話すとき、そんなことはありませんが……」

「そうですか。普通話すときは誰でも少し近付くと思いますが、彼女は少し、ほんの少しですが、のけ反るような姿勢になるようです。相手の匂いが気になるのでしょうかね。あれは誤解を招く可能性がありますよ」とあたかも私のせいのような言い方をする。

「分かりました。注意しておきます」と言って電話を切った。私は悦子が帰ったことを知って安心した。

そろそろ店に客の現れる時刻になってきた。私は悦子のことは忘れてレジへ移った。

32

「いま釣具店に来ています。ホテルから五〇〇メートルくらい東の国道沿いにある店です。小さな店ですから国道からは見にくいですが、わたしは以前一度だけ来たことがあります。その時は奥さんと小さなお子さんがいまして、ご主人は留守でした。今日は土曜日ということでご主人がいらっしゃいましたのでお話を聞くことができました。四十代だと思います」と言って、悦子はいったん話を切った。いくらか興奮している声にも聞こえた。

「藤波さんがこの店であのブーメランのような形の錘を購入したそうです。特別に注文されて作ったもので、やはり普通の釣りでは使わないような特殊なものだということです」

やはり悦子は興奮状態にあるようだ。

「詳しいことは後でお話しします。これで切ります」と例の調子で一方的に電話を切った。私の返事は聞こうとしない。まずは一報をと考えたのだろうが、普段にない、かなり慌てている声だった。

私は電話をポケットにしまい、横で目を瞑ってじっとしている『神屋』に話しかけた。

「今日は忙しかったんじゃないですか?」

「そろそろ釣吉の虫が動き始めてくる頃です。わたしの都合など関係なく、相手も勝手に自分の都合を言ってきますし、今度はいつ行くかを決めるのがなかなか……」と目を瞑ったまま言った。釣り友達と互いに勝手を言っているのに違いない。今後は釣りに出る回数も自然に増えるだろう。

ひろこはカウンターの向こうでグラスの音をさせていたが、「今日は何もなくてごめんね」と言ってグラスと皿を出した。皿にはいくつかの星型のチョコレートがあったが、突然現れればこんなものだと思う。私は酒が欲しい訳ではない。しかし、ほんの一口、冷たい水割りを含んだ後、胃袋が冷たさに驚いたのか、ギュッと音をさせたようだ。

「ひろこさん」と私は和服の背中に静かな声を掛けた。『神屋』も私の方を向いた。

「この前来た時、聞きそびれたことがあってね、今日はそれを教えてもらいたいと思って来た」と言うと、ひろこは、

「多分そうじゃないかなと思ってましたよ、探偵さん」とわずかに唇を曲げ、睨む目付きをした。ひろこは身構えている。私は対峙してしまうと話を引き出せなくなると考えながら、「たいしたことじゃないんだが……」と言って切り出した。

「この前、盛岡さんともう一人が突然現れた話をしてくれたよね。今日の脇坂さんと俺のように、こんな風にして……」

「そうですよ。でも、だいぶ前のことですから……」と言った後、「ねえ、探偵さん、わたしも頂いていい？」と首を傾げて言った。アルコールが入れば思い出せるのか、それとも思い出したくないのか。

「ああ、どうぞ、どうぞ……」と言って私はわずかに手を差し延べた。

「ここも終わりよ。ホテルも取り壊しが始まるそうよ。寂しくなる」とグラスの音をさせながら、ポツリと独り言を言って下を向いた。

「取り壊し？　取り壊しって、このホテル、やめるの？」と『神屋』が驚いた声で言った。

「そっ、脇坂さんともお別れね」と言って『神屋』とグラスを合わせた。グラスを持った『神屋』はポカンとして棚の瓶に目をやっている。グラスの小さく尖った音が、地下室の空気を刺すように響いた。

「お別れか、残念だな。いつまでここに？」と私が尋ねると、

「女将さんからはいつまでとは言われてないけど、次を探すように言われているのよ。この年じゃ、なかなかね……」とひろこはグラスを口につけた。

「それじゃあ、今日は俺がバーテンダーをやる。交替しよう」と言いながら『神屋』は勢い良く立ち上がってカウンターの中に入った。

「さっ、ひろこさんが客。俺がサービスするから、どうぞ」と言って、新しいグラスに入れた氷を乱暴に掻き回した。

ひろこが横に座ったのは幸いだった。私ははにかむ笑顔に変わったひろこに囁くように言った。

「あの時、盛岡さんと一緒に来たのは草部と言ったよね。その人のこと、もっと詳しく教えてくれないかな」

「この前お話した以上のことは、私も知りませんよ。だって、あの人と盛岡さんが一緒に来たのは、その一回きりだけだから……。やっぱりあなたたちのように、突然ね」

「その草部と、ひろこさんが相知町で顔見知りになったという押川は、確かに別人なんだね」

「そうよ。全く違う人でしたよ」

ひろこの顔はさっぱりしていた。

『神屋』はカウンターに肘をついて、マイペースで水割りを口にしている。『神屋』がひろこに話しかけた。

「盛岡さんが電車に鞄を忘れた話、ひろこさんも知っているだろう？　実はね、わたしたちもその鞄の行方を探しているんだ。そのことで噂話でも聞いたことないかな？」

「探偵さんの鞄だったの？」

「そうじゃないが……」

三人の間にわずかだが和やかな空気が感じられた。『神屋』は笑顔を絶やさなかったし、ひろこはどこか満

足気な顔をしていた。

「その時、盛岡さんは草部とどんな話をしたか聞かなかったかな？　例えば鞄が見つかった話とかさ……」と『神屋』は目を逸らして言った。ひろこはすぐには答えなかったが、何度かグラスを口に当てた後、

「海岸に人がいたとか、誰かが見ていたとか、とにかく長い時間二人でこそこそ話していましたよ。わたしには何の話か分かりませんでしたけど」

「大丈夫だよ。ひろこさんから聞いたとは口が裂けても言わないよ。それより、盛岡さんたちが来た後、西の井海岸で人が亡くなった話を聞いたことあるだろう？　実は私はそのことを調べているところだよ」と私は暗に変死体のことを言った。

ひろこはわずかに表情を変えたが、すぐ元の笑顔に戻り、何も語らなかった。私はひろこが口止めされているのではないかと感じた。

「あのね、ひろこさん。念のために言っとくけど、もし、あんたが知ってることを隠したりしたことが後で分かると、殺人幇助《ほうじょ》として罪になるかもしれないよ」と私は柔らかく言いながら、グラスを少し口に当てた。ひろこは黙っていた。私の言ったことが聞こえていないふりをしている。

「その頃、刑事たちが二人連れで訪ねてきたことがあるはずだよ。刑事に会っただろう？　その時は盛岡さんが来たことを刑事も知らなかったから、しつこく聞かなかったかもしれない。でもね、警察も馬鹿じゃないから、その道のプロだから、いずれは必ず訪ねてくる。もう一度必ず来るはずだから……」と、くどく、しかし優しく、ひろこの髪に隠れた耳に言った。ひろこは目をつり上げた。

「死体って？　死体って何のこと？　さっぱり分からない。わたしには関係ないこと！　だって、わたしはもうここにはいないかもしれないもの」

「そんなことはない。あんたが外国に逃げたとしても、日本の警察は追いかけて行くよ。地の果てまで追い

かけて行く。日本の警察はしつこいから……。私もここに来た二人の刑事には何度も会ったことがある。西の井の人は盛岡たち二人が海岸を歩くのを見ているのに、何も言わないからかえって疑われている。それが皆分からないでいる。だから警察はいつまでも諦めない。……何も聞かなかった？　それならいいが……」と私は『神屋』の方を見た。すると、『神屋』は目で合図してひろこに話し始めた。

「あのね、ひろこさん、だから檜ノ原探偵はこうして調べている訳だよ。場合によっては警察から出頭命令が出る。取調室に呼ばれることだってあるぞ。それよりここではっきり言って、檜ノ原探偵に任せた方がいいぞ」

「わたしは自信がないわ。あの二人は小さな声で話していたし……ただね、鞄は川に捨てたと言っていたと思う。確かそう言ったわ……」とひろこは瞬きして私を見た。

私はひろこを訪ねたことの意味を考えていた。やはり間違いではなかったようだ。『神屋』の目の前で盛岡に関する調査を進めた方が、彼自身も納得できる。澄ました彼の顔は日焼けしていて、アルコールがどの程度回っているのかは分からない。

「ひろこさん、そのとき、小切手の話は出てなかったかな？　まあ、要するに金の話だけどね。何も聞かなかったかな？」と言うと、ひろこは私を振り向き目を丸くして、

「いいえ、そんなことまでは覚えていないわ。なにしろ時間が長かったことだけは覚えている。帰りは二人とも結構酔っていたもの。わたしは最後までお相手しましたから……」

「倫子さんなんかは一緒じゃなかったの？」と言うと、それには答えなかった。

ひろこの言う通り、かなり長時間話し込んでいたとすれば、話は小切手のことにも及んだであろうことは想像に難くない。

鞄を忘れ、ひと頃は大騒ぎになったが、結局は盛岡の手に戻っていた小切手。それも草部の手を経て盛岡へ

戻った。その間に押川という男が絡んでいる。しかもその男が変死体として発見された。そう考えるのが自然である。

その一部始終を見ていた男。その男が私に手紙を書いたのだ。

私は『神屋』と釣りの話などもしながら、一時間近くバーにいた。それからひろこに勘定を済ませ、つりはいらないと言ってロビーに移動した。薄暗い地下室の階段を上るとき、後ろにくっついて来たひろこに、

「いま次の職場を探しているのかい?」と私は振り返って尋ねた。

「そう、もちろんよ。お願い、あったら教えて……」といくらか哀願する声で言った。しかし、本心は分からない。私は、村山ならそういう情報の一つや二つは持っていそうな気がして、軽率にもそんなことを口走った。私は生返事をしながら階段を上った。

ロビーに人影はなかった。やっぱり客足は相当落ち込んでいる。今日は土曜日だし、普通なら団体の二つや三つは来るはずだが、正午を過ぎているのにその気配はない。

「今日は団体の予約はないの?」とひろこに声を掛けると、

「三時頃から老人クラブの団体さんがあるのよ」と言った。

なるほど、ひと頃とはずいぶん状況が変っている。かつてはいくつもの団体客の予約看板が玄関脇に立っていたが、今はそんな景気の良い話はないようだ。

「ずいぶん変わったね。これじゃあ建て替えてまで続けることはできないだろうね。詳しいことはわからないが……」と私は無責任なことを言った。

ロビーでひろこが持ってきたお茶を飲みながら『神屋』と向き合っていたが、そのときフッと頭に浮かんだことがあった。

そう言えば今日は土曜日だ。私は電話で悦子を呼び出した。何かを確認する場合、まず悦子に尋ねる癖がつ

いている。つまり悦子の記憶の方が確かだということだ。

「はい、いま戻っている途中です。新舞鶴橋を渡ったところです……」

「運転中か。かけ直そうか?」と言うと、

「ご心配なく、大丈夫です。村山さんが運転してくれています。それより、昼間から盛り上がっているんじゃないですか? 駄目ですよ、仕事中ですから……」

「大丈夫だ。今、ロビーで待っているところだ」と私は言った。

私は土曜日に何か閃くものを感じていた。七泉閣で働いていた頃の良子は、毎月月末の土曜日は早めに帰っていたという。そして、例の五人の女と一人の男が『魚善』に集ったのも七月末の土曜日ではなかったか。

「エッちゃん、例の『魚善』でコピーした顧客カードの日付は覚えているかい? 確か土曜日だったと思うんだが……」

「そうですよ。七月二十九日の土曜日だったと思います。途中で『魚善』に寄って、念のため確認してきます」

果たして偶然の出来事だろうか。そんなはずはない。月末の土曜日。これは良子が七泉閣を早退するのに最も都合がよかった日だ。そうに違いない。この日を選んで六人は例会を開き、何かを画策していた。犯人はそれを知っていた。知り得る立場にいた。ここを深く探っていけば、見えてくるものがあるかもしれない。

やはり、犯人が持ち去った思われる良子の所持品の中に真相があるのではないか。良子が電車の中で男に罵声を浴びせていたとき、その手には手帳が握られていたという。その中に、何か重要な事実が隠されているのではないか。

帰りは村山が運転すると決めていたのか、二人はホテルの玄関前に車を停め、悦子が先にロビーに姿を見せた。後から村山が歩いてくる。

「ただ今戻りました、チーフ。遅くなってすみません！」と大きな声で深く頭をさげた。私は一瞬悦子の声に驚いたが、後についてきた村山は笑顔になった。悦子は村山に私の前に座るよう勧めた後、自分もその横に並んだ。『神屋』も眠そうな目を開けた。

私は村山に対して、嫌な顔一つしないで走り回ってくれたことに礼を言った。そして悦子の報告を聞く前に、

「どうでしょう。ここまで来たからには、後は警察に任せたら……」と私は村山の顔を見ながら話した。

「そうですか。かなり煮詰まった訳ですね？」

「そうです。手の届くところまで来たと思っています。村山さんから見ると無責任に思えるかもしれませんが、私たちに警察権はありません。どうですか、賛成してもらえますか……」と言って悦子の顔に目を移すと、悦子も納得しているらしく軽く頷いた。

そこへ、ひろこがトレーでお茶を運んできて、村山と悦子の前に置いた。私は急に話題を変え、

「村山さん、知っていますか？　この『ホテル・ニュー・ビーチ』は取り壊しになるそうですよ」と言うと、

「えっ？」という目付きをして、

「取り壊しって、ここやめるんですか？　いや、知らなかった。そうですか……。この横の温泉跡地に地元の直売所が計画されていたのも取りやめになったんでしょうね」と言った。すると、その場に立って村山の話を聞いていたひろこが、

「温泉跡地は宅地になるそうで、土地は売却済みとか……。ところが後の噂で、売却済みの件は、建設委員の一人が自分の地元に直売所を持ってきたいがための作り話だったと聞きましたよ。ここだと貸し切りバスなんかでも便利だったでしょうにね」と言った。

「『ホテル・ニュー・ビーチ』も多少改良して、宿泊施設と直売所が併設されれば、新しいタイプのホテル経営として成り立ったかもしれないのに惜しいことをしたね。噂が事実だとすると残念だよ。例の西の井の人の、

何事も自己優先の発想の結果だ。盛岡の発想も似ているよ」と私は言った。

村山と悦子が一息入れたところで、私たちは悦子の運転で事務所に引き揚げることにした。

雨さえなければ、土曜日の昼近くの国道は、疾走するオートバイが爆発音を響かせ、狂気じみたクラクションを鳴らし、長い列を作って疾走していく。多くの車は西に向かう。彼らは日暮れにも、トップリと暮れた夜になっても戻ってこない。恐らく唐津街道から長崎街道を走り続けるのだろう。

事務所に戻って、『神屋』はソファに、村山は悦子と向かい合わせの事務机にそれぞれ座った後、悦子が『魚善』に立ち寄った件について報告した。やはりその日は七月二十九日の土曜日で、終日よい天気だったという。そして、遅れて来た男は、小さいちり紙の包みを鈴子の手に握らせ、今日見たことは、誰にも絶対に言ってはならないと口止めしたというのだ。鈴子は、「檜ノ原さんや河丸さんにいろいろと尋ねられて、怖くなりました。知っていることは何でも話します」と言ったそうだ。

「やっぱりあの日、金が動いている。わざわざ『魚善』を選んだのもそのためだ。『ホテル・ニュー・ビーチ』では人目もあるし、誰に会うか分からないからな」と私は三人を見て続けた。

「実は、このことを公表するのはまだ後にしようと思ってここまで来たのですが……私の考えでは、五人の女たちの宴席は実はカムフラージュで、本当は金を隠すのが目的ではなかったかと思っています。私は盛岡が息子家族の失踪届けをいまだに出さないのは、何か重大な事実を隠しているからだと考えています。盛岡の鞄とその中に入っていた小切手、これは実は盛岡の手元に戻っている。その隠し場所が『魚善』ではないか。そうしますと、妙子が失踪するのも頷けます。公金は密かに妙子の手で『魚善』に隠されたのではないかということです。恐らく億のつく額でしょう。これを運んだのが後から来た男です。恐らく由紀子はその一部始終を見てしまい、そのために『魚善』を追われたのだと思います。鈴子も何か知っていることは間違いないと思いますが、問題は『魚善』の女将です。しかし、追い過ぎになるのもいけませんし、ここらで警察に委ねてはどうかと考えた訳です……」と私はいま考えていることの概略を話した。この内容を明らかにすることは、私たちだけの力では不可能だ。

『神屋』は私の言葉に何度も頷いていた。彼なりに納得をしたのだろうと思うが、この公金の行方をどう組長会で発表するか、あるいはしないのか、これは調査を依頼をした『神屋』次第だ。

「どうでしょう、『神屋』さん……」と『神屋』の方に声をかけると、

「そうですね。そうですね」と小さく頷きながら繰り返したが、その表情が彼の複雑な心境を現していた。

「いいですか、『神屋』さん。あなたの気持ちも分からなくはありません。最初はあなたも殺人に繋がるとは思ってもみなかったと思います。ですが、ここまで来た以上は後へは引けませんよ。なにしろ人が死んでる訳ですからね。これも西の井の暗い部分というべきものではありませんか。リネージ、つまり血縁がこの町のこの姿を作ったのですよ。最初にあなたがここに見えた時のことを思い出して下さい。意味の分からない通帳、理解できない現金支出のことが許せなかった訳でしょう？　私もこのまま放置しておくことは良くないと思います。……やってみようじゃないですか」と、私はいくらか『神屋』の心を鼓舞するようなことを言った。

「それからこれは村山さんもエッちゃんも聞いて欲しいのだが、なぜ殺人という最悪の事態に至ったか、ということだ。藤波という男が犯人であることはほぼ間違いないと思っていますが、彼はなぜ人を殺めることになったのか。そして彼はなぜ私に手紙を出したのか。これはあくまで私の推測に過ぎないのですが、単に遺恨とか復讐とかではなくて、もっとほかに、この西の井を亡くす、いや、これは飛躍しすぎかもしれませんが、少なくとも西の井の皆に知ってもらいたい、という思いがあったのではないか。だから死体をよく見える場所に置いたし、死体に損傷を与えなかった」と私は三人の顔を見ながら話した。村山は目を細くして、

「そうしますと、殺人はあの五人の女と一人の男、全員が対象じゃありませんか？　殺人は続くと、終わっていないと言われるのですか？」とゆっくり言った。

「……そうです。そうなんです」と私は村山の目に向かって言った。

四人の間に沈黙が流れた。私は自分の顎を軽く支えながら、

「朝子の死体が虹の松原海岸にあったというのは、五人の女たちが『魚善』に集ったこと、そしてそこで何かが行われたことを知らせようとしていたのではないかと考えています」と言うと、悦子が素早く、

「どうして、どうしてそんなことが言えるんですか？　朝子の死体は流れ着いたのではなく、わざわざあそこに置かれとチーフは考えている訳ですか？」

「犯人は何らかの方法で、五人の女の行動をつぶさに知ることができたのではないか。そして『魚善』に何か重大なことが隠されていることを私たちに教えようとした……」

「でも、白水さんは海岸に足跡はなかったと言ってますよ」

「その通りだ。だが、藤波は沖釣りもするだろうし、釣り友達もいるだろう。例えば、スカイラインを又貸ししていたという上田の息子を通じてボートを借りることも可能なはずだ」と、そこまで話した時、私は『神屋』の顔をじっと見た。彼の顔に変化は見られなかったが、四人が黙ってしまうと、『神屋』は他の三人の目が自分に注がれているのに気付いて目を丸くした。

「……そうですね。考えられないことではありませんね」と戸惑う声で、『神屋』はなぜか首をわずかに頷くように動かした。

「でも、市警はまったくそのことには気付いていないようですよ」と悦子が私に大きな目を向け、さらに「どうでしょう。あとを警察に委ねることに反対はしませんが、もう一つ何か決定的なことが欲しいですね」と言った。

「例えば？……」と悦子に問う目を向けると、村山と『神屋』も悦子を見た。悦子は戸惑いを見せるのかと思うと、反対に勢いよく目をつり上げて、

「やっぱり由紀子さんから話を聞いてみたいんです。チーフ、電話で探しましょう。出向いていては時間がかかります」と言ってすぐ、「村山さん、『神屋』さんも手伝って下さい！……いいですね！」と悦子は慌ただしく電話帳を開いてコピーをし始めた。

コピーした数枚を渡された村山と『神屋』は、彼女の指示で電話を掛け始めた。どうやら悦子は、福岡と佐賀県内の職業別名簿に沿って、片っ端から由紀子を探すことにしたようだ。私はこんなことで探し出せるのか期待はしなかったが、悦子にとっては最後の手段だったのだろう。悦子がこんなに慌てるのも初めて見る。

私は悦子たちを尻目に居間に移動した。私は急ぎ過ぎているのかもしれない。今日という日を選んだのにはそれなりの理由があったにせよ、悦子を慌てさせたのは間違いない。

私は裏庭を見渡しながら、海からの風のないことを確かめていた。どの枝もどの葉もじっとして微動だにしない。今夜、あの男、藤波が来るだろうか。意味もなく腕時計をチラッと見た。「四時か」と呟いて腕時計を指先で軽くポンと叩いた。

どうだい！　俺がやってることに間違いがあるか？　ないだろう？　ないと言えよ！

私は何かに語りかけていた。

今日の俺はいかにも唐突だが、これが俺の本性だ！　窮地に立たされたことは今までだって何度もあった。神経がぶち切れてしまうほどの胸の痛みを覚えたことだってある。その度に俺は、俺の考えていることに間違いはないと思ってやってきた。俺という人間はそのようにしか生きようがない。どうだ！　お前も人の血が流れているなら本当の自分を見せろ！　見せてみろ！

「チーフ！　チーフ！　何をしてるんですか。ボンヤリしてる場合じゃありませんよ」

悦子が背後から大きな声を掛けた。私はゆっくりと悦子の方を向いた。

「どうした?」

私の声は至極沈着に響いた。

「村山さんと『神屋』さんが待っています。事務所の方に来て下さい、すぐ」と悦子は急き立てたが、私はそれには応じなかった。反対に軽く咳払いをして、

「何も慌てなくてもいい。エッちゃんらしくないぞ」

私は少し語気を強め、しかし優しく言った。電話一本で行方が知れるほど簡単なことではない。名前だって由紀子と名乗っていないかもしれないではないか。私は悦子に近付き、

「風を見ていたんだ。今日は凪だな。この分だと夜釣りは可能かもしれないぞ」

私は自分にも言い聞かせるように静かに言って、悦子の後から事務所に入った。

村山と『神屋』は手持ち無沙汰な様子で私を待っていた。ひょいと二人の目が私に集まったが、複雑な表情だった。

「ご苦労様でした。どうでした?」

「やっぱり無理でした。時間帯が悪いのでしょうかね。夜にでももう一度やってみますか。それらしい旅館もありましたから……」

「そうですね」と言って考えた後、

「たとえ由紀子の居所が分かったとしても、おいそれと私たちの質問には答えるとは思えません。これは時間のかかる仕事じゃないでしょうか。気配を摑めただけでも成功ですよ。それより『神屋』さん、盛岡さんの件は今後どうされますか? 私は警察に経過を話してみますが、そうすると当然、警察は盛岡に話を聞きに行くでしょう。その時は私も警察と一緒に行動するつもりです」と『神屋』に話しかけた。『神屋』は目を逸らして、

「わたしは盛岡さんとは直接話したくありませんね。そっちは檜ノ原さんにお願いしますよ。それに、ここ

まで調査してもらった訳ですから、後は他の役員にも相談しながら、今後の話の進め方を決めたいと思います」と『神屋』は慎重だった。

「盛岡の犯罪は重大です。彼は平然とした顔で日常生活を送っていますが、彼の犯した罪は、西の井の町を象徴するものですよ。私は最近そう思うようになってきました。場合によっては徹底した糾弾が必要かもしれません」

私は自分が気付かないうちに語気に力が入っているのにハッとした。さりげなく胸に手を当て、三人の顔を見たが、誰も私と目を合わせなかった。

村山と『神屋』は潮時と思ったのか、ソファから立ち上がり目で挨拶を交わし、村山の方は帽子を手にした。

33

「エッちゃん、今日は絶好の凪のようだ。都合はどうだ？　家に電話しておいた方がいいかもしれないよ。エッちゃんの望み通りの夜になりそうだ」

私は公園へ散歩に出ることを暗に言った。悦子は机の上に書類を広げていたが、

「ええ、分かっています。もうすぐやめますから……」

悦子は、逸る気持ちを抑えて言った。手を休め、思い出したようにこんなことも言った。

「村山さんは西の井出身じゃないんですね。生まれは前原の方らしいですが、チーフはご存じですか？」

「ああ、そうか。知らなかった。それが何か重要なのかい？」

「いえ、大したことじゃないんですが、だから知人が多いんでしょうね。村山さんがＪＲ通勤者連盟の代表をなさっていた理由が何となく分かりましたよ」

この話は、悦子が彼と行動を共にした数日の間に直接聞いたものだろう。村山の交遊関係は私の想像以上のものかもしれない。悦子も、村山から教えられたことが多々あったはずだ。

今日、もし藤波と会うことになれば、村山にいてもらった方がいい。直接会えば、藤波が例の組長会で発言した人物かどうか、はっきりするはずだ。私はそう考えて、

「どうだろう、今日の散歩には村山さんにも同行願う訳にはいかんかな？　夜まで付き合わせるのは気の毒だが……」と私は悦子の意見を求めた。悦子は意外だったらしく、いつものように素早く答えなかったが、手

を休めて目を向け、

「夜と言っても、朝までになるかもしれませんからね。相談すれば嫌とは言わないでしょうけど……」と悦子は珍しく慎重なことを言った。

「失踪した妙子、それに卜部槙人やあとの二人の女、宇部知子と大坂さよ子たちにも、村山さんは組長会の席上で顔を合わせている。彼は当時の様子をつぶさに見ている訳だ。他の人は当てにならないが、村山さんは信用できる。俺はそう思う」

悦子はパソコンの画面を睨んで棚卸しの整理を続けているが、彼女が普段見せることのない、きつい顔になっているのに気付いた。

「エッちゃん、俺はもう一つ気になっていることがある……」と言いかけたところで悦子の指先が止まった。

「今夜はいつものように公園から波止場に行こうと思うが、白いスカイラインがあれば藤波がいることは間違いない。ただ一つ引っ掛かっているのが、後の二人のうちの高島ではない方、少し離れて釣りをしている男だ。この男はいつもいる訳ではないようだが、エッちゃんは話したことはないのか？」

「はい。少し離れた位置にいますし、顔もよく分かりません。私が高島さんと話していても、見向きもしません。それに高島さんも、その人のことは知らないのかも……それとも知らないふりをしているか、どちらかですよ」

「そうか。いや、それならそれでいいのだが……エッちゃん、例えばさ、例えばだよ……」と私は悦子を驚かせないように、ゆっくり彼女の横顔を見ながら、

「もしかしてこの男は、監視役か何かじゃないかな。俺たちはこの男から見られているんじゃないか。どうもそんな気が……」と言い淀んだが、ここまで言って、私は再び悦子の顔を見直した。しかし、悦子は棚卸しの結果を急いでいるのか、パソコンを打ち続けている。私の言っていることは耳に入っているらしく、キーを

打つ手を止めて私に目を向けた。

「藤波の共犯者ではないかとおっしゃるんですか……」

「いや、断定はできないが……。あの男は、いる時もあればいない時もある。だから無関心でいた。高島さえ関心を示さないし、だからエッちゃんも話しかけることはしなかった。つまり、ここに盲点があった。犯人は二人。そう考えれば解決できることがいくつもある。良子の殺害にしても、一人でできる業ではない。あんなに整然とした姿で、川に人の死体を横たえることができるだろうか？　二人であれば可能性はある。問題はもう一人の男が釣りに来ていた日と、良子や朝子が殺害された日が一致するかどうかだ」

とにかく、今日藤波に会うことができれば、はっきりするだろう。

結局、村山は誘わずに、二人だけで出かけた。今日が最後になる訳ではないし、そもそも藤波が来ているかどうか分からない。

悦子はなぜか私の二、三歩先を歩いた。ゆう子もそうだったが、悦子も同じように急ぐ。それとも私が遅いのか。時々数歩先から私を振り向くが、立ち止まることはしない。肩に掛けたバッグを振り回すように、後ろ向きに進んでいる。

公園は薄暗くなっていた。私と悦子は駐車場の近くへ進んだ。期待通り、白いスカイラインはあった。

「あの車！」と悦子が小さい声で言った。

いつものように、いつもの場所にあった。私は悦子の顔を見た。悦子も私を見た。わずかに頷きあった後、波止場に向かって歩き始めた。後についてきた悦子がスッと波止場へ上がった。さらに私も悦子の差し出した手に掴まって登った。日没の最後のわずかな赤い残照が海面にあった。思った通りの静かな海だ。私と悦子は肩を並べ、テトラポッドの先の人影に目を据えた。そして再び頷きあった。

「藤波さーん！……藤波さーん！」

悦子の澄み切った声が波の音を突き抜けて響いた。二度三度、悦子が繰り返した後、テトラポッドの人影が動いたのが分かった。それを見た悦子は大きく背伸びをして両手を振り、また繰り返し叫んだ。

「ほらッ！　チーフ！」押し殺した声で悦子は私に近付いた。キャップランプの光が悦子の方に動いたのがはっきり分かった。

「間違いない。藤波だ。今日は一人のようだな」私も思わず押し殺した声を出した。ひどく喉が乾いた。

「チーフ、気をつけて下さい。足元に気をつけて下さいよ！」

「待てよ、エッちゃん、この上を歩くのか？　冗談じゃないよ、それは無理だ」

「じゃ、ここで待っていてください。呼んできますから……」と悦子はテトラポッドの上を跳び歩いた。

やがて悦子は藤波の側に近付き、何か話しかけているようだ。しかし、その声は当然ここまでは届かない。

私は悦子に任せる以外にない。二人の様子をじっと睨んでいた。

やがて二人はこっちに向かって歩き始めた。私は波止場の広い場所を選んで、二人が近付いてくるのを、目を離さずじっと待った。私はひどく長い時間二人を待ったような気がしていた。

藤波は体格のよい男だ。村山が電車の中で見たという肩幅の広い背中は、この男に間違いないだろう。私は妙な自信を感じていた。二人が目の前に来るまで、じっとその動作を追った。男は気遣うように悦子の手を取っていた。悦子が少し遅れると、立ち止まって手を差し延べた。悦子はその手に摑まってヒョイとテトラポッドを渡った。

先に悦子が私の前に立って、「やっぱり、藤波さんでした。藤波さんでしたよ」と囁くように言った。私は軽く頷いて藤波の前に立った。

「藤波さん？　間違いありませんね？」と目前の男の全身に目を配りながら言った。

「はい」と男は短く小さな声で言った。意外だ。裏切られた気持ちになった。藤波はもっとどすのきいた声を出すものと考えていた。目は伏せていて、私に向けようとしない。背は私より明らかに高い。しかし、幅の広い肩は力なく下がって見える。

「檜ノ原です、探偵事務所の檜ノ原です」と言い、続けて、「多分、今日あなたがここに来るだろうと思っていました。会えてよかった。……あなたがあの手紙をくれた人ですよね？」と藤波から目を離さずに言った。

「……すみません」と目は伏せたままだが、頭は下げない。

「あなたにいくつか尋ねたいことがある。話してくれますね？」

「はい……話します。わたしも檜ノ原さんに聞いて欲しいことがあります」

「何？　私に話したい？　手紙のことですか？」

「手紙のこともあります。他にも……」

「そう、そうですか」

「警察は来ないのですか。時間がありますか？」

「うん、ある。心配しないで……まだ警察には言ってませんから」と言い、藤波と共に駐車場へ移動することにした。

「今日は高島さんは見えないようだが……」続けて、私が重要だと考えている質問をした。「それに、もう一人の人も見えないようだが……」

「はっ？　はあ、来ていません」と藤波が小さく返事をした。

藤波の素直な返事は予想外だったが、彼の小さい声を耳にして、私はいくらか興奮している自分の気持ちを抑えることができた。

「車の中で話しましょう」と言って藤波の顔を見たが、表情がはっきりしない。この男は我慢強いのかもしれない。だから良子の罵声にも耐えていたのだと思った。

振り返ると私が先頭、数歩後に藤波と続いて、すぐ後を悦子がついてくる。悦子は何を考えているのか、藤波に遅れないようにピッタリくっついて歩いてくる。

「藤波さん、あなたは良子と朝子を？……」と私はいきなり話を飛躍させた。

「はい……」と素直な返事をしたが、それ以上話を続けようとしない。

車に近付き、藤波がキーを使いドアを開けた。私はまず悦子をドライバーズシートに、次に藤波をバックシートに座らせ、最後に藤波の横に乗り込んだ。つまり私の前は悦子だ。私は藤波が持っているキーを悦子に渡すように言った。藤波の様子から見て逃げ出すとは思えなかったが、念のためだ。

「キーを河丸に渡しなさい。早く……」と私は藤波に強い調子で言った。

藤波が暴力を振るうとは思わなかったが、いつ狂気を露にするか分からない。何しろ殺人者だから……。

藤波は暗い足元に目を落としている。あれだけ釣りをしているのにその横顔が『神屋』のように日焼けしていないのは、夜釣りのみの証拠か。

藤波が落ち着いたころ、悦子が水筒の蓋を私に渡して「お茶です」と言った。私が少し驚きながらも受け取ると、悦子はもう一つの白い内蓋を藤波に差し出した。機転というほどのことではないが、悦子らしいと言えばそのとおりだ。

私たち三人の間には、不穏な空気はなかった。むしろ、これは不思議なことだが、話しているうちにお互いに以前からの知り合いだったような気がしてきた。無論、藤波を安心させようとする気持ちが私だけでなく悦子にもあっただろう。

「藤波さん」と私は親しみを含んだ声を掛け、

「いつから……いつごろから殺人を考えたのですか？　あなたが電車の中で良子と話したころですか？　そのとき良子が大声で罵声を浴びせていたのを見ていた人がいます。その人から直接聞くことができましたので、間違いないでしょう」

藤波は私に目を向け、「六月か七月だったと思います」とゆっくり言ったが、村山が言ったのと合っている。

それを機に藤波は、ゆっくりだがいくつかのことを話した。

話の中で、私たちもまったく知らないことがあった。組長会からしばらく経った後、卜部槙人から電話で、「ぜひ会いたい。話したいことがある」と呼び出され、卜部が指定した場所、つまり集会所へ行ったという。

そこには五人の女と一人の男が待っていた。

「わたしは何の話か分からないまま出て行きましたが、五人の女と卜部槙人が、わたしを取り囲みました」

そして藤波は、六人の男女から激しいリンチを受けたというのだ。集団リンチ……今時、大の大人たちが集団リンチなどするだろうか。私は最初、これは藤波の妄想ではないかと思った。

薄暗い室内灯の光の中、藤波は私に目を向け、自分の額の右側を人差し指で指した。そこには薄い光でも明らかにそれと分かる、傷跡らしきものがあった。黒くて縦三センチ位のものだ。

「これがリンチの証拠だね。……出血したのか？」

「はい」と藤波はゆっくり言って、「五人はそれぞれに罵声を吐きました。はっきりとは思い出せませんが、わたしの組長会での発言を攻めていたようです。その時はわたしは手を出していません。六人の言ってることは子供じみている思いましたから、相手にもしませんでした」

「実地検証になると思うが、その時の様子を詳しく説明できるね」と親しみを含んだ声で言った。

「はい……」

藤波の話が事実だとすると、やはり発端は藤波の組長会での発言にある。

しかし、これだけでは殺人の動機としては弱い。もっと他に理由があるはずだ。六人のしたことは実に子供じみていて、藤波自身もそう考えているのだ。それが殺人にまでなるとは……。

「そんなことで人を殺めるなんて馬鹿なことをと思われるでしょう……。あるとき終電車の中で、偶然良子を見かけました。それから良子のことが気になり、何度か後をつけました。いつからか良子の行動が普通ではないと思い始めました。良子は月末の土曜日に決まって勤め先を早退することを知りました。そして夕暮れになって五人の女、それに卜部槙人が集まり、時々は町議の大坂も同席するようでした。この五人の女を操っているのは、卜部槙人と町議だと思いました。彼らはわたしが選挙妨害をしていると考えたのか、わたしを西の井から追い出そうとしているようでした。そんな時、終電車で偶然良子と顔を合わせました。良子はわたしと向かい合うといきなり大声で罵りました。『お前なんか、西の井から追い出してやる！』と言って、わたしの顔に唾を吐きかけました。その時の良子の表情は、とても尋常ではありませんでした。狂気とはこういうことを言うのかと初めて感じました。電車を降りたあと、良子の後をつけて家を確かめました。いま思い出しても、なぜ尾行しようと思ったのか、はっきり思い出せません。嘘ではありません。わたしは自分の行動が不思議でなりませんでしたが、いま考えれば、やはり良子を許せなかったのだと思います」

「駅南口から良子の家まで尾行した……どこを通ったか説明できるかね？」

「はい」

「尾行の途中で殺害したんじゃないのか？　光の届かないところで」

「いえ……」

藤波はそこまで話して、側にいる私や悦子に気付かれないように深呼吸をしたようだ。再びうなだれて目を伏せている。

「それで、時期を探った訳だね？　殺害の……」

「はい……」

「冬の間、何度か尾行したという訳か……。それにしても、あの夜を選んだのはなぜだね？　その説明はつくのかい」

「はい」

藤波の話では、この月は月末の土曜日ではなく火曜日に集会が行われたという。この夜、良子らは十一時近くに集会所から帰った。良子はいつも妙子の車に便乗し、家の近くで降ろしてもらう。そこから良子の家まで、二〇メートル位の暗い道がある。そこで藤波は良子を殺害した。

私は藤波の話を聞きながら、良子の家を訪れた時のことを思い出し、人目の届かない、それらしい道があったかを考えていた。

「藤波さん」と私は藤波の横顔を睨んで、「凶器はいったい何だね。教えてくれ……」と言った。

「錘です」

「錘？　やはりそうだったのか……」

藤波の話によれば、錘で後頭部、頚椎を狙って振り込むという。現実に命中させるのは不可能に近いと私は思うが、これも釣り名人のなせる業か。命中すれば第四頚椎が砕け、即死する。短い悲鳴さえ発することができないという。

「しかし、警察はそんなことは言ってなかった。頚椎が砕けていれば分かるはずじゃないか？」

「多分、頚椎が砕けたのは、倒れた時に起こったものと見られたんじゃないかと……」

「鵜呑みにはできない。が、理屈は分かる。藤波さんは釣り名人だからな。それに……何よりも痕跡が見え難い」

「……」

こうして藤波と話していると、彼が嘘を言っているとは考え難い。事実、彼は自分が殺害したことを素直に認めている。しかも殺害の一部始終を詳しく話してくれた。

ドライバーズシートでの悦子は、正面を見ながら黙って聞いていたが、おもむろに藤波の方に首を延ばし、

「藤波さん、わたしも質問します。いいですね？　答えて下さい」と言った後、一瞬私に目を向けた。

「あなたは以前、檜ノ原酒店に来たことがありますよね。二度か三度……」

「はい……確かに檜ノ原酒店であなたに会っています」

「やっぱり……それにしてもなぜ檜ノ原探偵事務所に相談しようと思わなかったの？　訳の分からない手紙を出したりして……素直じゃないのよ、あなたは」

悦子は明らかに責める口調に変わっていた。

「ええ……そうかもしれません」

「わたしはいつも西の井を走り回っていますが、あなたの家は分からない。どこに住んでいるの？」

「博多です。博多の兄の家にいます」

「博多？　博多の人がどうして西の井の組長会に出るの？　おかしいじゃないの」

「以前は、荒谷地区に住んでいましたので……」

「ああ、それで荒谷の組長だったの？」

「はい」

「その時にいろいろ問題が起こった訳ね。どうして相談しなかったのよ。相談していれば何事もなかったのに……馬鹿よ、あなたは愚か者よ！」

藤波は無言だった。それから私は彼の身の上話を聞いてみた。彼の話はこうだった。

大工職人だった父が先妻と死別、藤波の実母と再婚した。その男には男女二人の実子がいたが、再婚と同時に離散、藤波は後妻の一人息子だった。その父が亡くなってからは母と二人だけの暮らしになったが、病弱だった母は働くこともままならなかった。しかし、離散した異母兄姉が仕送りをしてくれて、藤波は義務教育を

終えた。彼の住居は県境の深い森林の中の一軒家で、ここでわずかの畑を耕して暮らした。生活費のほぼすべてを兄と姉の仕送りに頼った。

彼は青年になったが、病弱な母の面倒を見るため、終日家で暮らした。彼は好天の日を選んで、四キロ位離れた西の井海岸へ下り、釣りをした。少しでも食事の足しを得ようとしたのだが、父の残した自転車で海岸へ出るのは、下りはともかく上りは容易なことではない。当然、藤波の足腰は強靭になり、素晴らしい肉体を備えた青年として成長した。母が亡くなってからも、荒谷にある実家と両親の墓を守り続けた。藤波は四十を過ぎているが未婚である。彼は努力して働きながら何がしかの糧を得ていくことを考えない人間になっていた。無欲と言えば聞こえはいいが、人として何か大きな欠落が感じられる。

これが藤波の話した生い立ちの概要だが、私は静かに自分の足元に目をやったまま話す藤波の横顔を見ながら、これほど単純な生活はないだろうと思っていた。

彼は何一つ自慢できることはしていない。何一つ責められることもしていない。

「今、家はどうしてるの？」と私は自分でも変に思うほど優しい声で言った。

「そのままです」

「そのままって、誰も住んでないのかね」

「はい、もう人の暮らせるような状態ではないです。家の裏に墓があるだけです」

「そうか。でも、放置しているのは危険じゃないのか？　墓の掃除もしないといけないだろうに……」

「そうです。盆前一日だけ兄と姉が来ます。それだけです。それに、下の家の楢橋さんが家を見ていてくれています」

「空き家のままはよくない。第一、火が危ない」と言いながら、私は藤波の家がどんなものか想像していた。

「ところで……」と私は藤波の横顔に声を掛けた。

「死体のことだが、良子も朝子も、シュミーズ一枚で、まるで誰かの手で横たえられたような状態だった。良子の手足は揃っていたし、朝子は胸の上で両手の指が組まれていた。なぜだね？　なぜそんなことをしたのか……」

私は少し押し殺した声になった。

「別に……何も……」と藤波は短く掠れる声で言った。

私は悦子に、もう一度お茶を入れるように言った。悦子は軽く頷くと音をさせてお茶を入れ、藤波に手渡した。私は藤波が飲み終わるのを待った。

「あなたは良子や朝子を殺害したことを認めているが、殺人ということを意識していないんじゃないかな？　あなたは殺害が目的ではなかった。いや、それは適切じゃない。あなたが抹殺したかったのは、この町なんじゃないか？　西の井が憎い、両親も町に殺されたと考えたんじゃないか？　あなたは町を憎んでいた。そんな時、良子の狂気に出会ってしまった……」と私は藤波の横顔に言った。

「動機はそこらへんにあるように思う。藤波さん、あなたが抹殺したかったのは、この町だ。そうだろ……」

藤波はそれには答えず、こう言った。

「二人の所持品は、荒谷のわたしの家の黒いゴミ袋に入れてあります。その中の良子の手帳を見れば……卜部槙人たちが何をしようとしていたか分かります。卜部槙人は、自分が代表組長になって町を牛耳ろうとしていました。わたしが邪魔になったのです。そして集団リンチ……。わたしは冷静でいたつもりですが、電車で良子に会い、後をつけたことで、わたしの気持ちは変わってしまいました……」

藤波は何を思ったか、そこで顔を上げて深呼吸をした。顔は青ざめて見えたが、私の気のせいかもしれない。そして悦子に向かい、

「河丸さん、すみませんが、この車を上田さんに返してきてくれませんか。わたしはもう少し釣りを続けま

す」と哀願するような柔らかい声で言った。

「わたしが？　どうしてわたしが？　そんなことは……」と悦子は私に目を移した。その目は明らかに躊躇していた。

「仕方ない。そうしてあげよう。俺も唐津までいっしょに行く……」と私は言った。

「一つだけ聞いておきたい。良子や朝子のことは、藤波さん一人でやったことですか？」

「そうです。私一人です……」

そしてやや沈黙した後、

「檜ノ原さん、大変ご迷惑をお掛けしました。警察へ電話してくれませんか。わたしはいつもの場所で釣りを続けていますから……」

藤波はゆっくりとドアに手をかけ、重そうに腰を上げて出て行った。平然とした後ろ姿だった。外灯のわずかな光を背中に受けながら歩いて行く。私と悦子は無言のまま、彼の姿が闇の中に消えるまで、車の窓から見送った。

私は静かに呼吸を整え、悦子に言った。

「変死体はどうなったか、坂本刑事に聞いたことはあるかね？　あの変死体は結局どこへいったかを調べる必要があるな。例えば、永代供養をしてくれる寺を訪ねるとか。最近は一人暮らしが増える傾向にあって、無縁仏も多いというからな。その面から調べるのも一つの手かもしれない……」

「坂本刑事には聞いたことはありませんが……例えば、どこのお寺さんですか？」

「何でも正覚寺という寺が永代供養をしているらしい」

「場所はどこでしょうか？」

「それを探してくれ……」

「分かりました、チーフ。……そういえば、お伝えし忘れていましたが、調査依頼らしき電話がありました。夜訪ねてもいいかと尋ねられたので、日時を聞きました。そしたら、後でまた連絡しますと言って切れました」

「そうか……ただの嫌がらせじゃないのか？」

私は悦子にそんな返事をしたが、どうやら見えない影が近付いてくるような気がしてきた。

「チーフ、こんなものが……何かのメモのようです」

悦子が足元から紙切れを拾った。そこには差出人のない手紙とそっくりの字で、こんな風に書かれていた。

〔千年の霊、わが末裔の日々に宿ることとなった。精霊は若武者に似て諸君の眼前に忽然と現れる。諸君は穏やかな海、晴れ渡った天空を仰ぎ、一瞬だが地上より全身が浮遊したことを覚える。わが末裔にのみ与えられたもの。

おお！　やっと我が精霊に会う日がきた！

五人の女と一人の男、そしてその子孫たち、血族の狂人たち。

よく見よ！　これぞ永遠の狂気の血なり！

千年の怨念を、わが末裔の諸君、討ち果たすべき時がきたぞ！

五人と一人の迷える血を、この狂気を、永遠に消せ！……〕

＊

悦子が坂本刑事に電話したのは、唐津に向かうべくスカイラインのエンジンをかけた後だった。

私は悦子の車に乗り、スカイラインの後について行くためエンジンをかけた。ラジオからはいきなり音楽が流れた。私は音量を落とし、公園の駐車場を後にした。

＊

その後、『神屋』こと脇坂は、盛岡の件に集中しているのか姿を見せない。『ホテル・ニュー・ビーチ』の地下室でのことをきっかけに、『神屋』も忙しくなったはずだ。

私は安川氏に送付したものと同じ報告書を『神屋』にも送った。そこに、警察が盛岡の家に踏み込む時は連絡してくれ、私も盛岡に尋ねたいことがあると書き添えておいた。

盛岡は相変わらず疑問の多い行動を続けているようだ。

『神屋』がどんな内容で組長会を開くか。もちろん私に異存があるはずはない。

今ごろ『神屋』は日焼けした顔で歯をくいしばって、報告書を睨んでいるに違いない。彼はきっと多忙を極めているだろう。

［終］

大山　悠（おおやま・ゆう）
福岡県糸島市生まれ。
平成５年より数年間，「南風の会」同人。

［参考文献］

KLAUS CONRAD 著・吉永五郎訳・西園昌久校閲
『精神分裂病　その発動過程』医学書院，1973年

赤漣《せきれん》の町《まち》　唐津《からつ》街道《かいどう》の殺人《さつじん》１

■

2012年８月１日　第１刷発行

■

著　者　大山　悠

発行者　西　俊明

発行所　有限会社海鳥社

〒810－0072　福岡市中央区長浜３丁目１番16号

電話092（771）0132　FAX092（771）2546

印刷・製本　大村印刷株式会社

ISBN978-4-87415-855-5

http://www.kaichosha-f.co.jp

［定価は表紙カバーに表示］